EMILY LITTLEJOHN

Die Totenflüsterin

atb aufbau taschenbuch

EMILY LITTLEJOHN wurde in Southern California geboren und wohnt nun in Colorado. Sie lebt dort mit ihrem Mann und ihrem betagten Hund.

Drei Jahre sind vergangen, seit Nicky, der Sohn des Bürgermeisters, bei einem Unfall ums Leben kam. Seine Leiche wurde nie gefunden.

Nun gastiert ein Wanderzirkus im idyllischen Cedar Valley – und ein Clown wird grausam ermordet. Die schwangere Polizistin Gemma Monroe macht eine schockierende Entdeckung: Bei dem Toten handelt es sich um den verschwundenen Nicky. Was hat der Junge in den vergangenen drei Jahren gemacht? Warum wollte er nach seiner Rückkehr nicht erkannt werden? Gemma findet eine erste Spur: Bevor Nicky verschwand, beschäftigte er sich mit einem Mordfall, der Cedar Valley dreißig Jahre zuvor erschüttert hat. Konnte Nicky den Mörder ausfindig machen und musste deshalb fliehen?

EMILY LITTLEJOHN

KRIMINALROMAN

Aus dem Amerikanischen
von Kathrin Bielfeldt

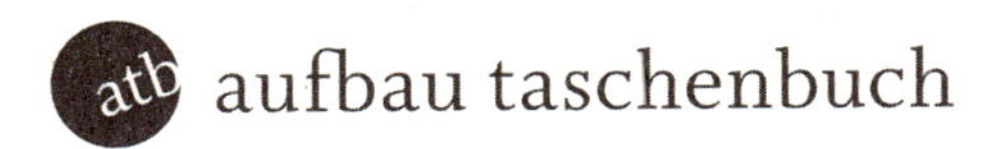

Die Originalausgabe unter dem Titel
Inherit the Bones
erschien 2016 bei St. Martin's Press, New York.

ISBN 978-3-7466-3364-0

Aufbau Taschenbuch ist eine Marke
der Aufbau Verlag GmbH & Co. KG

1. Auflage 2018

Umschlaggestaltung www.buerosued.de, München
unter Verwendung eines Motivs von
© Jeffrey Schwartz / Alamy Stock Foto
Gesetzt aus der Whitman durch die LVD GmbH, Berlin
Druck und Binden CPI books GmbH, Leck, Germany
Printed in Germany

www.aufbau-verlag.de

Für meine Eltern,
die überhaupt erst alles möglich gemacht haben.

1. KAPITEL

In meinen Träumen können die Toten reden. Sie sprechen zu mir, flüsternd, murmelnd, und ich begrüße sie mit Namen, wie alte Freunde. Tommy und der kleine Andrew. Sie scheinen mit einem Lächeln zu antworten, doch nur in meiner Phantasie, denn ich kann gar nicht wissen, wie ihr Lächeln aussieht. Ich habe Fotos gesehen, vergilbte Schwarz-Weiß-Bilder, doch sie sind unscharf, und ihr Lächeln ist kaum mehr als die flüchtige Begegnung von Lippen und Zähnen.

Lächeln ist ein Tanz in den Augen, Glück im Gesicht.

Wenn ich aufwache, überfällt mich eine besondere Trauer um diese zwei Seelen, deren Leben vor dreißig Jahren gewaltsam ein Ende gesetzt wurde. Ich stehe auf und beginne meinen Tag, und doch höre ich sie immer noch flüstern.

Wir sind die Toten, sprechen sie im Chor. *Vergiss uns nicht.*

2. KAPITEL

Ich ging neben dem Kopf des Clowns in die Hocke. Sein Grinsen, ein verschmiertes Scharlachrot, zog sich über die fettige Theaterschminke hoch bis zu seiner knallorange, krausen Perücke. Er lag auf dem Rücken, die Hände an den Seiten, mit geöffneten Handflächen. Unter dem tragbaren LED-Scheinwerfer, den wir aufgestellt hatten, nahmen die Gelb- und Rottöne seines karierten Anzuges einen glühenden Schimmer an, als würde der Stoff von irgendwo tief im Inneren der Brust des jungen Mannes beleuchtet werden.

Drinnen im Zelt regte sich kein Luftzug, und es roch nach altbackenem Popcorn, Dung und Blut. Die Bereiche, die von den LED-Strahlern nicht erreicht wurden, ohne einen kraftvollen Generator auch gar nicht erreicht werden konnten, waren ausgefüllt von Düsternis und dunklen Schatten.

Draußen vor dem Zelt herrschte die trockene Hitze eines Augusttages. Noch vor zwölf Uhr mittags würde das Thermometer auf über fünfunddreißig Grad klettern. Watteballchen zierten den blauen Himmel über den Rockys, cremefarbene Dampfwolken, die unsere ausgedörrten Wälder neckten. Einige Kilometer von der Festwiese entfernt, quollen die beliebten Wanderwege vor Ausflüglern und Hunden über, deren enthusiastisches Tempo nur durch Kleinkinder und überaus nachsichtige Eltern gebremst wurde, die allesamt nichts vom neuesten Spektakel des Fellini Brother's Circus ahnten.

Draußen Himmel.

Drinnen Hölle.

»Coulrophobie.«

Ich blinzelte nach oben. Der Chief of Police, Angel Chavez, stand knapp einen Meter von der Leiche entfernt, wobei er darauf achtgab, mit seinen Schuhen nicht in das gerinnende Blut zu treten, das sich unter dem Clown gesammelt hatte. Es waren italienische Slipper, die zwischen Pferdeäpfeln und Staub vollkommen fehl am Platze wirkten.

Der Chief sah auf mich herab und seufzte.

»Angst vor Clowns. Coulrophobie. Dieses Wort hat Lisa ihren Buchstabierpreis in der vierten Klasse gekostet. Ich musste es hinterher noch wochenlang über mich ergehen lassen: C-O-U-L-R-O-P-H-O-B-I-E«, sagte Chavez.

Ich lächelte. »Wie hat sie es buchstabiert?«

»Zwei o's statt o und u. Wer ist dieser Clown, Gemma?«

»Er heißt Reed Tolliver. Der Geschäftsführer des Fellini's, ein Kerl namens Joseph Fatone, hat ihn für uns identifiziert. Männlicher Weißer, neunzehn Jahre alt. Die Verletzung beginnt hier«, sagte ich und richtete das Licht meiner Stablampe auf die klaffende Wunde unter dem linken Ohr des Clowns.

Sie zog sich über die gesamte Kehle des armen Jungen und schnitt eine rissige Schlucht in das, was einst eine weiche, glatte Hautoberfläche gewesen war. Reed Tollivers Augen waren offen, und als der Lichtstrahl meiner Taschenlampe auf sie traf, war ich erneut von ihrer eisblauen Farbe überrascht. Ein so helles, arktisches Blau, dass es fast unwirklich erschien, wie diese Kontaktlinsen, die Leute an Halloween tragen.

Chavez seufzte wieder. »Ist, abgesehen von der Frau, die ihn gefunden hat, sonst noch jemand hier drinnen gewesen?«

Ich stand auf, drehte mich zur Seite, bis meine Wirbelsäule knackte und schüttelte den Kopf.

Eine Zirkusangestellte hatte die Leiche zwei Stunden zuvor entdeckt. Sie betrat auf der Suche nach einer Schachtel Lotterielose das Lagerzelt und kramte sich durch ein schlechtbeleuchtetes Durcheinander an Krimskrams und Müll: Seile und Zeltplanen, Schilder, leere Kisten, zusammengeknüllte Fast-Food-Behälter, zerdrückte Mineralwasser- und Bierdosen. Sie fand die Lose, wollte wieder gehen und sah die Leiche.

Zehn Minuten nachdem der Notruf eingegangen war, traf ich ein, die Techniker von der Spurensicherung eine Viertelstunde später.

Chavez rieb sich sein stoppeliges Kinn. Seit einiger Zeit waren die winzigen Haare eher grau als schwarz. »Was wissen wir noch?«

Fatone, der Geschäftsführer, hatte mir nur wenige Informationen gegeben. Nachdem er die Leiche identifiziert hatte, war ihm schlecht geworden, und er hatte sich vorn auf sein Polohemd gekotzt. Ich konnte den Geruch von Erbrochenem nicht ertragen und hatte ihn ohne eine umfassende Vernehmung aus dem Zelt entlassen.

»Tolliver ist vor zwei Jahren in Cincinnati aufgetaucht, hat um einen Job gebettelt und gesagt, er habe Theatererfahrung. Fatone behauptet, er nähme niemals Minderjährige auf, aber Tolliver hätte einen Ausweis gehabt und wäre in wenigen Monaten achtzehn geworden, und da gerade ein Clown gekündigt hätte …«

»Blödsinn. Die Hälfte aller Mitarbeiter ist wahrscheinlich minderjährig«, entgegnete Chavez.

Ich dachte an die jungen Männer und Frauen, die draußen auf der Festwiese herumliefen, und kam zu dem Schluss, dass der Chief wahrscheinlich recht hatte. Die meisten von ihnen sahen aus, als wären sie noch keine achtzehn. Es wäre einfach für ein Straßenkind, sich der Truppe anzuschließen und sich seinen Platz darin zu suchen. Und es wäre für den Zirkus einfacher, einem Minderjährigen noch weniger zu zahlen als einem Gastarbeiter.

So etwas nannte man eine Win-win-Situation.

»Irgendwelche Angehörigen?«, fragte Chavez.

Ich zuckte die Achseln. »Fatone hatte den Eindruck, Tolliver sei ein Pflegekind gewesen. Zumindest, so sagte er, sei nie die Rede von einer Familie gewesen.«

Der Chief ging an den Füßen des Clowns in die Hocke und musterte die Leiche. Als er wieder aufstand, knackten seine Knie. »Heiliger Himmel. Warten Sie, bis die Presse davon Wind bekommt. Und der Bürgermeister ... er wird mir Feuer unterm Hintern machen, heißer als ein glühendes Brenneisen.«

Bei dieser Vorstellung zuckte ich zusammen.

»Hat Bellington nicht genug um die Ohren, auch ohne uns hierbei in die Quere zu kommen? Sie wollen mir doch nicht erzählen, dass er zwischen seinen Chemos, der Stadtverwaltung und seinen Ambitionen Richtung Washington noch Luft hat, oder? Himmel, er hat vor zwei Monaten den gesamten Einsatz in diesem Fall von Hausfriedensbruch quasi im Alleingang geleitet. Und das war, noch bevor er krank wurde.«

Chavez richtete seinen Zeigefinger auf mein Gesicht und sah mich scharf an. »Dieser Mann hat seine Augen und Ohren überall in diesem Tal, denken Sie daran. Der Mord eines jungen Mannes, hier auf unserer Festwiese? Er ist gerade zu Ihrer ersten Priorität geworden. Solche Sachen passieren hier nicht.«

»Zumindest nicht in letzter Zeit«, sagte ich leise.

Ich war sehr erfreut darüber, die Leitung in diesem Fall innezuhaben, doch die Vorstellung, dass mir der Bürgermeister dabei die ganze Zeit im Nacken saß, passte mir gar nicht. Terence Bellingtons Wahlkampagne hatte auf einer Form der idealisierten Rückkehr in die 1950er basiert, in denen es die Norm war, dass Familien gemeinsam zu Abend aßen und Nachbarn aufeinander achtgaben. Er war der Ansicht, dass intakte Familien sich positiv auf die Gemeinde auswirkten.

Die Familie bedeutete ihm alles. Es war wie bei den Sopranos oder den Medici, nur ohne das Blut und die Kunst. In meinen Augen hatte der Mann den Bezug zur Realität verloren. Die Nachwirkungen der Weltwirtschaftskrise waren immer noch zu spüren, und Familien konnten sich glücklich schätzen, wenn in den Häusern nebenan überhaupt noch Nachbarn wohnten und sie immer noch ein Abendbrot auftischen konnten.

Doch ich hielt meinen Mund. Chavez und der Bürgermeister konnten auf eine lange gemeinsame Vergangenheit zurückblicken, über die ich gerade mal so viel wusste, dass es reichte, um nicht noch mehr wissen zu wollen.

Außerdem war mir klar, dass Bellington ein Mann war, der immer noch um den Verlust seines einzigen Sohnes Nicholas trauerte. Auf einer Wandertour mit Freunden war der damals sechzehnjährige Nicky hoch über dem brausenden Arkansas-River ausgerutscht und von einer Klippe gestürzt. Seine Leiche war nie gefunden worden, und dem Bürgermeister und seiner Frau war nichts anderes übriggeblieben, als auf der Grabstelle, die sie eigentlich für sich gekauft hatten, einen leeren Sarg zu beerdigen.

Sich von einem solchen Verlust zu erholen, war schwer. Wahrscheinlich begleitete einen diese Art von Trauer ein Leben lang.

Der Chief of Police senkte seinen Finger herunter auf meinen Bauch. »Wie fühlen Sie sich?«

Ich sah an mir hinab und spürte erneut den Funken der Überraschung, der mich jedes Mal traf, wenn ich die zunehmende Wölbung unter meinen Brüsten sah. Ich war im sechsten Monat schwanger. Ein Mädchen, wenn der Ultraschall nicht versagt hatte und sich im schattigen Grau kein winziger Penis versteckte.

Wir hatten sie Erdnuss getauft.

»Ich weiß immer noch nicht, warum sie es morgendliche Übelkeit nennen, wenn man quasi stündlich kotzt, doch ich scheine das Schlimmste hinter mir zu haben. Jetzt habe ich nur noch diese Rückenschmerzen, die mich nachts wachhalten.«

Wenn ich ehrlich war, hätte ich das Gekotze gern gegen die Kreuzschmerzen eingetauscht. Mit Schmerzen konnte ich umgehen; ständig ins Badezimmer zu rennen ... oder zum nächstgelegenen Waschbecken ... oder zu welchem Behälter auch immer, das war nicht mein Ding.

Chavez zog eine Grimasse und berührte mit einem Fingerknöchel sein Kreuzbein. Er hatte das Ganze mehrfach mit seiner Frau durchgemacht, einer drallen Jamaikanerin, die in den letzten zehn Jahren zu Hause, auf natürliche Weise, vier Kinder zur Welt gebracht hatte. Es gab das Gerücht, dass sie weitere Kinder wollte, doch Angel Chavez hatte sich dem widersetzt und gejammert, er würde keine weiteren Wehen überleben.

»Sind Sie der Sache gewachsen, Gemma? Ich kann mit Finn sprechen. Sie könnten es locker angehen und stattdessen ein paar der Verkehrsdelikte bearbeiten ...« Er verstummte langsam.

Ich wusste, dass er meine Fähigkeiten gegen den politischen Shitstorm abwog, dem wir ausgesetzt sein würden, wenn wir den Fall nicht hübsch ordentlich für Bürgermeister Bellington abschlossen. In dreißig Jahren hatte es keinen unaufgeklärten Mord in Cedar Valley gegeben. Bellingtons Kumpel im Stadtrat würden schon einen Weg finden, die Sache zu drehen. Reisender Zirkus, heruntergekommener Jahrmarkt. Das hier war nicht Cedar Valley, das hier war die böse Außenwelt.

Ich nahm die Herausforderung gerne an. Der Schauplatz war schmutzig, doch die Motive konnten vielfältig sein. Ich wettete, es war Liebe im Spiel, eine Dreierbeziehung – der Zirkus schien voller junger Leute zu sein, die das harte Leben gewöhnt waren.

»Kommt nicht in Frage. Mein Notruf, mein Fall«, sagte ich. »Ich komme klar.«

Chavez nickte und ging. Er verließ das Zelt am anderen

Ende durch eine Stoffklappe. Ein brüchiger, abblätternder Lederriemen hielt das derbe Zelttuch zurück und machte einem langen Dreieck aus Sonnenlicht den Weg frei. Staub wirbelte im Licht auf, funkelnd und schön.

Ich sehnte mich danach, die sieben bis zehn Meter hinüberzugehen und an die frische Luft hinauszutreten, doch ich war mit Reed Tolliver noch nicht fertig. Ich griff mir mein Funksprechgerät und rief die Gerichtsmedizinerin herein.

Dr. Ravi Hussen hatte geduldig draußen gewartet, während wir den Tatort abriegelten und den Boden mit Dutzenden kleiner farbiger Flaggen und Stäben markierten. Das Team der Spurensicherung würde noch weiterarbeiten, nachdem die Gerichtsmedizinerin die Leiche schon längst mitgenommen hatte. Die Jungs fürs Detail kümmerten sich um die Einzelheiten, während Dr. Death dem Toten die Geheimnisse entlockte. Ich versuchte, einfach nur alles zusammenzusetzen und den Mörder zu fangen.

Sie kam geduckt durch den Zelteingang, makellos in ihrer blitzsauberen Hose, Bluse und den hochhackigen Schuhen, eine schwarze Arzttasche in der Armbeuge. Hinter ihr gingen zwei Mitarbeiter, Lars und Jeff. Sie waren Brüder und trugen hellblaue Overalls, auf die in roten, feinen Kursivbuchstaben »Gerichtsmedizin« auf die Brust gestickt war. Sie bewegten sich wie ein schweigendes Tandem, zwischen sich eine Bahre.

Beim Näherkommen zog Ravi ein Paar Latexhandschuhe heraus und ließ sie mit einer Effizienz an die Finger flitschen, die andeutete, dass sie es in einer solchen Situation schon unzählige Male getan hatte. Zu oft, wie es schien; sie fluchte, als sie das Blut und die Leiche sah.

»Er ist doch noch ein Junge«, sagte Ravi. »Wie alt ist er, sechzehn? Siebzehn?«

Ich tätschelte ihre Schulter. »Neunzehn. Sein Name lautet

Reed Tolliver. Ich komme gleich noch ins Leichenschauhaus. Vorher fahre ich noch kurz im Revier vorbei, lasse eine Abfrage laufen und hole mir ein Sandwich. Möchtest du auch etwas?«

Ravi Hussen schüttelte den Kopf. Sie gab Lars und Jeff ein Zeichen. Schweigend bereitete Lars die Tragbahre vor, während Jeff den schwarzen Leichensack auseinanderfaltete. Er machte eine Pause, um sich einen Pfefferminzbonbon in den Mund zu stecken und ihn dann mit einem stetigen, schmatzenden Geräusch zu lutschen.

Ravi ging in die Knie und zog eine riesige Taschenlampe aus ihrer Arzttasche. Sie sagte: »Ich habe gerade gegessen. Einer der Budenbesitzer da draußen hat mir einen Hot Dog geschenkt. Allerdings ohne Senf. Heiliger Bimbam, es sieht so aus, als hätte unser Mörder ein Buttermesser benutzt. Das ist ein unglaublich rissiger Schnitt, Gemma, hast du gesehen?«

Ich hockte mich neben sie und gesellte den schwachen, schmalen Lichtstrahl meiner Stablampe zu ihrer viel kräftigeren Taschenlampe. Ich schaute genau hin und versuchte dabei, das geronnene Blut zu ignorieren und mich auf die Ränder der Wunde zu konzentrieren. Ich hatte genug Messerwunden gesehen, um der Gerichtsmedizinerin recht zu geben – die Haut wirkte zerrissen, nicht durchgeschnitten.

»Ich weiß mehr, wenn ich ihn im Labor habe, aber ich kann dir jetzt schon sagen, dass das hier keine glatte Klinge war. Ich glaube, noch nicht einmal ein Jagdmesser würde eine solche Wunde verursachen«, sagte Ravi. Sie berührte vorsichtig die scharlachrote Pfütze unter der Leiche, ihre behandschuhte Fingerspitze versank in Blut, Erde und Staub. »Dein Mörder müsste theoretisch von dem Blut des Jungen regelrecht durchtränkt sein.«

»Wie kann er dann geflohen sein, ohne dass ihn jemand gesehen hat? Verdammt, es ist mitten am Tag. Da draußen sind mindestens hundert Leute«, sagte ich. Meine Knie kreischten, als ich aufstand.

Auch Ravi erhob sich, sie zuckte die Achseln. »Das ist dein Fachgebiet, nicht meines.«

»So viel kann ich dir sagen: Das viele Blut, die Zerstörung eines anderen Menschen, das riecht nach Wut. Und trotzdem hat niemand etwas gesehen. Das setzt kühl kalkulierte Planung voraus. Unser Kerl hat Reed Tolliver allein erwischt. Er hatte einen Fluchtweg. Wahrscheinlich hat er die Mordwaffe mitgebracht, was immer es auch war. Was kann dieser arme Junge in seinen neunzehn Lebensjahren getan haben, wofür ihn jemand umbringen will?«, fragte ich.

»Es gibt mehr Ding' im Himmel und auf Erden, als eure Schulweisheit sich träumt, Horatio«, zitierte Ravi mit einem Grinsen. »Shakespeare hat zwar nicht über Mord gesprochen, aber ich denke, er wusste das eine oder andere über die Mysterien unserer Motivationen.«

Ihr Zitat hing über Tollivers Leiche im Raum wie ein unsichtbares Totenhemd. Es enthielt meine Frage und die Antworten eines Mörders, all die Gedanken, Gefühle und finalen Handlungen, die dazu führten, dass ein Mensch einem anderen Menschen das Leben nahm.

3. KAPITEL

Zurück im Revier machte ich mir einen frischen Becher entkoffeinierten Kaffee und zwei Truthahnsandwiches mit Roggenbrot, Mayo, Senf, Schweizer Käse, Salat, Tomaten und roten Zwiebeln. Als Zugabe packte ich ein paar eingelegte Gürkchen daneben und nahm mir noch einen muffig wirkenden Schokokeks, den ich in der Speisekammer hinter einigen Suppendosen gefunden hatte. Dann balancierte ich den vollbeladenen Teller und den Becher Kaffee langsam zu meinem Schreibtisch in der hinteren Ecke. Ein leises Pfeifen ging durch den Raum, und als ich mich umdrehte, sah ich eine Handvoll Cops, die mich beobachteten.

Phineas Nowlin lehnte sich in seinem Stuhl zurück und verschränkte die Arme. »Heilige Scheiße, Gemma. Brütest du da drinnen einen Grizzly aus?«

»Schnauze, Finn. Ich habe echt Kohldampf.«

Er grinste, und mit seiner Art, wie er den Unterkiefer vorschob, zusammen mit den blendend weißen Eckzähnen, hatte er eindeutig etwas von einem Wolf. Ich konnte das, was ich über Finn wusste, in drei wichtigen Punkten zusammenfassen: erfahrener Cop, mieser Freund und nervige Landplage. Wir hatten nie ein Verhältnis miteinander, doch ich hatte genügend Trümmer gesehen, die er üblicherweise zurückließ, um einen guten Eindruck seines Liebeslebens zu haben, ausreichend, um »mieser Freund« in die Liste aufzunehmen.

Ich zeigte ihm den Mittelfinger und ignorierte das Gelächter der anderen Cops, als ich das erste Sandwich verschlang. Beim zweiten wurde ich etwas langsamer und kaute jeden Bissen gründlich durch, doch als ich mit den Gürkchen fertig war, herrschte absolute Stille im Raum.

Ich lächelte, als ich sah, wie die vier mich mit offenem Mund anstarrten.

»Könnte mir vielleicht einer von euch eine Tüte Chips aus dem Automaten holen?«, fragte ich süß. Sam Birdshead, das neueste und jüngste Mitglied unserer kleinen Polizeitruppe, schluckte und nickte. Er war fast aus der Tür, als ich ihm nachrief: »Sam? Nicht die Doritos.«

»Himmel. Dein Arsch wird breiter sein als ein Haus, bis das Baby geboren ist«, sagte Finn. »Willst du nicht auf deine Figur achten? Und Brody dazu kriegen, dass er dir vielleicht doch noch einen Ring ansteckt?«

Sein schlaksiger Körper glitt aus dem Stuhl, und er kam zu meinem Schreibtisch herüber. Er setzte sich auf eine Ecke, und als ich seine makellosen schwarzen Augenbrauen sah, die seine babyblauen Augen einrahmten, so sorgfältig und obsessiv gepflegt wie die einer Frau, spürte ich die ersten Anzeichen von Sodbrennen in meiner Brust.

»Weißt du, solche Worte würden an vielen Arbeitsplätzen schon als sexuelle Belästigung gelten«, erklärte ich ihm. »Aber ich verzeihe dir. Ich weiß ja, dass du schon seit wie viel Monaten nicht mehr flachgelegt worden bist? Sechs? Sieben?«

Ich nahm das letzte Gürkchen und zerbiss es in zwei Teile, als ihm das Grinsen aus dem Gesicht fiel. Er marschierte zurück zu seinem Schreibtisch. Jemandem einen Schlag unter die Gürtellinie zu versetzen war nicht meine Art, doch Finn weckte in mir meine schlimmsten Seiten. Teilweise hatte es damit zu tun, dass Finn genau genommen in seinem Innersten ein mehr als anständiger Cop war. Er war verdammt gut. Doch er wusste nicht, wann er den Mund zu halten hatte, und seine Vorstellung von Moral war mir ein wenig zu schwankend. Ich sah in ihm ein riesiges Talent, das langsam, aber sicher verschwendet wurde.

Wenn ich jedoch ehrlich mir selbst gegenüber war, was ich immer versuche, so störte mich am meisten die Macht, die Finn über meine Zukunft hatte.

Vor einigen Monaten hätte er mich fast meinen Job gekostet.

Wir waren Partner in einem Fall von Hausfriedensbruch, hoch oben in den Bergen über Cedar Valley, in einem Vorort, in dem die Preise für Häuser im unteren siebenstelligen Bereich anfingen und es keine Ausnahme, sondern die Regel war, vier bis fünf Garagen zu besitzen. Es war ein Einbruch, der aus dem Ruder lief, als der Hauseigentümer ein Messer hervorzog – keine gute Idee, wenn die Einbrecher Schusswaffen dabeihaben. Die Frau und der Sohn schafften es zu fliehen, doch die sechs Jahre alte Tochter wurde von einem Irrläufer getroffen und starb. Die Einbrecher waren nicht besonders helle und wurden einige Tage später gefasst.

Der Fall bereitete allerdings von Anfang an Probleme. Zum einen war da die Frage des Zuständigkeitsbereiches, da das Grundstück an das Avondale County grenzte, in dem die Cops ziemlich heiß auf Action sind. Sie waren die Ersten am Tatort, und einer von ihnen, ein echtes Herzchen aus Butte, Montana, fand Kokain im Schlafzimmer. Er rief seinen Bruder an, einen Ermittler bei der Drogenbehörde, und als Finn und ich am Tatort eintrudelten, herrschte bereits Chaos. Es war auch nicht sonderlich hilfreich, dass der Hausbesitzer ein ehemaliges Mitglied des Stadtrates von Cedar Valley war und gute Verbindungen zu Bürgermeister Bellington hatte. Die Frau schob das Kokain auf eine ausländische Haushaltshilfe, die längst gefeuert war. Dann wurden andere, wichtige Dinge unter den Teppich gekehrt.

Es herrschte ein enormer Druck, den Fall abzuschließen. Im allgemeinen Chaos war die Aufnahme an Beweisen jedoch unzureichend gewesen, was nicht die Schuld eines Einzelnen war, sondern das Ergebnis davon, wenn sich drei Ermittler an einem Tatort in die Quere kommen. Gerade als es so aussah, als würde das Verfahren eingestellt werden, tauchten neue Beweise auf. Ich konnte es nicht nachweisen, doch ich war mir sicher, dass der Staatsanwalt und Finn heimlich zusammenarbeiteten, um eine Verurteilung sicherzustellen. Finn war ein enormes Risiko eingegangen, für sich selbst, aber auch für mich; hätte man ihn dafür drangekriegt, dass er Beweise fingierte, wäre ich als seine Partnerin mit ihm untergegangen.

Der Gerechtigkeit wurde Genüge getan, doch das Gesetz wurde dabei verdreht, und ich erinnerte mich an eine wichtige Lehre, die ich immer mal wieder mitbekommen hatte, für die ich jedoch noch nie meine eigene Karriere aufs Spiel gesetzt hatte: Am Ende des Tages ist es allen egal, wie du die Verbrecher hinter Gitter bringst, solange du es schaffst.

Ich hasste die Erkenntnis, dass Finns Handeln uns in jedem unserer gemeinsamen Fälle um die Ohren fliegen konnte. Denn so ist es eben mit Partnern: Man hat das Leben des anderen ständig in der Hand.

Ich schaltete meinen PC ein und wartete darauf, dass er startete. Bevor ich ins Leichenschauhaus fuhr, um bei der Obduktion dabei zu sein, wollte ich mir ein paar Notizen machen, solange die Erinnerungen an den Tatort noch frisch waren.

Sam Birdshead kehrte mit den Chips zurück und warf sie mir zu, dann setzte er sich hin und nahm sich seinen Stenoblock. Sam war erst seit einigen Wochen bei uns, Frischfleisch, ein Neuling aus Denver. Er war besser als ein Praktikant, da wir nichts vor ihm zurückhalten mussten und er bereit war, die Knechtsarbeit zu erledigen, die eintönigen Aufgaben und die Drecksarbeit. Wir wechselten uns beim Babysitten ab. Dieses erste Jahr war kritisch im Hinblick darauf, ob er als Cop erfolgreich sein würde oder ein Versager. Sam war ein heller Kopf. Wenn ich die Zeit verringern könnte, die er mit Finn Nowlin zusammen war, könnte aus ihm ein halbwegs anständiger Polizist werden.

Ich loggte mich ein und wartete darauf, dass ein halbes Dutzend Programme aufgingen. Aus dem Augenwinkel sah ich, wie Sam das Holzregal an der Wand hinter meinem Schreibtisch beäugte. Es bog sich unter dem Gewicht sechs dicker Ordner, die bis zum Anschlag mit Dokumenten, Fotos und Landkarten gefüllt waren, und ich wusste auch schon, welche Worte als Nächstes aus seinem Mund kommen würden.

»Sind das die Woodsman-Akten?«, fragte er.

Ich nickte, öffnete das Schreibprogramm und legte einen neuen Ordner an. Ich nannte ihn »RTolliver« und fügte eine Unterzeile mit Datum und Zeit hinzu. Das Dokument, das sich öffnete, starrte mich an, weiß und leer, und wartete darauf, dass ich es mit den traurigen Details von Reed Tollivers letzten Lebensmomenten füllte.

»Was dagegen, wenn ich mal reinschaue?«, sagte Sam. Ohne auf die Antwort zu warten, griff er um mich herum und nahm den ersten Aktenordner heraus, dick und schwarz wie all die anderen Fall-Akten, die wir von einem Großhändler im Westen bezogen. Das Polizeirevier kaufte sie schon seit Jahren dort. Seit Jahrzehnten.

Ich nahm Sam seine Neugier nicht übel, er war nicht in dieser Gegend aufgewachsen.

Wenn eine Kleinstadt von einer Tragödie heimgesucht wird, hinterlässt sie eine Narbe, die niemals heilt. Monate und Jahre vergehen, und die Narbe mag vielleicht verblassen, doch sie verschwindet nie. Sie wird zu einem Teil der Stadt, zeichnet sie, eine ständige Mahnung daran, was hätte sein können, was hätte werden können.

Die Woodsman-Morde waren genauso ein Teil von Cedar Valley wie die Skihütten und die Wanderwege. Man konnte keine paar Schritte durch die Stadt gehen, ohne irgendwo die zerfledderten Reste von Plakaten zu sehen, zerfetzt durch all die Jahre, Wind und Regen, Schnee und Zeit. In erster Linie Zeit.

Ein paar Plakate waren immer noch intakt, die schwarze Überschrift »Vermisst« war zu einem Hellgrau ausgeblichen, die Bilder der Kinder so verschwommen, dass man nicht mehr sagen konnte, um welches Kind es sich jeweils handelte. Sie waren einfach nur die McKenzie-Jungs, was nach einer Band aus den 1950ern klang, was sie natürlich nicht waren.

Sie waren Tommy und Andrew McKenzie.

Sie waren Cousins, zwei Jahre auseinander, mit hellblonden Haaren. Sie mochten Schokoladeneis und Matchbox-Autos. Sie fuhren mit ihren Fahrrädern am Fluss entlang und jagten Kaninchen mit ihren Luftgewehren. Im Sommer 1985 verschwanden sie.

Das meiste, was von den Postern übrig war, waren kleine Ecken und schmale Streifen Papier, dessen Kleber so fest an die Telefonmasten und Schaufenster gepresst worden war, dass man die Panik und die Dringlichkeit spüren konnte, mit der sie aufgehängt worden waren.

Das Verschwinden und der Mord an den McKenzie-Jungs definierte Cedar Valley auf eine Art, die für Außenstehende schwer zu beschreiben ist. Vielleicht hatte es damit zu tun, dass es sich um Kinder handelte; vielleicht war es die Tatsache, dass die Morde nie aufgeklärt worden waren. Unbeantwortete Fragen schlagen Wurzeln in den Herzen der Menschen, vergraben sich darin, und ab und zu strecken sie ihren Kopf daraus hervor.

Man macht weiter, aber man vergisst nie. Niemals.

Es passierte mit den McKenzie-Jungs, und es passierte dann ein weiteres Mal, siebenundzwanzig Jahre später, mit dem Tod von Nicky Bellington. Bei Nicky war es ein wenig anders, es handelte sich nicht um ein Verbrechen, man konnte niemandem die Schuld geben. In der einen Minute war er noch da, in der nächsten war er verschwunden, ein kurzer Ausrutscher, gefolgt von einem langen Fall. Doch für den Bürgermeister und seine Familie war es eine Tatsache, mit der sie jeden einzelnen Tag lebten; sie und unzählige andere, deren Leben von der einen Minute auf die nächste in Stücke gerissen wurde.

4. KAPITEL

Ich tippte meine Notizen und beschrieb die scheußliche Szene im Zirkuszelt. Ich ließ die Bilder des Staubs und des Drecks am Boden durch meinen Kopf streichen, wie sie den Clown umgeben hatten, ähnlich Bildern mit Fingerfarbe. Der beißende Gestank von frischem Pferdemist und starkem Schweiß, der nur eines bedeutete: Nutztiere.

Wie die Luft beim Einatmen nach Kupfer roch.

In neun von zehn Fällen spielen solche sensorischen Details keine Rolle. Doch im zehnten Fall, wenn in deinen Aufzeichnungen etwas von einem leichten Mandelgeruch steht, der in der Luft lag, oder von der Tatsache, dass einem ein Paar glänzende, ölig-wirkende Schuhe aufgefallen waren, die auf einem Haufen abgetragener Paare lagen … man wusste einfach nie, was einige Tage oder Wochen später plötzlich den Durchbruch in einem Fall brachte.

Und deswegen schreibt man alles auf, was man bemerkt hat.

Sam Birdshead schwieg neben mir. Er hing noch auf der ersten Seite der Woodsman-Akte. Nach vier Jahren, die ich mit den Aktenordnern, Heftern und Faltmappen zugebracht hatte, kannte ich sie in- und auswendig.

Ich wusste, was seine Aufmerksamkeit erregt hatte: ein altes Polaroid-Foto.

Obwohl es ein Schnellschuss war, war es in seiner Komposition dennoch bemerkenswert. Das Objekt im Vordergrund ist klein und wiegt weniger als ein Kilo. Im Hintergrund sieht man Schnee, Wald und Felsbrocken. Der Schnee ist so strahlend weiß, dass die Grün- und Brauntöne des Hintergrundes verblassen und eigenartig zu verschwimmen scheinen und nur von den gefleckten Felsbrocken durchbrochen werden, die dort wie Wachposten stehen, und von dem kleinen Schädel, dessen Kiefer zu einem obszönen Grinsen geöffnet ist.

An diesem Tag war es eisig gewesen.

Brody und ich hatten Fleecejacken und Thermoskannen mit heißem Kaffee in unsere Rucksäcke gestopft. Im letzten Moment warf ich noch einen Flachmann Whiskey und meine alte Polaroid-Kamera dazu. Der Himmel war blau, das Blau eines sonnigen Wintertages in Colorado, klar und ohne die Wolkendecke, die uns gewarnt haben könnte.

Wir luden unsere Ausrüstung und die Skier ein und waren innerhalb einer halben Stunde am Ausgangspunkt der Skiwanderroute. Es war unser zweites Date, und Brody führte mich abseits der Strecke in eine Gegend mit tiefem, frischem Pulverschnee.

Nach einer Stunde anstrengendem Skifahren zogen wir unsere oberste Schicht aus und kletterten auf einen großen Felsen, wo wir uns auf unsere ausgebreiteten Jacken setzten, damit die Kälte des Steines nicht durch unsere Skihosen drang. Er küsste mich, sehr zärtlich, und sagte mir, dass er damit monatelang weitermachen könnte. Sein Mund war warm, und ich erwiderte seinen Kuss mit einer Dringlichkeit, die mich selbst erstaunte. Zwischen den Küssen unterhielten wir uns, und er zog mich wegen meiner alten Polaroid-Kamera auf.

Ich habe immer noch ein Foto von ihm, das ich an diesem Tag gemacht habe, seine dunklen Haare verschwitzt und lockig, und die haselnussbraunen Augen von einer Sonnenbrille verdeckt. Er posiert neben dem Felsbrocken, ein Ellenbogen auf dem Knie, das Kinn auf die Faust gestützt. Dann machte er noch ein Bild von uns gemeinsam, wobei er seinen langen Arm so weit ausstreckte wie möglich.

Wir sehen glücklich aus, so wie Paare es tun, wenn sie noch glauben, ihrem Geliebten würden keine Fehler unterlaufen.

Nach einer Weile ließ ich ihn am Felsbrocken zurück und ging ein Stück in den Wald hinein, um mir einen Ort zum Pinkeln zu suchen. Auf einer Anhöhe, die sanft abfiel, griff ich mir einen Kiefernzweig, um nicht das Gleichgewicht zu verlieren, und erledigte mein Geschäft. Als ich fertig war, richtete ich mich wieder auf und kämpfte einen Moment mit dem Reißverschluss meiner Skihose. Der kleine Schieber hatte sich verfangen, und es brauchte ein paar Flüche und etwas Gezerre, bis die Krampen wieder ineinanderfassten.

Bis heute weiß ich nicht, was mich dazu bewogen hat, nach rechts zu schauen.

Im Wald herrschte diese Stille, die sich nach einem heftigen Schneefall über eine Lichtung legt. Es gab nichts, was die Aufmerksamkeit meiner Augen oder Ohren auf sich ziehen könnte: kein braunes Aufblitzen eines Rehs, kein hexenartiges Krähengeschnatter.

Ich hatte es eilig, zurück zu Brody zu kommen, damit wir noch vor Einbruch der Dunkelheit wieder auf den Skiwanderweg kamen, doch ich drehte mich nach rechts, und mein Leben veränderte sich für immer.

Es hätte ohne weiteres der Knochen eines Elches oder Rehs sein können. Ich hatte über die Jahre hunderte davon gesehen, über die Wiesen verstreut und halb unter den Teppichen aus Rankgewächsen und Kiefernnadeln vergraben, die es überall verstreut in den Rocky Mountains gab. Doch dieser Knochen hatte einen Winkel und eine Rundung, die in mir einen Urinstinkt weckten.

Ich machte einen Schritt darauf zu, dann noch einen. Als ich nur noch anderthalb Meter entfernt war, hielt ich an und zog meine Trillerpfeife heraus, die wir beide für den Notfall um den Hals trugen, wenn wir abseits der Route unterwegs sein sollten – darauf hatte Brody bestanden. Ich blies einmal, dann noch zweimal.

Dann stand ich dort, wartete und starrte auf den menschlichen Schädel, bis Brody mich erreichte.

»Also hast du dieses Foto gemacht?«, fragte Sam Birdshead und drehte das Notizbuch herum, um mir das Bild zu zeigen, ein Bild, das ich bis ins Detail beschreiben kann, solange ich lebe.

Ich nickte. Wir hatten die Aufnahme gemacht und Brodys GPS benutzt, um unseren Standort zu bestimmen. Dann fuhren wir auf unseren Skiern zurück zu unserem Wagen, als wäre der Teufel hinter uns her, und mit dem Auto direkt zum Polizeirevier. Ich war erst ein Jahr dabei, doch Chief Chavez war kein Dummkopf. Er nahm unsere Geschichte ernst. Es könnte ein alter Jäger sein, ein Betrunkener, der auf der Pirsch nach Rehen gestürzt war, sagte er.

Ich wusste, dass ein Teil von ihm nicht daran glaubte, dass es sich um einen Jäger handelte.

Sam blätterte durch das Album. Ich wollte ihm sagen, er solle dabei langsamer vorgehen, die Details und Einzelheiten genauer betrachten, doch ich hielt meinen Mund. Entweder begriff er es oder eben nicht. Wie wir auf dem Revier immer sagten: Man wird zum Cop geboren, nicht gemacht.

Ich warf einen Blick auf die Uhr und fluchte. Meine Notizen würden warten müssen; ich musste ins Leichenschauhaus, um die ersten Schritte der Obduktion zu bezeugen. Das war im Bundesstaat zwar keine Standardprozedur, aber in

Mordfällen bestand Ravi Hussen auf der Anwesenheit der Polizei. Sie sagte, es sei einfacher, sich währenddessen über die Autopsie zu unterhalten, anstatt danach der Polizeibehörde einen formellen Bericht vorzulegen.

Im Cedar Valley gab es so wenige Morde, dass es niemandem von uns etwas ausmachte, bei einer Obduktion dabei zu sein.

»Hör mal, Sam. Begleite mich ins Leichenschauhaus, und ich erzähle dir auf dem Weg Genaueres über die Woodsman-Morde«, sagte ich.

Ich griff mir meine Tasche und nahm Sam die Fall-Akte aus der Hand, bevor er etwas erwidern konnte.

Sam schluckte. Er hatte das Kabinett des Todes bisher noch nicht betreten.

»Na komm, es tut nicht weh. Ich versprech's. Davon abgesehen kannst du eine schwangere Dame doch nicht allein gehen lassen, oder? Was soll denn der Rest der Jungs denken?«, sagte ich.

Sam blickte auf die anderen Polizisten um uns herum, die plötzlich alle in etwas Wichtiges an ihren Computern oder Telefonen vertieft zu sein schienen. Er seufzte und knallte sich seine Dienstmütze auf den Kopf.

»In Ordnung, Ma'am. Nach Ihnen.«

5. KAPITEL

Der Name Cedar Valley ist ein wenig irreführend. Wir haben zwar Zedern, und es gibt auch ein Tal, doch die beiden treffen erst dort aufeinander, wo das Tal sich seinen Weg trichterförmig in den Sockel des Mount James bahnt, fünf Meilen außerhalb der Stadt. Dort haben sich die Zedern in jenem Teil breitgemacht, der einst indianisches Prärieland war. In der Stadt besteht die Vegetation in erster Linie aus Kiefern, Espen und Birken. Mount James ist knapp 14 000 Fuß hoch, sprich, gut viertausend Meter. Im Bundesstaat gibt es dreiundfünfzig Vierzehntausender, und wir haben die Marke nur um sechzig Meter verfehlt. Mount James thront jedenfalls über dem Tal und der Stadt. Der Gipfel wirft einen langen Schatten, der irgendwann alles in der Stadt berührt, fast genauso wie Stanley James Wanamaker es tat, nach dem er benannt ist, als er um 1800 den Abbau von Silber in diesen Bergen leitete.

Es war später Nachmittag. Im Jeep war es heiß, und wir kurbelten schleunigst die Scheiben herunter. Ich war in Cedar Valley geboren, und neunundzwanzig Sommer in Colorado hatten mich gelehrt, dass es bis ungefähr neunzehn Uhr warm bleiben werde. Danach würde eine Brise aus den Bergen durch das Tal gleiten und schnell für Abkühlung sorgen.

Schweiß lief mir den Nacken herunter, und ich verfluchte das County. Sie hatten unsere Einsatzwagen seit zehn Jahren nicht ausgetauscht. Ich fummelte am Knopf der Klimaanlage herum, doch das Flüstern, das durch die verstaubten Lüftungsschlitze sickerte, war genauso warm wie die Luft draußen, also lenkte ich den Wagen mit meinen Knien und band mein dunkles Haar zu einem Pferdeschwanz.

Das Leichenschauhaus lag mit dem Wagen zehn Minuten vom Polizeirevier entfernt. Ich fuhr langsam und redete schnell. »Sam, was weißt du über die Woodsman-Morde?«

Er fummelte an seinem Notizbuch auf seinem Schoß herum. Dabei glänzte der schwere Silberring an seiner rechten Hand in der Sonne und blinzelte mir zu. »Also, lass mal sehen. Sie liegen wie viel ... so ungefähr dreißig Jahre zurück?«

Ich nickte.

»Und, ähm, okay, also vor dreißig Jahren verschwanden zwei Kinder, zwei Jungs, richtig? Cousins?«

Ich nickte wieder. Cedar Valley war schon immer eine kleine Stadt in den Bergen gewesen. Bis Mitte der Neunziger trennte eine Bahnlinie die Stadt sprichwörtlich in zwei Teile. Tommy McKenzie lebte mit seinen Eltern in einem großzügigen Landhaus. Der Bruder seines Vaters hatte geschäftlich ein weniger glückliches Händchen gehabt; Andrew und seine Eltern lebten in einem Haus auf der anderen Seite der Bahngleise. Es war heruntergekommen, schlecht isoliert und stand gelegentlich unter Wasser.

»Genau. Also, die Kinder wurden vermisst, und niemand hat je herausgefunden, was ihnen zugestoßen ist. Es war der heißeste Sommer in der Geschichte«, fuhr Sam fort und gewann an Selbstvertrauen. »Die Leute suchten wochenlang Tag und Nacht nach ihnen, legten Teiche trocken und kontrollierten jeden Minenschacht und jede Ferienhütte im Umkreis von hundert Meilen.«

»Die Zeitungen nannten sie die McKenzie-Jungs. Sie verschwanden am 3. Juli 1985, irgendwann zwischen Schulschluss und Abendessen. Sie stiegen zusammen in Parker and Tremont aus dem Bus, und das war das letzte Mal, dass jemand sie gesehen hat. Einige meinten, dass sie vielleicht weggelaufen seien, doch ich denke, dass die meisten Leute tief in ihrem Innersten geglaubt haben, sie seien entführt worden. Ich wurde übrigens ein Jahr später geboren, genau dort, im Memorial General«, sagte ich und zeigte im Vorbeifahren auf das Krankenhaus. »Der Fall ging groß durch die Presse, selbst nationale Zeitungen griffen ihn auf. Im Großen und Ganzen war es ein mieser Sommer. Im August wurde flussabwärts die Leiche einer Frau gefunden, die sich im Schilfrohr verfangen hatte. Sie war erwürgt worden. Und einige Wochen später starb der damalige Bürgermeister, Silas Nyquist, an einem Herzinfarkt.«

Sam drehte den Ring an seinem Finger. »Mhm, und man hat nie eine Verbindung zwischen der Frau im Fluss und den vermissten Jungen hergestellt?«, fragte er.

Ich schüttelte den Kopf. »Sie haben es versucht. Die Frau war angegriffen und erwürgt worden. Die Jungen verschwanden einfach so spurlos. Und mit einfach so meine ich natürlich nicht einfach *so*. Ich meine, es war schwer, eine Verbindung zwischen den vermissten Kindern und dem Mord an einer jungen Frau herzustellen. Du hattest an der Akademie doch auch Psychologie, oder? Die beiden Fälle repräsentierten verschiedene *Modi operandi*, verschiedene Stile, Verhaltensweisen. Entführungen bedeuten eine Menge Arbeit. Der Mörder hat sich große Mühe gegeben, die Leichen der Jungs gut zu verstecken. Rose hingegen – die Frau im Fluss – war einfach dort abgeladen worden, nachdem man mit ihr fertig war. Wenn es derselbe Kerl war, warum hat er sie dann nicht dort vergraben, wo er auch die beiden Jungs vergraben hat?«

Sam sann eine Weile über diese Frage nach. »Vielleicht hat der Straftäter mit den Jungs klein angefangen und ist dann zu Mord übergegangen? Gar nicht so weit hergeholt, wenn man bedenkt, was wir inzwischen darüber wissen, was aus den McKenzie-Jungs geworden ist.«

Ich lächelte bei dem Ausdruck »Straftäter«. Er passte sich direkt an.

»Und wenn man bedenkt«, fuhr er fort, »dass die Leichen die ganze Zeit nur wenige Meilen entfernt waren.«

Ich nickte. »Zunächst war der Schädel das Einzige, was wir fanden, doch später, nachdem das andere Skelett entdeckt worden war, gestanden Brody und ich uns ein, dass wir sofort gedacht hatten, der Schädel könnte zu einem der Jungen gehören. Die Knochen waren alt, aber auch nicht so alt. Und dieser Schädel, nun, der Schädel war klein, zu klein für einen Erwachsenen.«

Sam nickte tief in Gedanken versunken. Seine Hände bewegten sich inzwischen nicht mehr, waren von der Neugier ruhiggestellt. Ich bremste den Jeep ab, um einer jungen Frau mit kupferroten Dreadlocks Zeit zu geben, ihren Kinderwagen den Bürgersteig hochzuwuchten. Als ich die Main Street weiter hinunterfuhr, sah ich im Rückspiegel, wie sie anhielt, um ein Rad ihres Kinderwagens zu richten, wobei ihre kupferfarbenen Haarstränge den Boden berührten, als sie den Kopf hierhin und dorthin wandte.

»Wann wurden die anderen Knochen gefunden?«, fragte Sam.

»Am nächsten Morgen sind Brody und ich gemeinsam mit dem Chief und zwei Leuten von der Spurensicherung auf Skiern wieder hingefahren. Sie hatten Hunde mitgebracht, die das Grab des anderen Jungen direkt aufspürten. Die Kinder waren tief vergraben worden, aber nicht tief genug. Chavez hatte immer Tiere in Verdacht, vielleicht einen Kojoten, der den ersten Schädel ausgegraben hat, und danach, nun, da war es nur eine Frage der Zeit.«

Vier Jahre war das her. Es kam mir vor wie gestern.

»Es war mein erster großer Fall als Polizistin. Genau genommen ist es immer noch mein größter Fall.«

Sam warf mir einen Blick zu, den ich nicht einordnen konnte. Ich dachte zuerst, es wäre Mitgefühl, doch als er sprach, erkannte ich, dass ich ihm leidtat, und ich dachte darüber nach, dass Tragödien wie Steine sind, die man in einen See wirft und die Wellen verursachen, welche sich fortsetzen, aber nie das Land erreichen.

»Einige unserer Jungs behaupten, dass du von ihnen träumst? Von den Kindern?«, sagte Sam.

In einem schwachen Moment, ungefähr vor zwei Jahren, hatte ich Chief Angel Chavez von meinen Träumen erzählt. Besser gesagt von meinen Alpträumen. Er bestand darauf, dass ich zu einem Therapeuten ginge, was ich auch tat, und nach ein paar intensiven Monaten mit wöchentlichen Treffen und detaillierten Tagebuchaufzeichnungen hatten die Träume aufgehört.

Ich fragte mich, was der gute Dr. Pabst sagen würde, wenn er erführe, dass die Träume wieder eingesetzt hatten.

»Ja«, sagte ich, »ich träume von ihnen. Sie waren noch Kinder. Sie haben es nicht verdient, was mit ihnen passiert ist. Und seit dreißig Jahren warten sie auf Gerechtigkeit.«

Sam Birdshead schaute aus dem Beifahrerfenster auf die alten viktorianischen Häuser, die in einer Reihe am Straßenrand standen, jedes einzelne verziert wie eine Hochzeitstorte, mit extravagant gedrechselten Locken und schicken kleinen Dachvorsprüngen und Erkern. Die Veranden quollen über vor Blumenkästen, in denen kräftige Farbtupfer zu explodieren schienen; in den Vorgärten war das Gras ordentlich gemäht, und es gab nur wenig Unkraut, wenn überhaupt. Wir waren am Nordende der Stadt, dem reichen Ende.

Die Seite der Stadt, auf der Tommy vor dreißig Jahren zu Hause gewesen war.

»Wir haben ein altes Stammessprichwort«, sagte Sam, »ungefähr wie: ›Alle Träume entspinnen sich aus demselben Netz.‹«

Ich wartete darauf, dass er fortfuhr, doch als er weiterredete, war es eine Frage. »Glaubst du, er ist immer noch da draußen?«

»Wer? Der Woodsman?«

Sam nickte.

»Ich weiß nicht. Nachdem wir die Leichen gefunden hatten, ließen wir jeden Experten kommen, den man sich denken kann. Es gibt ein paar Dinge, in denen sich alle einig waren. Der Woodsman muss groß und kräftig gewesen sein. Tommy war ein großer Junge, und wer immer ihn geschnappt hat, muss größer gewesen ein. Der Woodsman war vermutlich nicht jünger als sechzehn und nicht älter als fünfzig Jahre. Die Gegend in den Wäldern ist rau. Es gibt keine Zufahrt. Er muss fit genug gewesen sein, um die Leichen dorthin zu tragen oder zu schleifen. Wenn er immer noch am Leben ist, liegt sein Alter irgendwo zwischen Mitte vierzig und achtzig. Aber er könnte auch schon tot sein.«

Die Sonne duckte sich hinter eine einzelne Wolke am Himmel, und einen Augenblick lang erwischte mich der Schatten genau im richtigen Winkel und verdunkelte meine Sicht. Ich nahm die Sonnenbrille ab, blinzelte und fuhr weiter. Die Straßen waren frei, wir hatten genau den richtigen Zeitpunkt zwischen Schulschluss und Feierabendverkehr getroffen.

»Warum wird er der Woodsman, also Waldarbeiter, genannt? Die Leichen waren doch nicht, ähm, zerhackt oder so was, oder?«

Ich schüttelte den Kopf. »Gibst du mir mal bitte die Wasserflasche? Hinter meinem Sitz? Danke. Irgendeine Tusse von der Presse hat ihn Woodsman genannt, und der Name blieb kleben. Ich vermute, sie hielt sich für oberschlau, wegen der Legende, und weil die Jungs im Wald gefunden wurden.«

»Was für eine Legende?«

»Du kennst die Geschichte von dem Waldarbeiter und dem Bären nicht? Der Woodsman war ein Jäger, ein Holzfäller, ein Mann der Wälder. Er lebte in einer bescheidenen Hütte, zusammen mit seiner hübschen jungen Frau, der es egal war, dass ihr bärtiger Mann stank und womöglich Mundgeruch hatte. Alles, was sie wollte, war ein Baby. Aber soviel sie auch vögelten, es passierte nichts. Seine Frau so traurig zu sehen, brach dem Mann das Herz. Dann sah er eines Tages in der Stadt, wie ein süßes, kleines Mädchen heftig von seiner Mutter beschimpft wurde. Der Woodsman ging nach Hause, besprach sich mit seiner Frau, kehrte am nächsten Tag in die Stadt zurück und schnappte sich das Mädchen. Der Frau wuchs das Kind ans Herz, doch das kleine Mädchen war bösartig. Ein paar Monate später fand der Mann bei seiner Heimkehr seine wunderschöne Frau tot auf. Das Kind hatte sie in einem Anfall von Eifersucht umgebracht. Von Trauer und Wut übermannt, nahm er das Mädchen mit in den tiefen Wald, wo er sie als Bärenköder festband. Der Bär war über die unverhoffte Mahlzeit so erfreut, dass er sich mit dem Woodsman anfreundete.«

Entsetzt starrte Sam mich an. »Das ist eine grässliche Legende.«

Ich zuckte die Achseln. »Die meisten Märchen sind so. Lies gelegentlich mal ein paar der europäischen Märchen. Wie auch immer, die Legende besagt, dass, wenn du ungezogen bist, der Woodsman kommt, dich aus deinem Zuhause stiehlt, dich in den Wald bringt und an den Bären verfüttert. Es gibt da oben einige alte Hütten abseits der Wanderwege und ausreichend Finsternis in diesen Wäldern, um dieser Geschichte Gewicht zu verleihen. Zumindest, wenn du ein Kind bist.«

»Unheimlich«, sagte Sam. »Und ich dachte schon, unsere Stammesgeschichten seien verstörend. Aber was ist mit dem echten Woodsman – dem Mörder –, gab es da nie irgendwelche Fährten?«

»Wir nehmen an, dass es ein Einheimischer war, einer der Minenarbeiter oder ein Tagelöhner in den Obstplantagen. Körperlich kräftig, jemand, der sich auskannte und der die Möglichkeit hatte, die Kinder zu beobachten und sie am helllichten Tag allein zu erwischen. Sie sind einfach verschwunden, Sam. Niemand hat irgendetwas gesehen.«

Er schwieg einen Augenblick, und dann sagte er genau das, was ich selbst dachte, Tag für Tag. »Dreißig Jahre ist noch nicht so lange her, Gemma. Der Woodsman könnte nicht nur am Leben sein, er könnte hier in der Stadt leben. Vielleicht ist er nie weggezogen.«

Ich bog mit dem Jeep auf den Parkplatz der Gerichtsmedizin ein, ein kleines Gebäude, das an das neue Krankenhaus Saint Thomas angrenzte, und schaltete den Motor aus. Die alte Maschine grummelte einen Moment, ehe sie verstummte, und ich blickte Sam an. Er war wirklich ein heller Kopf und würde es als Polizist weit bringen.

»Jetzt weißt du, warum ich von ihnen träume. Und nun lass uns hineingehen und den toten Clown ansehen.«

6. KAPITEL

Dr. Ravi Hussen war ungeduldig. Sie begrüßte uns vor der Tür des Leichenschauhauses mit einem ostentativen Blick auf ihre Armbanduhr und einem gepressten Lächeln.

»Meine Schuld, Ravi. Das Baby hatte Kohldampf, und ich kann momentan keinen klaren Gedanken fassen, wenn ich nichts gegessen habe«, sagte ich und rieb meinen Bauch. Ihr Gesicht wurde weicher, und sie zeigte mit dem Daumen auf Sam.

»Wer ist das Kerlchen?«

»Sam Birdshead, darf ich vorstellen: Dr. Ravi Hussen. Sam

ist seit ein paar Wochen bei uns in der Abteilung«, erklärte ich.

Sam streckte eine Hand aus, und Ravi schüttelte sie mit einem amüsierten Ausdruck auf ihren iranischen Gesichtszügen.

»Er ist hier, um zuzusehen«, fügte ich hinzu und schob ihn in Richtung der Männerumkleide. »Zieh dir einen der blauen Overalls an, die du in dem Schrank mit der Aufschrift ›Besucher‹ findest«, sagte ich.

Ravi lächelte, als sie mich in den Umkleideraum der Damen führte. »Süß.«

»Jung.«

Sie half mir, einen extragroßen Overall zu finden, den ich über meinen Bauch ziehen konnte, und zog sich dann selbst um. Wir setzten uns Hauben und Masken auf, zogen Handschuhe und Stiefel an und gingen wieder hinaus auf den Flur zu Sam. Er folgte uns ins Labor.

Nach der Wärme der Augusthitze draußen war es im Kabinett des Todes recht frostig. Aus Stahlschächten in der Decke strömte eisige Luft herein, und ich erschauerte, als ich unter einem der Belüftungslöcher hindurchging. Ein Assistent wartete schweigend an dem langen, schmalen Spülbecken, das sich an der gesamten Wand entlangzog. Sein Gesicht war so bleich und hager wie das des Farmers in dem Bild *American Gothic* von Grant Wood.

Der Boden war durchzogen mit diskreten Abflüssen, die jede erdenkliche Flüssigkeit sofort auffangen konnten.

Mitten im Labor auf einem Metalltisch lag Reed Tollivers Leiche. Unter dem fluoreszierenden Licht hatte die weiße Theaterschminke auf seinem Gesicht einen widerlich grünen Farbton angenommen. Das schwarze Blut an seiner Kehle glänzte, als wäre es immer noch feucht, was gar nicht möglich war. Sein fröhliches Clownskostüm, komplett mit Hosenträgern und Spritzblume, gab der Szene etwas Makabres, als wären wir durch eine Tür im Gruselkabinett in eine Art ekelhaft verdrehte Karnevalszenerie gestolpert.

Sam schluckte schwer. Ich klopfte ihm auf den Rücken.

»Bitte, Sam; wenn Ihnen übel wird, dann benutzen Sie das Waschbecken in der Ecke«, instruierte Ravi.

Sie zog Reed Tolliver die orangefarbene Perücke vom Kopf, legte dadurch ein üppiges Gewusel dunkler Strähnen frei, und steckte die Perücke in einen Beweismittelbeutel, den sie direkt versiegelte. Die Spurensicherung würde sich die Perücke und seine Kleidung sehr gründlich vornehmen; Ravis Job war es, ihn auszuziehen und seine molekularen Geheimnisse zu entlarven.

Ravi lehnte sich dicht über Tollivers Kopfhaut, musterte die dunklen Strähnen, zog dann an einigen und setzte hellgelbe Haarwurzeln frei. Sie nickte.

»Er ist ein Flachskopf. Dachte ich mir doch, als ich die blauen Augen sah. Man sieht selten solch blaue Augen bei Menschen mit brünettem Haar. Seine Haare wurden wiederholt gefärbt. Als Resultat sind sie ziemlich kaputt, und die Follikel haben fast keine Elastizität mehr.«

Ravi tunkte einen Schwamm in einen kleinen gelben Wassereimer und begann, Tollivers Gesicht abzuwaschen. Die Schminke blieb als fettige Schicht an dem Schwamm hängen, genauso, wie sie an Tollivers Gesicht kleben geblieben war, und Ravi musste den Schwamm wiederholt auswaschen, bevor sie weitermachen konnte.

Nach zehn Minuten war Tollivers Gesicht sauber, jedoch nicht farblos.

Die rechte Seite seines Gesichts war mit Tattoos überzogen. Sie sahen aus wie heidnische und keltische Symbole, die in

Blau und Schwarz über seine Wange, die Augenbraue und die Hälfte der Stirn tanzten, selbst bis in den Mundwinkel hinein. Eine Anordnung tintenblauer Knoten und Kreise webte sich hierhin und dorthin und zog sich an manchen Stellen bis hoch in den Haaransatz. Im Kontrast dazu war die linke Seite von Tollivers Gesicht von Piercings durchstochen: Ein halbes Dutzend winziger Gold- und Silberstifte und -ringe verliefen kreuz und quer über seine Haut wie Fahnen auf einer Landkarte.

»Himmel«, stöhnte ich. »Sind die echt?«

Ravi zupfte vorsichtig an einigen Ringen. Sie ließen sich mit der Haut herausziehen und sackten dann langsam wieder zurück an ihren Platz, da die Elastizität der Haut durch die Leichenstarre langsam nachließ. Ravi untersuchte eingehend die Tattoos und Piercings, trat dann von der Leiche zurück und zog mit einem flitschenden Geräusch ihre Handschuhe aus. Am Waschbecken schrubbte sie sich gründlich die Hände und zog die Maske herunter, um sich Wasser ins Gesicht zu spritzen. Dann trocknete sie sich mit einem Papierhandtuch und setzte zu einer Erklärung an.

»Viele von denen sind von einem Amateur gestochen worden, vielleicht sogar von Tolliver selbst. Narben und kürzlich verheilte Infektionen legen nahe, dass sie schnell gemacht wurden und ohne saubere Instrumente. In der heutigen Zeit sind die Profis schnell weg vom Fenster, wenn sie nicht auf anständige Hygiene achten.«

»Sie wollen uns auf den Arm nehmen. Er hat sich das selbst angetan?«, keuchte Sam. »Meine Fresse.«

Ich trat ihm auf den Zeh, flüsterte »Aufzeichnung« und zeigte auf den Voicerecorder, der an der Decke befestigt war.

»Tschuldigung«, nuschelte er. »Aber, im Ernst?«

Ravi nickte und zog sich ein frisches Paar Handschuhe an. »Das, oder ein Kumpel hat es für ihn gemacht.«

»Schöner Kumpel«, murmelte ich.

Ravi schnitt vorsichtig den Rest von Tollivers Kostüm auf und steckte die Kleidung in einen weiteren, größeren Beweismittelbeutel. Ohne das übergroße Kostüm wirkte er schmal und klein, viel mehr ein Junge als ein Mann. Seine Brust war glatt, und die Haare an den Armen, Beinen und im Schambereich hatten dasselbe Blond wie seine Haarwurzeln. Sein Körper war frei von Tattoos oder Piercings; unterhalb des Halses sah ich noch nicht einmal eine Narbe.

Offensichtlich hatte er sich entschieden, die Selbstverstümmelung auf sein Gesicht zu beschränken, oder vielleicht hatte er einfach nicht lange genug gelebt, um auch den Rest seiner menschlichen Leinwand in Angriff zu nehmen.

Im Kontrast zu seinem sauberen und nackten Körper stach Tollivers aufgeschlitzte Kehle stark hervor, obszön und gewalttätig. Der Schnitt ging tief genug, um Tollivers Kopf fast vollständig von seinem Körper abzutrennen. Zwischen dem Blut und den Muskeln sah man weiße Knochen und Knorpel glänzen.

Sam neben mir würgte.

Ich klopfte ihm auf die Schulter und zeigte in Richtung Spülbecken. Er schluckte schwer, schüttelte dann den Kopf und blieb neben dem Tisch stehen. Ravi stocherte eine Weile in der Wunde herum, bevor sie etwas sagte.

»Ich habe noch nie einen Schnitt wie diesen gesehen, Gemma. Genauer gesagt glaube ich gar nicht, dass es sich überhaupt um einen Schnitt handelt.«

Ich starrte sie an. »Das verstehe ich nicht. Wenn es kein Schnitt ist, was ist es dann?«

»Ein Riss. Heute um die Mittagszeit hat jemand buchstäblich die Kehle dieses armen Jungen aufgerissen.«

Zwei Stunden später hatte Ravi ihre vorläufige Untersuchung der Leiche beendet. Abgesehen von der Wunde, den Tattoos und den Piercings im Gesicht gab es keine neuen Überraschungen. Der Gründlichkeit halber würde sie jedoch eine komplette Obduktion vornehmen und die inneren Organe untersuchen, was auch immer bei der Ermittlung hilfreich sein könnte. Ihr Assistent, der Mann mit dem langen, bleichen Gesicht und der ruhigen Ausstrahlung, nahm Tollivers Fingerabdrücke. Wenn er ein Straßenkind gewesen war, bestand eine gute Chance, dass er irgendwann schon einmal beim Ladendiebstahl oder Autoknacken erwischt worden war.

Wenn die Fingerabdrücke registriert waren, könnten wir vielleicht Angehörige finden.

»Ein Neomycin-Baby«, schlussfolgerte Ravi, als sie ihre Handschuhe in den Mülleimer neben der Tür warf. Sam sah sie überrascht an, und Ravi fuhr fort.

»Jemand hat sich um diesen Jungen gekümmert. Sie haben ihn gefüttert, behütet und ihn vermutlich davon abgehalten, Wettkampfsport auszuüben. Sie haben abgeschürfte Knie bandagiert und das Antibiotikum Neomycin aufgetragen, um eine Narbenbildung zu verhindern, und seine schiefen Zähne wurden mit einer Zahnspange gerichtet. Er war nicht immer ein Straßenkind. Irgendjemand, irgendwo da draußen, hat ihn mal geliebt.«

Ravi begleitete uns zurück zu den Umkleideräumen.

»Wenn ich etwas Neues habe, rufe ich dich an. Du bist jetzt bestimmt erschöpft«, sagte sie.

Ich nickte. Es war fast neunzehn Uhr, und ich war seit vier Uhr wach. Momentan schlief ich nicht gut.

Draußen hatte es sich abgekühlt, und Sam und ich fuhren schweigend zurück zum Revier, jeder in seine eigenen Gedanken vertieft. Ich parkte den Jeep dicht am Haupteingang. Er brauchte eine Weile, um seine Sachen zusammenzusammeln, und im Deckenlicht des Jeeps wirkte er etwas mitgenommen.

Ich sagte mir, es wäre zu seinem eigenen Besten: Wenn er ein Cop werden wollte, dann sollte er sich besser an den Anblick fürchterlicher Dinge gewöhnen. Es ging nicht immer nur um Mut und Ehre, manchmal beschäftigten sie sich auch mit ziemlich ekeligem Kram.

Ich wollte mich gerade wieder auf den Weg nach Hause machen, den Canyon hoch, als Sam vom Haupteingang winkte und mich aufhielt. Ich fuhr einen Bogen zurück und kurbelte das Seitenfenster herunter.

»Dr. Hussen ist am Telefon. Sie sagt, es sei dringend.«

Das war flott. Ich parkte den Jeep und eilte hinein.

»Ravi?«

»Gemma, wir haben Fingerabdrücke zurückerhalten«, sagte sie. Ihre Stimme war tonlos und wirkte verhalten.

Ich drehte mich um und wandte mich von der Rezeptionistin ab. »Das ging schnell, Ravi. Wie kommt das?«

Sie flüsterte. »Zuerst haben wir sie durch die Datenbank des Bundesstaates laufen lassen, nicht durch den nationalen. Ich dachte, wir sollten mit Colorado anfangen, wegen der geringen Wahrscheinlichkeit, dass es ein einheimischer Junge ist. Und ich wusste, dass wir so außerdem schneller Ergebnisse bekommen würden.«

Sie machte eine Pause, dann sagte sie: »Gemma, es ist Nicky Bellington.«

Ich registrierte ihre Worte, doch mein Verstand brauchte einen Moment, um ihr zu folgen.

»Verdammte Scheiße«, sagte ich.

Hinter mir kicherte die Rezeptionistin. Ich ignorierte sie und massierte meine Schläfen, die plötzlich pochten.

»Du sagst es«, flüsterte Ravi.

7. KAPITEL

Das schwache Licht, das unter der Tür von Chief Angel Chavez' geschlossener Tür hervorsickerte, war weich und gelblich. Eigentlich sollte er zu Hause sein und seiner Frau Lydia dabei helfen, dass die Kinder ihre Hausaufgaben beendeten, und sie dann in die Badewanne stecken. Ihre Arbeitstage bei der Wohlfahrt waren zu lang, nur um dann zu den vier Kleinen mit ihren Nöten und Forderungen nach Hause zu kommen.

Chavez gestand bereitwillig ein, dass seine Frau von ihnen beiden den härteren Job hatte.

Mir war klar, dass der Chief nicht vor Mitternacht zu Hause sein würde, nachdem ich ihm erzählt hatte, was er wissen musste. Ich entschuldigte mich in Gedanken bei Lydia, klopfte leise an die Tür und schob sie auf. Der Raum war schwach beleuchtet, das einzige Licht kam von einer Tiffany-Lampe, die an der Kante seines Schreibtisches aus Eichenholz stand.

Chavez saß da, das Kinn in die Hände gestützt, einen Ordner und einige Akten vor sich ausgebreitet. Auf der Wand hinter ihm, hoch oben, stand in Messingbuchstaben der lateinische Satz: *Familia Supra Omnia*. Dieser Satz war mir seit dem ersten Tag eingebläut worden: Die Familie geht über alles. Man kann ihn interpretieren, wie man will, im Revier bezieht er sich auf die Bruderschaft der Polizisten. Es bedeutete Loyalität, Ehre und das Wohl der Gruppe über sein eigenes zu stellen. Ich dachte wieder an Finns leichtsinniges Verhalten in dem Fall von Hausfriedensbruch, eine Handlung, die im harten Kontrast zu dieser Loyalität stand, zu dieser Bruderschaft, und ich spürte wieder, wie der Ärger in mir aufstieg. Ich schob ihn zur Seite, jetzt war keine Zeit dafür.

Der Chief schaute von seinem Schreibtisch auf; während ich mir nur vorstellen konnte, welch eine Miene auf meinem Gesicht lag, reichte ihm der Anblick, um aufzustehen und das Zimmer zu durchqueren.

»Gemma? Was ist los?«, fragte er.

Er stand dicht vor mir, als dächte er, ich könnte gleich zusammenbrechen. Plötzlich fühlte ich mich sehr müde und setzte mich auf den Stuhl, den er mir anbot. Es war ein wundervoller antiker Stuhl, die Holzschnitzereien genauso filigran wie das Flechtwerk, doch so furchtbar unbequem, dass ich sofort wünschte, ich wäre stehen geblieben.

»Schließen Sie die Tür, Chief. Und dann setzen Sie sich besser auch.«

Ich wartete, bis er beides getan hatte und holte dann tief Luft. Ich hasste das, was ich ihm nun eröffnen würde. Chief of Police in einer kleinen Stadt in den Bergen zu sein, ist manchmal ein undankbarer Job, aber Chavez war ein guter Vorgesetzter und, noch wichtiger, ein guter Mensch. Gerahmte Zeitungsartikel und Anerkennungsschreiben säumten die Wände seines Büros. Wenige davon handelten von Chavez selbst; nicht, weil es nie um ihn ging, sondern weil es für ihn inspirierender war, an die Erfolge seines Teams erinnert zu werden, die es im Laufe der Jahre erzielt hatte.

»Ravi Hussen hat die Fingerabdrücke von Reed Tolliver mit der bundesstaatlichen Datenbank abgeglichen«, sagte ich. »Wie Sie wissen, wird die Datenbank sowohl nach registrierten Tätern als auch nach vermissten Kindern und Erwachsenen abgesucht. Sie hatte einen Treffer. Ich habe sie gebeten, die Fingerabdrücke erneut durchlaufen zu lassen, und ihre Ergebnisse waren dieselben.«

Ich hob die Hand, als er zum Sprechen ansetzte. »Ich weiß, ich weiß … aber ich wollte absolut sicher sein.«

Chavez nickte und lehnte sich zurück. »Und?«

Ich wusste, dass alles, was in den nächsten paar Stunden, Tagen und Wochen passieren würde, ein Resultat dessen war, was ich dem Chief jetzt erzählte. Und er würde diesen Augenblick nie mehr vergessen, diesen Moment, in dem ich die Türen der Hölle öffnete und die Dämonen freisetzte.

»Reed Tolliver existiert nicht«, sagte ich. »Die Leiche ist Nicky Bellington.«

Chavez atmete laut aus. »Das ist nicht witzig, Gemma. Wenn das irgendein kranker Witz sein soll ...«

Ich unterbrach ihn. »Es ist kein Witz. Ich habe Ravi nicht nur gebeten, die Fingerabdrücke zweimal durchlaufen zu lassen, ich habe sie auch das Zahnschema vergleichen lassen. Er hat mit dreizehn in den Sommerferien in Denver ein Praktikum bei der Polizei gemacht. Als Teil des Bewerbungsvorgangs haben sie seine Abdrücke genommen, so eine Art ›Aus der Sicht des Verbrechers‹-Ding. Er ist es, Chief. Es ist Nicky.«

Chavez lehnte sich in seinem Stuhl zurück und entfernte sich so aus dem Lichtkegel der Lampe. Schatten verdunkelten sein Gesicht, doch ich ahnte die vielen Gedanken, die ihm durch den Kopf schossen, so wie noch vor einer Stunde durch meinen.

»Es tut mir so leid. Ich weiß, wie schwer das wird.«

Er beugte sich vor und hob eine Hand, entweder, um die Worte fortzuwischen, oder, sie zu bestätigen, da war ich nicht sicher.

»Bitte, Gemma. Wir haben mit Terry und Ellen vor Jahren getrauert. Doch seit Terry die Wahl gewonnen hat, ist das Verhältnis, wie Sie wissen, ein wenig angespannt«, sagte Chavez. Er rieb sich mit den Händen das Gesicht und setzte sich dann aufrecht hin. »Verdammt. Was soll's. Ich will alles hören. Wo stehen wir im Moment?«

Ich nickte. Die schwerwiegenden Worte waren zwar ausgesprochen, doch die harte Arbeit stand uns noch bevor.

»Zurzeit wissen es nur vier Leute: Sie, ich, Ravi Hussen und ein Techniker, ein junger Kerl namens George Alando. Man hat George eindringlich nahegelegt, bis auf weiteres den Mund zu halten, es sei denn, er möchte gern wegen Störung laufender Ermittlungen verklagt werden. Er ist ein guter Junge. Er wird sich daran halten.«

»Und weiter?«

»Ravi hat den Zeitpunkt des Todes zwischen elf und zwölf Uhr heute Mittag festgelegt. Dem Opfer wurde der Hals aufgerissen, aufgrund dieser Wunde ist er verblutet. Ravis Worte, nicht meine. Chief, Sie hätten sein Gesicht sehen sollen, als die Theaterschminke runter war. Es ist über und über bedeckt mit Tattoos und Piercings. Und sein Haar wurde dunkelbraun gefärbt, mehrfach. Er war nicht mehr als Nicky Bellington zu erkennen, als wäre sein Äußeres eine Tarnung, ein Versteck.«

Angel Chavez stand auf und rammte die Hände in seine Hosentaschen. Er ging im Büro auf und ab, in einem Zimmer, das gerade mal für vier Schritte reichte, bevor er wieder umkehren musste. Es war so, als würde ein Bär in einem Whirlpool seine Runden drehen.

»Von jetzt an müssen wir sehr vorsichtig mit unseren Worten sein. Wir wissen gar nichts, bis auf die Tatsache, dass Nicky irgendwann heute Vormittag ermordet wurde und dass er seit wann …? Seit zwei Jahren beim Zirkus arbeitete? Ich möchte die Worte ›Tarnung‹ und ›Versteck‹ nicht mehr hören, verstanden?«

Ich nickte. Und dann, so vorsichtig ich konnte, korrigierte ich ihn: »Chief, wir müssen noch eine andere Tatsache berücksichtigen. Entgegen allen Berichten ist Nicky Bellington bei dem Sturz vor drei Jahren nicht ums Leben gekommen.«

Der Chief starrte mich eine lange Minute an, dann stöhnte er und sank wieder auf seinen Stuhl. »Und ich habe noch eine Tatsache für Sie. Ich muss jetzt die Bellingtons, ein Ehepaar, das ich seit über zwanzig Jahren kenne, darüber in Kenntnis setzen, dass ihr Sohn gestorben ist. Ein weiteres Mal.«

8. KAPITEL

Ich hasste es, Chavez allein in seinem Büro zurückzulassen, in einem Raum, der zu klein wirkte, um so viel frische Trauer aufzunehmen, doch ich respektierte seinen Wunsch, allein zu sein, wenn er die Bellingtons anrief. Meine Erschöpfung hatte geduldig hinter dem Adrenalin gewartet und mir gestattet, sicher die gewundene Straße hoch in den Canyon zu fahren, nur um mir eins überzuziehen, als ich in unserer Einfahrt hielt. Still saß ich eine Weile im Wagen und starrte benommen unser dunkles Haus an, bis schließlich Seamus' Bellen zu mir vordrang, mich hochschnellen ließ und aus dem Auto lockte.

Ich ging vorn durch die Haustür und schaltete nur ein einzelnes Licht im Flur an, als ich die Tür hinter mir abschloss. Seamus kam mir entgegen, und nach einem letzten Bellen schwieg er und blieb dann wie üblich an meiner Seite. Ich kickte meine Schuhe von den Füßen, zog die Socken aus und ging vorbei am Wohnzimmer mit seinen schweren Ledersofas, dem Klavier und dem Kamin, der zum Teil von Pflanzen und einem Bild verdeckt wurde, das noch aufgehängt werden musste. Ohne mir die Mühe zu machen, das Licht anzuschalten, ging ich den dunklen Flur hinunter und ließ mich von der Stille einhüllen.

Nach Hause zu kommen war schon immer eine Rettung für

mich gewesen, wie ein warmes Bad, nachdem man gefroren hat.

Mein Zufluchtsort.

In der Küche schaltete ich das große Deckenlicht und den Ventilator an und öffnete ein Fenster, um zu lüften. Das Haus steht schattig und hoch genug in den Bergen, um den Großteil der Zeit kühl zu bleiben, doch gegen Abend wird die Luft warm und stickig. Unsere nächsten Nachbarn wohnen knapp einen halben Kilometer entfernt, und an diesem Abend fragte ich mich das erste Mal seit langer Zeit, was ich eigentlich tun würde, wenn ich schnell Hilfe benötigte.

Ich war zuversichtlich, was meine Fähigkeiten betraf, auf mich selbst aufzupassen. Aber mit einem Baby ... Eine Mutter, die an ihr Kind gebunden ist, ist einerseits eine erbitterte Kämpferin, andererseits jedoch extrem verletzlich. Abgesehen von der morgendlichen Übelkeit war dies bisher der schwerste Teil meiner Schwangerschaft: dieses Gefühl der Schwäche, dieses Wissen, dass sich sehr bald alles nur noch um diese kleine Fremde drehen würde. Ich würde nicht länger nur in meinem Namen handeln. Mein Leben hing von mir ab und mein Leben von ihr: von ihrem Glück, ihrer Freude, von jedem ihrer Atemzüge.

Seamus kratzte an der Tür zur Vorratskammer, riss mich aus meinen Gedanken und holte mich zurück in die Gegenwart.

»Okay, mein Kleiner, ich hole ja schon dein Futter«, sagte ich. Er schlang das Trockenfutter in drei schnellen Bissen herunter und wirkte überrascht, als es keinen Nachschlag gab. Er bekommt nie Nachschlag, und trotzdem bleibt er der Inbegriff der Hoffnung. Was eigentlich recht traurig ist.

Ich schenkte mir ein Glas fettarme Milch ein und wärmte mir ein spätes Abendessen aus gefrorenen Enchiladas mit Bohnen auf. Der kleine Pappkarton in seiner dünnen Hülle drehte sich langsam in der Mikrowelle und heizte sich auf, bis Dampf aus den winzigen Löchern aufstieg, die ich in die Plastikfolie gepikt hatte. Ich betrachtete ihn, eine Minute, zwei Minuten, drei Minuten, nahm ihn dann beim Piepen heraus, öffnete ihn und fluchte, als der kochende Käse auf meinen Daumen tropfte. Mir standen die Schweißtropfen auf der Stirn, und ich zog mich bis auf mein Unterhemd aus, ein dünnes Trägerhemd, das meinen Bauch nicht ganz bedeckte.

Ich konnte nicht aufhören, über Nicky nachzudenken.

Nicky starb vor drei Jahren.

Nicky starb heute.

Nicky war der gutaussehende Jugendliche gewesen, den ich früher hier und da in der Stadt gesehen hatte.

Nicky war der gepiercte, tätowierte Zirkusclown.

Langsam aß ich meine Mikrowellenmahlzeit. Das Haus wurde zu still, zu dunkel. Brody sollte erst Ende der Woche aus Anchorage zurückkommen, und plötzlich vermisste ich ihn ganz schrecklich. So liefen, zumindest für mich, die meisten Forschungsreisen ab, die Brody unternahm: Die anfängliche Freude, das Haus eine Weile ganz für mich zu haben, verblasste langsam zu einer Art Langeweile, die irgendwann in das wachsende Gefühl überging, ihn sehr zu vermissen. Selbst Seamus wirkte trübseliger als sonst. Man weiß nicht, was Kummer bedeutet, bis man mit einem traurigen Basset zusammengelebt hat.

Nach dem Abendessen stand ich auf, streckte mich, wischte den Küchentresen ab und stellte die Milch weg. Dann nahm ich mein Handy und drückte die zweite Kurzwahltaste. Es klingelte dreimal, dann sagte die Stimme einer alten Lady: »Hallo?«

»Hi, Julia, hier ist Gemma.« Ich lehnte mich gegen den Tresen und betrachtete die Nägel meiner rechten Hand. Sie waren nicht lackiert und könnten eine Maniküre gebrauchen.

»Wer ist dort bitte?«

»Julia, hier ist Gemma. *Gemma.* Deine Enkeltochter …«, sagte ich, hielt den Atem an und wartete. Vielleicht hatte sie einen guten Tag.

Die guten Tage waren im Verlauf des Sommers weniger und weniger geworden.

»Nein, ich brauche keine verdammten Zeitungen. Danke für Ihren Anruf«, sagte Julia und legte mit einem Knall den Hörer auf.

»Nein, vielen Dank auch«, sagte ich ins Telefon und legte ebenfalls auf. Es war schon spät, ich hätte es besser wissen und nicht anrufen sollen. Ich legte das Handy hin, hob es dann wieder auf und schickte ihrem Mann Bull eine SMS: »Melde mich morgen. Tut mir leid, wir hatten vermutlich beide einen schlechten Tag.«

Ich fragte mich, wann die schlechten Tage zur Normalität wurden und die guten Tage die Ausnahme. Ich fragte mich, ob wir noch Zeit hatten bis Halloween … oder bis Weihnachten. Aber vielleicht übermannte mich gerade der Pessimismus, und wir hatten Zeit bis zum nächsten Sommer. Verdammte Scheiße. Ein Autounfall hatte mir meine Eltern von einer Minute zur nächsten genommen, Demenz nahm mir jeden Tag ein Stück meiner Großmutter. Ich wusste immer noch nicht, was schlimmer war.

Zuerst waren es die kleinen Dinge, die verlegten Schlüssel und falsch sortierten Kleinigkeiten. Dann waren es die Namen von Freunden, die sie vergaß, und Gefühle am falschen Platz. Ich hatte Glück; Bull brachte sie zu einem Arzt, der geduldig war, freundlich, und umfassend den Horror erklärte, der sich Demenz nennt. Es könnte Alzheimer sein oder auch eine andere Krankheit. Bekannt war nur, dass es bis zu ihrem Tod schlimmer und schlimmer werden würde. Es würde ihr nie wieder bessergehen. Für ihre Krankheit gab es keine Heilung, keine magische Pille und kein Wunder.

Der arme Bull trug die Hauptlast. Nach vierzig Jahren als Staatsanwalt, von denen er die letzten zehn Jahre als Richter tätig gewesen war, hatte er sich auf den Ruhestand gefreut; lange Tage auf dem Golfplatz und Pokerspiele mit geringen Einsätzen in der Stadt. Er hatte es erst kurz genossen, als Julias Symptome einsetzten. Nun war er Krankenpfleger, Babysitter und Aufpasser. Bull stellte sicher, dass Julia nicht das Haus abfackelte oder quer über eine verkehrsreiche Straße ging. Er sorgte dafür, dass sie gut gekleidet und hübsch aussah, und nicht nur Lippenstift, sondern auch eine Hose trug, wenn sie das Haus verließ.

Fürs Erste kam Bull klar. Doch es konnte noch Jahre so weitergehen, und ich wusste, dass Bulls Entschlossenheit und seine körperliche Kraft irgendwann an ihre Grenzen stoßen würden. An irgendeinem Punkt mussten wir Julia in ein Seniorenheim bringen oder uns Hilfe holen.

Das Handy auf dem Küchentresen vibrierte. Eine Antwort von Bull. »Möchtest du reden? Julia liest gerade.«

Ich schaltete das Küchenlicht aus und wählte die Nummer von Bulls Handy. Er ging direkt beim ersten Klingeln ran.

»Hi, Süße. Julia stand fast den ganzen Tag neben sich. Jetzt liest sie *Reader's Digest*. Wir haben gerade Steaks mit Kartoffeln gegessen. Meinst du, ich sollte auf ihr Cholesterin achten? Ich habe einen Artikel gelesen, in dem stand, zu viel Fett könnte diese Wirkung haben.«

»Herrgott, keine Ahnung. Ich bin sicher, du findest auch irgendwo einen Artikel, der die Vorzüge von Fett bei Demenz beschreibt. Lies nicht zu viel von diesen ganzen Empfehlungen, egal welcher Art. Alles in Maßen, stimmt's?«

Während ich sprach, ging ich die Stufen hoch und weiter in

unser Schlafzimmer, das ich im Dunkeln durchquerte. Die kühle Bergluft blies durch die Fenster, die ich am Vorabend offen gelassen hatte, und trug den Duft von Kiefern und Nacht herein. Ich schaltete eine kleine Nachttischlampe ein, kletterte aufs Bett, setzte mich hin, lehnte mich zurück und rückte ein Kissen unter meinen Fußgelenken zurecht, um meine Beine anzuheben.

»Nimm den Namen unseres Vaters nicht sinnlos in den Mund, Süße. Also, was ist das für eine Geschichte mit diesem Mord auf der Festwiese? Ist es ein Jugendlicher?«

Ich schloss die Augen. Ich war so müde …

»Gemma? *Gemma?* Bist du noch da?«

Augen auf. Himmel.

»Ja, ich bin noch da. Hör auf, den Polizeifunk abzuhören. Ich sollte gar nicht mit dir darüber reden, aber ich weiß ja, dass du mir sonst keine Ruhe lässt. Es war ein neunzehnjähriger Junge. Ein Zirkusangestellter. Der Mord war sehr brutal.«

»Irgendwelche Spuren?«

»So in der Richtung. Aber darüber kann ich noch nicht reden. Ich komme morgen kurz vorbei, brauchst du noch irgendetwas?«

»Deine Großmutter könnte ein neues Töpfchen ihrer Gesichtscreme brauchen, das Zeug, das sie im Kaufhaus holt, in dem gelben Glas.«

»Clinique?«

»Ja, das meine ich. Aber ich kann es natürlich auch im Internet bestellen …« Bull verstummte.

Ich schloss wieder meine Augen. »Nein, es wird ihr guttun, wenn sie ein bisschen rauskommt. Sie ist so gern im Einkaufszentrum. Wir machen einen Mädels-Tag und haben ein bisschen Spaß. Diese Woche habe ich keine Zeit, aber vielleicht am Wochenende.«

»Okay. Gemma, wir haben dein hübsches Gesicht eine ganze Weile nicht gesehen. Deine Großmutter freut sich immer so, dich zu sehen. Komm gern morgen vorbei, wenn auch nur für ein paar Minuten. Um sie daran zu erinnern, dass sie bald Urgroßmutter wird.«

»Das mache ich. Gute Nacht, Bull. Ich hab dich lieb.«

»Ich dich auch, Süße. Gott schütze dich.«

Dann übermannte mich der Schlaf. Als ich mitten in der Nacht aufwachte, hatte ich das Handy immer noch in der Hand, und die Nachttischlampe brannte noch. Im Zimmer war es kalt. Ich ging zum Fenster, schloss es, blieb eine Weile stehen und starrte in die Nacht. Irgendwo da draußen war ein Mörder. Schlief er gerade, zufrieden mit seinem Mord? Oder war er eine Kreatur der Nacht, ruhelos, wach und wieder auf der Jagd?

9. KAPITEL

In meinem zweiten Schuljahr gab unsere Lehrerin, eine reizende Dame namens Mrs. Hornsby, uns die Aufgabe: Zeichnet eure Stadt. Das war alles – mit Bleistift oder Füller, in Farbe oder auch nicht, zeichnet eure Stadt. Es ist schwerer, als es sich anhört, besonders, wenn man sieben Jahre alt ist und die eigene Perspektive sich verzieht, von bombastischen Maßstäben bis hin zu winzig kleinen Kreaturen.

Die meisten anderen Kinder malten Bilder der Skihänge und der Rockys, mit Wildblumen, die aussahen wie Mohnblüten, und Strichmännchen, die ihre Mütter, Väter und Hunde darstellen sollten, jede Zeichnung komplett mit einem perfekt quadratischen Haus und kohlrabenschwarzem Rauch, der aus den roten Schornsteinen in die Luft puffte, in einen Himmel, der unerklärlicherweise eine Sonne, einen Mond, ein halbes Dutzend Sterne und einige Schäfchenwolken enthielt, alles zur selben Zeit.

Ich gab ein Blatt Papier mit einer Stadt ab, die in vier Segmente aufgeteilt war.

In meinen Augen sieht Cedar Valley heute immer noch so aus, aufgebrochen in grobe Quadranten, von denen jeder seine eigene Subkultur hat.

Das Südende der Stadt ist das Arbeiterviertel, ein geschäftiger Knotenpunkt von Tankstellen, Fast-Food-Restaurants, Kneipen mit Neonreklame für Bier auf dem Dach (bei denen in der Hälfte der Fälle irgendwelche wichtigen Vokale fehlen), Kfz-Werkstätten und Trailerparks, die sich auf Grundstücken ausbreiten, auf denen haufenweise rostige Fahrräder, Waschmaschinenteile und Plastikspielzeug liegen. Fährt man Richtung Osten, kommt man irgendwann nach Denver; fährt man nach Westen, findet man sich nach einer Weile in einem Gewirr von Skiliften, Mountainbikewegen, Angelplätzen und Campingplätzen wieder.

Richtung Norden residieren dann die Klugen und die Schönen von Cedar Valley. Dort wird die Hauptstraße offiziell zur Main Street – eine idyllische Reihe von Läden, Häusern im viktorianischen Stil und modernen Gemeindebauten, alle errichtet, um alt und würdig auszusehen.

Fährt man nach Norden, stößt man auf Geld.

Sam Birdshead, der Chief und ich fuhren nach Nordwesten. Es war morgens, kurz vor acht, und wir hatten einen Termin bei den Bellingtons.

Nach meiner einsamen und melancholischen Nacht war ich froh, Sam und den Chief zu sehen. Dann fiel mir ein, wo wir hinfuhren, und ein eisiges Gefühl kroch in meinen Bauch, wo es sich festsetzte, schwer wie ein Stein. Selbst die Erdnuss trat nicht mehr so fest zu, und ich fragte mich, ob sie meine Stimmung spüren konnte.

Ich war nicht sonderlich erpicht auf den Termin beim Bürgermeister und seiner Frau.

Chavez saß am Steuer. Er bog links in eine nicht ausgeschilderte Straße ein, und wir fuhren auf einer Schotterstraße bergauf. Durch die Wand aus Kiefern, die die Straße säumten, erhaschte ich einen Blick auf weitläufige Anwesen mit holzverkleideten Häusern, Ziegelsteinkaminen und privaten Zufahrten. In den Bergen hatte man mit Geld schon immer Abgeschiedenheit kaufen können. Dem Grad nach zu urteilen, in dem wir bergan fuhren, erwartete uns mit Sicherheit ein atemberaubender Blick.

Wir fuhren mit heruntergekurbelten Fenstern. Die Luft war kühl, mit einem leichten Hauch morgendlicher Feuchte und einem süßen, reinen Duft.

Wir bogen scharf ab, und Chavez sagte: »Da ist es.«

Als das Haus in Sichtweite kam, schnappte ich überrascht nach Luft. Die Reichen von Cedar Valley neigten zu etwas, das ich den Schweizer-Hüttli-Stil nannte; große Blockhäuser, die so gebaut waren, als wären sie dem Wald entsprungen, Häuser, die natürliche Ressourcen nutzten, in der Absicht, sich optisch anzugleichen, nicht hervorzustechen.

Aber das hier … das war ein ganz anderes Kaliber. Die Bellingtons hatten Geschmack; ich war nur nicht ganz sicher, ob man es guten Geschmack nennen konnte.

Massige Glasscheiben hingen scheinbar schwerelos zwischen Betonsäulen, trafen im rechten Winkel aufeinander und variierten in der Höhe, so dass das Haus einer großen, kalten, fremdartig wirkenden geometrischen Skulptur glich. Es war, um Brodys zwölfjährigen Neffen zu zitieren, potthässlich. Ich konnte mir nicht vorstellen, die Baupläne dafür zu sehen und voller Ernst zu sagen: Ja, lass uns ein paar Millionen ausgeben und *das* bauen.

Ich warf einen Seitenblick auf den Chief, doch er war damit beschäftigt, den Ford Expedition in eine enge Lücke zwischen einem Berg Schotter und einem Schuppen zu quetschen. Obwohl es so schien, als sei das Haus selbst bereits fertig, wurde an dem umgebenden Gelände offensichtlich noch gearbeitet; wenige hundert Meter hinter dem Haupthaus entstand etwas, das aussah wie ein Treibhaus.

Sam Birdshead tippte mir von der Rückbank auf die Schulter und zeigte auf das Haus.

»Schau«, sagte er.

Im Osten hatte sich die Sonne über die Wipfel erhoben und badete das Bauwerk in einem bernsteinfarbenen Schein. Ein Dutzend frühmorgendlicher Sonnenstrahlen blinzelten mich an, die von den riesigen spiegelartigen Fenstern und Glaswänden reflektiert wurden. Es war, als befänden wir uns in einem Prisma.

»Wunderschön«, flüsterte ich und kniff die Augen zusammen, als etwas Weißes in diesem Wunderland aufblitzte und meine Aufmerksamkeit auf sich zog. Aus einem Fenster im ersten Stock starrte ein bleiches Gesicht auf uns herab. Doch dasselbe Sonnenlicht, das die harten Kanten des Hauses abrundete, ließ auch die Ränder des Gesichts verschwimmen, und ich konnte keine Gesichtszüge erkennen.

Einige Sekunden später verschwand die Person, und ein Vorhang wurde zugezogen.

Zufrieden mit seinem Einparken schaltete Chavez den Motor ab, und wir kletterten aus dem Wagen. Weil mir die Höhe, in der wir uns befanden, zu schaffen machte, steigerte sich mein Puls, und ich musste kurz innehalten und mich mit einer

Hand an der warmen Haube des SUVs festhalten, um Luft zu schnappen.

An der Haustür suchte Sam nach der Klingel. Glatte Wände flankierten eine Flügeltür aus Stahl. Es schien keinen Klingelknopf oder ähnliches zu geben, also zuckte ich die Achseln, streckte meinen Arm an ihm vorbei und klopfte scharf an die Tür.

Der Chief gab ein kurzes Husten von sich, und als ich ihn ansah, war ich überrascht, wie nervös er wirkte. Ich lächelte ihm, wie ich fand, ermutigend zu.

Ich war auch nervös.

Die Tür schwang auf, und eine große Frau mittleren Alters in einem einfachen dunkelblauen Kleid bat uns herein. Sie stellte sich selbst als Hannah Watkins vor, die langjährige Nanny der Bellingtons. Sie wirkte zutiefst erschüttert, und ich wurde Zeugin des Schmerzes darüber, Nickys Tod erneut durchmachen zu müssen. Chavez legte ihr eine Hand auf die Schulter und murmelte eine Beileidsbekundung. Es erinnerte mich wieder an die tiefe Freundschaft, die zwischen den Familien Chavez und Bellington bestand, und ich ermahnte mich, sachte vorzugehen.

Wir folgten Mrs. Watkins einen langen Flur hinunter.

Das Innere des Hauses war genauso kalt und steril wie sein Äußeres. Die Wände und Bodenfliesen hatten verschiedene Grauschattierungen, deren Monotonie nur von großen schwarzen und weißen Ledermöbeln und von dramatischen Leinwänden mit moderner Kunst durchbrochen wurde. Die Bilder waren abstrakt, folgten keinem erkennbaren Muster und waren ein Gemisch von Strudeln, Wellen und Zickzack-Kurven, bei denen mir leicht übel wurde, als wäre ich gerade auf einem Boot und seekrank gewesen.

Mrs. Watkins ließ uns im Wohnzimmer zurück, einem vornehmen, tieferliegenden Raum mit Blick auf das Tal hinunter. Ich ging zu den bodentiefen Fenstern und schaute hinaus. Das Wohnzimmer musste direkt über der Bergflanke hängen, denn als ich hinabsah, stand ich am Rande eines Felsvorsprungs und schaute auf die Wipfel derselben Bäume, durch die wir noch Minuten zuvor gefahren waren.

Eine neue Welle der Übelkeit durchfuhr mich, und ich schloss die Augen und lehnte meine Stirn an das kühle Glas.

»Angel, wie wunderbar von dir, dass du mitgekommen bist.«

Ich öffnete die Augen wieder und betrachtete in der Spiegelung des Fensters, wie Terence Bellington mit großen Schritten das Wohnzimmer betrat und den Chief mit einer halben Umarmung und einem halben Händeschütteln begrüßte, so, wie es mächtige Männer untereinander tun.

Als ich mich umdrehte, sah ich deutlich die tiefen Schatten unter den Augen des Bürgermeisters. Er schien sich in seinem Körper wohl zu fühlen, war eher groß und körperlich fit durch viele Jahre Tennis. Wenn man nicht wusste, dass er krank war, hätte man ihn für einen Ausbund an Gesundheit halten können. Doch wenn man genau hinsah, erkannte man die Anzeichen. Durch die Krebstherapie hatte er eine Glatze. Sein Kopf war frei von Altersmerkmalen und Sommersprossen, glänzte und war so glatt wie ein Ei. Seine Augen hatten ein dunkles Olivgrün, was mich an nasse Armeekleidung denken ließ. Aus nächster Nähe war er nicht fit, er war zu dünn, und die Haut hing an Stellen schlaff herunter, wo sie es eigentlich nicht dürfte.

In der Stadt ging das Gerücht, dass Bellington Cedar Valley als Sprungbrett für die obere politische Liga sah. Er hatte die Bürgermeisterwahl mit einer Mehrheit von beispiellosen fünfundsiebzig Prozent gewonnen; mit einer solchen Popularität konnte er möglicherweise die Stufe des Gouverneurs überspringen und direkt nach Washington gehen. Danach gab es nach oben dann keine Grenzen mehr. Es musste mit Sicherheit nicht beim Senat bleiben; es gab auch noch Posten im Kabinett, als Botschafter, oder das goldene Ei selbst: das Weiße Haus.

Wenn er es überlebte.

Es war eine heikle Krebsvariante; manche Menschen überlebten. Die meisten allerdings nicht. In dem letzten Artikel, den ich in der *People* vor ungefähr einem Monat über ihn gelesen hatte, hatte er seinen Arzt zitiert mit den Worten, er habe eine solide Chance von dreißig bis vierzig Prozent, diesem Krebs einen Schlag ins Gesicht zu verpassen. Dennoch tauchte das Wort »sterben« nie in seinen Reden auf und nie auf seiner Internetseite.

Mrs. Watkins, die Haushälterin, erschien hinter Bellington, stellte schweigend ein Silbertablett auf ein Hochglanz-Sideboard und schenkte Tee in vier Porzellantassen. Sie flüsterte dem Bürgermeister etwas zu. Er nickte, und sie verließ den Raum so schweigend, wie sie ihn betreten hatte.

»Ellen kommt auch in wenigen Minuten«, sagte Bellington. »Sie ist oben bei Annika. Wie Sie sich vorstellen können, geht ihnen die Sache furchtbar an die Nieren.«

Chavez nickte ernst. »Natürlich. Terry, du erinnerst dich sicher an Detective Gemma Monroe, nicht wahr? Und das hier ist Sam Birdshead, er ist neu in unserer Abteilung.«

Ich begrüßte den Bürgermeister mit einer Kopfbewegung.

»Gemma, Sam«, sagte der Bürgermeister und reichte jedem von uns eine Tasse Tee. Er setzte sich mit dem Rücken zur Sonne in den einzigen Sessel des Raumes, dessen schwarzes Leder wie Obsidian glänzte. Der Rest von uns verteilte sich auf den beiden Sofas, die den niedrigen Couchtisch flankierten.

»Ihr Verlust tut uns so leid, Sir«, begann ich. »Ich kann mir kaum vorstellen, wie schwer das alles für Sie sein muss.«

Der Bürgermeister nippte an seinem Tee. »Sie haben recht, Gemma. Das sind furchtbare Neuigkeiten. Wissen Sie, mein Kind zu verlieren war wirklich das Schlimmste, was mir in meinem Leben je passiert ist. Jetzt zu wissen, dass er all die Jahre tatsächlich am Leben war und zugelassen hat, dass wir, dass seine *Mutter* gedacht hat, er sei tot ... Nun stellt sich heraus, dass ich überhaupt nicht wusste, wer mein Junge eigentlich war. Es widerspricht all dem, für das diese Familie steht. Gegen diese Hölle ist eine Krebserkrankung gar nichts.«

»Terry«, sagte Chavez, »wir werden dieser Sache auf den Grund gehen, das schwöre ich. Nicky war ein guter Junge. Er musste einen verdammt triftigen Grund gehabt haben, um das hier zu tun.«

»Das ist einfach gesagt, Angel, aber schwer zu glauben. Es fehlte ihm an nichts. Alles, was er sich wünschte, hat er bekommen. Als ich in seinem Alter war, hatte ich drei Jobs, nur um mir ein Fahrrad kaufen zu können«, sagte Bellington. Er schlug die Beine übereinander, tief in Gedanken versunken. »Warum sollte er so etwas tun?«

Der Bürgermeister stellte seinen Tee ab und rieb sich heftig mit den Händen über das Gesicht, als wolle er die Gedanken abwischen, die auf seiner Haut kribbelten. Rote Streifen erblühten auf seinen Wangen und verschwanden direkt wieder. Für seine Statur hatte er kleine Hände, und ich betrachtete ihn in dem Wissen, dass ich vielleicht gerade Nickys Mörder ansah.

Man sucht immer zuerst bei der Familie. Ob es nun fair ist oder nicht, die Mütter, Väter und Ehegatten sind immer die schnellste und direkteste Verbindung zu jedem Opfer. Das war etwas, das ich Sam erklärt hatte: Beginne immer mit einem kleinen engen Kreis von Verdächtigen, bevor du ihn zunehmend erweiterst.

Leider brauchte man manchmal nicht weiter als bis zur Familie zu schauen.

Der Bürgermeister hob seine Tasse wieder an, nahm einen weiteren Schluck und sagte erneut: »Warum sollte er so etwas tun?«

»Sir, wenn wir den Mörder Ihres Sohnes finden, werden wir in der Lage sein, diese Frage zu beantworten«, sagte ich. »Vielleicht haben die beiden Ereignisse – sein Verschwinden und nun sein Tod – etwas miteinander zu tun. Mord ist üblicherweise nie so kompliziert, wie es zuerst erscheint.«

»Stell dir das vor, Terry. Wir sind jetzt die Eltern eines ermordeten Jungen«, sagte eine heisere Frauenstimme.

Ich hatte Ellen Bellington nicht durch den Flur kommen hören, doch da stand sie, in ihrer vollen Lebensgröße von über einem Meter achtzig. Sie bewegte sich wie eine Katze, schlich in das Zimmer und hockte sich auf die Armlehne des Sessels, in dem der Bürgermeister saß, wobei ihre strenge, schwarze Hose sich kaum vom Leder abhob.

Ellen sah atemberaubend aus, und wahrscheinlich mit fünfzig noch schöner, als sie mit zwanzig ausgesehen hatte. Sie war früher Schauspielerin gewesen, und die Jahre hatten ihren markanten nordischen Gesichtszügen eine gewisse Weichheit verliehen und ihren eckigen Körperbau gerundet. Haare so blond wie Maisgrannen fielen über ihre Schultern und den Rücken, und ich konnte nicht anders, als an den Wasserfall zu denken, Bride's Veil, den Nicky vor drei Jahren hinabgestürzt war. Ihre Augen hatten dasselbe Eisblau wie die ihres Sohnes.

»Ich frage mich, ob es sich anders anfühlt, als die Eltern eines Jungen zu sein, der bei einem tragischen Unfall ums Leben gekommen ist?«, sinnierte sie. »Aber ich vermute, nur die Zeit wird diese Frage beantworten können.«

Sie tätschelte den Kopf ihres Mannes und begann, ihre Finger über seinen haarlosen Schädel laufen zu lassen, als spielte sie Piano.

»Ellen, bitte«, begann Bellington, doch sie beschwichtigte ihn und ließ ihre Hand von seinem Kopf auf den Rücken gleiten. Sie tätschelte ihn wieder, wie man einen Hund tätschelt, liebevoll und geistesabwesend, einfach weil der Hund gerade da ist, und nicht, weil man das dringende Bedürfnis hätte, ihn zu streicheln.

Ellen lächelte dem Chief zu. »Hallo, Angel. Willst du mir nicht deine Freunde vorstellen?«

»Ja, natürlich, das ist Gemma Monroe. Ihr Großvater – Stiefgroßvater, entschuldigen Sie, Gemma – ist Bull Weston, den du ja kennst. Und das ist Sam Birdshead aus Denver, der gerade erst bei uns angefangen hat. Er hat vor kurzem die Akademie abgeschlossen.«

»Freut mich, Sie kennenzulernen, Gemma«, sagte Ellen. »Bull war der beste Richter, den die Stadt je hatte. Nicht wie dieser Idiot Swanson, der immer so tut, als wäre es eine Reality TV Show, wenn er den Vorsitz bei Gericht hat. Und Sam. Ihr Nachname kommt mir bekannt vor. Sind Sie mit Wayne Bird Head verwandt, oben im Gebiet von Wind River? Ja, müssen Sie, ich erkenne eine Ähnlichkeit bei der Hautfarbe und der Nase. Er ist Ihr Großvater, oder? Wie lautete der charmante Ausdruck, den ich gehört habe? Der ›Pate des Reservats‹?«

Sam errötete, und ich hätte ihr am liebsten eine gescheuert. Ich wusste, wer Wayne Bird Head war, aber – Familienbande hin oder her – Sam war ein vollkommen anderer Mensch als sein Großvater.

Ellen ging durch das Zimmer und blieb an dem Fenster stehen, an dem mir schwindelig geworden war. Sie drückte eine Handfläche gegen das Glas. Ich fragte mich, ob es ihr Gesicht gewesen war, das ich gesehen hatte, als wir in der Einfahrt hielten. Sie blieb dort stehen, starrte auf das Tal unter sich, und wir beobachteten sie, bis die Stille beklemmend wurde.

Chief Chavez räusperte sich. »Ellen, Terry, wir wissen zu diesem Zeitpunkt noch nicht viel, mit Sicherheit nicht mehr, als wir gestern am Telefon besprochen haben. Nickys Leiche wurde auf der alten Festwiese gefunden. Er war Teil eines reisenden Zirkus, wo er die letzten beiden Jahre als Clown gearbeitet hat. Angeworben wurde er in Cincinnati. Alle bestätigen, dass er ein guter Mitarbeiter gewesen ist. Einige unserer Beamten befragen heute die restlichen Zirkusmitarbeiter.«

Ellen lachte bellend. Es war ein hartes, kurzes und schroffes Lachen. »Ausgerechnet ein Zirkus! Was für ein Irrer ist mein Baby geworden?«

Chavez seufzte. »Kein Irrer, Ellen. Nicht unser Nicky.«

Ellen ließ ihre Hand am Fenster hinabgleiten und hinterließ einen langen Streifen auf der Scheibe. »Er war mein Liebling«, sagte sie. »Ich weiß, dass man so etwas nicht sagt, aber er war es, seit dem Tag, an dem die Zwillinge geboren wurden. Nicky war der Beste von uns. In gewisser Hinsicht, vermute ich, war er zu gut für diese Welt. Halten Sie mich für eine schreckliche Person? Ich liebe meine Tochter. Aber meinen Sohn habe ich noch mehr geliebt.«

Niemand von uns wusste, was er darauf sagen sollte.

Ich wartete einen Augenblick und wandte mich dann direkt an den Bürgermeister. »Sir, Sie sagten, Ihre Tochter Annika sei zu Hause? Könnten wir vielleicht mit ihr sprechen?«

Ellen wandte sich vom Fenster ab und antwortete anstelle ihres Mannes; sie schüttelte den Kopf. »Sie wird nicht nach unten kommen. Sie will momentan mit niemandem reden. Sie ist am Boden zerstört.«

Ich schenkte ihr das, was ich für ein beruhigendes Lächeln hielt. »Darf ich vielleicht nach oben gehen? Ich werde sie nicht zu lange stören. Vielleicht möchte sie ein paar Minuten reden, wenn ich allein mit ihr spreche?«

Ellen und Terry sahen sich mit einem Blick an, den ich nicht deuten konnte.

»Sicher, Gemma, Sie können es gern versuchen«, sagte Bellington. Er zuckte die Achseln. »Vielleicht wäre es gut für Annika, mit einem Außenstehenden zu sprechen.«

10. KAPITEL

Annikas Zimmer lag auf der gegenüberliegenden Seite des Hauses. Mrs. Watkins führte mich die Stufen hoch und durch einen schmalen Flur, der mit weiteren übelkeitserregenden Bildern gefüllt war. Wir gingen an einer offenen Tür vorbei, aus der leise die Geräusche eines Fernsehers zu hören waren. Ich wandte den Kopf und schaute im Vorbeigehen in eines der Zimmer, in dem ein älterer Mann saß, schlafend in einem Rollstuhl, mit gesenktem Kopf, die Hände auf dem Schoß.

Der Raum war abgedunkelt, doch das blaue Licht des Fernsehers füllte das Zimmer mit einem neonfarbenen Schein. Wie hypnotisiert beobachtete ich, wie ein dünner Speichelfaden von seinem Kinn hinunter auf die orangefarbene Häkeldecke rann, die seine Knie bedeckte.

Mrs. Watkins, die vor mir ging, drehte sich um, kam ein Stück zurück, griff an mir vorbei und schloss sacht die Tür. Ihr Blick war undurchdringlich, und ich schämte mich, dem alten Mann in seiner Privatsphäre heimlich beim Schlafen zugesehen zu haben.

»Entschuldigung«, murmelte ich.

»Das ist Frank Bellington«, murmelte Mrs. Watkins.

»Ich weiß. Er war ein Freund meines Großvaters, Bull Weston. Sie haben sich aber wohl schon eine ganze Weile nicht mehr gesehen.«

Mrs. Watkins zuckte die Achseln, ging weiter den Flur entlang, und ich beschleunigte mein Tempo, um mit ihr Schritt zu halten. Am Ende des Flurs zeigte sie auf eine verschlossene Tür. Am Knauf hing ein Schild von der Sorte, wie man sie in Hotels sieht, wenn jemand nicht gestört werden möchte. Ich hob das pinkfarbene, laminierte Schild und lächelte; auf der einen Seite stand ›lieblicher Engel‹, auf der anderen Seite ›rasende Hexe‹.

Ich drückte mir die Daumen, dass heute der Engel zu Hause war, klopfte und schob die Tür auf.

Das Zimmer war so warm und gemütlich, wie der Rest des Bellington-Hauses kalt und steril war. Ein Säulenbett mit einer dicken lavendelfarbenen Decke nahm die Südwand ein. Auf der gegenüberliegenden Seite des Zimmers befand sich ein ausladender Holzschreibtisch, auf dem mehrere Computer und eine Stereoanlage standen und bergeweise Klamotten lagen. In einer Ecke lehnten ein Keyboard und eine Gitarre an einem hohen Bücherregal, vollgestopft mit zerlesenen Taschenbüchern und dicken, gebundenen Büchern. Dazwischen steckten kleine Keramikengel wie die, die man in Hallmark-Läden und *Reader's Digest*-Werbungen sieht.

»Annika? Ich bin Detective Monroe«, sagte ich. »Du kannst mich Gemma nennen.«

Sie saß im Schneidersitz auf dem Bett und spielte mit den Enden ihrer langen Haare, die noch zwei Stufen heller waren als die ihrer Mutter. Sie schaute auf, und ich sah in die gleichen hellblauen Augen wie die ihres Zwillingsbruders Nicky, das gleiche Blau ihrer Mutter. Ich erkannte keine Ähnlichkeit mit ihrem Vater – bis sie sprach.

Ihr Tonfall, ihre Offenheit, ihre Freundlichkeit waren eins zu eins Terry Bellington. Sie gäbe eine großartige Politikerin ab, und sie war noch nicht einmal zwanzig.

»Sehr erfreut«, sagte sie und sprang in drei Schritten vom Bett auf mich zu. Sie schüttelte mir höflich die Hand und starrte dann auf meinen Bauch. »Glückwunsch.«

»Danke. In drei Monaten ist es so weit«, sagte ich. »Es fühlt sich ziemlich schräg an.«

»Das glaube ich. Ich kann mir das gar nicht vorstellen«, sagte Annika. Sie trug dunkle Jeans und ein grünes T-Shirt mit dem Wort »Hellkat« in ausgefransten roten, gestickten Filzbuchstaben quer über der Vorderseite. Das T-Shirt wirkte selbstgemacht; aber so, wie die Kids heutzutage drauf waren, hatte es vermutlich achtzig Dollar bei Anthropologie gekostet.

Sie bemerkte meinen Blick und lachte, ein melodischer Ton, ganz anders als das harsche Bellen ihrer Mutter. »Hellkat ist eine junge Band aus New Haven. Mein Freund ist der Leadsänger. Pete. Er hat auf der Bühne ein zweites Ich, mit Kostüm und allem. Hellkat ist wie eine degenerierte Superhelden-Katze. Ist ein bisschen blöd.«

Ich zuckte die Achseln. »Ich weiß nicht, hört sich doch ganz cool an. Wie ist Yale denn so? Ich wette, es ist ganz schön anders als die Schulen hier draußen.«

Das sagte ich zwar, aber ich glaubte es nicht. Manchmal mache ich das, die Worte sprudeln aus meinem Mund, während ich das Gegenteil denke. College ist College, ob man nun zehntausend oder hunderttausend für privilegierten Unterricht, kleine Zweierzimmer und mieses Mensaessen ausgab.

Sie rollte die Augen und lachte dann wieder. »Die Jungs sind die gleichen. Sie wollen dich alle nur ficken, und dann machen sie sich wieder vom Acker, erst popp, dann flopp, wie sie so sagen. Darum mag ich Pete, er ist anders als der Rest. Er hat mich nie genötigt.«

Ich wusste nicht, ob sie mich mit ihren Worten schockieren wollte, aber irgendwie bezweifelte ich es. Annika wählte diese Worte, weil sie die Situation passend beschrieben.

»Weint meine Mom immer noch?«, fragte sie. Sie schlenderte hinüber zum Bett, ließ sich nieder und klopfte neben sich auf die Decke.

Ich setzte mich zu ihr. »Ich weiß nicht. Eben gerade hat sie nicht geweint.«

»Sie hat letzte Nacht viel geweint«, sagte Annika. »Daher wusste ich, dass etwas nicht stimmt. Ich habe gehört, wie das Telefon geklingelt hat, dann hat sie geschrien, genau wie mein Dad, aber niemand hat mir etwas gesagt.«

Sie ließ sich rücklings auf das Bett fallen und presste ihre Handballen auf die Augen. »Meine Tante Hannah war diejenige, die mir schließlich alles erzählt hat, wissen Sie. Können Sie sich das vorstellen? Sie haben es mir noch nicht einmal selbst gesagt.«

»Deine Tante Hannah?«

Annika nickte. »Unsere Nanny, Mrs. Watkins. Ich bin sicher, dass Sie ihr begegnet sind. Sie hat uns quasi aufgezogen. Ihr Mann hat sie verlassen, als sie herausgefunden haben, dass sie keine Kinder bekommen kann. Meine Eltern waren immer megabeschäftigt, also ist sie bei uns eingezogen, als wir noch klein waren.«

»Mir war nicht bewusst, dass sie eine Verwandte ist. Wohnt sie denn dann auch hier?«

Annika bejahte. »Dad, Mom, meine Tante, Opa und ich. Und kein Bruder mehr.«

Ich lag auf dem Bett neben ihr und starrte nach oben. Winzige Sterne überzogen die Zimmerdecke in einem zufälligen

Muster, das vage an Sternenkonstellationen erinnerte. In meiner Jugend hatte meine beste Freundin die gleichen Aufkleber an der Zimmerdecke gehabt, die leuchteten, wenn man das Licht ausmachte.

Sie und ich hatten damals stundenlang genauso auf dem Bett gelegen, mit herunterhängenden Füßen, flach auf dem Rücken, haben wir an die Decke gestarrt und über alles und nichts geredet. Wir haben nach Blaubeeren duftende Kerzen angezündet, Tracy Chapman und Chris Isaak gehört und uns gefragt, ob die Jungs, die wir mochten, überhaupt unsere Namen kannten.

»Es tut mir ehrlich leid wegen Nicky, Annika. Ich weiß, dass das für dich ein riesiger Schock sein muss«, sagte ich. »Fällt dir irgendein Grund ein, warum er das alles getan haben könnte?«

»Sie meinen, zu verschwinden? Nicht mit seiner Familie in Kontakt zu treten? Uns denken zu lassen, er wäre tot? Oder einem Zirkus beizutreten, als Clown zu arbeiten und sich dann ermorden zu lassen?«

Ich seufzte. Es war eine beklemmende Situation, das konnte ich nicht leugnen. »Nun, das alles, vermute ich mal.«

Sie setzte sich auf, schaute zu mir herunter, fasste ihr Haar zusammen und begann es wütend in einen Knoten zu binden.

»Ich habe keine Ahnung. Nicky war das Salz in meiner Suppe, der Deckel auf meinem Topf. Durch ihn war ich vollständig. Was wir hatten, war leidenschaftlich, aber nicht auf die abartige Weise, wie in *Blumen der Nacht*. Es gab keinen netteren Jungen. Er hat den Rest dieser verfickten Familie allein deshalb etwas besser gemacht, weil er den gleichen Nachnamen hatte wie wir. Ich kann mir nicht vorstellen, dass er es absichtlich gemacht hätte, wenn er gewusst hätte, wie sehr er uns damit weh tut. Es muss eine andere Erklärung dafür geben.«

Sie sprang vom Bett und lief im Zimmer auf und ab wie ein eingesperrter Tiger in aufgestauter Rage. »Ich bin so wütend auf ihn, ich würde ihn umbringen, wenn er jetzt hier wäre, Detective.«

»Bitte nenn mich Gemma. Annika, kannst du mich durch diesen Tag führen? Den vor drei Jahren? Ich habe natürlich die Berichte gelesen, aber ich würde es gerne von dir hören.«

Sie lachte. »Ja, klar, aber ganz offensichtlich haben wir da was verpasst, oder? Ich meine, der Bericht stimmt nicht mehr wirklich, nicht wahr, angesichts dessen, dass er noch lebte?«

Ich nickte. »Das ist in Ordnung. Ich würde es trotzdem gerne hören.«

Sie nahm einen der winzigen Porzellanengel aus dem Bücherregal und hielt ihn eine Weile in der Hand, bevor sie ihn zurückstellte. In den Sonnenstrahlen, die durchs Fenster schienen, wirkte sie jünger als ihre neunzehn Jahre.

»Wir waren auf einem Ausflug, einer Zeltwanderung mit Übernachtung, oben auf den Mount Wrigley. Paul – Mr. Winters – hatte Nicky und mich gebeten, für seine Stiftung als Betreuer mitzukommen. Er war wohl der Ansicht, wir seien gute Vorbilder für die anderen Kids. Wir wanderten Mittwochabend auf den Berg und zelteten dort oben. Freitagmorgen packten wir unseren Kram zusammen und wanderten wieder zurück. Oberhalb des Bride's Veil machten wir eine Mittagspause.«

»Wessen Idee war es gewesen, an dem Wasserfall Halt zu machen?«

Sie schüttelte den Kopf. »Ich erinnere mich nicht mehr. Vielleicht war es Pauls Idee … also, Mr. Winters'. Vielleicht war es Nickys Idee? Wir hatten Hunger, und es war ein wundervoller Tag.«

Ich nickte wieder. Ich erinnerte mich; es *war* ein wundervoller Tag gewesen.

Der 6. Juli, ein Freitag, mit Temperaturen um die dreißig Grad. Paul Winters leitete die Forward Foundation, eine örtliche Jugendgruppe, deren Mission es war, Jugendliche durch körperliche Tätigkeiten und willensbildende Aktivitäten zu stärken.

»Wie setzten unsere Rucksäcke ab«, fuhr Annika fort, »und breiteten Decken an der Klippe aus, aber nicht zu nah am Abgrund. Wir waren ja nicht blöd. Paul hat Cracker, Käse und Kekse ausgeteilt, und wir haben gegessen und uns dann irgendwie ausgestreckt, wissen Sie, uns gesonnt. So wie Katzen.«

Ich kannte den Platz gut. Ich war damals Teil der Ermittlungen gewesen; ich hatte mir einen Magenvirus eingefangen, bei dem ich fünf Kilo abnahm, und das bei meiner sowieso schon schlanken Figur, doch seitdem war ich schon mehrfach wieder dort oben gewesen. Ungefähr zehn Meter abseits des Hauptwegs, auf halber Strecke hoch zum Mount Wrigley, gibt es einen nicht ausgeschilderten Weg, der zu einem Aussichtspunkt über dem Bride's Veil führt. Der Wasserfall ist fünfundzwanzig Meter hoch, und mitten im Sommer, wenn die Schneeschmelze ihren Höhepunkt erreicht hat, führt der Arkansas River, der sich durch die Rockys zieht, tosende Wassermassen.

In der Nähe des Aussichtspunktes gibt es eine kleine Lichtung, und das war die Stelle, an der die elf Jugendlichen und Paul Winters eine Pause einlegten, um etwas zu essen. Der Untergrund ist fest und eben, aber beginnt zu erodieren, je näher man an den Rand der Klippe kommt. Nicky war nicht der Erste, der dort abgestürzt ist; genau genommen starben seit den späten 1800ern drei weitere Menschen am Bride's Veil, sei es durch Unfall oder Selbstmord.

Annika fuhr fort. »Irgendwann bin ich eingeschlafen. Ich war die ganze Nacht wach gewesen, es war zu kalt, um gut schlafen zu können, und das Mittagessen und der Sonnenschein waren so schön, dass ich tief eingeschlafen bin, nachdem ich meine Augen geschlossen hatte. Wissen Sie, was ich meine? Diese Art Nebel, wenn man aufwacht und nicht einmal mehr weiß, wo man ist?«

»Klar.«

Annika holte tief Luft, hörte auf, hin und her zu gehen, und setzte sich wieder zu mir auf das Bett. Ihre Haut war ebenmäßig, und ihre blauen Augen glänzten wie zwei Kristalle, und einen Moment lang stieg in mir Traurigkeit darüber auf, wie schnell die Zeit sich an uns heranschleicht. Auf meinem eigenen Gesicht, weniger als ein Dutzend Jahre älter, breitete sich eine stetig wachsende Landkarte an Sorgenfalten aus, man sah die Stunden, die ich in der Sonne verbracht hatte, das Lachen und die Tränen.

»Ich bin aufgewacht, weil jemand geschrien hat. Dann rief jemand, und dann noch mehr Geschrei. Als ich mich aufsetzte, habe ich alle an dem Aussichtspunkt stehen sehen, wo sie hinuntergeguckt haben. Alle waren da, außer Nicky. Und da wusste ich es.«

»Da wusstest du was?«

»Ich wusste, dass er fort war. Gemma, bei unserer Geburt haben wir uns an den Händen gehalten. So nahe standen wir uns.«

Angesichts meines überraschten Gesichtsausdrucks lachte Annika, und mir fiel wieder das musikalische Klimpern in ihrem Lachen auf, so wie ein Windspiel, das in einer leichten Brise tanzt. »Meine Mom hatte einen Kaiserschnitt. Als die Ärzte uns herauszogen, waren Nicky und ich einander zugewandt und hielten uns an den Händen. Sie haben uns fotografiert, das Bild ist hier irgendwo. Ich glaube, unser Foto war sogar in einer Zeitschrift.«

Sie lehnte sich über das Bett und fing an, Alben herauszuziehen. »Als wir klein waren, habe ich Nicky meinen Schatten genannt. Und er sagte immer, er sei nicht mein Schatten, sondern mein Spiegel. Wenn ich kurz davor war, Unfug zu machen, erschien Nicky vor mir und spiegelte mir zurück, wie böse ich war, selbst wenn er gar nicht anwesend war. Ergibt das einen Sinn? Er war wie mein moralisches Barometer. Schräg, oder?«

Die Zimmertür öffnete sich einen Spalt, und wir schauten erschreckt auf. Mrs. Watkins – Tante Hannah – steckte ihren Kopf herein. »Die anderen sind unten fertig, Detective.«

»Danke, ich bin in einer Minute unten«, sagte ich und stand auf. Annika erhob sich auch, und zu meiner Überraschung umarmte sie mich. Ihr Körper fühlte sich schmal an, aber gleichzeitig stark, wie ein Windhund.

»Danke, dass Sie mit mir geredet haben. Das hilft«, sagte sie. Dann ging sie in die Ecke und nahm sich die Gitarre.

»Sie reden mit mir nie über ernste Sachen. Meine Eltern, meine ich. Sie denken, ich sei schwach und zerbrechlich. Dass ich nicht damit umgehen kann.«

Sie schlug einen Akkord an, klar und melodisch. »Haben Sie am College irgendwelche Sprachen belegt, Gemma?«

Ich nickte. »Französisch. Ich habe seit Jahren kein Wort mehr gesprochen.

Sie spielte weiter, und ich erkannte die Melodie, die ich sicher sehr bald selbst singen würde.

Rock-a Bye, Baby …

»Ich studiere Philosophie im Hauptfach, also muss ich auch Griechisch belegen. Zurzeit sind wir bei den Präfixen. Wussten Sie, dass das griechische Präfix A ›ohne‹ bedeutet? Also, fehlend?«

In the treetop …

»Ja, irgendwie sagt mir das etwas«, meinte ich.

When the wind blows, the cradle will rock ...

Annika spielte und summte, und der Rest des Liedtextes fiel mir ein, Wörter, die sich ganz plötzlich für einen Kinderreim sehr bedrohlich anhörten: Schaukel, mein Baby, in den Baumkronen, wenn der Wind bläst, schaukelt die Wiege, wenn der Ast bricht, fällt die Wiege, und zu Boden geht das Baby, mit der Wiege und allem.

Down will go Nicky ...

Annika hörte auf zu spielen und legte die Gitarre weg. »Meine Mutter hatte auch Philosophie im Hauptfach. Sie spricht fließend Griechisch, Latein ... all die Sprachen der Toten. Ich habe meinen Vater vor kurzem gefragt, wer von ihnen uns, Nicky und mir, unsere Namen gegeben hat. Er sagte, es sei meine Mutter gewesen.«

»Nicholas und Annika«, sagte ich. Ein kalter Schauer lief mir über den Rücken.

Ich verstand es, aber ich begriff es nicht.

»Annika: ohne Nika, ohne Nick. Ich bin ohne Nick. Es ist, als hätte meine Mutter gewusst, dass er eines Tages fort sein würde, und so hat sie mich mit diesem dummen Namen verflucht, damit ich immer daran erinnert werde. Ich werde immer ohne Nick sein.«

11. KAPITEL

Ich verbrachte den Nachmittag auf dem Revier, schrieb meinen Bericht und sah durch, was wir bei den ersten Vernehmungen der Zirkusmitarbeiter herausgefunden hatten. Die Notizen der Polizeibeamten wiesen darauf hin, dass viele der Angestellten nur zögerlich mit der Polizei geredet hatten. Offensichtlich gab es nicht viel, womit man weitermachen konnte: Reed Tolliver war freundlich gewesen und hatte hart gearbeitet. Er hatte keine Feinde. Er hatte eine Freundin, und ich machte mir eine Notiz, sie persönlich zu befragen, genau wie Joe Fatone, den Geschäftsführer.

Um vier Uhr kam Finn Nowlin vorbei und ließ einen Bogen Papier auf meinen Schreibtisch fallen. »Fröhliche Weihnachten, Gemma.«

»Was ist das? Eine Liste von Städten, wie süß! Sind das die Orte, an denen ein Kontaktverbot-Urteil gegen dich vorliegt?«

Finn griente. »Du bist wirklich sauwitzig. Es sind all die Städte, in denen Fellinis Zirkus in den letzten zwei Jahren aufgetreten ist. Vielleicht möchtest du einen Rundruf bei unseren Kollegen starten und hören, welche Morde zur selben Zeit stattgefunden haben, als der Zirkus in der Stadt war. Vielleicht haben wir hier einen Serienmörder.«

Er wusste, dass es eine großartige Idee war, und er wusste auch, dass ich das wusste. Und er wusste außerdem, dass es mir noch nicht selbst eingefallen war.

»Danke«, presste ich hervor. »Fatone hat nichts über andere Morde gesagt.«

»Ich weiß, ich habe den Bericht gelesen. Es gibt zwei Dinge, die einem dabei in den Sinn kommen: Zum einen ist Fatone möglicherweise dein Mann. Ich würde in seiner Nähe vorsichtig sein. Zweitens arbeitet dein Mörder vielleicht für den Zirkus, und seine anderen Opfer waren alle, ähm, Leute aus der Stadt, weißt du, die in den Zirkus gegangen sind. Vielleicht ist es das erste Mal, dass er einen Kollegen ermordet hat.«

In einigen Punkten hatte Finn recht. Er ging wieder, und ich begann mit der lästigen Arbeit, die Kontaktdaten der Abteilungen in diesen Städten herauszusuchen. Ich brauchte zwei Stunden, und als ich fertig war, hatte ich eine Liste von über hundert Telefonnummern. Ich legte sie mit einer Anweisung auf Sams Schreibtisch. Er konnte die Anrufe tätigen. Cops verteidigen notorisch ihr Territorium, und es wäre gut für Sam, ein wenig Übung darin zu bekommen, diplomatische Beziehungen zu unseren Kumpels in Kansas, Nebraska und Ohio aufzubauen.

Bevor ich das Revier verließ, arrangierte ich für den nächsten Morgen ein Treffen mit Fatone auf der Festwiese. Das würde mir eine Gelegenheit geben, mir den Tatort ein weiteres Mal anzusehen, ihn einmal ohne die Leiche und das ganze Blut abzuschreiten.

Schon fast zu Hause, fiel mir ein, dass ich gesagt hatte, ich würde bei meiner Großmutter und Bull vorbeischauen. Fluchend schaute ich in den Rückspiegel und machte mitten im Canyon kehrt.

Ich fuhr zurück in die Stadt, zurück zum Haus meiner Kindheit. Nachdem meine Eltern gestorben waren, vermietete Julia ihr Haus in Denver und zog in unser Gästezimmer im Erdgeschoss. Ich dachte, sie würde zurück nach Denver gehen, wenn ich die Highschool abgeschlossen hätte, doch Cedar Valley wuchs ihr ans Herz. Dann lernte sie Bull kennen, sie heirateten, und er zog mit bei uns ein.

Ich habe mich immer gefragt, ob es nicht seltsam für Julia gewesen ist, in das Haus ihres toten Sohnes zu ziehen. Aber ich habe sie nie gefragt. Nach ihrer Hochzeit übernahmen sie und Bull das Elternschlafzimmer, verkauften alle Möbel meiner Eltern und ersetzten es durch shabby chic Landhausstil-Zeugs. Sie ließ mich ein paar Dinge behalten, wie das antike Schmuckkästchen meiner Mutter und die Malsachen meines Vaters. Das war ein Kampf gewesen – die siebenjährige Gemma, die Julia anschrie, damit sie ihr erlaubte, die halbleeren Farbtuben und halbfertigen Bilder zu behalten, Fragmente eines halbfertigen Lebens.

Es war Bull, der schließlich einschritt und Julia sanft nahelegte, doch einen Spaziergang zu machen. Er half mir, die Pinsel, Tuben und Leinwände sowie das Schmuckkästchen einzupacken, und fuhr die Sachen dann in ein Lagerhaus auf der anderen Seite der Stadt. Er versprach, sie für mich aufzubewahren, bis ich meine eigene Wohnung hatte. Bull war ein guter, gerechter Mensch. Es war nicht seine Schuld, dass er sich erst in späteren Jahren verliebte, noch dazu in eine Frau, die ihre Enkelin an der Backe hatte. Er nahm mich als sein eigenes Kind an, und oft fühlte ich mich Bull viel näher als Julia.

Ich parkte hinter seinem Kombi und stand eine Weile neben meinem Wagen, starrte auf das Haus, schaute die offenen Fenster an, mit ihren weißen Gardinen, die sich in der sanften Brise blähten, und den ordentlich gemähten Rasen mit den hübschen Beeten, in denen blühende Rosen wuchsen und Schwertlilien im Boden schlummerten. Ein pausbäckiger Mann in Shorts und zu kleinem Muskelshirt mähte zwei Häuser weiter den Rasen. Als er sah, dass ich ihn beobachtete, hob er eine Dose Coors in meine Richtung. Ich wusste nicht, ob er mir zuprostete oder ob es eine Ode an den wundervollen Sommerabend sein sollte. Ich hob grüßend eine Hand, und er wandte sich wieder seinem Rasenmäher zu.

Der rauchige Duft eines Grills drang in meine Nase, und ich betrat den Garten durch ein Seitentor, wobei ich laut eine Begrüßung rief. Meine Großmutter saß an einem weißen schmiedeeisernen Tisch, vor ihr ein Glas Saft und auf ihrem Schoß ein Taschenbuch. Als ich einen Teller mit verkohltem, knusprigem Hühnerfleisch sah, fing mein Magen an zu knurren.

Ich legte ihr eine Hand auf die Schulter, und sie fuhr zusammen.

»Ah, Gemma, du hast mich erschreckt! Du solltest dich nicht so an alte Leute heranschleichen«, sagte Julia. »Ich könnte einen Herzinfarkt haben. Gib mir einen Kuss.«

Ich beugte mich hinunter und gab ihr einen Kuss auf die Wange. Ihre Haut unter dem Strohhut mit der breiten Krempe war kühl, trocken und gebräunt.

»Du bist nicht alt, Julia, nur schwerhörig. Ich habe ›Hallo‹ gerufen, als ich hereingekommen bin.«

Sie runzelte die Stirn. »Wenn du es sagst. Hatten wir eine Verabredung?«

Ich schüttelte den Kopf. Im Augenwinkel erhaschte ich eine Bewegung und drehte mich zu Bull um, der mit einer Servierplatte voll Brötchen, Krautsalat und Mais aus der Verandatür kam. Trotz der Hitze trug er ein langärmeliges T-Shirt und Khakihosen. Mit seiner dunklen Brille, dem weißen Schnauz- und Ziegenbart und dem Geruch nach Barbecuesauce hätte er glatt als Colonel Sanders durchgehen können.

Er lächelte, als er mich sah. »Hi, Süße. Bleibst du zum Abendessen? Es ist reichlich da«, sagte er. Er setzte die Servierplatte ab und beugte sich vor, um mir einen Kuss zu geben. Dabei flüsterte er mir zu: »Sie hat einen guten Tag. Gelobet sei Gott.«

Wir aßen draußen, gebadet in das Licht der untergehenden Sonne, umgeben von den Geräuschen einer Sommernacht in einer Kleinstadt Amerikas: das Zirpen der Grillen, der sporadische Rasenmäher zwei Häuser weiter, ein lauter Fernseher im Wohnzimmer der Nachbarn. Am Ende der Sackgasse hörte ich Schuljungen Basketball spielen. Es waren nicht besonders viele – bei einem *Plonk*, als der Ball den Korb traf, waren nur vier Rufe zu hören.

Als wir fertig waren, bot Julia an, die Teller abzuräumen, und Bull ließ es geschehen. Ich merkte, dass er mit mir allein sprechen wollte, und fing an, mir Sorgen zu machen, dass mit Julia etwas nicht stimmte, irgendein neues Symptom. Vielleicht mussten wir uns früher nach einer Pflegekraft umsehen, als ich dachte.

Bull wartete, bis sie drinnen war, und sagte dann: »Gemma, ich habe heute ein Gerücht gehört. Du weißt, du musst es weder abstreiten noch bestätigen, aber wenn ich es gehört habe, dann haben das auch andere.«

»Ach ja? Was für ein Gerücht?«, fragte ich und spielte mit meinem Saftglas.

Bull starrte mich über seine Brille hinweg an. »Eines, in dem tote Jungen aus Gräbern auferstehen.«

»Wie Jesus Christus?«, fragte ich. Ich respektierte Bulls christlichen Glauben, aber ich war der Ansicht, es sei gut für ihn, seinen Glauben hin und wieder gegen eine Heidin wie mich verteidigen zu müssen.

Bull rollte mit den Augen. »Nein, nicht wie Jesus Christus. Wie Nicky Bellington.«

Ich setzte mich aufrechter hin. »Was hast du gehört?«

Bull schaute zurück zum Haus, wo Julia durch die Verandatür kam. Sie trug einen Pie in Händen, und ihre Augen glänzten vor Stolz.

»Voilà!« Sie setzte den Pie ab, und Bull und ich starrten erst ihn an und dann uns. Eiskristalle säumten den Rand, und die gefrorenen Kirschen in der Mitte waren so hart wie Stein.

»Er sieht köstlich aus, Julia. Ich bin gerade so satt, können wir ihn vielleicht später essen?«, sagte ich.

Sie schaute mich mit stechendem Blick an. »Du bist so mager, Gemma. Du musst jetzt für zwei essen, verdammt noch mal. Wann fängst du an, auf dich aufzupassen? Ich werde deine Mutter anrufen und mal ein Wörtchen mit ihr reden.«

Julia nahm den Pie und eilte wieder ins Haus. Sie schlug die

Tür so heftig zu, dass das Thermometer an der Wand daneben wackelte.

Bull hob die Augenbrauen. »Ich hoffe, du hattest nicht mit Nachtisch gerechnet.«

»Was hast du über Nicky gehört?«

»Genau das, was ich sagte. Er ist zurückgekehrt. Aber er ist als jemand anderes zurückgekommen, nicht wahr? Was bringt einen Jugendlichen dazu, seinen eigenen Tod vorzutäuschen?«

Ich hob eine Hand. »Wir wissen noch nicht, ob das überhaupt passiert ist, Bull. Lass den Staatsanwalt in dir mal einen Augenblick beiseite, ja?«

Julia kam zurück und setzte sich an den Tisch. Sie hatte sich umgezogen und trug nun ein rotes Nachthemd und ein Paar plüschige Hausschuhe aus Schaffell, an die ich mich noch von vor zehn Jahren erinnerte. Sie zog die Knie hoch, legte die Arme darum und schaute Bull und mich an. Ihre rechte Hand begann, an den losen Flusen der Puschen zu zupfen.

»Redet ruhig weiter«, sagte sie. »Beachtet mich gar nicht.«

»Was für ein Alptraum. Die arme Familie, erst Krebs und jetzt das …«, sagte Bull.

Ich nickte. »Sie sind ziemlich durcheinander. Ich habe sie heute Morgen in ihrem großen, neuen Haus oben im Foxfield Drive besucht. Frank Bellington war auch da. Ich habe ihn seit Jahren nicht mehr gesehen. Er ist inzwischen ziemlich alt und sitzt im Rollstuhl. Ich erinnere mich daran, dass er früher oft hier war, oder nicht?«

Bull lehnte sich in seinem Sessel zurück und schlug die Beine übereinander. Er spitzte die Lippen, aber sagte nichts.

Er wirkte wie ein Mann, der eine Lüge in Erwägung zieht.

Julia jedoch ergriff quer über den Tisch meinen Arm. Überrascht wandte ich mich ihr zu. Sie starrte mich an. Ihre Augen glänzten eindringlich, und ihre Wangen waren gerötet.

»Von diesem Mann hältst du dich fern, Gemma Elizabeth Monroe«, sagte sie.

Ihr Griff um meinen Unterarm wurde fester.

»Au, Julia, du tust mir weh«, sagte ich. Ich zog den Arm fort und rieb die roten Flecken, die sie hinterlassen hatte. Sie ließ sich zurück in ihren Sessel fallen und zupfte wieder an den Hausschuhen.

Ich starrte Bull an. »Was zum Teufel? Ich dachte, du und Frank, ihr wärt Freunde?«

Bull stand auf und nahm die Brille ab. Er klappte sie sorgfältig zusammen und steckte sie in die Brusttasche seines Hemdes. Dann gab er mir mit einem Kopfnicken zu verstehen, dass ich ihm folgen sollte. Ich tat es und stellte fest, dass er mit mir zum Gartentor ging.

»Begleitest du mich gerade hinaus? Worüber hat Grandma gerade geredet? Ich erinnere mich daran, dass Frank vor Jahren oft vorbeigekommen ist. Ihr wart Kumpel, du, Louis Moriarty und Jazzy Douglas. Ihr habt jeden Donnerstagabend Poker gespielt. Was geschah dann?«

An meinem Auto blieb Bull stehen. Der Mann, der den Rasen gemäht hatte, war längst verschwunden, genau wie die Sonne und der angenehme Sommerabend. Die Straße war dunkel und still. Irgendetwas in meinem Magen krampfte sich zusammen, und ich bekam Sodbrennen. Vielleicht lag es am Krautsalat. Die Stelle, an der Julia mich gepackt hatte, pochte leicht.

Bull seufzte. »Nichts ist passiert, Gemma. So ist nun mal das Leben. Man ist mit jemandem befreundet, bis man es nicht mehr ist, und das meist wegen eines kleinen, blöden Missverständnisses. Ich erinnere mich noch nicht mal mehr daran, was es war. Fahr nach Hause, Süße. Schlaf dich aus, du siehst erschöpft aus. Mir gefällt der Gedanke nicht, dass du allein in dem leeren Haus bist, ohne einen Nachbarn in Rufweite. Wann kommt Brody nach Hause?«

»In ein paar Tagen.«

»Werden wir noch zu einer Hochzeit eingeladen, bevor das Baby kommt?«, fragte Bull. Sein Tonfall war freundlich. Meine Reaktion dagegen gereizt; ein stechender Unterton, den ich hasste, aber nicht kontrollieren konnte, kroch in meine Stimme. »Was denn, du willst keinen Bastard als Enkelkind?«

Bull sah mich strafend an. »Gemma, hör auf. An irgendeinem Punkt sollte es dir endlich egal sein, oder du musst einen Schlussstrich ziehen. Brody hat sich entschuldigt, und ihr erwartet ein Kind zusammen. Jemandem zu verzeihen, heilt den Vergebenden mehr als denjenigen, dem verziehen wird. Eine Ehe bringt viel Stabilität, besonders für ein Kind.«

»Ich habe Brody schon vor langer Zeit vergeben, Bull. Aber vergib du *mir*, wenn ich immer noch nicht davon überzeugt bin, dass eine Ehe die richtige Wahl für uns ist. Du weißt doch, wie es heißt: ›Einmal Betrüger, immer Betrüger‹.«

»Menschen ändern sich, Gem. Sie werden erwachsen. Ihr beide wart jung, verliebt, und dann wurde es ernst. Brody hat kalte Füße bekommen. Er ist ein Mann. Am Ende des Tages wissen wir doch alle, dass wir das schwächere Geschlecht sind. Wir sind ständig hin und her gerissen zwischen unserem biologischen Drang, unseren Samen auszusäen, und dem Bedürfnis nach einem stabilen Zuhause und einer liebevollen Frau. Er liebt dich zu sehr, um dir erneut weh zu tun.«

»Es hat nichts mit Liebe zu tun. Das hatte es noch nie. Es geht nur um Celeste Takashima und all die anderen wunderhübschen Frauen in der Welt, die Männern den Kopf verdrehen, die ihnen nicht gehören.«

»Nun, das ist dein eigentliches Problem, Gemma. Brody gehört dir nicht. Wenn du weiter so denkst, dann betrügt er dich wieder, das ist so sicher wie das Amen in der Kirche«, sagte Bull.

Darauf hatte ich keine Antwort, also ging ich gleichgültig darüber hinweg und stieg in den Wagen. Bull schloss die Tür hinter mir. Ich kurbelte die Scheibe herunter, dankte ihm für das Abendessen, legte den Rückwärtsgang ein und setzte zurück. Er stand in der Einfahrt, sah mir nach, bis ich die Straße erreichte, drehte sich dann um und wurde von den dunklen Schatten verschluckt, die das Haus umgaben.

12. KAPITEL

In dieser Nacht schlief ich wenig. Die Erdnuss war aktiv, und jede Drehung und jeder Tritt fühlte sich an wie ein persönlicher Angriff auf jegliche Hoffnung, noch einzuschlummern. Als ich dann schlief, träumte ich wirr. Zweimal wachte ich mit klopfendem Herzen und schweißgebadet auf und fühlte mich gleichermaßen fiebrig und fröstelnd.

Ich träumte, ich stünde am Rand eines tiefen Abgrunds.

Unter mir, meilenweit unter mir, bahnte sich ein schmales Band indigoblauen Wassers seinen Weg durch den rostbraunen Canyon. Ich breitete meine Arme zu einem Kopfsprung aus, drückte mich vom Boden ab, flog über die Kante und dann fiel ich und fiel durch die Luft nach unten. Nach einer gefühlten Ewigkeit kam mir das Wasser plötzlich entgegen, und mein Gesicht traf mit einem scharfen Klatschen auf der Wasseroberfläche auf.

Das grüne Licht des winzigen Weckers neben meinem Bett zeigte zwei Uhr nachts an. Ich ging nach unten, holte mir ein Glas

Milch und spritzte mir am Spülbecken der Küche kaltes Wasser ins Gesicht. Nach ein paar Dehnübungen legte ich mich im Wohnzimmer auf das Sofa. Das Sofa war zwar nicht so bequem wie das Bett, aber in dem Zimmer war es kühler.

Die Fenster hatten keine Vorhänge, und ich sah zu, wie der bleiche Mondschein phantasievolle Formen und Schatten auf den Kiefernboden warf: eine Hexe auf ihrem Besen, dann ein kopfloses Pferd, dann einen Getreidespeicher, der davonglitt und zu einem undefinierbaren Klecks wurde.

Ich erinnerte mich an Dr. Pabst und seine Erklärung für Alpträume, die eine Möglichkeit für das Gehirn darstellten, traumatische Erlebnisse zu verarbeiten. Er sagte auch, sie seien eine übliche Reaktion auf Stress. Meine Großmutter hatte mir immer erzählt, Alpträume kämen von zu viel Zucker und zu wenig Liebe. Wenn ich weinend aus einem bösen Traum aufwachte, was in meiner Jugend häufig vorkam, legte sie sich zu mir und bedeckte meine Stirn mit Küssen.

Zusammengerollt auf der Seite liegend, rief ich nach Seamus. Er kam von seinem Hundekorb in der Küche herübergewatschelt und sprang mit einem Ächzen auf das Sofa. Er legte sich am Fußende zu mir, pupste kurz und war schon bald wieder schnarchend eingeschlafen. Er war kein Ersatz für meine Großmutter, aber er spendete dennoch Trost.

Über seinem Schnauben, Grunzen und den lustigen kleinen Seufzern schlief ich irgendwann ein.

Einige Stunden später wachte ich von einem zweiten Traum auf, einem, der mir so vertraut war wie die dünne Patchworkdecke, die von meiner anderen Großmutter, der Mutter meiner Mutter, bestickt worden war und die nun in einem zerknüllten Haufen an meinen Füßen lag. Ich hatte diesen selben Traum seit Jahren; es hatte, wenige Wochen nachdem ich den Schädel im Wald gefunden hatte, begonnen.

Wenn ich Glück hatte, verging zwischen den Träumen ein ganzer Monat.

Wenn ich Pech hatte, verfolgte er mich drei-, viermal in der Woche.

Ich stehe mitten in einem dichten Wald auf einer Lichtung. Die Luft ist kühl und ruhig, und es ist still; die Äste der Kiefern bewegen sich kaum. Ich trage ein Nachthemd, ein altmodisches Ding mit langen Ärmeln und einem Saum aus Spitze, wie Omas sie früher trugen. Der weiße Stoff leuchtet im Mondlicht.

Ich bin ein Leuchtfeuer im dunklen Wald.

Die Kinder schleichen aus unterschiedlichen Richtungen auf mich zu, sie tauchen aus dem dunklen Wald auf wie Gespenster. Sie bilden die Spitzen eines Kompasses: Tommy von Norden und Andrew von Süden. Einer nach dem andern fallen sie vor mir auf die Knie, die Hände zum Gebet gefaltet.

Wir sind die Toten, flüstern sie.

Vergiss uns nicht, sprechen sie im Chor.

Tommy kniet am dichtesten bei mir, und ich lege meine Hand auf seinen Kopf, eine tröstende Geste, doch er besteht nur aus Äther, und meine Hand gleitet durch sein Gesicht wie durch ein Spinnennetz.

Aus dem Wald dringt ein Geräusch, ein schleppender, scheppernder, schrecklicher Ton. Die Kinder erheben sich und schleichen rückwärts, wobei ihre Blicke nie mein Gesicht verlassen. Als sie am Rande der Lichtung wieder zurück in die Dunkelheit gleiten, taucht ein Mann auf. Er hält sich vom Mondlicht fern, das durch die Zweige fällt, doch ich kann erkennen, dass es ein großer Mann ist, über einen Meter achtzig, und stark.

Er zieht einen Schlitten. Auf dem Schlitten liegt etwas Kleines, Verhülltes, Stilles.

Auf den Rücken des Mannes sind Werkzeuge geschnallt: eine Spitzhacke. Eine Schaufel. Und ein Fuchsschwanz.

Es sind die Werkzeuge des Woodsman.

Als der alte Kessel kochte und zu blubbern begann, rieb ich mir den Schlaf aus den Augen und schaute in den Kühlschrank. Die Erdnuss hatte eine Vorliebe für Zimtschnecken zum Frühstück entwickelt, und dagegen wehrte ich mich nicht (auch wenn ich wegen der nächtlichen Treterei etwas angepisst war). Ich buk mir eine gefrorene Zimtschnecke in der Mikrowelle und schnitt das mitgelieferte winzige Tütchen mit der Glasur auf.

Klebrige weiße Glasur tropfte aus der Plastikverpackung, ich leckte meine Finger ab und spürte, wie der Zucker in meiner Blutbahn ankam.

Auf dem Küchentisch klingelte mein MacBook. Ich öffnete es und sah einen eingehenden Anruf per Skype, also loggte ich mich ein und wurde von Brodys leicht unscharfem Gesicht begrüßt. Ich winkte ihm zu und wartete, bis die Verbindung besser wurde. Sein Bart wirkte voller, und seine Haare schienen ein ganzes Stück gewachsen zu sein, seit wir das letzte Mal geskypt hatten.

»Guten Morgen, mein Schatz, wie geht es meinen beiden Mädels?«

Ich war dankbar für die Technik, die uns nicht nur erlaubte miteinander zu reden, sondern uns dabei auch noch zu sehen, aber ich hasste es, wie nah er wirkte und wie weit er trotzdem weg war. Was die Entfernung zwischen uns anging, hätte Anchorage auch auf dem Mond sein können.

»Wir vermissen dich. Noch vier Tage, ich weiß nicht, ob wir das schaffen«, sagte ich. Die Mikrowelle piepte, und mein Magen rumorte. »Bleib kurz dran.«

Ich griff mir die Zimtschnecke und einen entkoffeinierten

Tee und setzte mich vor den Bildschirm. Ich hielt das Gebäckstück und den Becher hoch. »Siehst du, was dir entgeht? Mami ist auf dem Zucker-Trip.«

Er lachte, sein Lächeln erschien Millisekunden bevor der Ton ankam. »Das sieht fast so gut aus wie der viele Lachs, den ich esse. Es ist so wunderschön hier, Gemma. Du würdest es lieben. Wir werden noch mal ein paar Tage in Denali sein, dann Ende der Woche zurück nach Anchorage und dann komme ich nach Hause.«

Dies war seine dritte Reise nach Alaska innerhalb von drei Monaten. Es war als Geologe im Auftrag der Regierung dort und führte alle möglichen wissenschaftlich-technischen Sachen durch, von denen ich gar nicht erst vorgab, sie zu verstehen. Momentan beinhaltete diese Arbeit ein streng geheimes Mineralvorkommen, das in irgendeinem Gebirgskamm im Denali National Park gefunden worden war. Wie es aussah, war Brody einer von fünf Leuten in der Welt, die dessen große Bedeutung verstanden.

»Ich vermisse dich. Die letzten Tage waren ziemlich hart«, sagte ich.

Brodys Gesicht wurde immer wieder unscharf, und ich hörte etwas wie »Murmel murmel Verbindung murmel verdammt«.

»Ähm, Liebling? Bist du noch da?«

Ich schob den Bildschirm des Laptops vor und zurück, und für einen Sekundenbruchteil erschien er wieder. Er sprach über die Schulter zu jemandem hinter ihm, den ich nicht sehen konnte, und dann kehrte er zu mir zurück. Ich erhaschte einen kurzen Blick auf einen leuchtend pinkfarbenen Parka, betont feminin, und dann füllte Brodys Gesicht den Computerbildschirm aus. »Schatz, ich muss los. Ich liebe euch beide.«

»Hey, ist das Celeste? Zum Teufel, Brody, ist das Celeste Takashima?«

Er küsste seinen Zeigefinger und berührte dann damit den Bildschirm. Dann war er verschwunden.

Und … der Tag wurde nur noch schlimmer. Wenn das Celeste Takashima war, dann würde ich Brody bei seiner Rückkehr eigenhändig umbringen.

Schlechtgelaunt beendete ich mein Frühstück, duschte und zog mich an, während ich die ganze Zeit versuchte, Brody nicht vorzuverurteilen. Pink Parka konnte schließlich irgendjemand sein, die Buschpilotin, die Frau des Buschpiloten, irgendeine andere weltberühmte, hochspezialisierte Wissenschaftlerin, von der ich noch nie gehört hatte. Vielleicht war Brody von Schneehasen umgeben, die ihm alle eilfertig zu Diensten waren.

Bulls Worte kamen mir wieder in den Sinn: Menschen ändern sich. Ich schob die schrecklichen Gedanken fort, die sich in mein Herz krallen wollten, und versuchte, mich auf meine bevorstehende Aufgabe zu konzentrieren.

Seamus folgte mir durchs Haus, und ich erklärte ihm, wie frustrierend es sei, mit den Knöpfen meiner Bluse zu kämpfen, ein Kampf, den ich bis vor wenigen Tagen noch nicht hatte. Das Baby wuchs mit jeder Minute. Ich trug bereits die größte Uniform, die das Revier auf Lager hatte. Nächste Woche musste ich mich in die Männergrößen vorarbeiten.

Danach konnte ich genauso gut ein hawaiianisches Mu'umu'u tragen. Gott, Finn Nowlin hätte seinen großen Tag, wenn ich in einem Mu'umu'u aufs Revier käme, meine Handfeuerwaffe an der einen Hüfte und das Funkgerät an der anderen. Wenn es so weit käme, würde ich mich zur Ruhe setzen und in einem Blog über meine Essgewohnheiten schreiben. Ich habe gehört, dass es Leute gibt, die einen Haufen Geld damit verdienen, indem sie ihr Essen fotografieren und es posten, damit die ganze Welt es sehen kann.

Ich fuhr mit dem Wagen Richtung Stadt, und meine Gedanken tanzten zwischen zwei großen Fragen hin und her: Wer hat Nicky umgebracht? Und was war an dem wunderschönen Julitag vor drei Jahren passiert?

Es ergab keinen Sinn, nichts davon.

Drei Jahre lang war Nicky Bellingtons Geschichte eine von denen gewesen, die das Schicksal geschrieben hatte. Ein tragischer Ausrutscher und ein tiefer Fall; eine Frage von Timing, falschem Schuhwerk und Regenfällen, oder was man noch als Grund für einen Unfall heranziehen konnte.

Doch Nicky war nicht gestorben. Und das veränderte alles: in welchem Licht wir den Unfall sahen, seine Familie, sein Leben. Ich dachte über Ellens eigenartige Frage nach: Ist es etwas anderes, die Eltern eines ermordeten Kindes zu sein, anstatt die eines verunglückten Kindes? Ich fand, dass es einen Unterschied gab, konnte aber nicht sagen, wie das zu werten war oder was es bedeutete. Mord war in meinen Augen Absicht, wohingegen ein Unfall Schicksal war.

Als ich gerade scharf rechts abbog und in Richtung des südlichen Teils der Stadt fuhr, wurde mir klar, dass es eine weitere Frage gab, die beantwortet werden musste. Wer war eigentlich das tatsächliche Opfer? Reed oder Nicky?

13. KAPITEL

Kurz vor zehn Uhr erreichte ich die Festwiese. Die Sonne war eine orangefarbene Kugel an einem blauseidenen Himmel. Die Sonnenstrahlen hatten eine gewisse Erbarmungslosigkeit an sich, durch die der Müll und Dreck des Fellini Brother's

Circus of Amazement nur noch deutlicher hervorgehoben wurde. Ich setzte meine Sonnenbrille auf, achtete darauf, wo ich hintrat und ging zum Kassenhäuschen am Anfang der Festwiese. Der Boden zeugte von den Besuchern, die ihren Müll hinterlassen hatten. Leere Getränkedosen, Becher und zusammengeknüllte Aluminiumverpackungen lagen verstreut zwischen Orangenschalen und Apfelkerngehäusen, zwischen Papptellern und diesen Pappröhren, um die Zuckerwatte gewickelt wird.

In einiger Entfernung, direkt hinter den roten und weißen Streifen des großen Zeltdaches, kehrte ein Mann Müll in einen großen Sack und machte dabei alle paar Sekunden Pause, um sich die Stirn zu wischen und den Besen wieder richtig in die Hand zu nehmen. Der Geruch von verrottenden Früchten und Nutztieren hing schwer in der Luft. Ich hörte Kinder weinen, ihre Stimmen erhoben sich gemeinsam wie in Panik, und ich bewegte mich in Richtung ihrer Schreie, bis mir ein Geruch entgegenschlug und mir klarwurde, dass es keine Kinder waren, sondern Ziegen.

Joseph Fatone erwartete mich an dem geschlossenen Stand, an dem die Tickets entwertet wurden. Er war Anfang siebzig; tiefe Furchen bildeten parallele, vertikale Furchen auf seiner Stirn, die sich weiter bis zum Mund gruben, den sie wie Buchstützen säumten. Eine nicht angezündete Zigarre hing von seinen bleichen Lippen, und er tastete über die vier Haarsträhnen auf seinem Kopf, als wolle er sichergehen, dass sie noch da waren.

»Danke, dass Sie sich die Mühe gemacht haben. Es ist schwer, hier wegzukommen, besonders in Zeiten wie diesen. Wir sind alle sehr bestürzt, unsere Familie ist am Boden zerstört«, nuschelte er um seine Kubanische herum.

Er bot mir die Hand an, und ich schüttelte sie. Sie war klamm und feucht, und ich widerstand dem Drang, meine Handfläche an meiner Hose abzuwischen. Fatone zeigte auf einen Airstream-Wohnwagen direkt hinter dem Kassenhäuschen, und wir gingen hinüber. Zwischen dem Müll am Boden lagen orangefarbene Lose wie zertrampelte Mohnblüten in einem Feld.

»Die Familie?«

Fatone nickte und hielt mir die Wohnwagentür auf. »Ja, wir sind hier eine große Familie. Reed war wie ein Sohn, ein Bruder für uns alle. Er war ein wirklich guter Junge, mit einem großen Herzen und voller Elan. Heute begegnet man nicht mehr vielen jungen Leuten mit Elan. Elan ist vor fünfzig Jahren aus der Mode gekommen.«

Die Luft im Wohnwagen war muffig und roch nach Tabak, Zitrus-Lufterfrischer und verbranntem Kaffeemehl. Fatone deutete auf einen winzigen Küchentisch mit unterschiedlichen Plastikstühlen, und ich ließ mich vorsichtig auf den einen sinken. Zwischen meinem Bauch und dem Tisch lag nur knapp ein Zentimeter, und ich lehnte mich in dem Stuhl zurück, soweit ich konnte.

Fatone saß mir gegenüber und griff sich einen angeschlagenen Becher.

Während er trank, sah ich mich im Wohnwagen um. Er schien ihm als Zuhause und Büro zu dienen. Es gab ein schmales, ungemachtes Bett hinter einer halboffenen Tür am hinteren Ende. Ein Stapel Geschirr füllte die winzige Küchenspüle. An den Wänden hingen Bilder verschiedener Jagd- und Angelszenen, die aus verschiedenen Männermagazinen herausgeschnitten und dann in billiges Plastik gerahmt worden waren. Eine traurig aussehende Sekretärinnenblume hing aus einer alten Kaffeedose, die Spitzen braun und brüchig.

Fatone nahm einen weiteren Schluck aus seiner Tasse, und

seine nächsten Worte waberten auf einer Alkoholwolke in meine Richtung.

»Ich kann immer noch nicht glauben, dass er nicht mehr unter uns ist. Ich erwarte ständig, dass er mit T zusammen an der Tür auftaucht und ruft, dass die Elefanten ausgebrochen sind oder er sich mein Auto borgen muss. Er war so ein Witzbold, dieser Junge. Ein echter Spaßvogel.«

Er nahm noch einen Schluck aus dem Becher und hustete. Ich roch Tomatensaft und tippte auf Bloody Mary.

»T?«, fragte ich.

»Tessa O'Leary. Nennt sich selbst T. Sie und Reed waren, nun ... Sie wissen schon. Sind miteinander gegangen«, sagte Fatone. Er berührte wieder seinen Kopf, fand seine Frisur intakt vor und ließ die Hand zurück auf den Schoß sinken.

»Sie hatten eine Beziehung?«

Am Fenster hinter mir hörte ich das wütende Summen eines kleinen Insekts, das sich wiederholt gegen die Scheibe warf und so verzweifelt versuchte, aus dem Wohnwagen zu kommen, dass es die geöffnete Tür einen Meter weiter nicht wahrnahm.

Er nickte. »Jepp, seit Omaha. Oh, sie waren schon vorher Freunde, alle sind miteinander befreundet, wissen Sie. Aber irgendwann bilden sich immer Paare, selbst bei den Älteren. Jeder hat einen Partner.«

»Haben Sie eine Partnerin, Mr. Fatone?«

»Ich hatte mal eine Frau. Es hat nicht so richtig geklappt zwischen ihr und mir. Jetzt, könnte man sagen, bin ich wie ein alter Großvater«, sagte er. »Hin und wieder habe ich eine Freundin, aber nichts Ernstes. Diese Zeiten liegen hinter mir.«

Ich nickte. »Mr. Fatone, wie lange sind Sie schon Geschäftsführer des Fellini's?«

Der alte Mann lehnte sich zurück, spitzte die Lippen und

starrte an die Decke. Sein kurzärmeliges Hemd war gelb, dünn und spannte über dem Bauch. Ich sah zu, wie sich unter den Armen dunkle, halbmondförmige Schweißflecken bildeten.

»Nun, ich habe in den späten Siebzigern hier angefangen, als es erst nur Jack Fellini war. Dann hat er auch seinen Bruder Sam dazugeholt, und es wurden die Fellini Brothers. Als Sam 1985 bei einem Flugzeugabsturz ums Leben gekommen ist, beförderte mich Jack zum Geschäftsführer. Also, ja, dann sind es ungefähr fünfundzwanzig, dreißig Jahre. Herrgott, wie die Zeit rennt, finden Sie nicht auch?«, sagte er. »Hey, kann ich Ihnen eine Dose Limo bringen? Oder ein Wasser?«

»Nein danke. Und wie läuft es so, das Geschäft, meine ich? Ich könnte mir vorstellen, dass Sie im Laufe der Zeit Zeuge von vielen Veränderungen geworden sind.«

Fatone nickte. »Wissen Sie, früher war es die tollste Sache, wenn ein Zirkus in die Stadt kam. Wenn die lange Karawane von Zügen und Lastwagen hereinrollte, dann waren die Energie und die Aufregung regelrecht elektrisierend. Es war ein richtiges Familienereignis, wissen Sie, Eltern und Kinder hatten gemeinsam eine gute Zeit. Und dann … ich weiß nicht. Irgendwann, ich denke, es war in den späten Achtzigern, haben alle irgendwie ihre Unschuld verloren. Vielleicht war es die Wirtschaftskrise. Der Zirkus wurde zu dieser veralteten Kreatur, die von Stadt zu Stadt zog, sich satt fraß und dann weiterzog.«

»Das ist eine seltsame Art, ihn zu beschreiben«, sagte ich. »Bei Ihnen hört es sich so an, als wäre er ein Parasit.«

Er zuckte die Achseln. »Es lief damals eine Weile lang wirklich schlecht, aber jetzt geht es wieder besser. Ich habe den Eindruck, die Leute sind wieder bereit, etwas Freude in ihr Leben zu lassen. Die Kinder lieben den Besuch hier geradezu, wissen Sie. Sie lieben die Tiere, die Zuckerwatte und auch die Clowns. Sie finden all das spitze.«

»Und Reed Tolliver? Hat er sich auf der Bühne wohl gefühlt?«

Der alte Mann nickte wieder. Er nahm einen weiteren Schluck aus dem Becher und streckte die Beine seitlich neben dem winzigen Tisch aus. Mir fiel auf, dass er verschiedenfarbige Socken trug, und ich fragte mich, ob er farbenblind sei. Vielleicht war es ihm aber auch nur egal.

Durch die offene Wohnwagentür wehte eine Brise herein und brachte einen hohen Stapel Papier in der Ecke zum Rascheln. Ich wünschte, Fatone würde auch die Fenster öffnen. Der Wohnwagen war im Schatten geparkt, doch der winzige Raum heizte sich bereits kräftig auf.

»In Cincinnati war Reed in schlechter Verfassung«, sagte Fatone. »Wir waren mit unseren Vorstellungen durch und packten gerade die Zelte und Tiere ein, als er auf meiner Türschwelle erschien. Er sah aus, als hätte er seit Wochen nichts gegessen, wirklich mager, fast ausgezehrt.«

»Drogen?«

Fatone schüttelte den Kopf. »Ich habe nie gesehen, dass er welche angefasst hat. Glauben Sie mir, ich halte wegen solchen Blödsinns die Augen offen. Wenn sie einmal damit angefangen haben, habe ich für sie keine Verwendung mehr. Das Risiko, dass etwas passiert, dass jemand verletzt wird, ist einfach zu hoch. Wissen Sie, Deputy, ich bin kein wirklich sturer Hund, aber eine Sache, die alle wissen, ist, dass ich hier einen sauberen Laden führe. Genau so ist es, Ma'am.«

Er wartete darauf, dass ich seine Aussage zur Kenntnis nahm, also kritzelte ich ein paar Worte in mein Notizbuch und schenkte ihm ein ernstes Nicken. Er wirkte erfreut darüber.

»Was können Sie mir noch über Reed Tolliver erzählen?«, fragte ich.

»Ich erinnere mich noch«, sagte Fatone, »dass er trotz der

schlechten Verfassung, in der er war, etwas Ehrliches an sich hatte, etwas Liebenswertes.«

Kleine Schweißperlen traten ihm auf die Stirn, und er lehnte sich nach vorn und öffnete ein Wohnwagenfenster. »Tut mir leid, hier drinnen wird es immer sehr schnell warm.«

»Und er hat Sie um einen Job gebeten?«

Er nickte. »Reed sagte, er brauche Arbeit und dass er Theater gespielt habe. Ich ließ ihn spontan einige Routineszenen vorspielen, und er war gut, wirklich gut. Und ich hatte gerade Fred, meinen besten Clown, verloren, also was soll's. Einem geschenkten Gaul schaut man nicht ins Maul, wenn Sie wissen, was ich meine.«

Ich nickte. »Hat er Ihnen seine Geschichte erzählt?«

»Sie meinen, seine Lebensgeschichte? Ich mag nicht in Dingen herumschnüffeln, die mich nichts angehen. Aber ich hatte den Eindruck, dass er ein Pflegekind gewesen war und vielleicht aus einer schlimmen Situation weggelaufen war. Das sieht man heutzutage oft, so richtig traurigen Scheiß, wenn ich das mal so sagen darf. Aber, wie gesagt, er war ein reizender Junge. Er war einer dieser Jungs, die einen durch die ganze Straße jagen, nur um einem dann ihr letztes Hemd zu geben.«

Das stimmte eindeutig zu allem, was ich je über Nicky Bellington gehört hatte. Es ergab Sinn, dass er auch als Reed Tolliver seinem Charakter treu geblieben war.

Ich schaute in meine Notizen. »Ist diese Freundin, Tessa – T – ist sie hier? Ich würde gerne mit ihr sprechen.«

Fatone stand auf. Er ging hinüber zu einem schmalen Sims, auf dem sich Schnellhefter stapelten, öffnete einen, überflog den Inhalt und sagte dann: »2B. Die jüngeren Angestellten wohnen alle unten im Cottage Inn. Sie ist in 2B. Ich habe ihr gesagt, sie solle sich einige Tage freinehmen. Sie ist total fertig wegen Reed.«

Das Cottage Inn war eine Ansammlung winziger Hütten, die auf einem schmalen Streifen entlang dem Arkansas-River standen, der parallel zur Stadt verlief. Ich kannte es gut. Ich war erst vor wenigen Monaten dort gewesen, wegen eines Falles häuslicher Gewalt, der darin endete, dass ein junger Mann seiner noch jüngeren Frau in den Bauch schoss. Sie verblutete, noch bevor der Rettungswagen sie ins Krankenhaus bringen konnte.

Die Lage war wunderschön mit einem schlechten Juju, wie Brody sagen würde.

Fatone und ich unterhielten uns noch zehn Minuten. Er erzählte mir, Fellini's hätte mehr als zweihundert Festangestellte, die auf verschiedenen Campingplätzen, Hotels und Motels in der Umgebung wohnten. Ich schaute erneut in meine Notizen und bat Fatone, eine Liste von all jenen zusammenzustellen, die noch nicht von unseren Beamten befragt worden waren. Dann rief ich Sam Birdshead an und bat ihn, mit einem Kollegen vorbeizukommen, sich die Liste abzuholen und bei den restlichen Angestellten anzufangen.

Ich stand auf und verließ den Wohnwagen. Am Fuße der Stufen drehte ich mich um und schaute zurück auf den Geschäftsführer. »Ich danke Ihnen, Mr. Fatone. Ich melde mich bald bei Ihnen.«

Er lehnte sich herunter, schüttelte meine Hand und schenkte mir ein trauriges Lächeln. »Warten Sie, sagen Sie es nicht … ›Verlassen Sie vorerst nicht die Stadt‹, stimmt's?«

Ich schaute zu ihm hoch. Ein verirrtes Nasenhaar, grau und kurz, hing aus seinem linken Nasenloch und berührte so gerade eben die Barthaare, die über seine Oberlippe versprenkelt waren.

»Das wäre besser, Sir, wenn Sie und die anderen bis auf weiteres in Cedar Valley blieben.«

Fatone nickte. »Wir werden natürlich Geld verlieren, aber ich gebe allen Urlaub. Wir waren in letzter Zeit viel unterwegs. Die Städte sind nur so vorbeigerollt, Woche für Woche. Und in jeder Stadt die gleiche Leier, na ja, bis auf diese hier natürlich.«

Ich begann mich zu entfernen, dann fiel mir noch etwas ein, und ich drehte mich noch einmal zu ihm um. Er stand im Türrahmen und schaute in die Ferne auf den Mann, den ich schon eingangs gesehen hatte und der immer noch den Müll des Tages wegräumte.

»Mr. Fatone, ich wollte Sie außerdem bitten, Ihren Angestellten zu sagen, dass sie vorsichtig sein sollen. Wer auch immer Reed ermordet hat, war erbarmungslos und außerordentlich brutal. Diese Person könnte es auf bestimmte Personen abgesehen haben oder auf zufällige. Wir wissen es einfach noch nicht. Also, seien Sie vorsichtig. Und bitten Sie auch Ihre Truppe, auf sich aufzupassen.«

»Werde ich machen, Deputy«, sagte er. »Wir haben alle Angst. Und wir werden alle auf der Hut sein. Das ist das, was Familien tun, wissen Sie – aufeinander achtgeben.«

14. KAPITEL

Die Mittagssonne knallte auf den Arkansas, die Sonnenstrahlen tanzten auf dem Wasser wie Tausende schimmernde Lichtfäden. Während ich zum Cottage Inn fuhr, behielt ich den Fluss im Auge. Eine Gruppe Kajakfahrer bahnte sich ihren Weg durch Stromschnellen und an Felsbrocken vorbei. Wäre mein Bauch nicht so dick gewesen, hätte es mich sehr gereizt, selbst ein Kajak zu mieten, aufs Wasser zu gehen und eine Stunde stramm zu paddeln.

Es gab nichts Besseres, als mal richtig durchzuschwitzen, wenn man die alten, rostigen Zahnräder im Kopf wieder in Schwung bringen wollte. Im Moment fühlte es sich an, als ginge es nur langsam in dem Fall voran, zu langsam, aber gleichzeitig auch zu schnell für mich, um alle Teile zusammenhalten zu können.

Ich kannte das Gefühl schon, und es würde sich irgendwann legen. Der Beginn einer Ermittlung ist so, als würde man ein Puzzle mit fünfhundert Teilen aus dem Karton ausschütten. Alle diese Teile, zufällige kleine Stücke in verschiedenen Farben und Formen, die man anstarrt, und dann findet man eins, was vielleicht zu dem anderen passt, und nun hat man zwei. Und dann findet man ein drittes und so weiter. Stück für Stück erscheint das Bild.

Ich parkte und checkte am Empfang des Cottage Inn ein, einem winzigen Raum mit Schreibtisch, Computer, Faxgerät und Telefon. Eine Jugendliche mit starker Akne und einem geräuschvollen Juicy-Fruit-Kaugummi im Mund glotzte meine Dienstmarke schweigend an. Sie winkte mit einer Hand Richtung Fluss, was ich als Einverständnis auffasste, das Grundstück zu betreten.

Ein gedrungener Holzpfosten mit eingeschnitzter Karte sagte mir, 2B sei eine von zwölf Hütten auf der Ostseite, also der anderen Seite des Arkansas. Ich überquerte die schmale Fußgängerbrücke und hielt einen Augenblick an, um hinunter in den Fluss zu schauen. Ich erhaschte einen kurzen Blick auf eine Forelle, ein echtes Prachtexemplar, auf ihrem Weg unter der Brücke durch: Ihre rubinroten Schuppen blitzten mich an wie die Federn einer Showtänzerin, und dann war sie verschwunden, verborgen zwischen den Steinen am Ufer.

Ich krempelte meine Ärmel hoch, wünschte mir, ich hätte Shorts angezogen, konsultierte dann einen weiteren Hinweispfosten und setzte meinen Weg fort bis zu einer kleinen Holzhütte, wo ich zweimal an die Tür klopfte und dann wartete.

Drinnen hörte ich ein Schlurfen und ein leises Husten, dann ging die Tür auf, und der schwere, süßliche Geruch von Gras schlug mir entgegen. Das Gesicht einer plumpen jungen Frau tauchte hinter dem Rauch auf. Ihre Augen waren in dem gleichen Rot gerändert wie ihr flammend gefärbtes Haar. Sie hustete wieder, und ihre Augen weiteten sich, als ich meine Dienstmarke hochhielt.

Ich folgerte, dass Joseph Fatone entweder ein Lügner war oder ein Idiot, was den Drogenkonsum im Zirkus betraf. Das Mädel war eindeutig nicht das erste Mal bekifft.

»Uh«, grummelte sie.

»Tessa O'Leary?«, fragte ich. Ich trat einen Schritt zurück, um den Rauch nicht einzuatmen, und sprach dann etwas lauter, als ich eigentlich vorgehabt hatte.

Die Augen des Mädchens wurden noch größer. Mit der rechten Hand riss sie ein loses Stückchen Nagelhaut von ihrer linken Hand und steckte dann schnell den blutenden Finger in den Mund. Sie saugte das Blut weg, und ihr Mund gab ein feuchtes, schmatzendes Geräusch von sich, nicht unähnlich einem Boot, das aus dem Matsch gezogen wird.

»Uh«, sagte sie wieder.

Diese Rothaarige war eindeutig zugedröhnt.

Ich schenkte ihr ein freundliches Lächeln. »Mach dir keine Sorgen. Ich bin nicht wegen des Grases hier. Ich bin wegen Reed Tolliver gekommen. Ist Tessa da?«

Hinter ihr erschien eine weitere junge Frau und drückte sie sanft aus dem Weg, bis ihre Positionen vertauscht waren, die Rote nun hinten und das neue Mädchen vorn.

»Ich bin Tessa«, sagte sie. Sie war klein und kompakt, mit dem muskulösen Körper einer Turnerin. Ihr Haar war kurzgeschnitten, in diesem Pixie Cut, der sehr maskulin wirken kann, außer man hat feminine oder zarte Gesichtszüge.

Tessa hatte beides; sie sah aus wie eine Elfe.

Gott sei Dank, schien sie nicht stoned zu sein, noch nicht einmal high.

»Ähm, lassen Sie uns hier draußen reden«, sagte Tessa. Sie war bemerkenswert gefasst für jemanden, der gerade mit einer fetten Ladung Gras im Haus erwischt worden war, wenn das Ausmaß an Rauch ein Hinweis darauf war, wie viel die Mädchen da drinnen bunkerten.

Ich trat einen Schritt zurück, als sie der Roten etwas zuflüsterte, bevor sie sich auf der Veranda zu mir gesellte. Als sich die Tür hinter Tessa schloss, sah ich einen kurzen Moment das Gesicht der Rothaarigen zwischen der Tür und dem Türpfosten. Sie wirkte nicht mehr zugekifft.

Die junge Frau wirkte fuchsteufelswild.

»Tut mir leid. Lisey hat die Sache mit Reed sehr mitgenommen. Mich auch, weiß Gott, aber sie hat Alpträume, Angststörungen und solch Zeug. Ich dachte, das Gras würde helfen«, sagte Tessa. »Ich habe eine ärztliche Verordnung dafür, also ist es okay, nicht wahr? Wir sind ja schließlich in Colorado.«

»Weißt du was? Wir tun einfach so, als hätte ich es nicht gesehen, in Ordnung? Und verteil es nicht weiter. Ich bin Officer Monroe.«

Sie nickte sehr ernst. »Es ist für meinen Rücken. Ich habe mich letztes Jahr auf den Stangen verletzt, und das Gras ist das Einzige, was meine Muskelkrämpfe löst, damit ich mit dem Training weitermachen kann.«

»Was für Stangen?«, fragte ich.

In stillschweigender Übereinkunft hatten wir begonnen,

über das Gelände des Cottage Inn zu schlendern und gingen nun am Fluss entlang. Ich war neidisch auf Tessas Shorts; meine langen schwarzen Hosen fingen an, mir an den Beinen zu kleben.

»Die Trapezstangen. Ich bin Trapezkünstlerin. Das mache ich schon seit fast fünfzehn Jahren, und mein Rücken ist hin«, sagte sie.

Mir fiel die Kinnlade herunter. »Fünfzehn Jahre? Wie alt bist du?«

Sie lachte. »Ich bin zweiundzwanzig. Meine Eltern haben mich mit vier Jahren zur Gymnastik geschickt und mit sieben auf das Trapez.«

»Wow. Das ist unglaublich. Tessa, du weißt bestimmt, dass ich wegen Reed hier bin. Mein herzliches Beileid. Es wäre schön, wenn wir uns ein paar Minuten unterhalten könnten«, sagte ich. Die junge Frau war gerade sehr gefasst, aber ich wusste, dass sich das jeden Augenblick ändern konnte. Trauer ist eine seltsame Sache, sie fängt dich ein, wenn du es am wenigsten erwartest.

Wir kamen an eine matschige Stelle und gingen am Rand darum herum. Ich begann wegzurutschen, und Tessa griff meinen Ellenbogen und half mir, die Balance wiederzufinden. Ich stellte fest, dass die Erdnuss mein Gleichgewichtsgefühl in den letzten Wochen ziemlich durcheinandergebracht hatte; ich war, seit ich im Kleinkindalter laufen gelernt hatte, nicht mehr so anfällig dafür gewesen, auszurutschen oder hinzufallen.

»Wie lange bist du schon beim Zirkus?«

»Ich wurde mit sechzehn per Gericht für mündig erklärt und bin ein Jahr später zum Fellini's gekommen«, sagte sie. Sie sprang über eine Matschpfütze, und ich ging außen rum, vorsichtig, um nicht wieder auszurutschen.

»Schwierige Familienverhältnisse?«

Tessa zuckte die Achseln. »Was heißt schon schwierig? Im Vergleich zu einigen vermutlich schon, zu anderen eher weniger. Ich habe immer noch Kontakt zu ihnen, also sagt das vermutlich etwas über unser Verhältnis aus. Wir waren sehr arm, sie leben immer noch in einem Trailer Park in einer winzigen Stadt in Idaho.«

»Was ist mit Ihnen?«, fuhr sie fort. »Das ist eine ziemlich krasse Narbe, die Sie da haben, wie ist das passiert? Eine Kneipenschlägerei?«

Meine Hand wanderte zu meinem Nacken, wie sie es immer tut, wenn meine Narbe erwähnt wird. Sie beginnt am unteren Rand meines Schädels und zieht sich als knotige, verdrehte Haut in einem groben Halbkreis über die rechte Seite meines Halses hinunter über das Schlüsselbein bis zur Brust.

»Nein, sie ist nicht von einer Kneipenschlägerei. Ich hatte mit vier Jahren einen Autounfall«, sagte ich. »Es war der erste Weihnachtsfeiertag, wir kamen von meiner Großmutter in Denver und waren auf dem Weg nach Hause. Auf dem Highway kamen wir auf Glatteis und schlitterten in einen entgegenkommenden Sattelschlepper.«

»Oh Gott, wie schrecklich«, sagte Tessa. Sie erschauerte. »Ich war noch nie in einen Unfall verwickelt. Erinnern Sie sich daran?«

Ich nickte. »Zum Teil. Ich erinnere mich, wie meine Mutter schrie und mein Dad, er saß am Steuer, mir zubrüllte, ich solle mich festhalten. Aber nach dem Zusammenstoß sind die Erinnerungen verschwommen.«

Eine Lüge, eine, die ich schon so oft erzählt hatte, dass sie mir wie süßer Sirup von der Zunge glitt.

In Wahrheit erinnerte ich mich, wie ich wieder zu mir kam, kopfüber im Wagen hängend. Blut rann mir in einem stetigen

Strom von meinem Nacken und dem Gesicht, und ich musste mir über die Augen wischen, um etwas zu sehen. Im Wagen war es still, meine Mutter und mein Vater schienen zu schlafen.

Aber ich wusste, dass sie nicht schliefen.

Ich wusste, dass sie verzweifelt nach mir rufen würden, wenn sie am Leben wären, dass sie mir helfen und mich drängen würden, aus dem Wagen zu klettern.

Tessa bemerkte mein Schweigen.

Sie sagte: »Ja, ich rede auch nicht gern über meine Familie. Es ist schwer, wissen Sie, bis man damit durch ist. Und ich habe echt viel Scheiße hinter mir.«

Sie schwieg, also tat ich es ihr gleich. Auf der Akademie waren wir auch in der Therapie junger Erwachsener ausgebildet worden, und im Job hatte ich dann bereits meine Portion familiärer Krisensituationen abbekommen. Aber wenn es dazu kam, fühlte ich mich immer noch, als ginge ich auf Eiern. Einige Jugendliche bekommen gern Fragen gestellt, und das Reden scheint ihnen zu helfen. Für andere waren neugierige Fragen so, als würde man an Schorf kratzen; schmerzlich und dazu neigend, alte Wunden wieder zu öffnen, die sie verzweifelt zu heilen versuchen.

Wir gingen weiter am Ufer entlang, bis wir zu einem Sandstrand kamen, ungefähr halb so groß wie ein Baseballfeld. Tessa zog ihre Flipflops aus, ging ans Wasser und steckte einen Zeh hinein. Sie keuchte, holte tief Luft und watete dann in den Fluss, bis ihr das Wasser an die Oberschenkel reichte.

»Es ist eiskalt!«, quiekte sie, und ich glaubte ihr. Der Fluss war von der Schneeschmelze angeschwollen, und selbst die fast konstante Hitze, die wir diesen Sommer hatten, schaffte es nicht, das Wasser aufzuwärmen.

Ich zog meine Schuhe und Strümpfe aus und krempelte die

Hosen hoch bis über die Knie. Die erste Berührung mit dem eisigen Wasser raubte mir den Atem, doch dann wickelte sich die Kälte um meine geschwollenen Knöchel, und es fühlte sich so gut an, dass ich laut seufzte.

Tessa sah mich schräg an.

»Eines Tages wirst du das verstehen. Es ist erstaunlich: Man verbringt sein ganzes Leben damit, seinen Körper kennenzulernen, und dann kommt so ein kleiner Alien daher, und jeder Körperteil, von dem man dachte, man würde ihn kennen, verändert sich«, erklärte ich ihr.

Zu meinem Entsetzen fing Tessa an zu weinen.

»Tut mir leid«, sagte sie, wischte sich die Augen und hob das T-Shirt, um sich damit die Nase zu putzen. »Reed und ich haben darüber geredet, eines Tages Kinder zu haben. Ich war mir nicht sicher, aber er sagte, er habe schon immer Vater werden wollen.«

»Hat er jemals über seinen eigenen Vater geredet? Oder seine Mutter?«, fragte ich.

Ich ging gemeinsam mit ihr aus dem Wasser, wir setzten uns am Strand in den Sand und schauten auf die andere Seite des Flusses hinüber, wo ein Paar mit seinen beiden Kindern spazieren ging. Die beiden Kleinkinder rannten ans Wasser hinunter, kreischten und liefen dann zurück zu ihren Eltern.

Tessa schloss die Augen. »Das erste Mal, dass er seinen Dad erwähnt hat, war ein Versehen, als sei es ihm herausgerutscht. Als ich ihn deswegen fragte, machte er dicht und sagte so etwas wie: dass er lebenslang Buße tun müsse und dass die Sünden des Vaters auch die Sünden des Sohnes seien.«

Das überraschte mich. Soweit ich wusste, war Terence Bellington ein ehrlicher Mann. Ich hatte noch nie auch nur das leiseste Gerücht über sittenwidriges Verhalten gehört, sei es familiär oder geschäftlich.

»Was hat er damit gemeint?«

Sie legte den Kopf auf die Seite und dachte nach. »Ich bin nicht sicher. Ich hatte nie die Chance, ihn zu fragen. Wir waren nach einem Konzert auf einer Party, irgendwo in Kansas, und wir waren besoffen. Er hat ziemlich schnell das Thema gewechselt. Danach hatte ich es vergessen, bis Sie eben gerade gefragt haben.«

»Was ist mit seiner Mutter? Hat Reed je über sie geredet?«

Tessa schüttelte den Kopf.

»Nie? Er hat sie nie erwähnt?«, fragte ich erneut.

»Nein. Wissen Sie, so wie einige Kids nicht über ihre Eltern reden, wenn ihnen etwas zugestoßen ist? Ich hatte den Eindruck, dass sie vielleicht gestorben ist, als Reed noch ganz klein war, und dass er nicht gerne darüber sprach, also habe ich ihn nicht gedrängt«, sagte sie.

Ich nickte. »Tessa, ich weiß, das ist jetzt schwer, aber fällt dir irgendjemand ein, der Reed etwas antun wollte?«

Sie schüttelte energisch den Kopf, und ihre Augen füllten sich wieder mit Tränen. »Absolut nicht. Reed war wirklich der *netteste* Junge, den Sie sich vorstellen können. Ich habe noch nie zuvor jemanden wie ihn kennengelernt, der absolut jeden Menschen, den er getroffen hat, gleich behandelt hat, egal, ob es ein verrückter Künstler, ein Gaser oder ein kleines Kind im Publikum war.«

»Gaser?«

»Die Typen, die die Ballons mit Helium füllen. Wir nennen sie Gaser, weil sie so viel davon einatmen, dass ihre Gehirne quasi nur noch mit Gas gefüllt sind. Sie stehen so ziemlich ganz unten, am unteren Ende des Totempfahls, wenn Sie wissen, was ich meine«, sagte sie.

»Aber Reed nicht?«

»Nein, er hat mit allen und jedem geredet. Er hat immer gefragt, woher jemand komme, wo die Familie lebe, so Zeug eben. Und in diesem Umfeld ist das ziemlich mutig. Viele Leute finden, das gehe niemanden etwas an, darum sind sie zum Zirkus gekommen«, sagte sie.

Tessa legte sich rücklings in den Sand, zog die Knie an die Brust und rollte sich zuerst auf die eine Seite, dann auf die andere. Ich hörte ein lautes Knacken und fuhr zusammen. Sie lachte nur.

»Oh, das ist besser. Ich muss meinen Rücken inzwischen mehrmals täglich einrenken. Er wird so steif.«

Mir war unwohl bei dem Gedanken, wie ihr Rücken in weiteren fünfzehn Jahren aussehen würde.

»Ich werde das auf Dauer nicht weitermachen, wissen Sie«, sagte sie. »Ich habe Online-Kurse besucht und brauche nur noch drei Punkte bis zu meinem Abschluss in Betriebswirtschaft. Außerdem habe ich mich in Sachen Buchhaltung, Finanzen und Ähnlichem gründlich umgesehen. Ich möchte gern rundum gut ausgebildet sein.«

»Das ist großartig.«

Sie nickte zustimmend. »Ich möchte für das Unternehmen arbeiten. Fellini's Verwaltung sitzt in Seattle. Ich habe dort mit einer Lady gesprochen, und sie sagte, sie würde mich direkt anstellen, sowie ich ihnen eine Kopie meines Diploms zufaxe.«

»Wollte Reed mit dir gehen?«, fragte ich. »Nach Seattle?«

Mit seiner Vielzahl an Piercings und Tattoos hielt ich es für sehr unwahrscheinlich, dass Nicky plante, einen Bürojob anzunehmen. Andererseits gab es in Seattle ausreichend Leute, die einem alternativen Lebensstil nachgingen. Tessas Gesicht verdunkelte sich kurz, doch dann verschwand der Schatten so schnell, wie er gekommen war, und sie schenkte mir ein strahlendes Lächeln.

»Ich weiß nicht. Wir haben darüber geredet, wissen Sie, genau wie wir über die Kinder geredet haben, die wir mal haben wollten, aber manchmal wusste ich nicht, wann Reed etwas ernst meinte und wann er mich verarschte. Also nicht, um gemein zu sein, aber manchmal hat das, was er scherzhaft gesagt hat, meine Gefühle verletzt.«

Ich dachte an Brody und die Art und Weise, wie diejenigen, die wir am meisten lieben, uns wie niemand sonst das Herz brechen können.

Sie fing wieder an zu weinen. »Ich kann einfach nicht glauben, dass er nicht mehr da ist. Scheiße! Für einen Moment denke ich nicht mehr daran, und im nächsten ist es so, als riefe Papa Joe mich wieder zu sich und erklärte mir, dass Reed etwas Schlimmes zugestoßen ist.«

»Ich weiß, es ist schwer zu verstehen, aber es wird leichter werden, Tessa. Nicht direkt, und auch nicht in nächster Zeit, aber es wird besser werden.«

Sie nickte und half mir aus dem Sand hoch. »Hey, warum sind Sie eigentlich dafür zuständig? Ich dachte, in Mordfällen ermitteln Detectives, keine Officers oder so?«

»Na ja, für die größeren Städte stimmt das schon. Aber in einigen Städten, wie Cedar Valley, haben wir nicht die Personalstärke, um eine separate Abteilung dafür einzurichten. Also werden wir alle übergreifend ausgebildet, vom Knöllchenausstellen bis zu solchen Sachen«, sagte ich. »Einbrüche, Überfälle, Vergewaltigung … was dir einfällt, wir machen's. Ich bin Officer und Detective.«

»Oh. Okay.«

Schweigend gingen wir zur Hütte zurück. Wir schüttelten uns die Hand, und ich gab ihr eine meiner Visitenkarten.

»Tessa, ich habe Joe Fatone gebeten, mit dem Zirkus noch ein paar zusätzliche Tage in der Stadt zu bleiben, okay? Ich würde mich gern noch einmal mit dir unterhalten, vielleicht morgen. Wäre das in Ordnung?«

»Sicher. Wenn Papa Joe nirgendwohin geht, gehe ich auch nirgendwohin«, sagte sie. Irgendetwas in der Hütte erregte ihre Aufmerksamkeit, und als ich mich umdrehte, sah ich die Rothaarige, die uns vom Fenster aus mit dem gleichen zornigen Gesichtsausdruck anschaute wie noch vor einer Stunde.

Tessa seufzte.

Ich nickte mit dem Kopf Richtung Hütte. »Sie scheint sauer zu sein.«

Tessa starrte einige Sekunden auf die Frau und schaute dann zu mir zurück. »Lisey weiß nicht, was sie fühlen soll. Sie war verliebt.«

»In Reed?«

»In mich«, entgegnete sie und ging Richtung Hütte. »Rufen Sie mich an, ich werde hier sein.«

15. KAPITEL

Bei meiner Rückkehr war es still im Revier. Sam Birdshead saß tippend an einem der Computer. Er hatte sich die Arbeit mit einem anderen Officer geteilt und hatte die meisten Zirkusmitarbeiter, deren Namen Joe Fatone für uns in einer Liste zusammengestellt hatte, bereits befragt.

Die Jalousien waren gegen die grelle Nachmittagssonne heruntergelassen worden, und der alte hölzerne Deckenventilator lief. Er quietschte, ächzte und sah so aus, als würde er jede Minute herunterkrachen. Der Ventilator gab alle Sekunde ein rhythmisches *Wusch* von sich, das meinen Puls beruhigte und ihn mit den schrägstehenden Flügeln synchronisierte. Im Raum war es kühl, dunkel und bis auf Sam und mich leer.

Ich hatte oft gedacht, Polizistin zu sein hätte gewisse Ähnlichkeiten mit dem Beruf eines Geistlichen, und in diesem Moment fühlte sich das Revier so an wie der geheiligte Altarraum einer Kirche.

»Wo sind all die anderen?«, fragte ich Sam. Ich setzte mich, lehnte mich zurück und hob dann meine Beine, bis sie auf meinem Schreibtisch lagen. Mit dem Bauch war das ein heikles Manöver, und einen schrecklichen Sekundenbruchteil dachte ich, Sam würde gleich meine Fußknöchel greifen und hochziehen, doch er war klug genug, nur zuzusehen.

»Armstrong und Moriarty sind raus zu einem Verkehrsunfall in Pine. Wo Nowlin ist, weiß ich nicht«, sagte Sam. »Und der Chief ist, glaube ich, in seinem Büro.«

Ich nickte. »Irgendein neuer Hinweis?«

Sam schüttelte den Kopf. Sein Gesichtsausdruck war so niedergeschlagen, dass ich lachen musste.

»Mach dir keine Gedanken, das gehört dazu. Für jede Stunde, die du mit einem Fall zubringst, bekommst du vielleicht eine Minute aus Gold. Denk nur immer daran, dass dieses Gold die anderen neunundfünfzig Minuten Schweiß, Tränen, Blut und Bockmist voll und ganz wert ist.«

»Ja, vermutlich. Es ist merkwürdig: Ich habe den Eindruck, dass der Fellini's wie eine eigene kleine Gesellschaft funktioniert, und jeder gehört zu einer Klasse, und diese Klassen vermischen sich nicht«, sagte Sam. »Die Landser und die Funken treffen sich zum Beispiel nie.«

»Die Landser und die Funken?«

»Ja, Funken sind die schillernden Darsteller, etwa die Clowns und Akrobaten, die Schausteller. Und die Landser sind Typen wie dieser Pat Sheldon, mit dem ich gesprochen habe, die Köche, Mechaniker und die Trainer«, sagte Sam. »Die Schmiere in den Rädern der großen Maschine, die sich Zirkus nennt.«

Hatte Tessa nicht auch etwas Ähnliches gesagt? Sie sagte, es sei wie ein Totempfahl, mit den Gasern ganz unten.

»Hat dieser Sheldon die Gaser erwähnt?«

Sam nickte erstaunt. »Woher weißt du von ihnen? Sie sind offensichtlich die Übelsten. Die Gaser und die Typen, die die Kinderstände betreuen; Sheldon hat sie die Peddies genannt.«

»Die Peddies?«

»Ja, so wie in *peddler* oder *pedophiles*, je nachdem, ob du meinst, dass sie wie Hausierer nur Waren verkaufen oder dass sie deshalb in den Buden stehen, weil sie gern in der Nähe von Kindern sind.«

Ich wand mich bei dieser Vorstellung.

»Also, nachdem ich dich von Fatone aus angerufen hatte, habe ich Reeds Freundin Tessa einen Besuch abgestattet«, sagte ich. »Wir müssen ihre Mitbewohnerin Lisey mal etwas genauer unter die Lupe nehmen. Scheint so, als wäre da eine kleine Dreiecksbeziehung gelaufen.«

Sam schaute auf. »Oh, ja?«

Ich nickte. »Ja, aber nicht das, was du denkst. Lisey hat anscheinend etwas für Tessa übrig.«

»Du glaubst, diese Lisey hat Reed in einer Art eifersüchtiger Rage getötet?«, fragte Sam. »Das ist ziemlich gewalttätig dafür, dass man verknallt ist.«

Er stand auf, streckte sich und gab mir eine offene Tüte Erdnuss-M&M'S.

»Du wärst überrascht, was alles passiert, sobald Liebe im Spiel ist«, sagte ich. Ich kippte mir eine Handvoll Schokoladenkugeln in den Mund, wobei mir auffiel, dass sie alle braun, rot oder grün waren. »Die schlimmsten Sachen habe ich bei

Leuten erlebt, die sich geliebt haben. Hast du all die blauen und gelben M&M'S herausgepickt?«

Sam schaute mich entgeistert an. »Das würde ich nie tun.«

»Na ja, irgendwer war's. Hast du sonst noch etwas?«

Sam schüttelte den Kopf. »Nicht viel. Das Gleiche, was wir schon gehört haben, reizender Junge, hat alle gemocht, blablabla.«

Ich stoppte ihn. »Nein, nicht blablabla. Das ist gut und wichtig, und wir dürfen es nicht vergessen, egal, was wir sonst noch herausfinden. Beständigkeit erzählt uns viel, Sam. Der Mensch ist ein Gewohnheitstier. Alles, was wir bisher über Nicky erfahren haben, ist, dass er ein gutmütiger, lieber, freundlicher Junge war. Alles, was wir bisher über Reed wissen, ist, dass er ein guter Junge war. Und was sagt uns *das*?«

Sam schüttelte den Kopf und zuckte die Achseln. »Na ja, das hatten wir doch erwartet, oder? Wenn es doch derselbe Kerl ist?«

»Es sagt uns, dass Nicky, obwohl er zu drastischen, extremen Maßnahmen gegriffen hat, um sein Erscheinungsbild zu verändern – die Tattoos, die Piercings, das gefärbte Haar –, seine Persönlichkeit nicht verändern konnte oder wollte. Rein äußerlich wurde aus Nicky Reed. In seinem Inneren blieb Nicky Nicky.«

Ich stand auf und ging zum hinteren Teil des Raumes, wo sich über die gesamte Breite der Wand ein Whiteboard erstreckte. Ich radierte etwas Gekritzel und eine kleine, wenig schmeichelhafte Witzfigur weg, die aussah wie Chief Chavez mit einer Herde Ponys, und wühlte dann in den Markern herum, bis ich einen gefunden hatte, der nicht ausgetrocknet war.

Ich zeichnete eine lange horizontale Linie und fügte dann einen Skalenstrich hinzu.

»Vor drei Jahren, im Sommer 2012, verließ Nicholas Bellington sein Zuhause, um zelten zu gehen und kam nie mehr zurück. Man hat angenommen, dass er gestorben war, nachdem er am Bride's Veil – was?: Fiel? Stolperte? Gestoßen wurde? Gesprungen ist? Seine Leiche wurde nie gefunden.«

Sam nickte. Er griff sich einen Marker und setzte in einiger Entfernung von meinem einen zweiten Skalenstrich. »Vor zwei Tagen tauchte Nicholas Bellington, der unter dem Alias Reed Tolliver lebte, ermordet in seiner Heimatstadt auf. Das ist alles, was wir mit Sicherheit sagen können, oder?«

»Richtig.« Ich trommelte mit meinem Marker gegen die Wand und dachte nach. »Ich denke, wir müssen auch die Möglichkeit in Betracht ziehen, dass Reed gar nicht das Ziel war.«

»Du meinst, Nicky war das Ziel. Jemand fand heraus, wer Reed wirklich war, und deswegen wurde er umgebracht; nicht wegen etwas, das Reed getan hat, sondern wegen etwas, das Nicky getan hat.«

Zufrieden nickte ich Sam zu. »Du bist sechzehn. Du überlebst einen Sturz, der jeden anderen umgebracht hätte, und dann rennst du. Aber du rennst nicht zu deinen Eltern, deiner Schule oder deiner Kirche. Stattdessen rennst du so weit weg, wie du nur kannst, und dann veränderst du dich. Du nimmst einen anderen Namen an und färbst dir die Haare. Du zerstörst dein Gesicht so sehr mit Piercings und Tattoos, dass deine eigene Mutter dich auf der Straße nicht wiedererkennen würde. Warum?«

Abgesehen von dem rhythmischen *Wusch* des Deckenventilators war es still im Raum. *Wusch, wusch. Wusch, wusch.*

»Du hast Angst. Du machst das alles, weil du eine Todesangst hast«, flüsterte eine Stimme in mein Ohr. Ich fuhr zusammen und drehte mich um. Finn Nowlin hatte sich auf seine typische stille Art in den Raum geschlichen, stand nun da und schaute uns an. Dann griff er mit einem wölfischen Grinsen um mich herum und riss die Jalousie zu meiner Linken auf. Sonnenlicht strömte ins Zimmer, und ich dachte über Finns Worte nach.

Ich wusste, dass es Abstufungen von Angst gab, genauso wie Abstufungen von Zuneigung, Liebe, Wut und Sehnsucht. Und in diesem Augenblick war ich dankbar, dass ich nie den Grad an Angst hatte erfahren müssen, der Nicky dazu bewogen hatte, die Dinge zu tun, die er getan hatte.

16. KAPITEL

Ich ließ es ewig bei den Bellingtons klingeln. Als ich gerade wieder auflegen wollte, ging Ellen Bellington an den Apparat. Sie hörte sich gehetzt an, als wolle sie ungeduldig das Gespräch möglichst schnell wieder beenden.

»Natürlich haben wir seine Sachen nicht aufbewahrt. Wir haben sie in Kisten gepackt und alles weggegeben, nachdem die Polizei gekommen war und ihre Finger in alles gesteckt und jeden noch so kleinen Gegenstand angegrabscht hatte«, erklärte mir Ellen auf meine Frage.

»Was ist mit seinen Schulsachen, seinem Papierkram? Hatte er ein Notizbuch, vielleicht ein Tagebuch?«

Sie lachte ihr harsches Bellen, das so überhaupt nicht zu ihrer Schönheit passte. Ich begann zu glauben, dass dieses Lachen ihr wahres Ich repräsentierte, die hässliche Seite, die sie versteckt hielt.

»Was denken Sie? Er war sechzehn.«

»Mrs. Bellington, wir müssen herausfinden, warum Nicky vor drei Jahren verschwunden ist. Wenn wir wissen, womit er sich damals beschäftigt hat –«

»Nicky hat sich mit gar nichts *beschäftigt*, Gemma«, unterbrach sie mich.

Ich hörte im Hintergrund eine tiefe Stimme und dann ein gedämpftes Geräusch, als würde sie den Hörer mit der Hand abdecken.

»Ich muss aufhören. Frank, mein Schwiegervater, fühlt sich nicht gut, ich muss zu ihm«, sagte sie. »Erkundigen Sie sich beim Basketball-Coach. Vielleicht kann er Ihnen mehr erzählen. Er hat Nicky sehr gemocht, für meine Begriffe ein bisschen zu sehr.«

Ellen legte mit einer Wucht auf, die zu heftig war, als dass es versehentlich gewesen sein konnte, und ich rieb mein klingendes Ohr.

Obwohl die Schule noch nicht wieder angefangen hatte, fanden an der Cedar Valley High School bis Ende August Sommerkurse statt. Ich warf einen Blick auf meine Uhr, es war fast vier. Ich ergriff die Chance, rief an und wartete, während eine Verwaltungsangestellte für mich den Basketball-Coach ausfindig machte.

Ich ging im Büro auf und ab und hörte mit einem Ohr Finn zu, der Sam mit Geschichten von der Front erfreute. Er erzählte gerade die über den Weihnachtsabend 2009 und den besoffenen Kaufhaus-Elf, als die Wartemusik endete und sich eine männliche Stimme meldete.

»Hier spricht Darren Chase.«

Seine Stimme war tief und klang so, als hätte er einen substantiellen Teil seiner Zeit unten auf den Bayous verbracht. In der Ebbe und Flut seiner Worte erkannte ich die Tage, die er auf Shrimp-Kuttern gewesen war und in Sumpfgebieten, wo die Sonne muschelpink und blutorange im Golf von Mexiko versank.

Ich stellte mich vor und fragte ihn, ob ich ihn wegen eines Studenten treffen könnte, den er vor einigen Jahren trainiert hatte.

»Ja, natürlich«, sagte er. »Welcher Student denn?«

Verdammt. Ich hatte vergessen, dass die Bellingtons ihre Pressekonferenz immer noch nicht abgehalten hatten.

»Mr. Chase, ich würde am Telefon ungern über zu viele Einzelheiten sprechen. Darf ich Sie im Rick's auf einen Kaffee einladen?«, sagte ich. »Ich könnte in zwanzig Minuten dort sein.«

»Machen Sie daraus dreißig Minuten, ein Bier, und ich lade ein«, sagte er mit einem Lachen. »Oder esst ihr Cops lieber Doughnuts?«

»Sehr witzig, Mr. Chase. Wir sehen uns dann um halb fünf.«

Ich bat Sam mitzukommen. Chief Chavez hatte uns noch nicht offiziell zu Partnern in dem Fall erklärt, aber, zum Teufel auch, der Junge war begierig, etwas zu lernen, und es schadete nie, ein weiteres Paar Augen und Ohren dabeizuhaben. Da ich die Kilometer nicht mit meinem eigenen Wagen fahren wollte, fragte ich am Empfang nach und gab Sam ein High Five, als die Rezeptionistin mir die Schlüssel von Olga zuwarf.

Olga war ein schäbiger Oldsmobile, ein Relikt aus den 1980ern, aber wegen ihrer funktionierenden Klimaanlage und des UKW-Stereo-Radios war sie die heißeste Karre am Platz. Wir sprangen hinein, schmissen die Klimaanlage an und fuhren rüber zu Rick's Café, einem kleinen Restaurant im Schatten der Skilifte, am Fuße einer schwarzen Abfahrt, genannt Maverick's Goose.

»Ich habe darüber nachgedacht, was du letztens gesagt hast, du weißt schon, dass du von diesen Kindern träumst, den

McKenzie-Jungs«, sagte Sam. Er fummelte an der Lüftung der Klimaanlage herum, öffnete und schloss sie, so als wäre er selbst noch ein Kind. »Glaubst du, wir werden jemals herausfinden, wer sie getötet hat?«

Ich zuckte die Achseln. »Ich hoffe doch, aber wer weiß? Du musst verstehen, dass damals, 1985 und dann 2011, als ich die Schädel gefunden habe, Tausende von Dollar in den Fall geflossen sind. Ach was, Zehntausende, und nicht nur Geld, sondern auch Zeit, Mühe und Energie. Diese Leichen entdeckt zu haben bedeutete, in Cedar Valley alte, tiefe Wunden wieder aufzureißen. Es gab Leute in der Stadt, die hätten es lieber gesehen, dass man die Leichen nie gefunden hätte. Vermutlich dachten sie, es wäre viel einfacher gewesen, sich weiter vorzustellen, die Kinder seien vielleicht nur weggelaufen.«

»Aber, wenn der Woodsman immer noch lebt ... also, das wäre doch was! Oder? Wenn es einen Weg gäbe, ihn zu finden ...«

Es war begeisterungsfähig, das musste man ihm lassen.

»Natürlich. Aber wir sind es immer und immer wieder durchgegangen. Ich habe nicht aufgegeben, aber ich kann nicht zulassen, dass die Vergangenheit mich daran hindert, in der Gegenwart mein Bestes zu geben. Nimm Nicky Bellington – wir haben die Möglichkeit, seinen Mörder zu finden und diesen Fall, hier und jetzt, zu lösen.«

»Und was hat Darren Chase damit zu tun?«, fragte Sam.

»Er ist der Basketball-Coach der Schule. Ellen Bellington sagte, dass Nicky in den Monaten, bevor er am Bride's Veil verschwunden ist, all seine Zeit beim Training mit seinem Coach verbracht hat. Sie deutete an, dass dort eventuell etwas Unangebrachtes vor sich gegangen sei.«

»Deutete an?«

Ich nickte. »Sie hat es nicht direkt gesagt, aber sie hätte so einen Verdacht.«

»Und haben wir den auch? Einen Verdacht, meine ich? Steht dieser Typ auf einer Liste?«

Ich schüttelte den Kopf. »Nein. Ich habe es überprüft, bevor wir das Revier verlassen haben. Er ist sauber. Mr. Chase ist vor fünf Jahren vom Golf hier hoch gezogen. Er hat eine absolut weiße Weste.«

»Mhm. Man sollte das zumindest im Auge behalten. Nur weil es keine Akte gibt, heißt das noch lange nicht, dass nichts passiert ist«, sagte Sam. Er hörte auf, an der Lüftung herumzufummeln, und begann, durch die Radiokanäle zu surfen. »Habt ihr schon einen Namen ausgesucht?«

Ich lächelte. Der Name. Es war das Einzige, worüber Brody und ich uns in letzter Zeit stritten.

»Also, wenn es ein Mädchen ist, würde mir Elizabeth gut gefallen, nach meiner Mutter. Aber Brody hatte mal eine Freundin namens Eliza, eine echte Zicke, also kann er den Namen nicht leiden. Als Wissenschafts-Nerd gefällt ihm Tara, aber geschrieben T-E-R-R-A, wie terra, die Erde.«

»Ist mal etwas anderes. Gefällt mir. Aber der Name Brody ist ja auch ungewöhnlich. Seine Eltern müssen Hippies gewesen sein.«

Ich schüttelte den Kopf. »Nee. Sie waren in den Sechzigern und Siebzigern Missionare in China. Während sie mit ihm schwanger war, brach sie mit hohem Fieber zusammen und wäre fast gestorben. Sie lebten an einem abgeschiedenen Stützpunkt, Hunderte von Meilen vom nächsten Krankenhaus entfernt, doch die buddhistischen Dorfbewohner retteten ihr das Leben. Sie hatten sich schon auf den Namen Matthew geeinigt, doch sein Vater war ihnen so dankbar, dass er ihn stattdessen Bodhi nennen wollte, nach dem Bodhisattva. Aber als sie zurück in den Staaten waren, wo er geboren wurde, verhörte sich die Krankenschwester und schrieb Brody in seine Geburtsurkunde.«

»Wow. Das ist mal eine verrückte Geschichte«, sagte Sam und schüttelte den Kopf. Er entschied sich für einen Country-Western-Sender, und George Strait, der über eine Immobilie mit Meerblick in Arizona sang, erfüllte den Olds.

»Nachdem sie in die Staaten zurückgekehrt waren, hatten sie vier weitere Kinder, alles Mädchen: Rachel, Mary, Naomi und Sarah.«

Sam lachte. »Biblische Namen.«

»Mit Ausnahme von Brody. Ich könnte mir vorstellen, dass ihr beide euch gut versteht, du musst mal zum Abendessen kommen, wenn er wieder aus Alaska zurück ist«, sagte ich.

Nur noch ein paar Tage, dann wäre er wieder zu Hause, sofern er nicht plante, wieder mit der verdammten Celeste Takashima zusammenzuziehen. Vielleicht nahm sie ihn dann mit zurück nach Tokio, und sie äßen nackt Sushi und unterhielten sich bis tief in die Nacht intensiv über geologische Anomalien und Erdspalten.

Sam sah mich eigenartig an.

»Entschuldigung, was hast du gesagt?«

»Euer Haus liegt im Canyon, nicht wahr? Ziemlich abgeschieden da oben.«

»Brody hat es vor zehn Jahren gekauft. Als wir anfingen, miteinander auszugehen und uns verliebten, habe ich mich irgendwie auch in das Haus verliebt. Es ist so wunderschön und friedlich. Und die Tierwelt ist atemberaubend: Wir haben viele Rehe, klar, aber auch Schwarzbären, und einmal habe ich sogar einen Berglöwen gesehen.«

»Ist es ans Stromnetz angeschlossen?«

»Ja und nein. Wir nutzen Propangas und haben unsere eigene Klärgrube, aber wir haben auch Internet, Kabelanschluss und Elektrizität«, sagte ich lachend. »Es ist nicht so abgeschieden, wie du vielleicht denkst.«

Ich bog auf den Parkplatz von Rick's Café ein. Er war leer, bis auf einen zerbeulten Subaru. Ein hochgewachsener Mann lehnte an der Fahrertür, eine Red-Sox-Baseballkappe tief über die Ohren gezogen. In Höhe seiner Hüfte baumelte am Wagen ein Außenspiegel schief herunter, der mit Klebeband befestigt war. Auch der Heckkotflügel war eingedellt, fiel mir auf.

Wir trafen uns auf halber Strecke zwischen unseren Wagen und dem Restaurant. Spätnachmittägliche Hitze stieg vom Asphalt auf. Am Ende des Parkplatzes pickten zwei Krähen an einem toten Eichhörnchen. Ihr lautes Gekrächze erfüllte die Luft, und ich wandte mich von dem Anblick ab, wie sie tief in den Unterleib des Eichhörnchens eintauchten und mit ihren scharfen Schnäbeln Fleisch herauszerrten.

»Mr. Chase? Danke, dass Sie Zeit für uns haben. Das hier ist mein Partner, Sam Birdshead. Ich bin Detective Gemma Monroe«, sagte ich. Ich musste meinen Hals verrenken, um ihn anzusehen. Er war in meinem Alter, vielleicht ein, zwei Jahre Unterschied. Er hatte dunkle Augen mit langen Wimpern, für die jede Frau gemordet hätte. Als er sprach, hörte ich wieder den Golf in seiner Stimme, eine gedehnte Sprechweise, die weich über die härteren Konsonanten und Vokale trottete.

»Darren. Und das ist gar kein Problem«, sagte er. »Hören Sie, stecke ich in irgendwelchen Schwierigkeiten?«

»Ich weiß nicht, tun Sie das?«, fragte ich. Es sollte gar nicht flirtend sein, klang aber so.

Darren lächelte nur und schüttelte den Kopf.

Drinnen im Rick's setzten wir uns an einen Tisch am Fenster, mit Blick auf die Skipisten, die braun, trostlos und staubig in der Sommerhitze lagen. Die Sitze des Skilifts pendelten sanft in der Brise hin und her, gigantische Schaukeln, die hoch oben in der Luft hingen. Eine Handvoll Mountainbiker fuhr im Zickzack die Pisten herunter und wirbelte mit ihren Hinterreifen kleine Staub- und Erdwolken auf. Wir beobachteten, wie zwei Radfahrer beinahe kollidierten. In letzter Sekunde bog einer bergauf ab und der andere bergab. Darren und Sam sahen ihnen zu und unterhielten sich, während ich mich zurücklehnte und Darren beobachtete. Ich war neugierig, was er über Nicky zu sagen hatte.

Eine Kellnerin mit Hüften wie ein Chevy ließ drei Speisekarten vor uns fallen. Die laminierten Seiten waren klebrig, als wären sie nach der Mittagspause nicht abgewischt worden, und Sam legte seine Karte direkt angeekelt weg. Er wischte sich die Fingerspitzen am Tischtuch ab.

Die Kellnerin, die ihrem Namensschild zufolge Michelle hieß, kam zurück und stellte drei Gläser Wasser auf den Tisch. Das Wasser war ohne Eis und die Gläser nur halb gefüllt. Als sie das Gewicht vom einen Bein auf das andere verlagerte, rempelte sie den Tisch an. Sie wartete schweigend, der Stift schwebte über ihrem kleinen Notizblock, den sie in ihren roten Händen hielt, die spröde waren und von Altersflecken überzogen.

»Drei Kaffee bitte«, sagte ich.

Sie sah mich skeptisch an.

»Also zwei normale und einen entkoffeinierten?«

Ich schüttelte den Kopf. »Bitte drei normale. Und dazu etwas Zucker und Milch.«

»Herzchen, bist du dir sicher? Ich glaube nicht, dass du Kaffee trinken solltest, wenn du ein Baby erwartest«, sagte sie.

Sie war einen Schritt zurückgetreten und hatte ihre geröteten Hände in die Hüften gestemmt. In ihrem schwarzweiß gestreiften Polohemd sah sie aus wie ein Schiedsrichter, und ich wartete darauf, dass gleich der schrille Ton einer Trillerpfeife die Stille des Restaurants durchschneiden würde.

»Hey, Michelle. Wo bleibt unser Kaffee?«, sagte Darren, ohne die Augen von den Mountainbikern zu nehmen.

Die Hände der Frau glitten von ihren Hüften, und mit einem Kopfschütteln verschwand sie wieder in der Küche.

Der Basketball-Coach nahm die Red-Sox-Kappe ab, und sein dichtes, weiches Haar fiel ihm schräg über die Stirn. Schließlich wandte er sich vom Fenster ab und schaute mich mit einem Blick an, mit dem ich lange nicht mehr angeschaut worden war.

»Also, Sie hatten ja einen ehemaligen Studenten erwähnt, nicht wahr?«, fragte Darren. »Ist es jemand, der seinen Abschluss gemacht hat?«

Ich schluckte. »So ähnlich. Nicholas Bellington. Erinnern Sie sich an ihn?«

Darren fuhr jäh auf, und seine Kinnlade fiel ihm herunter. »Nicky?«

Sam sprang ein. »Also kennen Sie ihn?«

Als Antwort erhielt mein Partner nur einen vernichtenden Blick. Dann sagte Darren: »Natürlich kannte ich ihn. Ich habe ihn nicht nur trainiert, er war einer der beliebtesten Studenten der Schule. Und dann natürlich, als er starb ... nun, sagen wir mal, es wäre ziemlich merkwürdig, wenn ich nicht wüsste, wer Nicky war.«

»Würden Sie sagen, dass er ein guter Spieler war? Wie wir gehört haben, ist er in jenem Frühjahr oft beim Training gewesen.«

Darren schaute mir wieder in die Augen. Er legte seine Hände flach auf den Tisch, lehnte sich vor und hielt meinen Blick zwei Sekunden länger, als die meisten für höflich erachten würden.

»Hören Sie, worum geht es hier eigentlich?«, fragte er.

Sam Birdshead wollte ansetzen zu reden, doch ich verpasste ihm unter dem Tisch einen Tritt.

»Bitte beantworten Sie meine Frage, Mr. Chase«, sagte ich.

»Nennen Sie mich Darren. Mein Dad ist Mr. Chase«, entgegnete er. »Das ist schon drei Jahre her, wissen Sie.«

Ich nickte. »Ich habe nicht den Eindruck, dass Sie ein Mensch sind, der viele Sachen vergisst, Darren.«

»Da liegen Sie richtig. Nun, bezüglich Nicky hat Ihnen jemand einen Bären aufgebunden. Er hat das Team kurz vor Weihnachten verlassen. Er war kein so irre guter Spieler. Ich hätte ja versucht, ihn zum Bleiben zu bewegen, aber ...« Er verstummte.

»Aber was?«

»Er fing an, oft nicht zum Training zu erscheinen. Wir haben darüber geredet und entschieden, dass es das Beste für alle sei, wenn er aufhörte. Ich glaube noch nicht einmal, dass seine Eltern es bemerkt haben, sie waren so mit ihrer Wahlkampagne beschäftigt«, erzählte Darren weiter.

»Aber wo war er denn dann, wenn nicht beim Training?«, fragte ich. »Was hat er gemacht?«

Darren schenkte mir ein Lächeln. »Ob Sie es glauben oder nicht: Er war in der Bibliothek. Er hat an einem speziellen Projekt gearbeitet.«

»Welches Projekt?«, drängte ich.

Er seufzte. »Hören Sie, ich habe ihm versprochen, es niemandem zu erzählen, okay? Ich kann kein Versprechen brechen, keines, das ich einem toten Kind gegeben habe.«

»Die Toten kümmert Ihre Loyalität nicht die Bohne. Würde es Sie überraschen, zu hören, dass Nicky in diesen vergangenen drei Jahren am Leben war und es ihm gutging?«, fragte ich.

Darrens reagierte ähnlich wie vor wenigen Minuten. Er zuckte zusammen, und seine Kinnlade fiel ihm herunter.

»Das stimmt. Am Leben und wohlauf – bis ihm am Montagnachmittag jemand die Kehle aufgeschlitzt hat«, fügte Sam hinzu.

Darren wurde aschfahl. »Das glaube ich nicht.«

»Oh, glauben Sie es ruhig«, sagte ich. »Der Bürgermeister hält heute dazu eine Pressekonferenz ab.«

Michelle kam mit drei Tassen dampfendem Kaffee zurück, einem kleinen Kännchen Milch und einer Zuckerschale. Ich schob Darren eine der Tassen hin. Er nahm einen schnellen Schluck und fluchte, als er sich an der heißen Flüssigkeit den Mund verbrannte.

Tränen stiegen in seinen Augen auf, und ich fragte mich, ob der Kaffee oder die Neuigkeiten über Nicky der Grund dafür waren.

»Wir können Ihnen natürlich keine weiteren Details nennen, aber sie erkennen vielleicht, wie wichtig es ist, ein vollständiges Bild seiner letzten Tage und Wochen zu bekommen? Bevor er am Wasserfall abgestürzt ist?«, fragte Sam.

Darren tunkte seine Serviette in das Wasserglas und hielt sich das kühlende Tuch an die Lippen. Er schüttelte den Kopf und blinzelte die Tränen so schnell fort, dass sie wohl von der verbrannten Lippe gekommen sein mussten.

»Hören Sie, Darren«, sagte ich, »ich will Sie nicht vorladen müssen.«

»Sind Sie sicher? Das könnte doch ganz lustig werden«, erwiderte er mit einem Grinsen. »Alles was ich sagen kann, ist, dass Nicky sich für einige hiesige Geschichten interessierte, und ich meine damit, so richtig interessierte. Er hatte mich mal danach gefragt, und ich sagte ihm, er solle rüber zu Tilly in die Bibliothek gehen.«

Sam warf Darren einen wütenden Blick zu. »Könnten Sie vielleicht noch etwas vager sein? Worum genau handelte es sich bei diesen hiesigen Geschichten?«

Ich warf einen Blick hinüber zu den Radfahrern und wartete auf Darrens Antwort. Sie hatten sich am Fuße der Piste versammelt und schienen ihre Fahrten beendet zu haben. Ein paar zogen ihre Trikots aus, unter denen durchtrainierte, verschwitzte Oberkörper zum Vorschein kamen sowie ein einzelner Sport-BH.

Im Restaurant war es still, und als ich mich wieder dem Tisch zuwandte, sah ich, wie Darren mich anstarrte.

»Was ist?«

Er lachte. »Ich dachte gerade, welche Ironie es ist, dass ausgerechnet Sie danach fragen, wonach Nicky geforscht hat.«

»Ironie?«, fragte Sam.

»Ja, Ironie bedeutet –«

Ich hob eine Hand. »Er weiß, was das bedeutet. Warum Ironie?«

Darren Chase stand auf und knallte sich die Baseballkappe auf den Kopf. Er warf einen Zehn-Dollar-Schein auf den Tisch, streckte sich, und als sich sein T-Shirt hob, erhaschte ich einen Blick auf einen weiteren durchtrainierten, gebräunten Oberkörper, gesäumt von winzigen schwarzen Haaren, die sich hinunter bis zum Hosenbund seiner Jeans zogen. Ich schluckte und schob die Schuld für meine Gedanken auf meine durchgeknallten Hormone und darauf, dass Brody schon so lange fort war.

»Weil Sie diejenige waren, die die Leichen gefunden hat, Gemma. Nicky war von den Woodsman-Morden fasziniert. Er konnte gar nicht genug davon bekommen. Von dem Zeitpunkt an, als Sie den Schädel gefunden haben … wann war das? November? Dezember? Bis zu seinem Tod war dieser junge Kerl besessen davon.«

Ich schob meinen Stuhl vom Tisch zurück und war schockiert. »Sie machen Witze. Warum?«

»Das wollte er mir nicht erklären«, erwiderte Darren. Er schüttelte den Kopf. »Wie ich schon sagte, er kam eines Tages zu mir und fragte, wie man vorgehen würde, wenn man etwas über ungeklärte Kriminalfälle, alte Verbrechen herausfinden wolle. Es war nicht besonders schwer, zu erraten, wovon er sprach, also schickte ich ihn zu Tilly.«

Damit ging Darren. Sam und ich saßen schweigend da und schauten ihm hinterher. Es schien, als sei ich nicht die Einzige, die die McKenzie-Jungs nicht aus dem Kopf bekam.

17. KAPITEL

Nachdem ich Sam zurück zum Revier gebracht hatte, war ich inzwischen so müde, dass ich dachte, ich würde es nicht mehr hoch in den Canyon schaffen. Während ich ihm hinterherschaute, wie er das Gebäude betrat und seine kurzen blonden Haare sich in der untergehenden Sonne bernsteinfarben färbten, hatte ich plötzlich ein heftiges Déjà-vu, und einen Augenblick lang wartete ich, ob er wohl zurückkehren und mir erzählen würde, dass Ravi Hussen am Telefon sei, und die ganze verdammte Geschichte von vorne losginge, wie in dem Bill-Murray-Klassiker *Und täglich grüßt das Murmeltier*.

Doch er kam nicht wieder heraus, und ich machte mich auf den Weg nach Hause. Die letzten Farbflecken des Sonnenuntergangs wurden von der Abenddämmerung über den Himmel gejagt. Hoch über mir flatterten ein paar Fledermäuse auf der Suche nach ihrem Abendessen. Ich parkte in unserer Schottereinfahrt und starrte auf das Haus. Alles war, wie es sein sollte, dunkel und still. Riesige Bäume flankierten das schmale, zweistöckige Gebäude zu drei Seiten, wie ein offener Mund, dunkel und jederzeit bereit, das Haus zu verschlucken.

Als ich aus dem Auto stieg, schlug mir die kühle Bergluft entgegen, und mit meinen nackten Armen begann ich zu frösteln; die Hitze des Tages war nur noch ferne Erinnerung. Ich eilte hinein, schaltete das Licht an und schob etwas Lachs und Kartoffeln in den Ofen. Seamus lief hinaus in den Garten, und ich ließ die Tür zum Garten für ihn offen stehen.

Wir hatten einen Tausender dafür ausgegeben, einen drei Meter hohen Zaun aufzustellen, der hinter den Kiefernlatten dezent mit Stahlplatten verstärkt war. Seit er vor einem Jahr fertiggestellt worden war, hatten wir keine Probleme mehr mit Bären, die an den Müll gingen. Und ich hatte aufgehört, mir Sorgen zu machen, dass Seamus zu einem Snack für einen Berglöwen werden könnte.

Abgesehen von dem Ticken des Timers, den ich für das Essen eingestellt hatte, und von Seamus, der durch die Hintertür herein- und wieder hinauslief, war es still im Haus. Seamus kam herein, jaulte ein bisschen und ging dann wieder hinaus. Nach dem vierten Mal schob ich mich vom Sofa hoch und ging zur Tür.

»Seamus?«, rief ich. »Was ist denn, mein Junge?«

Der Garten war dunkel, und ich hörte, wie er dort und an der Seite des Hauses herumschnüffelte. Ich legte den Schalter für das Terrassenlicht um und wartete darauf, dass das Ding ansprang, doch nichts passierte. Ich wippte mit dem Schalter hin und her, bis es mir wieder einfiel – ich fluchte: Die Birne war während einer Dinnerparty vor einem Monat durchgebrannt. Ich hatte gedacht, Brody hätte die Glühbirne ersetzt, aber er musste es vergessen haben.

»Seamus! Komm, mein Junge, komm her«, rief ich. Das Schnüffeln hörte auf und begann dann von neuem, begleitet von einem merkwürdigen leisen Jaulen. »Seamus! Hierher!«

Er tauchte aus der Dunkelheit auf, mit Erde an der Nase und

einem schuldbewussten Blick auf dem Gesicht, und als ich die Tür hinter ihm schloss, hatte ich das Gefühl, dass etwas oder jemand im Garten war.

Ich bekomme nicht so schnell Angst, aber die Stille war gespenstisch, und mir standen die Haare im Nacken zu Berge. Ich hielt den Atem an, lauschte und hörte keines der üblichen nächtlichen Waldgeräusche. Kein Zirpen der Grillen, kein Wind in den Wipfeln der Kiefern oder das Scharren von Nagetieren.

Eine tiefe Stille hatte sich über den Garten gelegt, so tief, dass ich das Pochen in meiner Brust hören konnte. Ich trat zurück in die Küche, verrammelte die Hintertür und zog die Gardinen des Fensters über der Spüle zu. Ich fragte mich, ob ich nach oben gehen und mir meine Pistole holen sollte, doch das Gefühl ging vorüber. Wahrscheinlich war es ein Waschbär oder Luchs oben auf der Straße; ihre potentielle Beute scheint sich tot zu stellen, wenn sie in der Umgebung ein Raubtier wittern.

Ich aß mein Abendessen auf einem Tablett vor dem Fernseher, und mit jeder neuen Nachricht wurde ich niedergeschlagener. Ein weiterer Krieg in einem fernen Land, ein weiterer Elternteil, der seinem Kind etwas Furchtbares angetan hatte, noch mehr Blutvergießen und noch mehr Trauer. Ich schaltete auf einen Lokalsender um, sah Terence und Ellen Bellington Hand in Hand auf einem Podium stehen und drehte den Ton lauter.

Sie befanden sich im Presseraum der City Hall; ich erkannte die schweren indigoblauen Samtvorhänge hinter ihnen, auf die in Gold und Scharlachrot die Siegel der Stadt und des Bundesstaates gestickt waren. Die Stabschefin des Bürgermeisters, eine ernste, alte Schachtel, deren Namen ich mir nie merken konnte, stand zu ihrer Linken. Zu seiner Rechten befand sich Chief Chavez.

Annika sah ich nicht. Vielleicht war sie im Publikum.

Bürgermeister Bellington hob die Hand und bat um Ruhe, bevor er sprach. »Ich danke Ihnen allen, dass Sie gekommen sind. Ich weiß, dass die kurzfristige Ankündigung überraschend kam. Ich werde eine Erklärung vorlesen, die meine Frau und ich vorbereitet haben. Wir werden heute Abend keine Fragen beantworten. Für weitere Informationen können Sie morgen mein Büro oder das Polizeikommissariat kontaktieren.«

Er räusperte sich, und ich sah, wie Ellen seine Hand drückte. Sie trug ein dunkelblaues Kostüm, durch das ihr bleiches Haar und die helle Haut geisterhaft wirkten. Im Kontrast dazu trug der Bürgermeister dunkle Hosen, einen hellblauen Pullover mit V-Ausschnitt und eine pastellfarbene Krawatte. Irgendwie passte alles zusammen.

»Wie viele von Ihnen wissen, wurde am Montagnachmittag auf der Festwiese die Leiche eines jungen Mannes gefunden. Das Opfer war ein Clown, ein Angestellter des Fellini Brother's Circus. Was als eine routinemäßige Mordermittlung begann, nahm eine überraschende Wendung, als man entdeckte, dass der junge Mann niemand anderes ist als unser Sohn, Nicholas Patrick Bellington.«

Der Bürgermeister hob wieder seine Hand, damit sich das Stimmengewirr des Publikums, das sich erhoben hatte, wieder legte, und wartete, bis es im Saal wieder still war, bevor er weitersprach.

»Vor drei Jahren haben die guten Mitbürger von Cedar Valley meiner Familie Privatsphäre gegeben und uns Respekt erwiesen, als wir um unseren Sohn Nicky getrauert haben. Heute bitte ich Sie, nicht als Ihr Bürgermeister, sondern als Ihr Nachbar und hoffentlich auch als Ihr Freund um denselben Gefallen«, sagte er.

Der Bürgermeister trat von dem Mikrofon zurück und verließ ohne ein weiteres Wort mit Ellen im Schlepptau die Bühne. Der Raum explodierte, und Chavez übernahm das Podium.

»Chief! Chief Chavez! Haben Sie schon irgendwelche Hinweise?«, hob sich eine piepsige Stimme von den anderen ab. Ich erkannte sie, es war die Stimme von Missy Matherson, der Moderatorin des Lokalsenders, einer künstlichen Blondine mit etwas zu viel Ambitionen und nicht annähernd genug Mitgefühl.

»Missy, Sie haben den Bürgermeister gehört. Wir nehmen morgen früh alle Fragen entgegen«, sagte Chavez. Er fühlte sich auf dem Podium zu Hause, und seine authentische Art schien Ruhe in den Raum zu bringen. Zum ersten Mal wurde mir klar, dass er irgendwann problemlos für das Amt des Bürgermeisters kandidieren könnte und sehr wahrscheinlich auch gewinnen würde, und ich fragte mich, ob ihm dieser Gedanke wohl auch schon mal gekommen war.

»Sie können alle gegen neun Uhr auf das Revier kommen«, sagte er. »Wir haben Kaffee und Doughnuts, und ich erzähle Ihnen alles, was ich kann.«

Die Stabschefin, die auch immer noch auf der Bühne stand, flüsterte Chavez etwas ins Ohr. Er hörte zu und nickte dann.

»Das Büro des Bürgermeisters wird dann am Nachmittag auch für Fragen zur Verfügung stehen«, fügte er hinzu.

»Chief! Gerüchten zufolge plant der Bürgermeister, nächstes Jahr für den Senat zu kandidieren – bleibt er dabei?«, rief Missy Matherson. »Was ist mit seiner Krebserkrankung? Wird eine solch traumatisierende Nachricht nicht seine Genesung gefährden?«

Angewidert legte ich meine Gabel nieder. Diese Frau war kälter als ein Steak im Gefrierschrank.

Chavez war dabei gewesen, vom Podium zu treten, doch

nun kam er zurück und beugte sich zum Mikrofon. Wie ich ihn kannte, kam jetzt eine gepfefferte Antwort.

»Leute, wir haben zwei wirklich anstrengende Tage hinter uns. Ein Mensch ist ermordet worden – genau genommen, ein Kind –, und eine feine Familie trauert. Ich kann nicht für den Bürgermeister sprechen, aber Politik ist vermutlich das Letzte, was ihn im Augenblick interessiert.«

Ich schaltete den Fernseher ab und spürte, wie mich eine Welle der Unruhe überkam. Manchmal war die Welt so unendlich beschissen, und hier standen wir nun und bekamen darin ein Baby. Wenn die Erdnuss erst einmal mein Alter erreicht hatte, gab es dann noch eine Welt, an der man sich erfreuen konnte? Was, wenn mir oder Brody etwas zustieße? Ich wusste, wie es war, als geliebtes und behütetes Kind aufzuwachsen, nur damit einem dann innerhalb weniger Sekunden mit quietschenden Reifen und kreischendem Motor der Boden unter den Füßen weggerissen wurde.

Im frühen Stadium der Schwangerschaft hatte ich einige dieser Panikattacken gehabt, doch Brodys Antwort schwankte nie. »Wir bringen unser Baby nicht mit Angst in diese Welt, sondern mit Liebe. Wir dürfen keine Angst vor dem Leben haben.«

Ich hatte keine Angst vor dem Leben. Mir graute nur davor, wie anders das Leben für meine Tochter aussehen könnte.

Ich putzte mir die Zähne, ging aufs Klo und zog mein Nachthemd an. Neben dem Bett vibrierte mein Handy auf dem Nachttisch. Ich schaute nach, wer der Anrufer war. Meine Großmutter.

»Julia? Bei dir alles in Ordnung? Es ist schon spät«, sagte ich.

Stille.

»Julia?«

»Wir haben gerade die Nachrichten gesehen. Gemma, hör mir zu. Du musst jetzt vorsichtig sein und dich von ihm fernhalten. Er ist krank. Er ist ein Virus«, flüsterte meine Großmutter. Sie sprach schnell, und die Worte überschlugen sich.

»Von wem soll ich mich fernhalten, Bürgermeister Bellington? Wovon um alles in der Welt redest du da?«

Julia seufzte. »Denk nach, du Dummkopf. Was machen Viren? Sie sickern ein, infizieren und breiten sich aus. Oh nein, oh nein, dein Großvater ist auf dem Lokus fertig! Ich muss aufhören, er darf nicht wissen, dass ich dich angerufen habe. Begreifst du das? Halte dich um Gottes willen von diesem Mann fern!«

Sie legte auf, und ich ließ langsam das Handy sinken, erschüttert bis ins Mark. So hatte sie noch nie mit mir gesprochen, und ich war verunsichert. Welchen Mann hatte sie gemeint?

Ich lag im Bett und hatte mir die Decke so weit wie möglich über das Gesicht gezogen, ohne dass sie mich erstickte. Es waren erst etwas mehr als achtundvierzig Stunden vergangen, seit wir Nicky Bellingtons alias Reed Tollivers Leiche entdeckt hatten. Die Mitmenschen beider Leben kreisten in meinem Kopf wie Figuren eines Schachspiels herum; wie die Geier in der Luft.

Da gab es zum einen Joseph Fatone, den Geschäftsführer des Fellini's. Er schien harmlos zu sein, aber irgendetwas an ihm stimmte nicht, seine Antworten waren zu flüssig über seine Lippen gekommen. Hinter dem Mann steckte mehr, als man auf den ersten Blick erkannte. Reeds Freundin Tessa war temperamentvoll, getrieben, wunderhübsch und … kompliziert. War es mitfühlend, mit jemandem zusammenzuwohnen, den man nicht liebt – Lisey – und der in einen verliebt war? Oder war es ein grausames Machtspielchen, eine Illusion wie jene, die Tessa erschuf, wenn sie an ihren Trapezstangen durch die Luft flog?

Im Zirkus waren Reed, Joe, Tessa und Lisey von zahlreichen Unterstützern umgeben, die ich noch kennenlernen musste: die Funken und die Gaser, die Landser und die Peddies. Sie waren eine gemischte Gruppe Nomaden, die von Stadt zu Stadt zog, und die anonym und im Schatten der grellen Lichter unter dem großen Zeltdach lebten.

Mir kam nicht zum ersten Mal der Gedanke, was für eine hervorragende Jauchegrube so ein reisender Zirkus doch sein konnte. Ich war sicher, dass es darin auch gute Leute gab, ehrliche, anständige und hart arbeitende Menschen, doch die meisten waren jene, denen es gefiel, am Rande der Gesellschaft zu leben.

Und dann war da Nicholas, der reizende, gutmütige Nicky. Sein Vater war ein anständiger und ambitionierter Mann mit Bestrebungen nach Washington. Seine Mutter Ellen – wunderhübsch und so kalt wie eine Eiskönigin im Märchen. Und wie in jedem guten Märchen gab es da noch eine Prinzessin. Nur, dass diese Prinzessin so intelligent war wie ihr Vater, so hübsch wie ihre Mutter und so süß wie ihr Zwillingsbruder.

Im echten Leben existiert eine solche Perfektion nicht, und immer wenn man sie sieht, weiß man, dass hinter dieser Fassade noch etwas anderes existiert.

Und schließlich war da noch Nicky selbst. Was hatte er vor drei Jahren gemacht, als er seine gesamte Freizeit damit zubrachte, sich einen dreißig Jahre alten, ungelösten Mordfall anzusehen? Und was hatte das mit seinem Tod vor zwei Tagen zu tun? Gab es überhaupt einen Zusammenhang?

Wie die Schauspieler auf der Bühne stolzierten die Hauptakteure des Falles in meinem Geist hin und her, wobei jeder seine Rolle spielte. Zu meinen Füßen schnarchte Seamus, der sich in seinem Hundetraumland befand und in regelmäßigen Abständen zuckte. Er veränderte seine Haltung, und ich mit ihm; sein Körper und meine Beine suchten sich eine neue Liegeposition, bis wir beide es wieder bequem hatten.

Gegen Mitternacht musste ich eingeschlafen sein, doch der Woodsman verfolgte mich wieder in meinen Träumen.

Ich stehe mitten in einem dichten Wald auf einer Lichtung. Die Luft ist kühl und ruhig, alles ist still. Ich trage ein Nachthemd, ein altmodisches Ding mit langen Ärmeln und zarter Spitze an den Handgelenken und am Rocksaum. Als ich meine Arme hebe, um zu sehen, was ich trage, leuchtet der weiße Stoff im Mondlicht. Die Spitze ist so zart, dass es aussieht, als hätte ich meine Handgelenke in Spinnenweben getaucht.

Ich bin ein Leuchtfeuer im dunklen Wald.

Die Kinder schleichen auf mich zu, sie tauchen aus dem dunklen Wald auf wie Gespenster. Sie fallen vor mir auf die Knie, die Hände wie zum Gebet gefaltet. *Wir sind die Toten*, flüstern sie. *Vergiss uns nicht*, sprechen sie im Chor. Tommy kniet am dichtesten bei mir, und ich lege meine Hand auf seinen Kopf, eine tröstende Geste, doch meine Hand gleitet durch sein Gesicht, und ich stolpere und verliere das Gleichgewicht.

Aus dem Wald dringt ein Geräusch, ein schleppender, scheppernder, schrecklicher Ton, und als die Kinder am Rand der Lichtung zurück in die Dunkelheit gleiten, taucht ein Mann auf. Er hält sich vom Mondlicht fern, doch ich kann erkennen, dass es ein großer Mann ist, über einen Meter achtzig, und stark. Er hat die Schultern eines Mannes, der Stunden damit zubringt, sie zu benutzen, und auf seinen Rücken sind die Werkzeuge des Woodmans geschnallt: Spitzhacke, Schaufel, Fuchsschwanz und Hammer.

Hinter ihm steht ein Schlitten oder ein Karren, auf dem ein eingewickeltes Etwas liegt. Der Gegenstand ist nicht lang, vielleicht einen Meter zwanzig, doch irgendwo tief in mir erkenne ich seine Form, und mein Magen krampft sich angsterfüllt zusammen.

Er hält an, und zum ersten Mal in all meinen Träumen, schaut er sich auf der Lichtung um, als nähme er meine Anwesenheit wahr.

Einen Moment lang denke ich, er sieht mich nicht. Ich atme aus und weiche zurück, doch mein nackter Fuß tritt auf einen Ast, und in der Stille des Waldes klingt es wie ein Donnerschlag. Ich erstarre, und der Woodsman dreht sich langsam zu mir um.

Mir gefriert das Blut in den Adern.

Meine Blase lockert sich, und ich presse meine Oberschenkel zusammen, um den warmen Urin zurückzuhalten. Eine Angst, die ich noch nie zuvor gespürt habe, erfasst jeden Nerv und jede Zelle meines Körpers, und ich merke, wie sich in meinem Hals ein Schrei aufbaut.

»Es ist zu spät«, flüstert er. »Du bist bereits tot.«

Um sechs Uhr riss mich das zornige Summen des Weckers aus meinem Schlaf. Ich setzte mich auf. Im Zimmer war es kalt und still; Seamus musste nach unten gegangen sein, um einen Schluck zu trinken oder um einen Fleck in Beschlag zu nehmen, den die frühe Morgensonne auf den Wohnzimmerboden zeichnete. Als ich mich aus dem Bett rollte, streiften meine nackten Beine eine feuchte Stelle in der Mitte der Matratze. Verwirrt beugte ich mich darüber, und der scharfe Geruch von Urin schlug mir entgegen.

Ich hatte ins Bett gemacht.

Ich warf das Bettzeug in die Waschmaschine und hinterließ eine Nachricht auf dem Anrufbeantworter von Dr. Pabst. Als ich damals bei ihm war, hatte mir das sehr geholfen; vielleicht hätte er einige neue Erkenntnisse hinsichtlich meiner Träume.

Eine Sekretärin rief zurück, die mir hocherfreut mitteilte, dass einer der Patienten abgesagt habe und Dr. Pabst mich noch am selben Morgen empfangen könne.

Ich versuchte, die Scham zu ignorieren, die mich überkam, wenn ich an den feuchten Fleck in meinem Bett dachte. Angst ist eine natürliche menschliche Reaktion. Meine Blase war einfach voll gewesen; es war die Schuld der Erdnuss. Vielleicht hatte ich einen Harnwegsinfekt.

Ich versuchte, mir all diese Dinge einzureden, doch ich wusste, was das Bettnässen verursacht hatte.

Es war der Woodsman.

Ich duschte, machte mir Frühstück und ließ Seamus hinaus in den Garten. Im Morgenlicht, von der erhöhten Terrasse aus, konnte ich nichts Ungewöhnliches im Garten entdecken. Ich dachte darüber nach, den hinteren Teil des Zaunes zu überprüfen, doch ich war barfuß und das Gras noch nass vom Tau. Seamus verrichtete sein Geschäft und kam dann direkt wieder herein, ohne das Gejaule vom Vorabend.

Bevor ich ging, checkte ich noch kurz meine E-Mails und wünschte sofort, ich hätte es gelassen. Ich hatte nur eine neue Nachricht. Sie war von Brody und quoll über vor Erklärungen und Entschuldigungen. Sein Team war in Denali auf ein unerwartetes Problem gestoßen; einige ihrer wichtigsten Proben waren zerfallen und nun nutzlos. Sie mussten wieder von vorn anfangen und den größten Teil ihrer Forschungen wiederholen. Es ergab keinen Sinn, aufs Festland zu fahren und dann wieder zurückzukehren, also blieben sie direkt dort, möglicherweise noch weitere drei Wochen.

Brody würde also in nächster Zukunft nicht nach Hause kommen. Celeste Takashimas perfektes Gesicht, mit ihren mandelförmigen Augen und den dichten, schwarzen Wimpern blitzte vor meinem inneren Auge auf. Ihre Affäre war kurz und intensiv gewesen und schon lange vorbei. Zumindest hatte Brody das behauptet. Aber er hatte mir auch gesagt, dass ein Teil seines Vertrages einen Paragraphen einschloss, nach dem er persönlich sein Team zusammenstellen durfte, um zu verhindern, dass er je wieder mit dieser Frau zusammenarbeiten musste.

Toller Paragraph.

»Bleib cool, Gemma«, flüsterte ich mir zu. »Du weißt doch gar nicht, ob sie mit dort oben ist.«

Ich redete mir das zwar ein, aber ich glaubte es nicht.

18. KAPITEL

Dr. Dean Pabst versteckte einen wachen Geist und einen gewitzten Humor hinter zweihundert zusätzlichen Pfunden und einem schlechten Toupet. Weil Menschen andere Menschen nun einmal doch nach dem Aussehen beurteilen, verlor Dr. Pabst eine Reihe von Klienten, während er über die Jahre immer mehr Pfunde zulegte. Klienten, die das Gefühl hatten, nicht mit einem Mann über Themen wie Selbstkontrolle und Kompetenzen sprechen zu können, der seine eigene Körperfülle nicht unter Kontrolle hatte.

Aber Pabst war gut, und ich vertraute ihm. Er war der Hüter meiner Geheimnisse, meiner dunklen Gefühle und verwirrten Gedanken, die mir in der Sicherheit seines Büros von der Seele purzelten und den Platz für die guten Dinge freimachten. Es war eigenartig, das einzugestehen, aber Pabst kannte mich besser als jeder andere Mensch auf diesem Planeten.

Der Doktor machte es sich in dem Lehnstuhl hinter seinem Schreibtisch bequem, und ich nahm meinen üblichen Platz in dem Sessel ihm gegenüber ein. Ich war einige Jahre nicht in diesem Büro gewesen und erfreut darüber, dass sich nicht viel verändert hatte. Die Topfpflanzen auf dem Fensterbrett sahen gesund aus; die Bücher in den Regalen waren immer noch staubfrei und ordentlich sortiert. Der blaue Teppich war ausgetreten und die Raumtemperatur angenehm. Es war ein neutraler Ort, der dazu verleitete, sich anzuvertrauen und heilen zu lassen.

Pabst begann. »Er ist zurückgekehrt, nicht wahr? Ich hatte schon Sorge, dass er das würde. Gemma, ich befürchte, der Woodsman wird Sie nie verlassen, wenn Sie nicht irgendwann eine Distanz zwischen sich und dem Mord an den Kindern schaffen.«

»Ich weiß, ich weiß. Das haben Sie schon das letzte Mal gesagt. Aber ich finde keinen Abstand. Ich weiß nicht, wie.«

Ich hasste es, wie jämmerlich ich klang. Pabst hatte so hart daran gearbeitet, mir anzugewöhnen, detailliert alles aufzuschreiben, Tagebuchtherapie sozusagen, und es war nur meine eigene Schuld, dass ich diese Gewohnheit hatte schleifen lassen. Das Leben hat eine merkwürdige Art, unseren gutausgearbeiteten Plänen aufzulauern, es hält uns auf Trab, in einer Weise, die ständig wichtiger zu sein scheint als Selbstsorge und Selbstwahrnehmung.

Aber vielleicht war das ja auch nur eine Ausrede. Vielleicht hatte ich viel zu viel Angst davor, eine solch tiefgehende, andauernde Suche in meiner eigenen Psyche zuzulassen.

Pabst starrte mich über seine Brillengläser hinweg an, die auf seinem rundlichen Gesicht klein wirkten. Er hatte vorher keine Brille getragen, und mir wurde bewusst, dass Pabst langsam auf die siebzig zuging. In Anbetracht seines Alters und seines Gewichts machte ich mir Sorgen um seine Gesundheit.

»Sie wissen, wie es geht, Gemma«, sagte er. »Sie haben alle

benötigten Werkzeuge, sie sind alle direkt da, in dem Werkzeugkasten, den wir Ihrem Verstand gegeben haben. Sie trauen sich zu wenig zu, meine Liebe. Das war schon immer so.«

Ich schluckte den Kloß herunter, der sich plötzlich in meinem Hals gebildet hatte. »Dean, ich dachte, wir hätten es wirklich geschafft. Das dachte ich wirklich; er war so lange fort. Ich verstehe nicht, warum er jetzt zurückgekehrt ist.«

»Gemma, Sie wissen, warum der Woodsman zurückgekommen ist. Sie haben Angst, die Worte laut auszusprechen, weil ihnen das Realität verleiht. Aber das müssen Sie«, sagte Pabst.

Ich nickte. »Es ist das Baby. Dieses kleine Mädchen, das noch nicht einmal auf der Welt ist, hat alles verändert. Sie hat den Woodsman zurückgerufen, und diesmal hat er seine Freunde mitgebracht, tote Kinder, die denken, ich sei der einzige verdammte Mensch, der ihnen helfen kann. Warum ist das so, was glauben Sie?«

Pabst zuckte die Achseln. »Wir sind nicht dazu bestimmt, die Wege der Toten zu verstehen, Gemma. So funktioniert die Welt nicht. Sie haben mir einmal erzählt, Sie hätten nie um Ihre Eltern geweint. Und dennoch können Sie nicht damit aufhören, um die McKenzie-Jungs zu weinen. Oft ist es einfacher, um die zu trauern, die wir nicht kennen, als um die, die wir am meisten geliebt haben.«

»Meine Großmutter hat mich immer wieder darum gebeten zu weinen. Sie sagte, sie könne es nicht ertragen, mich so kaltherzig zu sehen, dass das nicht natürlich sei. Aber ich habe mich nie kalt gefühlt, Dean. Ich hatte das Gefühl, in mir wäre ein Damm, und wenn ich auch nur eine Träne weine, würde das ganze verdammte Ding zusammenbrechen. Das ist keine Kälte. Das ist Selbstbeherrschung. Das ist doch etwas Gutes.«

Pabst nickte. »Das ist ganz normal, besonders für Kinder. Anstatt zuzulassen, dass die Trauer ihre Schmerzen heilt, richten sie ihre Energie darauf, diesen Damm zu festigen, und bauen ihn höher und stärker. Aber an irgendeinem Punkt, und dieser Punkt kommt bei jedem Menschen zu einer anderen Zeit, wird der Damm zu hoch und zu stark.«

»Und Sie denken, das ist es, was mir passiert ist?«

»Ja. Ich denke, Sie haben die Trauer um den Tod Ihrer Eltern auf den Tod der beiden Jungen verlagert. Die Fähigkeit, Ihre Gefühle abzuschotten, treibt Ihre Unbarmherzigkeit an und spricht für Ihren Erfolg als Polizistin. Aber sie erschafft auch Alpträume. Gemma, wir haben das alles vor einigen Jahren durchgesprochen. Wollen Sie nicht versuchen, wieder alles aufzuschreiben? Ich denke wirklich, dass das ganz enorm helfen würde«, sagte Pabst.

Er stand auf und ging zu einem Kühlschrank in der Ecke des Büros, angefüllt mit Limonaden und Mineralwasser. Pabst kannte meine Vorliebe und reichte mir ein San Pellegrino. Dann nahm er sich eine Cola light und setzte sich zurück in seinen Sessel.

»Die Welt ist voller Monster. Das ist sie immer gewesen. Aber für jedes Monster gibt es hundert Helden. Die Menschheit hätte nicht überlebt, wenn es mehr schlechte als gute Menschen gegeben hätte, das wissen Sie, und diese Wahrheit verkörpern Sie jeden Tag in Ihrem Beruf«, sagte Pabst. »Es ist ganz natürlich, dass Sie jetzt ängstlich und verzweifelt sind, wo die Geburt Ihres ersten Kindes bevorsteht. Der Woodsman ist die Personifizierung dieser Ängste, ein Mann, dessen reine Existenz alles zerstören und eine hoffnungslose Leere hinterlassen könnte.«

Ich nickte. »Aber was tue ich jetzt? Wie kämpfe ich gegen dieses Monster meiner Träume?«

Pabst lächelte. »Mit Wissenschaft natürlich. Ein bisschen rationales Denken und engagiertes Tagebuchschreiben, und

Sie sind in null Komma nichts wieder top in Form. Aber sagen Sie, Gemma, haben Sie mit dieser Bellington-Sache zu tun? Mir gefällt der Gedanke gar nicht, dass Sie in Ihrem Zustand im Tod eines jungen Mannes ermitteln.«

Ich stand auf. »Welchen Zustand meinen Sie, die Schwangerschaft oder das Verrücktsein? Danke, dass Sie Zeit für mich hatten, Dean. Es war wie immer sehr aufschlussreich. Aber Sie wissen ja, dass ich nicht über meine Fälle sprechen darf.«

»Und Sie wissen, dass ich Sie nicht gehen lassen kann, ohne nicht zumindest versucht zu haben, Ihnen ein paar pikante Details zu entlocken. Grüßen Sie heute Nacht den Woodsman von mir, Gemma, wenn er wiederkommt. Sagen Sie ihm, der gute Doktor kann es gar nicht erwarten, ihn ein für alle Mal auszuschalten.«

19. KAPITEL

Als ich auf den Parkplatz des Reviers einbog, sah ich ein Rudel Journalisten und Kameramänner, die sich vor dem Haupteingang aufgereiht hatten wie Schweine um einen Trog. Sie waren früh dran, es war gerade erst acht Uhr, und der Chief hatte die Frage-und-Antwort-Stunde für neun Uhr angekündigt.

Ich benutzte meinen Bauch wie einen Rammbock und bahnte mir damit den Weg durch die Menschenmenge. Officer Armstrong hatte an der Eingangstür Stellung bezogen. Er öffnete sie weit genug, damit ich hindurchschlüpfen konnte, und knallte sie dann schleunigst wieder zu, wobei er die Augen verdrehte. Ein zwei Meter großer ehemaliger Footballspieler war recht nützlich, wenn es darum ging, eine Menge in Schach zu halten.

Auf dem Flur begegnete mir Chief Chavez mit einem gehetzten Ausdruck auf dem Gesicht.

»Haben Sie das gesehen? Der reinste Irrsinn da draußen«, sagte er. »Wir sind im Hauptquartier.«

Ich stellte meine Tasche ab und gesellte mich zu den anderen in den engen Gruppenraum im hinteren Teil des Reviers. Finn Nowlin, Louis Moriarty und Sam Birdshead saßen schon am Tisch, Notizblöcke und Stifte lagen bereit, eine Reihe von Cops in verschiedenen Phasen ihrer Karriere: Milchgesicht Sam, erst knapp einen Monat als Officer dabei, Finn, fast fünfzehn Jahre einer soliden Karriere, und Louis Moriarty, der sich eigentlich bereits seit fünf oder sechs Jahren im üblichen Rentenalter befand.

Sam und Moriarty nickten mir zu, Finn grinste nur. Ich setzte mich Moriarty gegenüber und fragte mich mal wieder, was er immer noch hier machte. Er könnte stattdessen die Pension seiner jahrzehntelangen Polizeikarriere einkassieren und mit seinen Kumpels am Arkansas angeln gehen. Am Ende des Tages gehörte er wohl zu jenen Cops, die nicht wussten, was sie mit ihrer Zeit anfangen sollten, wenn sie in den Ruhestand gingen. Sein Job war sein Leben. Und er war gut darin, immer noch fit und mit scharfem Verstand; der siebzigjährige Moriarty hatte bei unseren jährlichen Gesundheitschecks noch nie etwas Schlechteres belegt als den zweiten Platz, und das im Wettkampf gegen Typen, die nur halb so alt waren wie er.

Bei ihm waren alle lammfromm, hieß es auf der Straße.

Der Chief lehnte sich gegen das Whiteboard. Ich vermutete, Lucas Armstrong war wegen des Türdienstes entschuldigt. Das war schade, denn Luke hatte ein gutes Auge für Details, die uns anderen oft nicht auffielen. Außerdem war er urkomisch und fuhr in seinem Job eine sehr gerade Linie. Ich wusste, dass auch Armstrong immer noch seine Probleme mit dem Fall von

Hausfriedensbruch hatte, der einige Monate zurücklag. Seitdem hatte die Beziehung zwischen ihm und Finn etwas Eisiges, was vorher nicht da gewesen war.

Chavez gab mir ein Zeichen, dass ich zu ihm nach vorne ans Whiteboard kommen sollte.

»Ihr habt gestern alle die Nachrichten gesehen, oder? Ich hatte das Gefühl, dass wir uns einem ganz neuen Tempo gegenübersehen würden, wenn die Sache erst einmal an die Öffentlichkeit gerät. Gemma, können Sie uns bitte auf den neuesten Stand bringen?«

Ich nickte. »Natürlich. Offensichtlich haben wir den Todeszeitpunkt: Montag, gegen Mittag. Wir haben auch die Todesursache: Blutverlust, aber wir haben keine Mordwaffe. Wir wissen noch nicht einmal, nach welcher Art von Waffe wir suchen sollen; der Hals des Opfers war auf eine Weise aufgeschlitzt, anhand der man nicht sagen kann, was dafür benutzt wurde. Sam und ich stecken knietief in den Vernehmungen der Zirkusmitarbeiter, aber bisher –«

Finn Nowlin hustete und räusperte sich dann.

»Wolltest du etwas hinzufügen, Finn?«

Über seinen dunklen Augenbrauen erschien eine kleine Falte, eine winzige Unebenheit in seinem sonst so glatten Gesicht. »Entschuldige, Gemma, wenn ich dich jetzt schon unterbreche, aber das ist doch lächerlich. Ich brauche da genauere Angaben. Willst du mir ernsthaft sagen, dass ich Teil einer Ermittlung sein soll, in der wir noch nicht einmal wissen, nach welcher verdammten Waffe wir suchen sollen?«

Er lächelte, während er zusah, wie bei mir der Groschen fiel.

»Chief? Worüber zum Teufel redet Finn da?«, fragte ich.

Chavez, der am Kopfende des Tisches Platz genommen hatte, lehnte sich mit einem Seufzer vor. Die Krawatte war zerknittert, und sein Anzug war derselbe, den er am Vortag bei der Pressekonferenz getragen hatte. Doch seine Augen leuchteten erbittert.

»Der Fall ist zu groß für Sie, Gemma. Der Bürgermeister ist unzufrieden mit den Fortschritten, die bisher gemacht wurden, und wir glauben, Sie könnten die zusätzliche Hilfe gebrauchen. Ich mache Finn in diesem Fall zu Ihrem Partner«, sagte Chavez.

»Wir?«

»Der Bürgermeister und ich. Vergessen Sie nicht, dass ich direkt an ihn und das City Council berichte. Er hat da ein Wort mitzureden.«

»Bei allem Respekt, Sir, aber das können Sie vergessen. Sam und ich haben die Sache voll im Griff. Wir haben bereits eine Handvoll entscheidender Zeugen befragt. Ich habe Stunden damit zugebracht, diesen verdammten Zirkus unter die Lupe zu nehmen, und ich arbeite an einer neuen Spur, bei der es darum geht, was Nicky vor drei Jahren im Schilde geführt hat. Es könnte da ein paar Verbindungen geben, die es wert sind, dass man ihnen nachgeht.«

Sam Birdshead sprang mir zur Seite: »Chief, ich denke, Gemma hat recht, wir machen Fortschritte.« Er blickte von mir zum Chief und dann wieder zurück und fügte hinzu: »Wir sind ein gutes Team. Und wir sind erst seit zwei Tagen an der Sache dran.«

Chavez stand auf und lächelte grimmig. »Ich habe keine Zweifel daran, dass ihr ein gutes Team abgebt. Sam, Sie bleiben mit Finn und Gemma als Backup dabei.«

Finn lächelte Chavez an. Ich wünschte mir mehr als alles andere, dass ich ihm dieses Grinsen vom Gesicht wischen könnte. Als ob die Sache zwischen uns nicht schon angespannt genug wäre. Das hier könnte das Fass zum Überlaufen bringen. Es war mein Fall, und wenn alles vermasselt würde, weil Finn sich nicht an die Richtlinien hielt, dann Gnade mir Gott, würde ich ihm den Kopf abreißen!

»Danke, Chief«, sagte Finn. »Gemma und ich können die zusätzliche Hilfe sicher gut gebrauchen.«

Chavez nickte. »Das ist die Art von Kooperationsbereitschaft, die ich gerne sehe. Machen Sie bitte weiter, Gemma.«

Ich holte tief Luft, schluckte und zählte bis zehn. »Wie ich schon sagte, kann sich Dr. Hussen nicht darauf festlegen, was für eine Waffe benutzt wurde. Nicky Bellingtons Hals wurde aufgerissen – nicht geschnitten, nicht geschlitzt, sondern gerissen. Ehrlich gesagt, könnte die Waffe alles sein, was eine scharfe, gezackte Kante hat. Sam und ich haben uns aufgeteilt und inzwischen eine Reihe von Leuten befragt. Es gibt hier zwei unterschiedliche Gruppen, die im Spiel sind: solche, die Reed kannten, und solche, die Nicky kannten. Eine echte Überschneidung gibt es nicht.«

Ich machte eine kurze Pause und bemerkte, dass Finn eine von mehreren Aktenmappen geöffnet hatte, die auf dem Konferenztisch verstreut lagen. Er starrte auf ein Foto von Annika und Ellen Bellington, die anscheinend ein sehr hitziges Tennisduell austrugen. Mutter und Tochter trugen beide weiße Tenniskleidung, bestehend aus Trägerhemd, kurzem Rock und Turnschuhen.

»Diese beiden hier müssen wir noch mal befragen«, sagte er mit einem Grinsen. »Die sehen sehr verdächtig aus, besonders die Tochter …«

Chavez legte den Kopf in die Hände und murmelte: »Gütiger Himmel, Finn …«, als ich sagte: »Sie ist neunzehn, du schwanzgesteuerter Idiot. Chief, das ist genau das, was ich –«

Bevor ich den Satz beenden konnte, war Finn aufgestanden und brüllte los, dass er sich von niemandem mehr schwanzgesteuerter Idiot nennen lassen würde, und dann brüllte der Chief uns beide an.

Ich schloss die Augen, lehnte mich zurück und bat stillschweigend um Vergebung für das, was ich im Begriff war zu tun.

»Oohhhh«, stöhnte ich und umklammerte meinen Bauch. Dann griff ich nach der Lehne eines leeren Stuhls vor mir, biss die Zähne zusammen und hielt so lange die Luft an, bis ich merkte, dass mein Gesicht rot wurde.

»Gemma, was ist los?« Mit einem Satz war Chavez an meiner Seite. Er half mir auf den Stuhl und rief, jemand solle ein Glas Wasser holen. Ich wartete ein paar Sekunden, bevor ich antwortete. Ich linste unter meinen Wimpern hervor und sah, dass Finn den Raum angewidert verlassen hatte.

Ich grinste unter meiner Grimasse und entspannte die Schultern. »Ich, ich bin nicht sicher, Chief. Es war nur ... das Zimmer begann sich zu drehen, und ich dachte, ich würde ohnmächtig.«

Chavez atmete aus. »Die Dinge sind ein wenig außer Kontrolle geraten. Ich weiß, Sie und Finn hatten in der Vergangenheit Ihre Schwierigkeiten, aber Sie zwei sind die Besten, die ich habe. Bitte, könnten Sie Ihren Zwist nicht beilegen? Wir haben hier einen ermordeten Jungen, dem wir es schuldig sind, unser Bestes zu geben. Und momentan sind das Sie beide.«

Ich bin in meinem ganzen Leben noch nie vor einer Herausforderung weggelaufen, und Chavez' Bitte war ganz eindeutig eine Herausforderung. »Natürlich. Es tut mir leid. Ich werde versuchen, ihn nicht wieder einen schwanzgesteuerten Idioten zu nennen, wenn er es schafft, sich mindestens zehn Sekunden lang nicht wie einer zu benehmen.«

»Braves Mädchen. Und setzen Sie Ihre gute Arbeit mit Sam

zusammen fort, aber er muss begreifen, dass Finn jetzt die Leitung übernommen hat«, sagte Chavez.

»Sie meinen, ich habe die Leitung, und Finn ist mein Partner.«

Ich stand so dicht vor ihm, dass ich die dunklen Ringe unter seinen Augen sehen konnte, die noch vor einer Woche nicht da gewesen waren. Nun schloss er die Augen und nickte. »Ja, natürlich. Das war das, was ich meinte.«

»Mit Ihnen alles in Ordnung, Chief?«, fragte ich. Ich schob ihm das Glas Wasser zu, das Moriarty für mich geholt hatte. Er wirkte so, als könne er stattdessen ein Glas Bourbon gebrauchen.

Chavez dachte ernsthaft über meine Frage nach. »Nein, ist es nicht. Um ehrlich zu sein, war der gestrige Abend ziemlich heftig. Terry und Ellen sind der Ansicht, dass wir eigentlich inzwischen schon weiter sein müssten. Sie wollen wissen, was Nicky in diesen letzten drei Jahren getrieben hat. Sie verstehen nicht, warum er zu diesem Reed geworden ist, und wie er sich im Zirkus wohl fühlen konnte. Es ist ein enormer Kontrast zu dem Leben, das er aufgegeben hat, und das wirft einige sehr ernste Fragen auf. Sie setzen sich gerade damit auseinander, wie sie ihre Kinder erzogen haben und wo sie einen Fehler gemacht haben könnten. Sie wissen ja, wie wichtig ihnen die Familie ist.«

Ich nickte. »Das sind dieselben Fragen, die auch wir uns stellen. Aber das braucht Zeit. Das müssen sie verstehen.«

»Ich denke, Terry tut das, aber Ellen … sie sagt, die Familie müsse schon ›ohne all das‹ genug durchmachen«, fuhr der Chief fort und machte dabei mit den Fingern in der Luft Anführungszeichen.

Ich schüttelte angewidert den Kopf. »Ach, das ist ja wirklich extrem ärgerlich, dass die Suche nach dem Mörder ihres

Sohnes der politischen Karriere ihres Mannes in die Quere kommt.«

»Oh, so meint sie das nicht. Ehrlich gesagt, beschäftigt sie Terrys Krebserkrankung viel mehr als die Kandidatur für den Senat. Ich denke, in ihrem Kopf haben sie vor drei Jahren um Nicky getrauert. Ein Kind zu verlieren … wissen Sie, Gemma, das ist eine Form der Trauer, die man kein zweites Mal durchmachen möchte. Ellen ist ein guter Mensch. Sie kannten sie vorher nicht. Sie hat alles für Terrys Karriere geopfert. Sie hat sogar Terrys Schwester Hannah gebeten, bei ihnen einzuziehen und sich um die Kinder zu kümmern. Sie konnte den Gedanken nicht ertragen, dass eine Fremde von außerhalb die Kinder erzieht. Aber sie darf nicht mehr zulassen, dass sie selbst dabei draufgeht«, sagte Chavez. Er starrte in die Ferne. »Ellen ist der Kitt, der sie alle zusammenhält, wissen Sie.«

In seiner Stimme lag etwas, bei dem es mir kalt den Rücken herunterlief.

»Sie sieht sich selbst als Fels in der Brandung für Terry«, fuhr er fort, »und wichtiger noch, für Annika.«

Chavez rieb sich das Gesicht, blickte dann auf seine Uhr und stand auf. Er ging zur Tür. »Ich muss jetzt diese wilde Horde Reporter hereinlassen und ihnen ein paar Knochen zuwerfen, an denen sie nagen können.«

»Chief?«

Er war schon an der Tür und drehte sich zu mir um. Irgendwann zwischen meinem gespielten Schwächeanfall und Chavez' leidenschaftlicher Verteidigung von Ellen hatte sich der Raum geleert. Wir waren allein, und ich holte tief Luft und fragte ihn etwas, das ich nicht fragen sollte, aber ich konnte ihn nicht gehen lassen, ohne es mit Sicherheit zu wissen.

»Wie lange lieben Sie Ellen Bellington schon?«

Ich dachte, er würde ohne eine Antwort hinausgehen, doch

seine Schultern sackten zusammen, er wandte mir den Rücken zu und antwortete mit so leiser Stimme, dass ich von ganzem Herzen wünschte, ich könnte die Frage zurücknehmen.

»Siebenundzwanzig Jahre, fünf Tage und ungefähr vierzehn Stunden«, sagte er und schloss die Tür sanft hinter sich.

20. KAPITEL

Draußen vor dem Gruppenraum herrschte Chaos. Unsere beiden Empfangsdamen versuchten verzweifelt, das Rudel Reporter und Kameraleute – insgesamt ungefähr dreißig Personen – in unseren großen Konferenzraum zu treiben, wo Stühle und ein Podium warteten.

Ich fragte mich, warum der Chief die Sache nicht im wesentlich größeren Presseraum der City Hall abgehalten hatte, doch dann wurde mir klar, dass die beengten Verhältnisse die Angelegenheit beschleunigen würden. Besonders, wenn Chavez die Tür schloss – in diesem speziellen, nach Osten ausgerichteten Konferenzraum wurde es morgens sehr schnell brütend heiß.

In der Tat hatte die Körperwärme der vielen zusätzlichen Leute die Raumtemperatur im Revier bereits auf ein unangenehmes Maß ansteigen lassen. Ich kam zu dem Entschluss, dass der Tag gar nicht schlimmer werden könne, doch dann sah ich Tessa O'Leary, die sich mit hochrotem Gesicht ihren Weg durch die Menge bahnte.

Sam war hinter mir, und ich stieß ihn mit dem Ellenbogen an. Gemeinsam schauten wir zu, wie sie näherkam.

»Sie dicke, fette Lügnerin! Sie Lügnerin!«, brüllte sie.

Sie baute sich vor mir auf und sagte dann in einer leisen Stimme, die schlimmer war als das Gebrüll: »Sie Lügnerin. Sie haben mich angelogen.«

Ich wich etwas zurück und hob die Hände. »Hui, Tessa. Immer locker. Möchten Sie reden?«

Sie holte einige Male tief Luft und nickte dann. Sie bemerkte die Reporter, die sie musterten, und ihre Gesichtsfarbe wechselte zu einem peinlich berührten Pink.

»Lassen Sie uns irgendwohin gehen, wo es etwas ruhiger ist. Das ist übrigens Sam. Sam Birdshead ist einer meiner Kollegen hier in der Abteilung.«

Ich führte sie zu einem der Verhörräume auf der anderen Seite des Flurs. Sam folgte uns. Der Raum war klein und fensterlos mit einem niedrigen Holztisch und zwei Metallstühlen. Er roch nach Schweiß und Bohnerwachs wie eine Sporthalle nach einem Highschool-Basketballspiel.

Ich nahm mir einen der Stühle und bedeutete Tessa, sich auf den anderen zu setzen. Hinter ihr lehnte sich Sam Birdshead gegen die Wand und versuchte, unauffällig zu wirken. Ich sah, wie sie sich langsam beruhigte. Ihr Gesicht war ungeschminkt, und ihr Haar war am Hinterkopf in diesem Unfrisiert-Look zerzaust, der gleichzeitig irgendwie schick ist, aber auch abstoßend. Getrocknete Tränen hatten zwei leichte Streifen auf ihren Wangen hinterlassen, und sie hatte blanke Augen. Sie wirkte viel jünger als zweiundzwanzig.

»Das ist schon besser«, sagte ich. »Ich konnte da draußen keinen klaren Gedanken mehr fassen. Wie hattest du mich genannt? Eine Lügnerin? Wann habe ich dich angelogen, Tessa?«

»Es tut mir leid, dass ich Sie so genannt habe, aber ich hatte gedacht, ich könnte Ihnen vertrauen. Ich dachte, Sie wären eine Freundin«, flüsterte sie. Dann fing sie wieder an zu weinen.

Hinter ihr sah ich, wie Sam anfing sich unbehaglich zu fühlen. Er lehnte sich dichter an die Wand, als wolle er darin verschwinden, und ich hatte den Eindruck, er könne wie die meisten Männer nicht gut mit einer attraktiven weinenden Frau seines Alters umgehen.

»Tessa, du kannst mir vertrauen. Ich bin keine Freundin. Ich bin Polizistin, und das ist viel besser, weil es meine Pflicht ist, auf dich aufzupassen. Darauf habe ich einen Eid geleistet«, sagte ich. »Was hast du damit gemeint, ich hätte dich angelogen?«

Tessa rutschte auf ihrem Sitz hin und her und pulte an einem der Bilder, die in den Tisch geritzt worden waren. Über die Jahre hatten Zeugen und Verdächtige, die befragt wurden, Hunderte von Skizzen, Wörter und Gekritzel in den Tisch geritzt und dafür die Werkzeuge benutzt, die sie gerade zur Hand hatten: Bleistifte, Kugelschreiber, Schlüssel und Verschlüsse von Getränkedosen. »Fuck« und »Punk« schienen dabei die populärsten Ausdrücke zu sein, aber Hakenkreuze, fröhliche Gesichter und Bandenzeichen waren fast genauso häufig vertreten.

»Tessa? Sieh mich bitte an.«

Sie hob den Kopf und erwiderte meinen Blick. Ich sah einen Schmerz, den ich nicht erwartet hätte.

»Sie hätten mir sagen müssen, dass Reed nicht echt war. Sie haben mich über ihn reden lassen, als wäre er es … vielleicht haben Sie nicht gelogen, aber Sie haben nicht die Wahrheit gesagt, und das ist noch schlimmer«, sagte sie.

»Ja, ich habe die Wahrheit ausgelassen. Manchmal müssen wir das bei unseren Ermittlungen tun. Und du irrst dich, Tessa. Reed war echt, er war genauso echt wie du oder ich oder Sam«, sagte ich. »Und das solltest du nie vergessen.«

Sie biss sich auf die Lippen und nickte dann. »Er hat mich auch angelogen. Reed, meine ich. Warum hat er mir nicht gesagt, dass er ein reiches Gör war? Und sein Dad der Bürgermeister von diesem Phantasialand-Skiort? Wissen Sie, dieser Ort ist so unwirklich im Vergleich zum Rest von Amerika. Sie haben keine Ahnung, wie oft Reed und ich uns über Orte wie diesen lustig gemacht haben. Es ist so idyllisch, dass ich kotzen könnte.«

Tessa holte tief Luft, ihr traten wieder die Tränen in die Augen, und sie gab schniefende Geräusche von sich.

Sam schaute mich an. »Hey, Leute, wollt ihr eine Limo? Oder ein Wasser?«

»Eine Sprite wäre super, Sam, danke, und bitte auch ein paar Taschentücher, ja? Und du, Tessa?«

Sie schüttelte den Kopf. Sam verließ den Raum.

»Tessa, du bist wirklich sehr durcheinander. Geht es hier nur um Reed? Oder ist da noch etwas anderes?«

Sie starrte wieder auf den Tisch und begann mit einem Fingernagel an einem der Bilder zu kratzen. Ihre Nägel waren kirschrot, und ich beobachtete, wie winzige Splitter Nagellack in der Schnitzerei hängen blieben und das Mosaik um weitere bunte Punkte ergänzten.

»Brauche ich hier einen Anwalt?«

»Nun, du könntest dir sicherlich einen holen. Aber du bist nicht als Verdächtige hier, und das hier ist keine formelle Vernehmung. Wir sind bloß zwei Leute, die sich unterhalten.«

»Ich glaube, Lisey könnte etwas getan haben. Etwas sehr Schlimmes, meine ich.«

»Deine Zimmergenossin, die Rothaarige?«, fragte ich.

Als sie das hörte, lächelte sie. »So nenne ich sie auch manchmal.«

»Warum glaubst du, dass Lisey etwas Schlimmes getan hat?«

Tessa seufzte. »Ich habe unter ihrem Bett ein zerrissenes Foto gefunden. Es war mein Lieblingsbild von Reed und mir.

Es wurde vor einigen Monaten gemacht, und ich hatte es seit Ewigkeiten nicht gesehen. Ich dachte, ich hätte es irgendwo auf der Strecke verloren.«

»Warum hast du unter ihr Bett geschaut?«

»Sie hatte den letzten Rest von meinem Gras. Ich wusste, dass sie es dort versteckt. Mein Rücken hat mich umgebracht. Wie auch immer, es ist nicht nur das zerrissene Foto. Da sind auch noch andere Sachen.«

»Wie zum Beispiel?«, fragte ich.

Sams Gesicht erschien im Fenster, und ich schüttelte leicht den Kopf. Ich wollte nicht, dass Tessa durch etwas unterbrochen wurde.

»Lisey hat den ganzen Sommer über dieses T-Shirt getragen, dieses alte Ramones-T-Shirt; es ist widerlich, doch sie hat es immer wieder gewaschen und getragen, gewaschen und getragen. Sie hatte es am Montag an, und seitdem habe ich es nicht mehr gesehen.«

Ich dachte darüber nach. »Nun, wie du gesagt hast, wäscht sie es. Vielleicht liegt es im Wäschekorb.«

»Ich habe nachgesehen. Es ist nicht da. Es ist einfach … verschwunden«, sagte Tessa.

Ich lehnte mich zurück und faltete meine Hände auf meinem Bauch. Ich verstand, warum manche Männer nichts gegen ihre Bierbäuche hatten, auf eine merkwürdige Weise war es eine nette Ablage für Hände und verirrte Kartoffelchips.

»Was willst du damit andeuten, Tessa?«

Sie starrte mich an. »Ist das nicht offensichtlich? Sie ist seit Monaten in mich verliebt. Sie ist sichtlich durcheinander; was für ein Mensch läuft herum und zerreißt Fotos? Vielleicht hat sie …«

Ich erwiderte Tessas erbitterten Blick. Ein Foto zu zerstören und ein T-Shirt wegzuwerfen musste nicht viel zu bedeuten haben. Obwohl ich wusste, wie Tessas nächste Worte lauten würden, musste ich sie hören. Ich musste wissen, wie stark sie daran glaubte.

»Vielleicht hat sie was?«

Tessa biss sich wieder auf die Lippe und sagte dann in einem Schwall: »Vielleicht hat Lisey Reed umgebracht und dann das T-Shirt weggeworfen, weil es voller Blut war.«

Bevor ich antworten konnte, wurde die Tür zum Verhörraum aufgestoßen, und Finn schlenderte herein, ganz lässig und schick. Auf seinen Fersen folgte Sam mit einem entschuldigenden Ausdruck auf dem Gesicht.

»Das ist eine ziemlich starke Anschuldigung, junge Lady«, sagte Finn. Er ließ einen Schreibblock und einen Stift vor Tessa auf den Tisch fallen. »Ich brauche das jetzt schriftlich von dir, Wort für Wort.«

Tessa starrte ihn mit offenem Mund an, und ich fluchte leise. Dieses Arschloch hatte vermutlich vor der Tür die Audioanlage angeschaltet und jedes Wort mitgehört.

»Na los, Schätzchen. Schreib es alles auf. Jedes einzelne Wort«, sagte Finn. Er ging neben Tessa in die Hocke, so dass er mit ihr auf Augenhöhe war, und legte ihr eine Hand auf die Schulter. »Je eher du es hinter dich bringst, desto besser.«

Tessa starrte ihn einen Moment an, stopfte dann ihre Hände unter die Oberschenkel und schüttelte den Kopf. Ihr Gesicht wurde hitzig.

Finn stand auf. »Sag du es ihr, Gemma.«

»Genau genommen muss sie hier gar nichts aufschreiben. Man hat ihr nicht ihre Rechte vorgelesen, und das hier ist keine formelle Vernehmung. Aber Tessa, wenn du das wirklich glaubst, dann würdest du Reed sehr helfen, wenn du eine Aussage tätigst.«

Sie stand so schnell auf, dass ihr Stuhl nach hinten flog.

»Ich bin keine Ratte. Ich vermute, ich hatte schon beim ersten Mal recht. Man kann euch verfickten Cops nicht trauen! Ihr Schweine habt keinen Sinn für Loyalität.«

Sie schob sich an Sam vorbei und ging aus der Tür. Finn machte Anstalten, ihr zu folgen, doch ich schnappte mir seinen Arm und hielt ihn fest.

»Lass sie gehen. Sie wird nicht weit kommen.«

Finn drehte sich zu mir um, und ich ließ seinen Arm los, als ich die Wut auf seinem Gesicht sah.

»Du bist echt eine dumme Tussi, Gemma, weißt du das? Wenn wir vor Gericht gehen, ist nichts von dem, was sie gesagt hat, zulässig. Sie hat uns vielleicht gerade Nickys Mörder auf dem Silbertablett serviert, und wir können, verdammt noch mal, überhaupt nichts damit anfangen«, sagte er.

Sam wollte den Raum wieder verlassen, doch ich hob eine Hand, damit er blieb.

»Ach komm, Finn, die Feinheiten des Gesetzes haben dich doch noch nie aufgehalten«, sagte ich. Er wurde bleich.

»Was zum Teufel soll das denn heißen?«, sagte er.

»Du weißt verdammt genau, was das heißen soll. Davon abgesehen wären wir mit Sicherheit keine besonders guten Cops, wenn wir uns auf die impulsive Bemerkung eines zweiundzwanzigjährigen Mädchens verlassen würden, um einen Mörder zu fassen. Sam, hast du meine Sprite?«

Sam grinste, warf sie mir zu und brüllte dann: »Nicht öffnen!«, doch ich hatte bereits an der Aufreißlasche gezogen, und Limonade sprühte über Finns Dreihundert-Dollar-Anzug.

21. KAPITEL

Ich hatte das Bedürfnis nach einer kleinen Pause. Bei meiner nächsten Aufgabe würde ich hoffentlich etwas Ruhe finden – ich wollte der öffentlichen Bibliothek von Cedar Valley einen Besuch abstatten. Bevor ich das Revier verließ, griff ich mir einige Akten über Nickys Unfall vor drei Jahren. So hatte man es genannt, einen Unfall.

Ich hatte am Vortag einen Blick in die Ermittlungsakten geworfen. Finn hatte in dem Fall die Leitung innegehabt, und Louis Moriarty war der Zweite im Bunde gewesen. Ihre typischen Unterschriften waren am Fuße jeder Seite zu sehen – ein Standardprocedere bei jeder Dokumentation. Ich sah mir die Inhaltsangabe an, die erste Seite im ersten Ordner, doch die Bibliothek wurde nicht erwähnt.

Aber man musste bedenken, dass die Ermittlung von Anfang an unter der Annahme stattgefunden hatte, Nicky sei von der Klippe gestürzt und gestorben, und seine Leiche sei den Arkansas River hinunter direkt in den Golf von Mexiko gespült worden.

Es gab nie einen Grund, irgendetwas anderes zu vermuten.

Ich fuhr quer durch die Stadt zu dem roten Backsteingebäude, in dem die Bibliothek untergebracht war. Obwohl es noch früh am Tag war, zogen kohlrabenschwarze Gewitterwolken wie unheimliche Geister am Horizont auf, die sich tief hängend und schnell über die Rockys bewegten. Ihrer Geschwindigkeit zufolge und dem seltsamen, grün-blau gefärbten Himmel hinter ihnen würde es gegen Mittag regnen.

Ich hatte die Fenster heruntergekurbelt, und die Luftfeuchtigkeit traf auf meine Lungen wie ein wohltuendes Elixier. Die Feuchtigkeit war eine willkommene Abwechslung zur Hitze, die die gesamte Woche geherrscht hatte, doch als ich die kühle Luft einatmete, überfiel mich auch ein leichtes Grauen. Sommerstürme brachten oft mehr als nur Wind und Regen in die Stadt.

Bevor ich das Revier verließ, hörte ich über den Flurfunk, dass die Bellingtons am folgenden Samstag in der Wellshire Presbyterian einen Gedenkgottesdienst für Nicky planten. Zumindest hatten sie diesmal eine Leiche, die sie begraben konnten.

Ich parkte, eilte über den Parkplatz und kämpfte gegen den Wind, der mir ins Gesicht schlug, meine dunklen Strähnen hochwirbelte und sie wieder fallen ließ. In der Bibliothek angekommen, beantwortete ein Jugendlicher in einem schlabberigen Adidas-Anzug meine Frage mit einem Nicken. Er zeigte mit dem Finger einen kurzen Flur hinunter, an dessen Ende ich Tilly Jane Krinkel fand, die an einer Auskunftstheke saß, auf der ein wildes Durcheinander aus Taschenbüchern, Kleberollenhaltern und einer Sammlung von Briefmarken und Stempeln herrschte.

Überraschenderweise erkannte ich sie sofort. Ich wusste nur nie, wie sie wirklich hieß. Wie die meisten Leute der Stadt nannte ich sie einfach nur die Bird Lady.

Orangefarbenes Haar bedeckte büschelweise ihren Kopf, als hätte ein Kind ihn als Basteluntergrund benutzt und ein Chaos an Farbe und Wattebäuschchen hinterlassen. Sie trug eine Cateye-Brille mit Strasssteinen und einen Jeans-Trägerrock über einer Baumwollbluse mit winzigen roten und grünen Herzen. Der Trägerrock reichte ihr bis zu den Waden, darunter sah man bleiche, dünne Beine in roten knöchelhohen Turnschuhen. Auf ihrer Schulter saß ein ausgestopfter Vogel wie ein schweigender Wächter, dessen Augen, zumindest das eine, das ich sehen konnte, so trüb waren wie grauer Star. Die

Füße des Papageis waren an einen Stock geklebt, der wiederum mit einer silbernen Spange und einer Kette an Tillys Trägerrock befestigt war.

Die Frau trug keine Socken und roch nach Lilien, Talkumpuder und Klebstoff. Sie schaute zu mir hoch, nahm meine Dienstmarke zur Kenntnis und fragte, wie sie helfen könne.

»Ms. Krinkle, mein Name ist Gemma Monroe, ich arbeite bei der hiesigen Polizei.«

»Ja, natürlich tun Sie das«, antwortete sie. Ihre Stimme war rau, wie die einer Raucherin. »Petey hat mir schon gesagt, dass Sie kommen würden. Nennen Sie mich Tilly.«

»Petey?«

»Mein Papagei«, sagte sie und zeigte auf den ausgestopften Vogel, der auf ihrer rechten Schulter stand. »Er ist sehr weise.«

»Ich verstehe. Öhm, hallo, Petey«, sagte ich und winkte dem Vogel kurz zu.

Die Frau bedachte mich mit einem finsteren Blick. »Erwarten Sie keine Antwort, Miss. Petey kann manchmal sehr scheu sein. Sie sind hier wegen Nicky Bellington, nicht wahr?«

Ich hatte niemandem erzählt, dass ich hierherkommen wollte, noch nicht einmal Finn oder Sam.

»Woher wissen Sie das?«

»Ich schaue die Nachrichten, Sie dummes Mädchen«, sagte Tilly. »Ich habe die Pressekonferenz gesehen. Es war nur eine Frage der Zeit.«

Sie stand auf, machte *Tss-tss-tss* und bedeutete mir, ihr durch den großen Lesesaal zu folgen. Als sie ging, quietschten die roten Turnschuhe auf dem Linoleum, und um das Geräusch zu dämpfen, lief sie auf Zehenspitzen und wirkte dadurch so, als wolle sie sich an jemanden heranschleichen. Ich kicherte, und ein älterer Herr in einem Anzug warf mir über seine Halbmondbrille von einem der Tische aus stirnrunzelnd einen Blick zu.

Ich zuckte die Schultern und bat lautlos um Entschuldigung.

»Ich wusste, dass früher oder später jemand wegen Nicky kommen würde. Ich dachte, es würde schon früher passieren, aber hier sind Sie ja«, flüsterte Tilly. »Ich habe drei gottverdammte Jahre gewartet.«

»Hat die Polizei nach dem Unfall mit Ihnen gesprochen?«, flüsterte ich zurück. »Nachdem Nicky am Bride's Veil abgestürzt ist?«

Sie schüttelte den Kopf. »Nee, kein einziger. Ich habe gewartet, aber es ist nie jemand gekommen.«

Verdammter Finn.

Aber dann wiederum, hätte ich es anders gemacht? Egal, was man in Sendungen wie CSI oder Law & Order gesehen hat, wir suchen nicht nach Rätseln, wenn einfache Antworten bereitstehen. Und die einfache Antwort damals lautete, dass Nicky bei einem tragischen Unfall umgekommen war.

Tilly führte mich zu einer verschlossenen Tür im hinteren Teil der Bibliothek. Sie steckte einen kurzen silbernen Schlüssel in den runden Türknauf, ruckelte daran und fluchte wie ein Bierkutscher, als es nicht ging. Dann holte sie tief Luft, flüsterte ihrem Vogel Petey etwas zu und versuchte es erneut. Diesmal sprang der Riegel mit einem leisen Klick zurück. Die Tür ließ sich öffnen, und ich folgte der älteren Dame eine breite Treppe hinunter, die in einem dunklen, höhlenartigen Raum endete.

»Das Stadtarchiv«, flüsterte sie mir zu.

Tilly bat mich, am Fuße der Stufen zu warten, und verschwand dann, mit einer Hand an der Wand entlanggleitend, in dem Halbdunkel. Sie murmelte weitere Kraftausdrücke, und dann flackerten hoch über mir an der Decke mit einem Summen Leuchtstoffröhren auf, eine nach der anderen.

Der Rest des Raumes lag noch im Dunkeln, und es war nicht möglich, einen Eindruck von seinem Grundriss zu bekommen.

Ein hohes Bücherbord zu meiner Linken enthielt reihenweise dicke Bände. Ich zog wahllos einen heraus und nieste, als eine Lage Staub von dem roten Ledereinband aufwirbelte. Der Titel auf dem Einband lautete: »Kongress-Berichte, Denver County, 1899–1901«.

»Okay«, sagte eine tiefe Stimme hinter mir. Ich fuhr zusammen, nieste wieder, und mir raste das Herz.

Tilly grinste mich an und zeigte mir alle verbleibenden zwölf Zähne.

»Sind wir ein bisschen schreckhaft? Also, kommen Sie. Wir haben nicht den ganzen Tag Zeit. Ob Sie's glauben oder nicht, da warte ich drei verdammte Jahre, und dann kommen Sie an dem Tag, an dem ich einen Arzttermin habe. Brustkrebs. Ist erblich. Meine Mutter hatte es. Ihre Mutter hatte es. Unsere ganze verdammte Familie hat es.«

Ich äußerte nuschelnd mein Mitgefühl und folgte ihr durch einen labyrinthähnlichen Gang nach dem anderen, wartete zwischendurch, während sie eine weitere Reihe Deckenlichter anschaltete. Wenn sie es tat, schalteten sich die Lichter hinter uns flackernd aus. Einmal hielt ich an, schaute zurück und sah ein leuchtendes Notausgangschild, das hoch oben befestigt war. Das grün schimmernde Zeichen schien weit weg zu sein.

Dann bat mich Tilly weiterzugehen, und ich beeilte mich hinterherzukommen.

Vor einer Lesekabine blieb sie abrupt stehen. Sie hatte die Größe einer Bürozelle, und auf dem Schreibtisch stapelten sich turmhoch Bücher, Ordner, Hefter, Kisten mit losen Blättern und ein Vergrößerungsglas, ein Schreibblock und ein Kugelschreiber.

»Was ist das alles?«

Tilly sah mich kopfschüttelnd an und sagte dann zu Petey im Bühnenflüsterton: »Dilettantin«.

Sie zeigte auf die Lesekabine und sagte: »Das, meine Liebe, ist das gesamte Archivmaterial der Stadt zum Thema McKenzie-Jungs, Schrägstrich Woodsman-Morde.«

Ich schluckte. Recherche war an der Akademie nicht gerade meine Stärke gewesen. »Und das ist es, was Nicky gemacht hat, wenn er hierhergekommen ist? Er hat das ganze Zeug gelesen?«

»Jawoll«, sagte sie. Die Strasssteine auf ihrer Brille reflektierten das Licht der Deckenbeleuchtung, und tausend kleine Lämpchen funkelten mich an. »Dieser Junge hat ungefähr vier Monate hier unten verbracht.«

»Und wann war das? Ganz genau, meine ich.«

»Oh, im Frühling und Frühsommer 2012. Das letzte Mal ist er im Juli vorbeigekommen, zwei Tage bevor er zelten gegangen ist. Wissen Sie, dass ich selbst jeden Sommer ein paar Tage dort oben bin? Es gibt dort einen wunderschönen Zeltplatz, ganz in der Nähe des Aussichtspunkts. Der einzige Ort, an dem ich mal etwas verdammte Ruhe finde. Wie auch immer, er hat mir gesagt, ich könne alles wieder einpacken, er habe alles, was er brauche, und vielen Dank auch, er sei hier fertig«, sagte Tilly.

Während sie sprach, streichelte sie den ausgestopften Papagei, und ich hätte schwören können, dass seine smaragdgrünen Flügel unter ihrer Berührung erschauerten.

»Warum haben Sie es nicht gemacht?«, wollte ich wissen. »Alles weggeräumt, meine ich?«

»Weil er gestorben ist, Dummerchen. Und ich dachte, jemand würde kommen und fragen, und ich pack ja nicht alles weg, nur um dann alles wieder rauszusuchen, oder? Wissen Sie, wie lange ich damals gebraucht habe, das alles für Nicky zusammenzusuchen? Eine Woche!«, sagte sie.

Ich blickte erst die überquellende Lesekabine an und dann sie. »Und Sie wollen mir erzählen, dass das alles hier seit drei Jahren liegt? Unberührt? Benutzt denn niemand anderes diesen Raum? Oder dieses Material?«

Sie schüttelte traurig den Kopf. »Sie sind die Erste. Oh, ich staube es jede Woche ab. Aber niemand interessiert sich mehr für die Vergangenheit. Wenn sie klug wären, dann würden sie das, denn die Vergangenheit erzählt uns alles, was wir wissen müssen, wenn wir denn zuhören. Aber niemand nimmt sich die gottverdammte Zeit, um zuzuhören.«

»Warum haben Sie nicht bei der Polizei angerufen und ihnen gesagt, sie sollen sich die Sachen hier mal ansehen?«

»Hab ich«, höhnte Tilly. »Ich habe eine Nachricht im Revier hinterlassen, und niemand hat mich je zurückgerufen. Es verging einige Zeit, und dann erschien es blödsinnig, euch alle damit zu nerven. Ich habe mir gedacht, wenn es irgendwen interessiert hätte, dann wären sie gekommen.«

Ich sann darüber nach, und auch über Tillys Alter. Wenn sie eine Einheimische war, könnte sie mir helfen, den Fall etwas einzugrenzen.

»Haben Sie sie gekannt? Die McKenzie-Jungs?«

Tilly nickte langsam, ihre Augen weiteten sich. Sie streichelte weiter den toten Vogel auf ihrer Schulter, doch ihre Bewegungen wurden langsamer, ihre Finger glitten in einem langen Streicheln vom Kopf bis zur Schwanzspitze und begannen dann rhythmisch wieder von vorn.

»Ich war vierzig, als sie verschwanden. Oh, in dem Sommer war es sehr heiß. Heißer als eine Tripperinfektion, so heiß, dass man sich draußen fühlte, als könne man sich einfach so hinlegen und sterben. Ich kannte Tommys Vater, natürlich nur am Rande. Wir hatten denselben Zahnarzt und schienen den gleichen Terminplan zu haben, denn alle sechs Wochen, man konnte die Uhr danach stellen, haben wir uns im Wartezimmer unseres Zahnarztes Dr. Whitmann wiedergetroffen. Er ist übrigens schon lange tot. Gehirntumor.«

»Ich erinnere mich an die Eltern«, fuhr Tilly fort. »John und Karen McKenzie und Mark und Sarah McKenzie. Sie waren in jenem Sommer quasi überall. Sie haben Plakate aufgehängt und die Leute bewirtet, die von außerhalb in die Stadt gekommen sind, um bei der Suche zu helfen … und man hatte den Eindruck, als würden die Zeitungsleute sie jede Woche interviewen.«

Sie machte eine lange Pause, als sei sie fertig. Dann lächelte sie wieder traurig und sagte: »Und es schien wirklich gar nichts zu bringen. Es war, als hätten sich die Jungs einfach in Luft aufgelöst. Sie waren da, und dann waren sie fort.«

Sie hörte auf, den Papagei zu streicheln, ihre Augen starrten in die Ferne, verloren sich in dem Sommer 1985, dem heißesten Sommer in der Geschichte Cedar Valleys, einem Sommer, in dem am helllichten Tag zwei Kinder verschwanden.

Ich stellte ihr dieselbe Frage, die ich auch Darren gestellt hatte: »Hat Nicky jemals gesagt, warum er an diesen Jungs interessiert war?«

Tilly schüttelte den Kopf. »Nee. Ich bin die Bibliothekarin. Sie sind der Cop. Es geht mich nichts an, warum die Leute hier sind. Ich zeige ihnen nur, wie man an die Informationen kommt und wie man richtig recherchiert. Nicky war höflich, und er hat die Materialien respektvoll behandelt. Er war ein guter Junge. Diese Stadt verliert mehr gute Jungs, als sie behält.«

22. KAPITEL

Ich verließ Tilly mit dem Versprechen, dass entweder ich oder ein charmanter junger Mann namens Sam Birdshead bald wiederkommen und das Material in der Lesekabine durchsehen würden. Außerdem gab ich noch ein weiteres Versprechen: Wenn wir damit fertig wären, dann wären wir endgültig fertig, und Tilly könnte alles einpacken und den ganzen verdammten Kram dahin zurückpacken, wo er hingehörte.

Die Wolken hatten nicht länger an sich halten können, und als ich aus der Bibliothek kam, goss es in Strömen. Ich rannte, so schnell ich konnte, zum Wagen und stieg ein. Der Regen trommelte auf mein Autodach wie ein Schlagzeuger mit gleichbleibendem Tempo, Tropfen für Tropfen, Beat für Beat.

Ich rief Sam an. Während es klingelte, klemmte ich das Handy zwischen Ohr und Schulter und öffnete meinen Gürtel. Irgendetwas, das ich an diesem Morgen gegessen hatte, war mir nicht bekommen, und mein Magen gab Geräusche von sich wie ein Diesellaster an einem Stoppschild.

Nach dem vierten Klingeln hob Sam ab.

»Wie läuft's bei euch?«, fragte ich.

»Nicht schlecht. Die Reporter sind fast fertig. Der Chief war großartig, er hat ihnen genau das gegeben, was sie wissen mussten, aber keinen Krümel mehr.«

»Gut. Ich war in der Bibliothek. Hier ist ein riesiger Haufen Zeug, den wir durchgehen müssen, Sam. Kennst du die Bird Lady? Wie sich herausstellte, ist sie die Bibliothekarin, zu der Darren Chase, der Basketball-Coach, Nicky vor drei Jahren geschickt hat. Sie hat Nickys Arbeitsplatz exakt so belassen, wie er war, als er am Bride's Veil abgestürzt ist.«

»Im Ernst? Hast du etwas gefunden?«

»Sam, hier ist so viel Zeug, ich weiß gar nicht, wo ich anfangen soll. Aber ich werde morgen zurückkommen. Darren Chase hatte recht; es geht alles nur um das Verschwinden der McKenzie-Jungs, die Woodsman-Morde. Nicky könnte eine Dissertation über die Sache geschrieben haben, wenn man nach der Menge an Originalmaterial geht, was hier liegt. Ich habe eine kleine Aufgabe für dich: Kämm die ursprünglichen Akten über Nickys Unfall durch, ja? Ich habe einen Grundlagenbericht hier bei mir, aber ich weiß, dass es noch ein oder zwei Berichte auf dem Revier gibt. Wir brauchen die Inventarliste dessen, was in Nickys Zimmer gefunden wurde, als die Polizei das erste Mal bei den Bellingtons war.«

»Haben sie denn damals sein Zimmer durchsucht? Wurde sein Absturz nicht ziemlich schnell als Unfall zu den Akten gelegt?«, fragte Sam.

»Ellen Bellington hat gestern am Telefon etwas Merkwürdiges gesagt«, erklärte ich. »Sie sagte, sie habe all seine Sachen in Kisten gepackt, *nachdem* die Polizei eine Inventarliste aufgestellt hatte. Finn Nowlin und Louis Moriarty sind keine Dummköpfe. Ihnen mag etwas entgangen sein – dieser Ermittlungsansatz der Bibliothek zum Beispiel –, aber ich bekomme immer mehr den Eindruck, dass sie eventuell doch etwas gründlicher waren, als man es bei einem Routinebericht erwarten würde.«

Das Öffnen des Gürtels hatte geholfen; ich stellte den Fahrersitz in Liegeposition, lehnte mich zurück und entspannte mein Kreuz. Mein Bauch knurrte wieder, und ich legte mich seitlich.

»Meinst du, da war irgendetwas im Busch?«

Ich schüttelte den Kopf, bis mir einfiel, dass Sam das nicht sehen konnte.

»Nicht direkt. Um ehrlich zu sein, weiß ich nicht genau, was ich davon halten soll. Ich habe die Leichen im November 2011 gefunden. Im Frühjahr 2012, als wir uns am Kopf kratzten und uns geschlagen gaben, war Nicky von dem Fall regelrecht besessen, bis zu dem Punkt, dass er seine gesamte Freizeit über Zeitungsartikeln von 1985 verbrachte. Im Juli sagt er der Bibliothekarin, er sei fertig und dass er gefunden habe, was er brauchte.«

»Was hat er gefunden?«

»Ich habe keine Ahnung. Aber zwei Tage später verschwindet er über dem Wasserfall, und alle Welt denkt, er sei tot«, sagte ich.

Ich hörte draußen einen dumpfen Schlag und schaute aus dem Autofenster, doch durch den heftigen Regen sah ich nur das verschwommene Heck eines roten Saab, der neben mir parkte.

Sam war einen Moment still. »Wenn wir also finden, was er gefunden hat, wissen wir vielleicht, was in den zwei Tagen passiert ist, das ihn dazu getrieben hat, seinen eigenen Tod vorzutäuschen.«

»Seinen eigenen Tod vorzutäuschen ... oder einen Unfall für sich zu nutzen«, sagte ich. »Nicky war ein kluger Kopf. Es gibt einfachere Wege, einen Tod vorzutäuschen, als einen fünfundzwanzig Meter hohen Wasserfall hinunterzuspringen. Genau genommen, springt man damit im Grunde ziemlich sicher in den Tod.«

»Was für andere Wege?«

»Oh, eine Autoexplosion ... ein Hausbrand ... es gibt Wege. Du zahlst einem Typen im Leichenschauhaus genug Geld und kaufst eine Leiche, die zu der Beschreibung passt. Fackelst sie ausreichend ab, und zack, hast du die Welt davon überzeugt, dass du tot bist.«

Sam lachte unbehaglich. »Hört sich so an, als hättest du dich ernsthaft damit auseinandergesetzt, Gemma.«

»Nicht wirklich. Sagen wir mal so, ich würde wetten, dass

Nicky unglaubliches Glück hatte, den Fall überlebte und dann entschied, ihn für sich zu nutzen.«

»Also, dieser andere Bericht«, sagte Sam, »über die ursprüngliche Ermittlung, finde ich den im Archiv?«

Er murmelte noch etwas, und dann hörte ich das dumpfe Klimpern von Metall auf Metall, gefolgt von einem tiefen, zischenden Geräusch.

»Solltest du, ja.«

»Okay, ich setze mich ran«, sagte Sam. Ich hörte ein Grinsen in seiner Stimme.

»Was ist?«

»Ich habe gerade eine Cola geöffnet und musste an vorhin denken, als du Finn mit Sprite eingesprüht hast«, sagte er.

»Das war schrecklich«, lachte ich. »Einfach nur schrecklich. Wenn man vom Teufel spricht … ist er da?«

»Jepp, bleib kurz dran …«

Ich wartete, und Finn kam an den Apparat, immer noch wütend.

»Gemma? Was zum Teufel soll das? Ich dachte, du würdest dich umziehen, anstatt zu verschwinden. Ich warte hier seit heute Morgen. Du musst mich auf dem Laufenden halten, erinnerst du dich? So machen das Partner«, sagte er, Betonung auf Partner.

Ich stöhnte und stellte den Sitz wieder in eine aufrechte Position.

»Darum rufe ich ja gerade an«, sagte ich. »Ich will den Bellingtons noch einen Besuch abstatten. Begleite mich. Ich könnte ein zusätzliches Paar Augen und Ohren gebrauchen.«

»Mhm. Fährst du jetzt direkt?«

»Ich verlasse gerade die Bibliothek. Treffen wir uns dort?«

Er seufzte schwer. »In Ordnung. Aber sag mir mal bitte, was du in der Bibliothek gemacht hast?«

Ich brachte ihn auf den neuesten Stand, was meine Unterhaltung mit Ellen und die anschließenden Gespräche mit Darren Chase und Tilly anging. »Ich möchte wissen, ob die Familie sich darüber bewusst war, dass Nicky die Woodsman-Morde unter die Lupe nahm. Und wenn ich sie danach frage, möchte ich ihre Reaktion sehen, von Angesicht zu Angesicht.«

»Ich verstehe nicht, warum sie die Bibliothek nie erwähnt haben«, sagte Finn. »Ich habe sie explizit danach gefragt, ob ihnen in der Vergangenheit etwas Merkwürdiges an seinem Verhalten aufgefallen sei, du weißt schon, falls es Selbstmord war.«

Ich zuckte die Achseln. »Ich glaube, das wussten sie gar nicht, Finn. Bedenk mal, Ellen hat mich doch auf Darren Chase gebracht. Sie sagte mir, Nicky sei immer bei ihm gewesen und habe mit dem Basketballteam trainiert.«

Ich dachte wieder an den seltsamen Tonfall in ihrer Stimme, die Andeutung, dass es in der Beziehung zwischen Darren und Nicky vielleicht um mehr ging als nur Training, und ich fragte mich, ob das Nickys Absicht gewesen war. Vielleicht hatte er bewusst falsche Fährten gelegt und seine Mutter absichtlich von dem ferngehalten, was er wirklich tat.

»Wir treffen uns dort«, sagte Finn.

Ich legte auf und starrte einen Moment in den Regen, wie er herunterprasselte, den Schmutz und Dreck von meinem Auto wusch und damit ausradierte, wo ich gewesen war. Nur auf der Frontscheibe war ein widerspenstiger Insektenfleck, der schon zu lange dort war, um sich wegwaschen zu lassen.

Ich startete den Wagen und dachte, dass der Fall wie dieser Insektenfleck war. Über die Zeit war viel weggewaschen worden, doch genau wie von dem Insekt blieben ein paar Spuren zurück. Ich fragte mich, ob es genug waren, um zwei Rätsel zu lösen: Nickys Tod und die Woodsman-Morde.

Zum ersten Mal in Jahren zog ich ernsthaft die Möglichkeit in Erwägung, dass den McKenzie-Jungs schlussendlich doch Gerechtigkeit widerfahren würde. Mit diesem Gedanken kam die dunkle Gewissheit, dass ich die letzten vier Jahre, die gesamte Zeit, seit ich den Schädel gefunden hatte, im Schatten des Woodsman gelebt hatte.

Er verfolgte mich in meinen Träumen und hatte mich zu dem unerbittlichen und wahrscheinlich selbstgerechten Streben veranlasst, alle Verbrecher wegzusperren.

Wer war ich, wenn ich nicht den Woodsman jagte?

Als ich vom Parkplatz fuhr und mich hinter einem leeren Schulbus in den Verkehr einreihte, wurde mir noch etwas klar. Den Woodsman wegzusperren bedeutete auch, emotionale Energie freizusetzen, die ich früher oder später dafür benötigen würde, meinen eigenen Kopf und mein Herz zu befreien. Bull hatte gesagt, an irgendeinem Punkt müsse es mir egal sein, oder ich müsse einen Schlussstrich ziehen, und ich wusste, dass er recht hatte.

Brody würde nicht ewig warten. Er wünschte sich eine Frau, nicht nur eine Mitbewohnerin und Partnerin. Und ich wollte meiner Tochter Stabilität geben, ein beständiges, liebendes Zuhause, das ich als kleines Kind nur kurz genießen durfte.

23. KAPITEL

Finn wartete in der Einfahrt der Bellingtons. Er musste das Revier direkt nach unserem Telefonat verlassen haben, wohingegen ich einen Zwischenstopp an der Tanke eingelegt hatte und dann einen zweiten bei McDonald's am Nordende der

Stadt. Was immer ich gegessen hatte, rumorte nach wie vor in meinen Innereien. Beide Stopps waren so unangenehm, dass ich darüber nachdachte, den Besuch abzusagen.

Doch die Vorstellung, wie Finn die Bellingtons allein befragte und Ellen und Annika dabei mit seinen babyblauen Augen anklimperte, reichte als Motivation, um die Zähne zusammenzubeißen und weiterzumachen.

Finn saß auf dem Fahrersitz seines Porsches, ein heißer Schlitten, aber in Cedar Valley total unpraktisch. Er fuhr ihn vier Monate im Jahr und die anderen acht einen Chevi Suburban, und jedes Mal, wenn ich den Sportwagen sah, hätte ich kotzen können. Er hatte so eine penetrante Art, diesen Wagen andauernd ins Gespräch einzuflechten.

Ich parkte so nah am Haus, wie ich konnte, und wir eilten zusammen durch den Regen zum Hauseingang.

»Du solltest wirklich überlegen, dir einen Wagen mit Handschaltung zuzulegen, Gemma. Der Porsche lässt sich auf diesen Bergstraßen wirklich super fahren«, sagte er. Er schenkte dem Wagen einen vernarrten Blick, und ich fragte mich, ob er in Beziehungen mehr Glück hätte, wenn er seiner Freundin dieselbe Aufmerksamkeit schenken würde wie seinem Auto.

Ich ignorierte ihn und klingelte.

Nach einer langen Minute öffnete Annika uns die Tür. Sie trug einen übergroßen dunkelblauen Trainingsanzug und dunkelbraune Schaffellhausschuhe. Ihr langes blondes Haar war auf dem Kopf zu einem strubbeligen Knoten aufgetürmt, und sie sah aus, als sei sie gerade erst aufgewacht.

»Hi, Schätzchen, sind deine Mommy oder dein Daddy zu Hause?«, fragte Finn.

Annika starrte ihn einen Augenblick lang an und dann mich. »Gemma?«

»Annika, hi. Wir haben noch ein paar Fragen, die wir gern dir und deinen Eltern stellen würden, wenn du Zeit hast.«

Sie nickte und ließ uns eintreten. »Sie sind mit Grandpa im Wohnzimmer. Sie dachten, er würde gern den Regen anschauen. Die sentimentalen Dummköpfe glauben, er hätte immer noch Freude an solchem Zeug.«

Wir folgten ihr denselben langen Flur hinunter, den Mrs. Watkins vor wenigen Tagen Chief Chavez, Sam Birdshead und mich hinuntergeführt hatte. Der strömende Regen und die trübselige Stimmung, die draußen herrschte, verstärkten die kalte Atmosphäre im Inneren noch, und ich zitterte. Finn bemerkte es, und einen Moment lang dachte ich, er würde mir sein Jackett anbieten, doch er rollte nur mit den Augen und sah mich strafend an.

»Mom? Dad? Die Cops sind hier«, kündigte Annika an. Im Wohnzimmer war es still, und ihre Worte klangen wie Donnerschläge.

Terence Bellington schreckte auf. Er saß neben seinem Vater auf dem Sofa. Der Rollstuhl des älteren Mannes lehnte zusammengeklappt am Couchtisch. Ihnen gegenüber saß Ellen, die Beine unter sich gezogen, eine Kaffeekanne in der einen Hand, einen Becher in der anderen. Sie schaute nicht auf, sondern konzentrierte sich auf die heiße Flüssigkeit, die sie einschenkte.

Als sie fertig war, setzte sie den Becher ab und sagte: »Ein Anruf wäre nett gewesen.«

Ich nickte. »Ganz meine Meinung, aber dazu war nicht die Zeit. Es tut mir leid, Sie stören zu müssen, Mayor, Mrs. Bellington. Aber es ist dringend. Wir werden nur ein paar Minuten Ihrer Zeit in Anspruch nehmen. Das hier ist mein Partner, Finn Nowlin. Sie erinnern sich sicherlich an ihn, er hat die Untersuchungen zu Nickys Tod vor drei Jahren geleitet.«

Finn knöpfte sein Jackett zu, trat vor und reichte Terence Bellington die Hand. Nach einem kurzen Zögern stand der Bürgermeister auf und schüttelte sie.

»Natürlich, natürlich. Haben Sie Nickys Mörder gefunden?«, fragte er. Wie seine Tochter trug auch er einen marineblauen Trainingsanzug und Hausschuhe.

»Nein, leider nicht.«

Ich warf einen Blick hinüber zu Frank Bellington. Der ältere Mann schien unsere Anwesenheit gar nicht zu bemerken, von seiner eigenen ganz abgesehen. Er starrte in Ellens Richtung, doch ich glaubte nicht, dass er sie wirklich sah. Annika hatte vermutlich recht; ihr Großvater war inzwischen jenseits jeglicher Lebensfreude.

Der Frank Bellington, den ich aus meiner Jugend erinnerte, war ein polternder Mensch mit einem bissigen Humor und einem nicht enden wollenden Vorrat an Karamellbonbons. Er war attraktiv und fesselnd, ein Geschäftsmann, der ein Imperium damit aufgebaut hatte, Immobilien und Grundstücke in einem boomenden Skiort zu verkaufen. Ich fragte mich wieder, was wohl zwischen ihm und Bull vorgefallen war, warum ihre wöchentlichen Pokerabende aufgehört hatten und warum Frank noch in der einen Woche quasi zur Familie gehörte und in der nächsten eine Persona non grata war.

Die Worte meiner Großmutter Julia kamen mir wieder in den Sinn. War Frank der Mann, vor dem ich mich fernhalten sollte?

»Möchten Sie sich gern woanders unterhalten?«, fragte ich.

Der Bürgermeister schüttelte den Kopf. »Nein, bitte, setzen Sie sich. Kaffee? Annika, Liebes, bring uns noch zwei Tassen, ja? Mein Vater hatte einen guten Morgen. Er liebt den Regen.«

Ich blickte wieder zu Frank Bellington. Der Bürgermeister sah meinen zweifelnden Blick.

»Nun, früher hat er Regen geliebt«, korrigierte er sich. »Er hat seine guten und seine schlechten Tage, und bei Gott, wir geben unser Bestes, damit die guten Tage etwas wert sind. Gemma, Sie wissen, wovon ich rede; ich habe von der Diagnose Ihrer Großmutter gehört, und es tat mir sehr leid. Finn, sind Ihre Eltern noch unter uns?«

Finn nickte. »Ja, Sir. Sie leben unten in Florida. Fit wie Turnschuhe, alle beide. Sie haben gerade ein Bridgeturnier gewonnen. Mein Dad ist großartig. Er kann seine Finger nicht von meiner Mom lassen, und sie gehen beide auf die siebzig zu. Das gibt einem Hoffnung.«

»Nun, dann sollten Sie sich glücklich schätzen. Es ist schrecklich, einfach schrecklich, mitansehen zu müssen, wie ein Elternteil so abbaut«, sagte Terry.

Annika kam mit zwei weiteren Tassen zurück, und Ellen schenkte uns ein. Anders als Mann und Tochter, war sie wie aus dem Ei gepellt. Ein weicher, grauer Cardigan hing über ihren schmalen Schultern, die in einer weißen Seidenbluse steckten. Ihre schwarzen Hosen waren weit geschnitten, im Marlene-Stil, und ihre geflochtenen Schuhe wirkten teuer. Sie bemerkte meinen Blick.

»Ich hatte heute Morgen ein Treffen mit einer der Wohlfahrtsorganisationen, in denen ich mich engagiere«, sagte sie. »Und heute Abend treffe ich mich mit Reverend Wyland. Ich bin sicher, dass Sie es schon gehört haben: Am Samstag findet hier eine Beerdigung statt. Ich nehme an, Sie kommen beide?«

Finn und ich nickten.

»Wir hatten eine furchtbare Auseinandersetzung mit dem Reverend«, fuhr sie fort. »Wie benutzen natürlich dasselbe Grab für Nicky, doch dieser Mann besteht darauf, dass wir einen Aufschlag bezahlen, für die *erneute* Beerdigung unseres Sohnes. Ich weiß nicht, wie er die Dinge zu Hause in Afrika, in dem dunklen Loch geregelt hat, aus dem er hervorgekrochen ist, aber hier toleriere ich so etwas nicht. Es geht hier nicht ums Geld, wissen Sie, sondern ums Prinzip. Wir haben bereits für die Beerdigung unseres Sohnes bezahlt.«

Ich schluckte, setzte meine Tasse ab und wandte mich an den Bürgermeister. Ich wollte keine Minute länger als nötig in diesem Haus bleiben.

»Sir, wir haben eine interessante Entdeckung gemacht. Ich bin nicht sicher, wie relevant sie in Bezug auf Nickys Verschwinden oder den Mord diese Woche ist, aber wir müssen uns alles genau ansehen, was uns auffällt«, begann ich.

Während ich redete, beugte Ellen sich vor und löffelte etwas Weißes in Franks halboffenen Mund. Die Masse, hell und glibberig, befand sich eine Weile vorn im Mund, bis Ellen sie mit dem Silberlöffel weiter hineinschob. Frank schloss artig den Mund und schluckte.

Terry starrte mich an. »Welche Entdeckung?«

»Es hat den Anschein, dass Nicky in den Monaten vor dem Unfall am Bride's Veil den größten Teil seiner Zeit in der örtlichen Bibliothek verbracht und Nachforschungen im Mord an den McKenzie-Jungs betrieben hat. Allen Berichten zufolge war er jeden Tag nach der Schule dort und nicht beim Basketballtraining, so wie er erzählt hat.«

Dem Bürgermeister fiel die Kinnlade herunter. An ihrem Ende des Sofas sprang Annika auf wie ein Kistenteufel. Sie stieß ihre Tasse Kaffee um und fluchte. Ellen schaufelte ruhig weiter den gummiartigen Brei in Franklins Mund. Hannah Watkins hatte sich genau diesen Augenblick ausgesucht, um den Raum zu betreten. Sie kam leise herein und schien sich irgendwie darüber bewusst zu sein, dass in ihrer Abwesenheit gerade eine Bombe geplatzt war.

Annika sprach als Erste. »Das ist verrückt. Ich hätte es doch gewusst, wenn er dieses alte Rätsel erforscht hätte. Wir hatten keine Geheimnisse voreinander.«

Wenn das stimmte, gab es nur zwei Möglichkeiten: Entweder log Annika, und sie wusste bereits, was ich gerade aufgedeckt hatte, oder Nicky hatte doch etwas für sich behalten. Ich musterte sie, als sie zu derselben Erkenntnis kam, und mit einem verwirrten Ausdruck auf dem Gesicht sank sie langsam zu Boden. Sie begann, die Scherben ihrer Kaffeetasse aufzusammeln.

Bellington wirkte genauso verstört wie seine Tochter. »Er hat nie etwas von den Woodsman-Morden erzählt«, sagte er. »Woher wissen Sie das? Mord, Tod, mysteriöse Rätsel … solche Sachen haben Nicky nie interessiert. Er mochte Sport, und wenn ich mich richtig erinnere, hat er in jenem Jahr intensiv daran gearbeitet, sein Basketballspiel zu verbessern. Er war fest entschlossen, es in seinem Abschlussjahr bis zum Captain zu schaffen.«

»Er mag Ihnen erzählt haben, dass er beim Training war, aber die meisten Nachmittage nach der Schule war er in der Bibliothek«, sagte Finn. »Genau genommen ist er kurz vor Weihnachten aus dem Team ausgetreten.«

Mrs. Watkins hatte während der Unterhaltung geschwiegen. Sie scheuchte Annika von den Scherben auf dem Boden fort und zog ein Küchentuch aus der Tasche. Sie tupfte den Fleck vorsichtig ab und gab acht, den Kaffee nicht in den Teppich zu reiben.

»Danke, Tante Hannah«, sagte Annika. Sie sah zu, wie das Kindermädchen die restlichen Stücke der zerbrochenen Porzellantasse aufsammelte. Mrs. Watkins schien sich mit zerbrochenen Dingen auszukennen; sie stapelte die Scherben sorgfältig ineinander und legte sie in einem ordentlichen Haufen auf den Tisch.

Finn trank seinen Kaffee aus, griff über den Tisch, nahm sich die Kanne und schenkte sich nach. Er fügte einen Schuss Milch hinzu und ließ einen Zuckerwürfel hineinfallen, der mit einem Plopp in die heiße Flüssigkeit klatschte. Er schlürfte einen Schluck und schmatzte mit den Lippen. »Das ist großartiger Kaffee, Ma'am. Ist das die Starbucks-Mischung? Zumindest schmeckt sie genauso.«

Ellen ignorierte ihn und schaufelte den letzten Löffel der weißen Masse – ich vermutete, dass es Tapioka-Pudding sein musste – in den Mund ihres Schwiegervaters. Dann sagte sie: »Ich wusste, dass er in der Bibliothek war.«

Ich war wie vor den Kopf gestoßen. Wenn sie es gewusst hatte, warum hatte sie mich dann in die Richtung von Darren Chase geschickt? Was hatte Ellen sich dabei gedacht? Bevor ich sie jedoch fragen konnte, wurde der Bürgermeister laut.

»Das hast du? Davon hast du mir nie erzählt!«, protestierte er.

»Darling, du warst bis über beide Ohren mit deinem Amt beschäftigt. Du hattest dich gerade entschieden, die Privatwirtschaft zu verlassen und in die Politik zu gehen. Du hast mit jedem geturtelt, der dir dabei helfen konnte, gewählt zu werden«, sagte Ellen ruhig. »Du hast jeden Arsch geküsst, auf den du deine Lippen legen konntest, abgesehen von meinem, um genau zu sein. Du warst gedanklich komplett und vollkommen woanders.«

Ellen wischte den Silberlöffel an einer weißen Serviette ab, beugte sich dann vor und tupfte mit derselben Serviette behutsam Franks Mundwinkel ab. Der alte Mann starrte sie immer noch an; seine Hände lagen untätig auf seinem Schoß, und die Schultern waren nach vorn gesackt.

»Wie bitte? Er hat dir davon erzählt und mir nicht?«, fragte Annika. Ein verletzter Ausdruck ersetzte die Verwirrung auf ihrem Gesicht, und in ihren strahlenden Augen stiegen Tränen auf. Sie warf ihrer Mutter einen bösen Blick zu. »Er hat nie auch nur ein Wort darüber gesagt.«

Ellen seufzte. Ich konnte die Verärgerung in ihrer Stimme hören.

»Er hat es mir nicht gesagt. Ich bin eines Nachmittags, Ende April oder Mai, zur Schule gefahren. Ich dachte, ich überrasche ihn und gehe mit ihm bei Enrique's etwas essen. Doch der Coach sagte, Nicky sei aus dem Team ausgetreten, um sich auf sein Studium zu konzentrieren. Ich war natürlich entsetzt, aber ihr wisst ja, dass Nicky kein so toller Spieler war. Ich denke, es hat dem Team geholfen, störenden Ballast loszuwerden«, sagte sie.

Annika keuchte, und die Wangen ihrer Mutter wurden dunkelrot, als sie sich ihrer unpassenden Wortwahl bewusst wurde. Ellen biss sich auf die Lippen und sprach weiter. »Na ja, wie auch immer. Alle wussten, dass Nicky kein großer Sportler war.«

Sie faltete die weiße Serviette, die sie für Frank benutzt hatte, zu einem ordentlichen Quadrat, steckte den Silberlöffel in die Serviette und legte sie auf den Tisch. Dann schenkte sie sich eine frische Tasse Kaffee ein und nahm einen Schluck. Sie bemerkte Mrs. Watkins, die immer noch auf Händen und Knien hockte und den Teppich abtupfte.

»Hannah, Liebes«, sagte Ellen, »mach dir keinen Kopf wegen des Flecks. Ich lasse das morgen die Reinigungsleute machen. Du hast genug getan. Ich denke, dein Vater ist bald bereit für ein Schläfchen.«

Mrs. Watkins stand auf, schaufelte den Scherbenhaufen mit der Handkante in ihr Küchentuch und verließ den Raum mit einem Nicken. Ich sah ihr hinterher und fragte mich nicht zum ersten Mal, was sie wohl über ihre Schwägerin dachte.

Als könne sie Gedanken lesen, sagte Ellen: »Wir können von

Glück sprechen, Terrys Schwester hier bei uns zu haben. Still wie eine Maus passt sie den ganzen Tag auf unsere Familie auf. Es ist so ein Jammer, dass sie keine eigenen Kinder haben konnte; sie liebt Kinder. Alle denken, dass ich die Starke in der Familie bin, aber ich will Ihnen ein kleines Geheimnis verraten – diese Frau ist ein Fels.«

»Mom, versuch nicht, das Thema zu wechseln«, sagte Annika. »Warum hat Nicky so ein großes Geheimnis daraus gemacht? *Jeder* in Cedar Valley war davon besessen, nachdem Sie die Leichen gefunden haben, Gemma. Sie alle dachten, sie würden das Rätsel des Jahrhunderts lösen. Warum hat Nicky nicht einfach die Wahrheit gesagt?«

»Ich weiß nicht«, sagte ich. »Wie auch immer, zwei Tage vor seinem Unfall hat er der Bibliothekarin in der Cedar Valley Public Library gesagt, dass er mit seiner Recherche fertig sei. Ich denke, er könnte etwas gefunden haben, etwas Großes, und zwischen dem Zeitpunkt, als er es ihr erzählt hat, und seinem Absturz am Bride's Veil ist etwas passiert, das ihm Angst gemacht hat. So viel Angst, dass er geflohen ist.«

»Das ist lächerlich«, begann der Bürgermeister, doch Ellen unterbrach ihn.

»Ist es lächerlich? Nicholas war wie ein Welpe, er hat jedem vertraut und wollte es immer allen recht machen. Er hätte es nie bis in die Politik geschafft.«

Sie wandte sich zu mir und fuhr fort. »Wenn Sie recht haben – und bis jetzt ist mir nichts bekannt, worüber Sie sich irren könnten –, dann hat Nicky seinen großen Fund möglicherweise der falschen Person anvertraut.«

Ich nickte. »Genau das denke ich auch.«

»Nicky war ein kluger Junge. Wenn er herausgefunden hätte, wer der Woodsman war, wäre er nicht direkt zu dem Kerl hingegangen«, sagte Terence Bellington. »Das wäre dumm, und mein Sohn war nicht dumm. Er wäre zur Polizei gegangen … oder zu mir.«

Er stand auf, ging im Wohnzimmer auf und ab und rieb sich mit einer Hand so heftig den Nacken, dass er dunkelrot wurde. Nach einer Weile blieb er stehen und starrte uns an.

Finn sprach zuerst. »Vielleicht hat er versucht, den Kerl zu erpressen.«

Ellen lachte, und zu meinem Vergnügen fuhr Finn bei dem harschen, bellenden Geräusch zusammen. »Sind Sie geistig minderbemittelt? Haben Sie eine Ahnung, wie vermögend wir sind? Nickys Taschengeld war höher als das, was Sie in einer Woche verdienen. Geld spielt in dieser Familie keine Rolle. Wir haben davon zufällig jede Menge.«

Finn wurde knallrot, und ich amüsierte mich köstlich. Er stand endlich mal einer Frau gegenüber, die er mit seinem Charme nicht einwickeln konnte und die darüber hinaus keine Hemmungen hatte, erst Hackfleisch aus ihm zu machen und ihn dann wieder fallen zu lassen. Ich hätte Finn am liebsten dort sitzenlassen, aber das brachte nichts.

Außerdem hielt ich Finns Frage durchaus für berechtigt. Vielleicht war Nicky nicht so klug, süß und wundervoll gewesen, wie alle dachten.

Ich stand auf und tippte Finn auf die Schulter.

»Sir, Mrs. Bellington, wir haben Sie lange genug belästigt. Wir melden uns, wenn es Neuigkeiten gibt. Danke für den Kaffee«, sagte ich. »Annika, schön, dich wiedergesehen zu haben.«

Der Bürgermeister und seine Frau nickten mir zu. Annika stand auf und wischte sich die Augen. »Ich bringe Sie zur Tür.«

Sie führte uns den langen Flur hinunter.

»Glauben Sie, es ist wahr?«, flüsterte sie mir an der Haustür zu. »Glauben Sie, Nicky hätte so etwas vor mir geheim gehalten?«

Sie wirkte so traurig und klein in ihrem übergroßen Sweatshirt, dass mir selbst Tränen in die Augen stiegen.

»Ich weiß nicht, Annika. Aber ich weiß, dass ihr zwei euch sehr nahegestanden habt, und das ist es doch, worauf es ankommt, nicht wahr? Die Liebe bleibt«, sagte ich. Ich klopfte ihr leicht auf die Schulter und folgte dann Finn hinaus.

»Die Liebe bleibt?«, kicherte er. »Du bist wie eine schlechte Hallmark-Karte.«

»Ach ja? Und du bist eine echte Dreckschleuder … aber ich frage mich, ob da nicht etwas dran ist, an der Erpressung. Nicky wirkt ein bisschen zu gut, um wahr zu sein.«

Finn blieb an seinem Wagen stehen. Er leckte an seinem Finger und rieb einen kleinen Matschspritzer am linken Rücklicht ab. »Angenommen, er hat herausgefunden, wer der Woodsman war. Wäre er wirklich zu diesem Kerl hingegangen und hätte ihm gedroht? Nicky mag vielleicht nicht perfekt gewesen sein, aber bei allem, was ich bis jetzt über ihn gehört habe, ist mir noch nie in den Sinn gekommen, dass er dumm sein könnte. Die Erpresserfährte ist zwar verlockend, aber vermutlich eine Sackgasse.«

Jede Richtung, in die ich mich in diesem Fall bewegte, schien eine Sackgasse zu sein.

24. KAPITEL

Ich beschloss, Feierabend zu machen. Es regnete immer noch, und im nassen Halbdunkel wirkten die Straßen wie ein Meer aus roten Rücklichtern, gelben Scheinwerfern und Regenschirmen. Ich wünschte mir ein warmes Bad, einen Becher

Tee und meinen eigenen, übergroßen Trainingsanzug, der so abgetragen war, dass er Löcher unter den Achseln hatte.

Mit hin und her peitschenden Scheibenwischern fuhr ich langsam den Canyon hoch. Die Wischerblätter mussten ausgetauscht werden, und die abgenutzten Gummistreifen hinterließen verschwommene Streifen auf der Fensterscheibe, so dass ich ständig den Hals verdrehen musste, um daran vorbeizusehen.

Als ich in die Schottereinfahrt einbog, sah ich neben dem Haus unter unserer großen Kiefer einen braunen Wagen stehen. Im Regen konnte ich nicht mehr als die Farbe der Limousine erkennen, und das Nummernschild sowieso nicht.

Ich schaltete in den Leerlauf, blieb einen Moment im Wagen sitzen und dachte an das eigenartige Verhalten von Seamus am Vorabend und an das Gefühl, jemand wäre im Garten.

Schließlich schaltete ich den Motor ab, nahm meine Sachen und klappte eine Zeitung über meinem Kopf auf. Dann hastete ich zur Haustür, drehte mich um und schaute abwartend auf die Limousine. Es sah so aus, als säßen zwei Menschen im Wagen, doch ich war nicht ganz sicher. Hinter dem Gartentor war die Welt so verschwommen wie ein nasses Aquarell.

Als ich nach einer Minute beschloss hineinzugehen, öffnete sich die Fahrertür, Tessa O'Leary purzelte heraus und rannte auf mich zu. Ihr Haar war innerhalb von Sekunden durchnässt, und sie schüttelte ihren Kopf unter dem Vordach wie ein Hund.

»Tessa, was machst du denn hier?«, fragte ich. *Und woher weißt du, wo ich wohne?*, dachte ich.

»Ich wollte mich für mein Verhalten von heute Morgen entschuldigen. Es tut mir wirklich, wirklich leid, wie ich mich auf dem Polizeirevier benommen habe«, sagte sie. Sie trug Jeans und ein dünnes T-Shirt, und sie zitterte. Ich seufzte und sagte wider besseres Wissen: »Komm rein, du holst dir hier draußen ja noch den Tod.«

Drinnen legte ich meine Sachen ab und fand ein altes Sweatshirt von Brody. Tessa zog es an, bedankte sich und ging dann direkt hinüber zum Kaminsims, wo sie eines der gerahmten Fotos in die Hand nahm.

»Ist das Ihr Mann?«, fragte sie. »Wow. Ich wette, Sie müssen ihn gegen eine Menge anderer Frauen verteidigen.«

Meine Stimmung verschlechterte sich, und ich murmelte: »Du hast ja keine Ahnung, Kindchen.«

Es war ein altes Schwarz-Weiß-Foto von Brody auf seinem Mountainbike. Auf dem Bild trägt er ein Trikot, eine Shorts und eine Afroperücke; es war ein kostümiertes Rennen für einen wohltätigen Zweck gewesen, bei dem er vor Jahren mitgefahren war. Ich ging zu ihr an den Kaminsims, nahm ihr das Bild sanft wieder aus der Hand und stellte es an seinen Platz zurück, neben das gerahmte Foto meiner Großmutter und mir, aufgenommen am Tag meines Highschool-Abschlusses. Auf diesem Foto wirkte ich unglaublich jung. Je älter ich wurde, desto mehr entdeckte ich die Ähnlichkeit mit meiner Mutter. Ich sehe mich im Spiegel und frage mich, wie sie wohl mit fünfzig, sechzig oder siebzig ausgesehen hätte. In meinem Kopf bleibt sie immer fünfunddreißig Jahre alt, eingefroren in der Zeit, jung, wunderschön und strahlend.

Sie sprühte vor Leben, bis es plötzlich vorbei war.

Ich rieb mir mein Kreuz und zog eine Grimasse, als ich die Verspannung fand. »Tessa, ich hatte einen langen Tag. Ich bin kaputt. Ich weiß die Entschuldigung sehr zu schätzen, aber das war nicht notwendig. Ich sollte mich stattdessen bei dir entschuldigen, mein Partner hat sich unmöglich benommen.«

Sie sah mich besorgt an. »Soll ich Ihnen den Rücken massieren? Ich kann diese Verspannungen lösen, wenn Sie möchten. Ich habe Massagetherapie gelernt.«

»Nein, danke«, sagte ich. »Ich muss mich hinlegen und etwas ausruhen. Können wir uns morgen unterhalten?«

Ich legte ihr eine Hand auf die Schulter und lenkte sie sanft zur Haustür. Auf der Hälfte der Strecke hielt sie an.

»Ist das Ihr Hund? Der ist ja süß! Komm mal her, na komm, ja so ist's fein!«, quiekte Tessa.

Seamus zottelte herüber, und sie kniete sich hin und zerzauste ihm das Fell zwischen den Ohren. Er ließ sich auf den Boden fallen, zeigte mit einem breiten Hundegrinsen seinen Bauch und war im siebten Hundehimmel.

Ich seufzte, zählte bis zehn und versuchte es dann erneut.

»Tessa?«

»Tut mir leid, er ist so süß. Ja, ja, morgen ist in Ordnung. Wir haben eine Vorstellung, warum kommen Sie nicht vorbei und schauen zu?«, sagte sie. Sie zog das Sweatshirt aus und gab es mir zurück.

Ich war überrascht. »Fatone lässt euch auftreten?«

Sie lachte über meine Frage. »Kennen Sie das nicht, Gemma? Die Show muss weitergehen. Wir verlieren jede Menge Geld, wenn wir hier nur herumsitzen und nichts tun.«

Tessa zog die Tür sanft hinter sich zu, und ich lehnte mich dagegen, das Holz kühlte meine Stirn. Sie war schon seltsam, im einen Moment erwachsen, wütend im nächsten, dann wie ein kleines Kind, dann wieder beflissen.

Ich fütterte Seamus und ließ ihn hinaus, verschloss die Hintertür und ließ oben ein warmes Bad ein. Ich lag im heißen Wasser, ein aufgerolltes Handtuch als Kissen im Nacken, und starrte in der Dunkelheit hoch an die Decke. Vor einigen Jahren hatte Brody ein Oberlicht über der Badewanne installiert.

Der Regen prasselte mit schnellen Spritzern auf das Fenster, der Himmel dahinter war dunkel und mondlos.

Aus einigen Meilen Entfernung hörte man ein Donnergrollen, und ich sah zu, wie der Himmel sich mit einem weißen Schein füllte, der so schnell wieder verschwand, wie er aufgeflammt war.

Ein weiterer Donnerschlag, diesmal viel dichter, gefolgt von einem lauten, dumpfen Schlag aus dem Erdgeschoss.

Ich setzte mich in der Wanne auf. »Seamus?«

Keine Antwort. Obwohl er einem manchmal ziemlich auf die Nerven gehen konnte, gehorchte dieser Hund aufs Wort. Wenn ich zu Hause war und ihn rief, egal von wo, dann kam er.

»Seamus?«, rief ich etwas lauter. »Komm her, mein Junge.«

Ein weiterer dumpfer Schlag ertönte, und ich schoss förmlich aus der Wanne und schlüpfte in den weißen Frotteebademantel, den ich auf die Anrichte geworfen hatte. Im selben Augenblick flackerten kurz die Lichter, dann ein zweites Mal, und dann gingen sie komplett aus.

Ich erstarrte und lauschte auf die Geräusche, die hereinkrochen und den Raum anstelle des Lichts ausfüllten. Der Regen war laut, viel lauter, als würden das Geprassel und Geplätscher jetzt durch ein offenes Fenster hereinkommen.

Oder vielleicht durch eine offene Tür.

Ich hatte in diesem Haus am Waldrand schon lange genug gelebt, um die meisten seiner vertrauten Geräusche zu kennen. Seine Wintergeräusche, wenn die Simse und Dachschindeln bei Eis und Frost knackten; seine Sommergeräusche, wenn die hölzernen Balken sich mit der Hitze ausdehnten und zusammenzogen. Und die Setzgeräusche, das gelegentliche Knarren und Ächzen, wenn das Fundament sich unmerklich verzog.

Ich überquerte den Flur zu unserem Schlafzimmer, schnell, aber leise. Das Adrenalin in meinen Adern beschleunigte meinen Pulsschlag. Unter dem Bett zwischen Wollmäusen lag eine lange flache Kiste. Ich kniete mich mit meinem dicken Bauch unbeholfen hin, öffnete die Kiste und zog die Kampfflinte Kaliber 12 heraus. Ich dachte kurz daran, dass wir mit einem Kleinkind im Haus endlich einen anständigen Waffenschrank bräuchten. Hier stand ich also und machte mir Gedanken über Sicherheit im Umgang mit Schusswaffen, während unten möglicherweise ein Einbrecher rumlief, und ein hysterisches Lachen blieb mir im Hals stecken. Ich verfluchte Brody dafür, dass er mich alleingelassen hatte, während er in Alaska mit der verdammten Celeste Takashima herumflirtete.

Ich tastete mich durch die Dunkelheit vor und wühlte in der Nachttischschublade herum, bis meine Finger den langen schmalen Metallschaft einer Stablampe berührten. Das Licht war schwach, aber ich wurde von Instinkt und Erfahrung angetrieben, während ich die Waffe zusammensetzte und die Patronen hineingleiten ließ – trotz Halbdunkel so fließend, als würde ich mir ein Sandwich machen.

Sechzig Sekunden nachdem ich den zweiten Schlag gehört hatte, stand ich mit der Kampfflinte, geladen und entsichert, am Kopfende der Treppe. Ich hielt meinen Finger vom Abzug fern, den Lauf der Waffe vor mir auf den Boden gerichtet, aber war jederzeit bereit, auf alles zu zielen, was mir über den Weg lief.

Ich holte tief Luft, schaute um die Ecke und dann nach unten. Eine tiefe Schwärze füllte die Treppe. Ich konnte so wenig sehen, dass es ebenso gut der Grund des Ozeans hätte sein können. Ich zögerte, die Stablampe zu benutzen, wusste aber, dass ich es nicht riskieren konnte, ohne etwas zu sehen die

Stufen hinunterzugehen. Ich schaltete die Lampe ein und direkt wieder aus – und sah in dieser kurz aufblitzenden Helligkeit die Haustür am Fuße der Treppe weit offen stehen.

Ich schaltete die Stablampe erneut ein und schaute zu, wie ein Windstoß, eiskalt und grimmig, mit seinen Fingerranken an der Tür zerrte. Die Tür wurde unerwartet von der ausströmenden Luft mitgerissen und dann wieder dumpf gegen die Wand zurückgeschlagen.

Hatte ich die Haustür hinter Tessa abgeschlossen? Ich ging den Abend im Geiste noch einmal durch und konnte mich nur mit Sicherheit daran erinnern, die Hintertür abgesperrt zu haben.

»Seamus?«, rief ich erneut und ging die Stufen hinunter, die Flinte wie ein Schutzschild vor mir. Mit jedem Schritt spürte ich, wie ein Beben durch meinen Arm bis in die Hand zog. Unten angekommen, machte ich einen letzten Schritt, und meine nackten Füße berührten feuchten Teppich; der Läufer im Flur war vom Regen durchweicht.

Ich fluchte, begann die Tür zu schließen und rief noch ein letztes Mal nach Seamus.

Er kam von der Seite des Hauses angehetzt, das Fell klatschnass, die Pfoten verdreckt, wie ein Geisterhund im Mondlicht.

»Du kleiner Irrer.«

Ich zog ihn herein, schloss die Tür und tastete in der Dunkelheit nach dem alten Handtuch in der Garderobe, mit dem ich ihn abrubbelte. Als ich gerade das letzte seiner kurzen Beine abtrocknete, ging das Licht flackernd wieder an.

Mit Seamus an den Fersen und der Flinte im Arm kontrollierte ich das Erdgeschoss, Zimmer für Zimmer, überprüfte die Fenster, schaute in Abstellkammern, ließ mir Zeit.

Nichts.

Niemand.

Ich fühlte mich, als sei ich übergeschnappt, aber die Haustür war schwer, und selbst wenn sie nicht abgeschlossen war, hielt ich es für unwahrscheinlich, dass der Wind sie ohne Unterstützung aufdrücken konnte. Ich kontrollierte die Hintertür ein weiteres Mal und fand sie verschlossen vor.

Im Obergeschoss wiederholte ich meinen Kontrollgang, Raum für Raum. Beinahe vergaß ich das Badezimmer, weil ich ja dort gewesen war, als der Lärm begann, doch als ich an der halboffenen Tür vorbeikam, bemerkte ich etwas Seltsames.

Im Badezimmer war es dunkel.

Ich war absolut sicher, das Licht angelassen zu haben, als ich aus der Wanne stürmte. Ich hätte mir nicht die extra Sekunde Zeit genommen, es auszuschalten. Und der Strom war ausgegangen, nachdem ich meinen Bademantel angezogen hatte, oder?

Ich wusste es nicht mehr.

Überdruss legte sich wie eine Decke über mich, und plötzlich war ich zu erschöpft, und alles war mir egal.

Ich hatte eine Waffe. Ich war ausgebildet. Ich war müde.

Ich berührte mit dem Lauf der Waffe die Tür und schob sie langsam auf. Sie schwang nach innen, bis sie komplett geöffnet war. Die Luft roch stark nach dem Zitronenbadeöl. Das Licht des Flurs drang in den kleinen Raum, beleuchtete die Toilette, das Waschbecken und die Badewanne mit dem Duschvorhang in der Ecke. Im weichen Schatten lagen all die vertrauten Formen.

Sicherheit. Zuhause.

Ich beugte mich vor, schaltete das Licht an und starrte auf die klebrige, rote Substanz, die sich vom Schalter gelöst hatte und nun an meinem Finger haftete. Sie war feucht, aber nicht nass, wachsartig, aber nicht formbar, und als ich den Finger zur Nase führte, roch es ähnlich wie geschmolzene Wachsmalstifte.

Ich hob die Augen und sah die Botschaft auf dem Badezimmerspiegel. Der Verfasser musste sich genauso viel Zeit gelassen haben wie ich bei der Kontrolle des Hauses, denn dort stand in ordentlicher Schrift:

Die nächste Botschaft, die ich hinterlasse,
wird mit deinem Blut geschrieben.
Lass die Vergangenheit ruhen,
wenn du eine Zukunft haben willst, du Schlampe.

Ein goldener Lippenstift mit abgezogener Kappe rollte im Waschbecken hin und her, ein Relikt aus meiner Balzzeit. Es war einer von Dutzenden, die ich in einem alten Schuhkarton im Badezimmerschrank aufbewahrte. Als der Lippenstift zur Ruhe kam, sah ich, dass es Kiss My Face #47 war, ein alter Favorit mit einer sexy Farbe und einem Farbnamen, bei dem ich immer lachen musste: Killing Me Softly Rose.

Meine Beine gaben schließlich nach, und ich sank zu Boden.

25. KAPITEL

Ich konnte mir nicht vorstellen, wann die Botschaft geschrieben worden war.

Ich müsste den Eindringling gehört haben, oder zumindest Seamus. Dieser Hund kläffte immer noch den Postboten an, obwohl der arme Mr. Ellis nun schon seit Jahren diese Route fuhr.

Ich machte mit meiner Digitalkamera ein Foto und packte den Lippenstift vorsichtig, ohne seine Seiten zu berühren, in eine Plastiktüte. Als ich die Tüte ans Licht hielt, sah ich die blassen Spuren eines Fingerabdruckes, der fast das kleine Schild an der Unterseite berührte.

Ich machte eine neue Runde durch das Haus und kontrollierte jeden Schrank, schaute unter das Gästebett und in die Garage, zog die Fahrräder heraus, die Campingausrüstung und all den Kram, der sich Monat für Monat, Jahr für Jahr darin gestapelt hatte. Ich konnte nichts Ungewöhnliches entdecken. Das Einzige, was ich aufspürte, war eine Maus, die in einem alten Skistiefel schlief.

Um Mitternacht griff ich mir einen Stapel Decken und richtete mir ein Bett auf der Wohnzimmercouch ein. Ich legte die Flinte auf den Boden und stopfte mein Handy unter das Kopfkissen. Ich schlief tief und traumlos, und als ich aufwachte, fand ich mich in einem verdrehten Berg verschwitzter Decken und Kissen wieder.

Der Regen hatte irgendwann in der Morgendämmerung aufgehört. Ich schlurfte in die Küche, stolperte wie üblich über Seamus' Wasserschüssel und fluchte. Später, auf der Terrasse, nippte ich an einer Tasse Tee und schlang einen Teller Spiegeleier mit Speck auf Toast hinunter.

Die Sonne schien, und über ein Dutzend der matschigen Pfützen, die wie kleine Pools über den Garten verstreut lagen, trockneten bereits wieder aus. Zwei matronenhafte Rotkehlchen mit runden, rötlichen Bäuchen pickten an fetten Regenwürmern, die ertrunken waren. Ihre scharfen Schnäbel stachen die rosafarbenen Röhren auf und sogen sie ordentlich ein wie Hausfrauen an einer Austernbar.

Im Licht der Sonne, die die Luft und meine Haut wärmte, waren die Ereignisse der vergangenen Nacht nur noch schwer vorstellbar. Außer dem Lippenstift und den Bildern, die ich von der Botschaft gemacht hatte, gab es keine weiteren Hinweise auf den nächtlichen Besucher. Ich schaute vor dem Haus nach, doch die Reifenspuren, die ich fand, waren nur die von Tessas Wagen und meinem eigenen.

Nach dem Duschen checkte ich kurz meine E-Mails, schloss ab und fuhr vorsichtig rückwärts aus der Einfahrt. Der Matsch war tief, und die Westseite des Hauses, die die Sonne noch nicht erreichte, lag im Dunkeln.

Während ich den Canyon hinunterfuhr, sah ich überall die Verwüstung, die der Sturm angerichtet hatte. Der Bach war über die Ufer getreten, rauschte über hinabgefallene Äste und umgab Felsbrocken, die vor zwei Tagen noch im Trockenen gestanden hatten. Vor mir bremste ein Honda Minivan ab, bis er nur noch im Kriechtempo fuhr, und manövrierte vorsichtig um eine Kiefer, die auf der Straße lag wie ein gefällter Riese.

Auf einem Kiefernast hockte grazil eine einzelne Krähe, die Federn tintenschwarz, und linste mit schrägem Hals in die Risse und Ecken des Baumes. Direkt hinter dem Baum parkte ein Lastwagen des städtischen Versorgungsunternehmens, und als ich vorbeifuhr, winkte mir der Fahrer halbherzig zu.

Ich passierte die Abzweigung Scarecrow Road, eine gewundene Schotter- und Zementstraße, die nach vier kurvenreichen Meilen bei einem verlassenen Grubenschacht endete. Das Schild bestand aus der Zeichnung einer einst freundlich guckenden Vogelscheuche, war aber über die Jahre verblasst. Vandalen hatten die fröhlichen Augen eingedellt und das Lächeln zu einem heimtückischen Grinsen verzerrt.

Jemand hatte die Vogelscheuche mit einem roten Marker weiter verunstaltet, hatte ihr Teufelshörner aufgesetzt und eine Zunge hinzugemalt, die aus dem Mund hing, lasziv und mit gespaltener Spitze wie die einer Schlange. Der Schritt der

Vogelscheuche war mit geschmacklosen, obszönen Zeichnungen versehen, die nur entfernt an die standardmäßige Ausstattung von Männern erinnerten.

Ich ließ die Abzweigung hinter mir und machte mir im Geiste eine Notiz, beim County um die Erneuerung des Schildes zu bitten.

Ich fuhr, und dann erinnerte ich mich.

Im März, noch vor den Waldbränden und vor den Osterferien, aber nach dem letzten großen Schneefall und nach dem Abschlussball der Junior High, saß eine Gruppe von sechs Jugendlichen, zwei Jungs und vier Mädchen, in einem Keller und langweilte sich. Jemand hatte eine Idee, und schon quetschten sie sich gemeinsam in den Minivan von Gretas Vater – einen Van, der genauso aussah wie der silberne Honda, hinter dem ich vor ein paar Minuten herfuhr – und machten sich auf den Weg Richtung Scarecrow Road.

Ihr Ziel war der alte Grubenschacht vier Meilen hinter der Abzweigung.

Wie Jugendliche so sind, waren sie während der Fahrt abgelenkt, die eine Hälfte schrieb Textnachrichten, die andere Hälfte stritt grölend, welchen Radiosender man hören wolle. Aber Greta war eine gute Fahrerin, die die anderen ausblendete und sich auf die vereiste Straße konzentrierte. Die beiden fatalen Fehler, die die Gruppe auf dem Weg aus der Stadt machte, konnte man schwerlich diesen Ablenkungen zuschreiben.

Der erste Fehler war, bei Shane Montgomerys Haus anzuhalten. Während Mrs. und Mr. Montgomery im Hobbyraum saßen und einen alten Film bei Turner Classic Movie Network schauten, griff sich ihr Sohn – ein Starfootballspieler und Student mit Bestnoten – eine Flasche Tequila und eine Flasche Wodka aus dem Fach über dem Kühlschrank.

Der zweite Fehler war schlicht und einfach Gedankenlosigkeit. Die Tankanzeige des Vans war defekt, schon seit Wochen. Gretas Vater war ein schwerbeschäftigter Mann, der häufig für die Firma unterwegs war. Er hatte einfach nicht die Zeit gehabt, das blöde Ding reparieren zu lassen. Also hatte er Greta gezeigt, wie man es ausrechnete – auffüllen, einmal bis zur Neige fahren und Kilometer zählen. Wenn man wusste, wie viele Liter in den Tank passten, konnte man anhand der Tankanzeige jederzeit ausrechnen, wie weit man noch kam.

Nur, dass Greta an diesem Abend nicht darüber nachdachte.

Als wir am Ort des Geschehens ankamen, wussten wir natürlich nichts von diesen fatalen Fehlern. Wir bekamen die Einzelheiten erst am nächsten Tag zu hören, als die überlebenden Jugendlichen uns die grausame Geschichte Stück für Stück erzählten.

Sie waren ohne Probleme bei dem Grubenschacht angekommen. Sie soffen im Scheinwerferlicht des Vans, reichten die Tequila- und Wodkaflasche herum, wieder und wieder. Lisa Chang-Hughes forderte Shane heraus, dass er sich nicht traue, sich nackt auszuziehen und durch den Wald zu laufen. Er tat es und forderte dann Lisa heraus, in den Grubenschacht zu klettern.

Es sollte nur ein kurzes Stück sein, nur ein paar Meter hinunter und dann wieder heraus. Doch ihr hochhackiger Stiefel blieb an einer rostigen Sprosse hängen, und ihre Hände, taub vor Kälte und Tequila, reagierten zu langsam.

Sie fiel knapp fünf Meter tief.

Verzweifelt riefen die Freunde ihren Namen, doch bekamen keine Antwort. Sie leuchteten mit dem Strahl ihrer Taschenlampe in den Schacht hinein und sahen ihre Beine und dann eine Hand.

Der Rest ihres Körpers lag im Dunkeln.

In ihrer Panik wählten sie den Notruf, doch keines ihrer Handys hatte Empfang. Sie waren zu tief in den Wäldern. Sie beschlossen, sich aufzuteilen: Drei von ihnen würden bleiben und die anderen zwei in die Stadt fahren und Hilfe holen.

Es war ein guter Plan, doch er scheiterte, als die Zündung des Vans zwar ansprang, nicht aber der Wagen. Der Benzintank war leer.

In der Dunkelheit und Kälte rannten die zwei Jungs vier Meilen zurück zur Hauptstraße und dann weitere drei Meilen bis in die Stadt. Doch es war nach Mitternacht, und kein Laden hatte mehr geöffnet. Es dauerte weitere zwanzig Minuten, bis sie zu einem rund um die Uhr geöffneten McDonald's kamen, wo sie den Nachtmanager überredeten, den Notruf abzusetzen.

Und es war fast zwei Uhr morgens, als wir am Unfallort ankamen.

Bis zu diesem Tag kann ich meine Augen schließen und die Trauer spüren, die ihre Gesichter überzog – die Jungen, die sieben Meilen gerannt waren, um Hilfe zu holen, und die Mädchen, die, noch lange nachdem ihre Taschenlampen verloschen waren, in der Kälte und Dunkelheit neben dem Grubenschacht ausharrten –, als wir ihnen mit leiser, sanfter Stimme erzählten, dass Lisa tot war. Sie hatte sich das Genick gebrochen und war sofort gestorben, als sie auf dem harten, gefrorenen Boden des Schachtes aufschlug.

Stunden später und völlig erschöpft schaffte ich es gerade noch rechtzeitig zu meiner jährlichen Gesundheits- und Drogenuntersuchung, die ich schon einmal verschoben hatte. Abends rief mich der Arzt zu Hause mit der Nachricht an, dass mein Urintest hinsichtlich Drogen zwar negativ gewesen sei, aber positiv bei hCG, einem sehr spezifischen Hormon mit einer sehr spezifischen Aufgabe.

Seitdem kann ich nicht an der Abzweigung Scarecrow Road vorbeifahren, ohne an diesen Tag zu denken. Einen Tag, der mit der kalten, unnachgiebigen, gnadenlosen Wahrheit begann, dass wir alle irgendwann sterben werden. Und mit einem Abend, der mit der leuchtenden, strahlenden Gewissheit endete, dass mit jedem Tag neues Leben entsteht.

* * *

Ich holte Finn Nowlin am Revier ab, und wir fuhren weiter Richtung Downtown, vorbei an der Kaffeebar, der Buchhandlung und dem neuen Blumenladen, in dem ich immer noch nicht gewesen war. Ein junger Mann in abgeschnittener Jeans und einem grellgrünen T-Shirt stand direkt vor der Ladentür und arrangierte pinkfarbene Rosenknospen in silbernen Eimern, die auf der Fensterbank standen. Er hielt zwei ältere Damen mit gebeugten Rücken und tiefsitzenden Haarknoten an, die eingehakt vorbeigingen, und schenkte jeder mit einer dramatischen Verbeugung eine Rose. Wegen ihrer gebeugten Rücken konnte man die Gesichter nicht sehen, doch ich stellte mir vor, wie ihre Wangen im selben Pink der Rosenknospen erröteten, die sie in ihren knotigen, arthritischen Händen hielten.

Ausnahmsweise hielt Finn mal den Mund.

Er nippte an seinem Kaffee und starrte aus dem Fenster, die Augen hinter einer dunklen Pilotenbrille versteckt. Ich sagte ihm, ich würde auf unserem Weg zur Bibliothek gern beim Zirkus halten und kurz mit Tessa reden.

Von der Botschaft an meinem Spiegel erzählte ich ihm nichts. Es war nicht das erste Mal, dass ich Chavez dafür verfluchte, dass er mir Finn aufgehalst hatte. Ich fragte mich, ob Sam Birdshead irgendwelche Fortschritte bei den alten Polizeiakten über Nickys Sturz am Bride's Veil gemacht hatte.

Als wir um kurz vor zehn Uhr beim Zirkus ankamen, suchte ich auf dem großen Parkplatz vergeblich nach einer freien Stelle, bis Finn mir sagte, ich solle aussteigen, er würde den Wagen weiter die Straße hoch abstellen. Als er wegfuhr, nuschelte er leise etwas von Frauen am Steuer.

Ich wartete am Haupteingang auf ihn und sah zu, wie ein Ticket nach dem anderen verkauft wurde. Es war ein warmer Tag, und mit jeder Minute wurde es noch heißer und voller. Dass der Zirkus für einige Tage geschlossen worden war, schien den Appetit der Stadt nur noch angeregt zu haben; entweder das oder die morbide Neugier, die Festwiese zu sehen, wo erst vor einigen Tagen ein Mord stattgefunden hatte.

Finn schloss sich mir an. Wir gingen an der Schlange vorbei, die sich um das Zelt bis hinaus auf den Parkplatz zog, und zeigten dem Kartenabreißer unsere Dienstmarken. Ich wusste, wo unser erster Gang uns hinführte, und fragte an einer Glücksbude nach dem Weg. Auf einem handgeschriebenen Schild stand »Wirf die Münze in die Flasche – und nenn mir deinen Preis.«

Einen Augenblick war ich verwirrt, dann wurde mir klar, dass mit Preis ein Gewinn gemeint war.

Hinter dem Tresen stand ein junger Mann in abgetragener Jeans und schwarzer Biker-Weste aus Leder über einem dreckigen T-Shirt und lehnte sich gegen einen Metallhocker, der einst leuchtend rot gewesen sein musste, aber inzwischen nur noch aus abblätterndem Rost in der Farbe von getrocknetem Schorf bestand.

Ich fragte den Mann, wo ich die Trapezkünstler fände.

»Ah, Lady, Sie wollen doch gar keine Trappi-Show sehen. Sie wollen das Flaschenspiel machen, das sehe ich sofort. Holen Sie Ihren Freund herüber, damit er was springen lässt und uns einen Dollar gibt. Mit einem Dollar darf man zehnmal werfen«, sagte er.

Der Mann löste sich von dem rostigen Hocker und schlenderte auf mich zu. Sein Gesicht war von einem bedauernswerten Ausbruch an Akne gezeichnet, und als er sein Kinn rieb, brach ein Eiterpickel auf. Er zog seine Hand weg und inspizierte sie mit der gleichen Selbstwahrnehmung wie ein Mann, der den fließenden Straßenverkehr betrachtet, wischte die Hand dann langsam am Hinterteil seiner Jeans ab und starrte mich mit vogelartigen, blutunterlaufenen Augen an.

Finn zog seine Dienstmarke hervor. Keiner von uns beiden war in Uniform, und der junge Mann machte einen Satz rückwärts, als er die Marke sah. Er rieb wieder sein Kinn und sagte: »Das ist also nicht deine Frau, was?« Finn schüttelte den Kopf.

Wenn er ihn noch stärker geschüttelt hätte, hätte er sich ein Schleudertrauma zugezogen.

Der junge Mann grinste mich an, und ich wand mich angesichts seiner tabakverfärbten Zähne, die vereinzelt im Mund herumstanden. »Also, ich habe in ein paar Stunden frei, warum trinken wir beide heute Abend nicht ein Bier zusammen?«

»Hören Sie zu, das ist wirklich sehr verlockend«, sagte ich, drehte mich seitwärts und zeigte auf meinen Bauch, »aber wie Sie sehen, bin ich schon vergeben. Außerdem hat mein Partner uns ja bereits als Polizisten ausgewiesen. Wenn Ihre nächsten Worten mir also nicht sagen, wo wir die Trapezkünstler finden, wird die einzige Münze, die Sie einsammeln, der Vierteldollar sein, den Sie für den Münzfernsprecher brauchen. Im Knast.«

Der Mann seufzte. »Ach, ich habe doch nur ein Witzchen gemacht. War nicht böse gemeint, okay? Mein Daddy war Polizist. Sie sind alle da drüben in dem Zelt, da lang … das große blaue, sehen Sie? Sie müssten jetzt gerade proben.«

Wir gingen quer über den Platz zu einem blauweiß gestreiften Zelt und wichen Kinderwagen aus und kreischenden Gören mit klebrigen Fingern und großen Clowns mit bündelweise gasgefüllten Ballons, die über ihren Perücken und Hüten schwebten wie angebundene Wolken.

Neben einem Hot-Dog-Stand sprang mir ein Clown in den Weg, und ich wich zurück, als er mit seinem Gesicht näher kam.

»Willst du einen Ballon kaufen?«, flüsterte er. Schwarze Farbe, so dick wie Schmieröl, bedeckte sein ganzes Gesicht, und ein großer, weicher Hut war tief bis über die Ohren gezogen. Ich sagte nein und wollte um den Clown herumgehen, doch er beugte sich zur Seite und blockierte meinen Weg.

»Willst du einen Ballon kaufen?«

Ich schüttelte den Kopf, wollte auf der anderen Seite um ihn herumgehen, doch er imitierte meine Bewegungen und blockierte wieder meinen Weg. Vor mir sah ich, wie sich Finns Hinterkopf weiter entfernte, während er auf das Zelt zuging. Ich befand mich mitten in einem Schwarm Kinder; ihre Köpfe strichen an meinen Hüften und Oberschenkeln vorbei, und ihr Geschrei und Gekreische drangen mir in die Ohren wie die Rufe Tausender, kleiner Vögel.

Sie schlossen mich ein, umgaben mich und füllten den Platz mit ihren kleinen Körpern. So viele kleine Körper! Ich bekam keine Luft mehr.

Der Clown senkte sein Bündel Ballons über uns und blockierte meinen letzten Orientierungspunkt, den Himmel.

Panik stieg in mir auf.

Mein Herz wummerte, und ich bekam nicht ausreichend Luft in meine Lungen. Ich keuchte, und der Clown schien dichter über mir aufzutauchen und dann wieder weiter wegzurücken und wieder hoch und wieder runter, wieder hoch, und dann sah ich, wie der Boden auf mich zukam, und eine Hand packte mich am Ellenbogen.

»Gemma, nun komm. Du kannst dir später einen Hot Dog

holen«, zischte Finn in mein Ohr und zog mich in Richtung des blauen Zeltes. Ich holte tief Luft und befreite mich dann ruckartig aus seinem Griff.

Ich drehte mich um, einmal um meine eigene Achse, suchte die Menge ab, doch der Clown und seine Ballons waren verschwunden.

Allmählich hasste ich Clowns.

26. KAPITEL

Das blauweiß gestreifte Zelt war trügerisch, klein von außen, aber innen riesig, locker so groß wie ein Theatersaal. Ich verstand plötzlich, warum man sie *big tops*, große Dächer, nannte. Abgestufte Sitzbänke säumten den inneren Zeltrand. In der Mitte war ein großer Sandkreis abgetrennt, über dem sich ein grünes Netz zwischen vier Trägern erstreckte. Darüber schwangen fünf Trapeze auf unterschiedlichen Höhen sanft in der Luft.

Ich sah zu, wie vier Leute an zwei Leitern zu beiden Seiten des Zeltes hochkletterten. Sie trugen Zorro-Masken und schwarze Kostüme, die ihre Gesichter und Körper verbargen. Ihre Füße waren nackt, und sie kletterten so schnell und sicher wie Affen. Ich hatte ein Déjà-vu und erinnerte mich an etwas von früher, das ich vergessen hatte. Ich muss ungefähr drei Jahre alt gewesen sein, und mein Vater war am Wochenende zu Hause, was selten vorkam, denn er war Pilot bei Southwest Airlines und flog von Donnerstag bis Sonntag die Route Denver–Las Vegas.

Er muss krank gewesen sein, oder vielleicht war es ein Feiertag, ich weiß nicht mehr. Auf jeden Fall war er zu Hause, und ich war begeistert, als er mich in unseren Kombi packte und mit mir zum Sommerjahrmarkt fuhr. Es war hier, auf derselben Festwiese, und wir sahen uns in einem ähnlichen Zelt eine Vorstellung der Akrobaten an. Ich erinnerte mich daran, wie klein meine Hand in seiner war und wie sein langer Schnurrbart an meinen Ohren kitzelte, wenn er mich küsste.

Die Erinnerung machte mich traurig; meinem Vater hätte es Freude bereitet, Opa zu werden.

»Gem, schau dir das an«, sagte Finn. Er zeigte auf die obersten Stufen der Leitern, wo lange Planken wie bei einem Sprungbrett befestigt waren, mit Handläufen aus dicken Tauen und mit Seilen, die auf Taillenhöhe festgeschnürt waren. Die Leitern waren mindestens fünfzehn Meter über dem Boden, und ich schluckte. Höhe war noch nie mein Ding gewesen.

»Beängstigend, oder?«, sagte eine Stimme hinter uns.

Ich drehte mich um und schüttelte Joe Fatone die Hand. Dann stellte ich ihm Finn vor.

»Wunderbar, dass das Geschäft wieder läuft. Wir Schausteller bekommen Hummeln im Hintern, wenn wir den ganzen Tag herumsitzen müssen«, sagte Fatone.

»Ist jemals einer heruntergefallen?«, fragte Finn.

Fatone schüttelte den Kopf. »Nicht bei mir. Ein paarmal war es natürlich brenzlig, aber keine Todesfälle.«

Außer in der Clownabteilung, hätte ich fast gesagt, doch stattdessen fragte ich: »Ist Tessa in der Nähe?«

»Oh, sie ist ganz in der Nähe. In ein paar Minuten ist sie wieder unten«, sagte Fatone mit einem Lachen und zeigte mit dem Daumen auf die Leiter. Ich sah genauer hin und bemerkte, dass eine der maskierten Gestalten von zierlicher Statur war und einen Pixie Cut hatte.

»Das müssen Sie sich ansehen«, sagte Fatone. Wir folgten

ihm zu einer der Bänke und setzten uns. Hoch über uns teilte die Gruppe sich auf, so dass auf jeder Plattform ein Paar war. Sie dehnten ihre Arme, Beine und Rücken, lehnten sich gegen die hölzernen Balken, die Taue und gegeneinander.

»Das ist Tessa«, flüsterte Fatone, »die Kleine ... und Doug Gray, rechts neben ihr. Die auf der anderen Plattform sind Twosie McDonald mit ihrer Schwester Onesie.«

»Twosie und Onesie?«

»Ja. Onesie, weil sie nur mit einem Auge sieht. Twosie ... nun, weiß der Teufel, warum sie so genannt wird, vermutlich, weil sie zwei Augen hat«, sagte Fatone. Er rülpste, ein leises Aufstoßen, das zu mir herübertrieb und nach Erdnüssen und Bier roch. »Tschuldigung.«

»Sie hat nur ein Auge und arbeitet trotzdem am Trapez?«, fragte ich.

Die Geschwister machten das Gleiche wie Tessa und Doug auf der anderen Plattform. Sie taten so, als kämpften sie mit Degen, drängten sich gegenseitig bis an den Rand der Plattform, gaben sich ängstlich und schoben sich dann zurück zur Leiter, mit den Degen als Waffen.

Fatone nickte und rülpste noch einmal. »Entschuldigen Sie bitte, dieses verdammte Sodbrennen bringt mich noch um. Am Trapez geht es nie um die Sicht, Deputy. Es geht nur um Berührung, Timing und Illusion. Die besten Trapezkünstler der Welt können ihr Programm mit verbundenen Augen absolvieren. Verdammt, ich kann es nicht erklären, aber es ist so, als hätten sie einen sechsten Sinn.«

Gebannt schauten wir zu, wie Tessa zum Ende der Planke ging und dann ohne Unterbrechung einen Kopfsprung in die Luft machte. Sie griff sich das nächstgelegene Trapez, schwang nach oben, hakte ihre Beine über die zweite Trapezstange in der Mitte und machte dann einen Umschwung um die dritte

Stange. Während sie kopfüber hing, hatte eine der Schwestern von der anderen Seite her einen Kopfsprung über sie hinweg gemacht und war nach ihr am mittleren Trapez gelandet. Dann sprangen die restlichen beiden dazu, und kurz darauf schwangen alle vier über- und untereinander, hielten sich manchmal gegenseitig fest, manchmal an der Stange, und schienen zeitweilig mitten in der Luft zu schweben, bevor sie nach Armen oder Beinen griffen.

»Bei ihnen sieht es so einfach aus«, hauchte ich.

Fatone nickte. »Es bedarf jahrelanger Übung, um so gut zu werden. Es ist da oben wie in einer geheimen Welt.«

Ich spürte, wie seine Augen auf mir lagen.

»Wo wir gerade von Geheimnissen reden, es scheint, als hätte Reed selbst ein paar gehabt, nicht wahr?«, fragte Fatone. Er zog eine Zigarre aus der Brusttasche seines Hemdes, steckte sie in den Mund, aber zündete sie nicht an. »Oder sollte ich ihn Nicky nennen?«

»Haben nicht die meisten von Ihren Leuten ihre Geheimnisse?«, fragte Finn. Er beobachtete die Trapezartisten genauso fasziniert, wie ich es getan hatte. »Ich meine, ist das nicht der Grund, warum man wegläuft und sich einem Zirkus anschließt?«

Fatone grinste höhnisch um seine Zigarre herum. »Jeder hat Geheimnisse. Ich sage nur, Reed schien mehr als nur seinen gerechten Anteil gehabt zu haben.«

Fatone zeigte nach oben, wo die Akrobaten eine besonders spektakuläre Figur vollführten, bei der Tessa zwanzig bis dreißig Sekunden ganz ruhig auf einer der Stangen stand, und dann zu den drei anderen Akrobaten herabschoss, die hochflogen wie aufgeschreckte Vögel.

»Jede dieser Figuren hat einen eigenen Namen, wussten Sie das?«, sagte Fatone.

»Tatsächlich?«

Er nickte. »Das, was sie eben gemacht haben? Das nennt sich die Vogelscheuche.«

Ich lachte unbehaglich und dachte an die Scarecrow Road.

»Mhm«, fuhr er fort. »Sie steht still, sehen Sie, fast wie erstarrt, und fällt dann herunter wie eine umkippende Vogelscheuche, und die anderen Artisten sind die Krähen, die überrascht wegfliegen. Es geht um den Moment, in dem der Lockvogel – die Vogelscheuche – zum Leben erwacht.«

»Wie die anderen Zirkusnummern eine Art von Illusion?«, fragte ich.

»Magie, Illusion, nennen Sie es, wie Sie wollen. Sie sehen etwas, und Sie glauben zu wissen, was los ist, und dann ganz plötzlich verschiebt sich das Universum und offenbart, dass es sich um etwas vollkommen anderes handelt«, sagte Fatone. »Und das, meine Freunde, ist die Geschichte des Lebens, nicht wahr? Man meint, man weiß Bescheid.«

Er steckte die nicht angezündete Zigarre in seine Hemdentasche zurück und warf einen Blick nach oben zu den Artisten, als sie johlten und juchzten und sich einer nach dem anderen in das große grüne Netz fallenließen.

Sie hopsten lachend einige Male auf und ab, rollten sich dann zum Rand des Netzes und sprangen herunter. Alle außer Tessa gingen hinüber zu einem Tisch in der Ecke, wo ein Wasserspender und Pappbecher standen. Stattdessen schaute sie uns an, kam dann herüber und nahm ihre Maske ab.

»Hi. Hat Ihnen die Show gefallen?«, fragte sie. Sie beugte sich zurück und dehnte sich mit den Händen in den Hüften, und ich sah, wie Finn sie von oben bis unten musterte. Er schien seinen Ärger darüber, dass sie am Vortag das Revier verlassen hatte, überwunden zu haben.

Das schwarze Kostüm war im Grunde genommen ein Trikot-Overall, der an jeder Kurve und jedem Muskel ihrer kompakten Figur eng anlag. Finn fing regelrecht an zu sabbern.

»Das war beeindruckend, Tessa«, sagte ich. »Wirklich magisch.«

Sie lächelte und schaute Fatone an. »Papa Joe?«

»Das hast du gut gemacht, Kleine. Richtig gut«, sagte er.

Sie gab Fatone ein High Five und wandte sich dann an Finn. »Hey, Sie sind Mr. Nowlin, richtig? Tut mir leid, wie ich mich gestern verhalten habe. Ich war wirklich durcheinander.«

»So was passiert. Nicht weiter schlimm«, sagte Finn mit einem leichten Achselzucken. Er lächelte sie an. »Und nennen Sie mich Finn, wie alle anderen.«

Fatone stand auf und entschuldigte sich. Ich wartete, bis er außer Hörweite war und wandte mich dann an Tessa.

»Tessa, gestern Abend … bist du da zurückgekommen? Zu meinem Haus, meine ich?«

Ich beobachtete sie genau, doch ihr Gesichtsausdruck blieb unverändert. »Was meinen Sie damit? Zurückgekommen? Ich bin doch gegangen, erinnern Sie sich?«

Finn beobachtete mich mit zusammengekniffenen Augen, sagte jedoch nichts. Ich würde ihm später von Tessas Besuch erzählen.

Ich nickte. »Ja, aber später bist du nicht … ach, egal.«

»Nein, was ist denn?«, sagte sie.

Sie sah mich mit echter Sorge an, und ich dachte allmählich, ich könnte vielleicht falschliegen, wenn ich sie verdächtigte. Warum sollte Tessa eine gekritzelte Botschaft auf meinem Badezimmerspiegel hinterlassen? Sie hatte keinerlei Verbindungen zu Cedar Valley, keine andere Verbindung zu Nicky Bellington, außer dass sie ihn als Reed Tolliver gekannt hatte und seine Freundin gewesen war.

»Nichts. Ich habe einen Hut gefunden, von dem ich annahm, es sei deiner«, improvisierte ich. »Aber mir fiel gerade ein, dass du ja gar keinen Hut getragen hast, also vergiss es. Hey, wann findet die echte Show statt?«

Sie schaute mich blinzelnd an und antwortete dann: »In zwanzig Minuten. Sie sollten dableiben und zusehen, es wird großartig werden. Wir haben diese neuen Figuren zu dieser echt coolen spanischen Funkmusik ausgearbeitet, die zu den Zorrokostümen passt. Und in der Show benutzen wir Degen!«

Finn war beeindruckt. »Echte Degen? Da oben?«

Tessa nickte, klatschte in die Hände und wippte auf den Ballen auf und ab. »Mhm. Echt, echt cool.«

»Klar, dann bleiben wir. Aber ich möchte mich hinterher noch einmal mit dir unterhalten, in Ordnung?«

Sie nickte und hopste dann zurück zu den anderen Trapezkünstlern. Der männliche Akrobat, Doug Gray, schnappte sie bei den Hüften, hob sie in die Luft und drehte sie, bis sie so laut quiekte, dass wir es von der anderen Seite des Zeltes aus hören konnten.

»Der Typ gefällt mir nicht.«

»Oh, du kennst ihn doch gar nicht. Oder sie«, sagte ich und drehte Finn an den Schultern, bis er mich ansah. »Ich meine es ernst. Sie war Reeds Freundin. Ihre Mitbewohnerin, eine Rothaarige namens Lisey, ist in sie verliebt. Du hast Tessa gestern auf dem Revier gehört – sie hat Lisey quasi beschuldigt, gemordet zu haben. Gestern Abend war sie bei mir zu Hause und hat mir eine Rückenmassage angeboten. Es ist alles ein ziemliches Schlamassel.«

»Warte, was sagst du? Sie hat eine lesbische Freundin? Das ist ja echt heiß …«

Ich verdrehte die Augen und zog ihn aus dem Zelt. »Wenn wir uns die Show ansehen wollen, dann brauche ich jetzt diesen Hot Dog.«

Wir bestellten und aßen an einem Picknicktisch unter einer Markise, neben einem jugendlichen Pärchen, die ihre Hände in den Gesäßtaschen des jeweils anderen hatten, und einer gehetzt wirkenden Mutter mit fünf Kindern. Aus ihrem Pferdeschwanz ragten blonde Haarsträhnen wie Strohhalme hervor, und sie hatte die Knöpfe ihrer pinkfarbenen Bluse falsch geschlossen, so dass sie leicht schief an ihrem schmalen Körper hing.

Mein Hot Dog war köstlich, und ich spülte ihn mit einer frisch gemachten Limonade hinunter. Eine leichte Brise glitt über uns, und so satt und im Schatten konnte ich mir fast vorstellen, eine vernünftige Unterhaltung mit Finn zu führen.

»Also, Finn, vor drei Jahren. Der Fall Nicky Bellington, erste Runde. Du hattest die Leitung, stimmt's? Mit Moriarty?«, fragte ich.

Er lehnte sich zurück, anscheinend erfreut, dass ich ihn gefragt hatte. »Der Notruf kam gegen dreizehn Uhr rein. Einer der Jugendlichen war den Wanderweg hinuntergerannt, bis er Handyempfang hatte, und hatte dann seine Eltern angerufen. Und die haben uns angerufen. Wir sind in ziemlichem Tempo den Wanderweg hoch und waren ungefähr um sechzehn Uhr am Aussichtspunkt. Es herrschte Chaos. Kinder weinten, und Paul Winters hatte einen Schock. Er hatte diese Jugendgruppe gerade erst gegründet, die Forward Foundation, weißt du noch? Es sah so aus, als würde es die heißeste Sache der Stadt werden. Annika war auch da. Sie sah damals anders aus, ein bisschen pummelig. Nicht so hübsch.«

»Waren die Bellingtons da? Der Mayor, oder Ellen?«

»Nein, während wir dort raufmarschiert sind, ist Chavez zu ihnen gefahren, um es ihnen persönlich zu sagen. Zum ersten Mal mit ihnen gesprochen haben wir offiziell erst einige Tage später.«

»Als ihr sein Zimmer durchsucht habt, richtig? Was hat dich dazu veranlasst? War es nicht eindeutig ein Unfall?«

Die Jugendlichen neben uns waren gegangen, und die Mutter packte ihre fünf Kinder ein. Eine weitere Brise umwehte uns, diesmal stärker als die letzte, und plötzlich flogen die Servietten und Pappteller vom Tisch. Die Kinder lachten und sprangen den Servietten und Tellern hinterher, und die Mutter setzte sich wieder und seufzte.

Ich lächelte sie an, sie rollte mit den Augen, und ich lächelte zurück und zuckte die Achseln.

Finn fuhr fort. »Es war Moriartys Idee. Wir waren ziemlich sicher, dass die ganze Angelegenheit nur ein tragischer Unfall war, doch er wollte sich vergewissern, dass man keinen Abschiedsbrief finden würde, nachdem er den Bericht abgezeichnet hatte. Außerdem war er ein Kumpel von Frank Bellington, Nickys Großvater. Ich denke, er fühlte sich verantwortlich dafür, alles bis aufs kleinste Detail richtig zu machen. Also haben wir die Sache komplett durchgezogen. Wir haben eine Inventarliste von jedem verdammten Ding in seinem Zimmer aufgestellt, während seine Mutter in der Tür stand und hysterisch geheult hat.«

»Als wir gestern bei ihnen zu Hause waren, hätte man das Gefühl kriegen können, ihr hättet euch noch nie gesehen.«

»Ach komm, Gemma. Als würden sie sich an die Cops erinnern, die vor drei Jahren das Zimmer ihres toten Sohnes durchsucht haben?«, sagte Finn.

Er beugte sich vor und aß den letzten Happen von seinem Hot Dog. Sein Anzug war wie üblich makellos, während ich es geschafft hatte, mein Sommerkleid mit kleinen Senfklecksen zu sprenkeln. Ein paar Brötchenkrümel ruhten auf meinem Bauch, und ich fegte sie fort. Sie fielen geräuschlos zu Boden und gesellten sich zu den vielen anderen Krümeln und Stückchen.

Die blonde Frau schaffte es schließlich, ihre Kinder zusammenzutreiben und marschierte mit ihnen zum Mülleimer, in den kleinen Händen abtrünnige Servietten und Pappteller. Sie stopften den Müll in die Tonne und rannten dann fort zu einer der Buden, und ich erinnerte mich daran, wie man die Typen dort nannte: Peddies.

Wie in *peddlers*, Hausierer. Oder *pedophiles*, Pädophile. Ich erschauerte.

»Aber es war schon irgendwie merkwürdig«, sagte Finn. Er fuhr in einem Kreis mit seinem Finger über den Picknicktisch.

»Was?«

»Wie sehr Moriarty darauf bestand, dass wir das Zimmer des Jungen durchsuchten. Ich hatte Verständnis für seine Bedenken. Aber da war nichts, absolut nichts, was auf einen Selbstmord hinwies. Ich kann dir sagen, wenn wir einen Abschiedsbrief gefunden hätten, hätte ich sofort angenommen, man hätte ihn dort platziert und dass es sich um Mord gehandelt hätte«, sagte Finn. »Alles an diesem Tag schrie geradezu Unfall.«

»Mhm. Tut es jetzt auf alle Fälle nicht mehr, stimmt's?« Ich stand auf, schmiss meinen Müll weg und hob eine Serviette auf, die die Kinder liegen gelassen hatte, mit einem verschmierten Ketchupfleck in der Mitte, wie einem blutigen Daumenabdruck. »Wir sollten wieder hineingehen. Die Show fängt gleich an.«

27. KAPITEL

Im Zelt war es brechend voll, und wir fanden zwei Plätze hoch oben in den hinteren Reihen. Wilde Flamencomusik konkurrierte mit dem Geschnatter der Menschenmenge, und überall um uns herum teilten sich Familien Popcorn, Zuckerwatte und Erdnüsse. Ich beobachtete, wie mehr als nur eine Person eine Erdnuss knackte und die faserige Schale dann auf den Boden warf.

In der ersten Reihe, etwas links von mir, sah ich einen bekannten Schopf roter Haare: Lisey, Tessas Mitbewohnerin. Sie saß neben einer jungen Blondine in einem weißen Trägerhemd. Die beiden sprachen miteinander, und obwohl ich zu weit weg war, um die Worte zu verstehen, konnte ich erkennen, dass es eine hitzige Diskussion zu sein schien. Liseys Haltung war unnachgiebig, und sie hob wiederholt die Hand, als wolle sie ihre Begleitung wegschicken. Schließlich stand Blondie entrüstet auf und stürmte aus dem Zelt.

Lisey schaute ihr hinterher, schüttelte den Kopf und richtete ihre Aufmerksamkeit dann wieder auf den Kreis in der Mitte des Zeltes, wo ein hochgewachsener Mann in einem schwarzen Frack und mit einem Gehstock stand, den er ständig vor sich von der einen Hand in die andere warf. Der Zylinder auf seinem Kopf ließ ihn noch größer wirken.

Ich gab Finn einen Rippenstoß, zeigte auf Liseys Hinterkopf und nannte ihren Namen. Er hob eine Augenbraue.

»Die Lesbe?«, wisperte er, und ich verdrehte die Augen und nickte.

Die Musik erstarb, und der Zirkusdirektor sagte: »Meine Damen und Herren, Jungen und Mädchen, es freut mich, der Erste zu sein, der Sie zur todesverachtendsten, eindrucksvollsten und unglaublichsten Show der Erde begrüßen darf!«

Er war locker über zwei Meter groß und schien nur aus Armen und Beinen zu bestehen wie ein riesiges fremdartiges Insekt. Er wirbelte wieder mit seinem Stock herum, und die Menge jubelte.

»Was Sie nun sehen werden, könnte Sie schockieren … es

könnte Sie überraschen ... aber es *wird* Sie in seinen Bann ziehen!«, brüllte er, und die Menge toste.

Der Mann neben mir hatte sich gerade eine Handvoll Popcorn in den Mund geworfen, und als er dem Zirkusdirektor zujubelte, besprühte er den Hinterkopf der vor ihm sitzenden Frau mit einem Nebel aus buttrig-körniger Spucke.

Ich schüttelte mich und rückte dichter an Finn heran.

»Und nun einen Applaus für die großartigsten Akrobaten der Welt, die Fellini Brother's Amazing Trapeze Troupe!«, rief der Mann. Mit einer weiteren Drehung seines Gehstocks tippte er sich an den Hut, verbeugte sich vor dem Publikum und trat aus dem Rampenlicht. Die Musik setzte voller Gewalt wieder ein und spielte noch lauter und pulsierender als zuvor.

Aus den vier Ecken des Zeltes tauchten Akrobaten auf, wie Boxer vor einem Match. Alle liefen zur Mitte und führten dabei einen Jig-Tanz auf, um die Menge anzuheizen. Sie trugen die schwarzen Trikots, die wir schon zuvor gesehen hatten, und Tessa hatte Wort gehalten: Jeder trug einen Degen mit einer boshaft aussehenden Spitze. Die Degen waren mit roten Schärpen an ihren Taillen befestigt, und so wie zuvor trug jeder Akrobat eine Zorro-Maske.

Die Menge tobte und applaudierte, und die Darsteller stolzierten wie Hofnarren vor dem Publikum umher und gaben den Kindern in der ersten Reihe ein High Five. Nach ein paar Minuten begaben sich alle vier wieder in die Mitte, wo sie die Köpfe zusammensteckten, dann brachen sie in zwei Paaren auseinander und kletterten die langen Leitern am Rande des Zeltes hoch.

Irgendetwas war anders als bei den Proben, doch ich konnte meinen Finger nicht drauflegen.

Als sie die Plattformen erreicht hatten, zogen die vier ihre Degen und begannen den herausfordernden Kampf auf der schmalen Planke. Zur Rechten stritten und neckten sich Tessa und Doug. Tessa tanzte rückwärts, Dougs Degen an ihrem Bauch, doch dann sprang sie wieder vor und drängte ihn zurück zur Leiter, fort vom Ende der Planke. Das Publikum keuchte, als er einen Ausrutscher vortäuschte und auf die Knie fiel, und es jubelte, als er das Gleichgewicht wiederfand und Tessa attackierte.

Auf der gegenüberliegenden Plattform kämpften Onesie und Twosie gegen unsichtbare Angreifer. Sie standen Rücken an Rücken, hieben mit ihren Degen durch die Luft und bewegten sich wie eine Einheit auf der Plattform vor und zurück. Die silbernen Waffen blitzten im Scheinwerferlicht auf wie unter einem Stroboskop, und ich schloss meine Augen und spürte, wie die ersten Anzeichen einer Migräne aufzogen. Angesichts der langen Nacht, des Schlafmangels, der sommerlichen Hitze und nun auch noch mit diesem pulsierenden Licht und der Musik zusammen mit meinen hormonalen Stimmungsschwankungen wusste ich, dass ich gegen die Schraubzwinge, die sich um meinen Kopf zusammenzog, keine Chance hatte.

Als die Musik der Flamencogitarre zu einem stetigen, pulsierenden Latino-Beat wurde, legten die Akrobaten ihre Degen ab, schüttelten sich die Hände und umarmten sich. Wie in den Proben war Tessa die Erste, die die Plattform verließ. Diesmal jedoch vollzog sie nach dem Absprung einen atemberaubenden Rückwärtssalto, bei dem das Publikum keuchte. Sie ergriff die erste Stange, das Publikum atmete erleichtert auf, und die Show startete durch. Die anderen drei Akrobaten gesellten sich zu Tessa, und kurz darauf sprangen, drehten und tauchten sie mit einer sprichwörtlichen Leichtigkeit über und untereinander durch.

Vor mir flüsterte ein Kind seinem Vater zu: »Was ist, wenn sie herunterfallen?«, und der Vater antwortete flüsternd:

»Das werden sie nicht, Liebes, das sind Profis.« Womit mir klarwurde, worin der Unterschied zu den Proben bestand.

Das grüne Sicherheitsnetz war entfernt worden.

Wenn jemand tatsächlich fiel, war es ein Sturz aus fünfzehn Metern Höhe direkt auf den Boden. Ich schluckte und merkte, wie mir der Hot Dog wieder hochkam.

»Was ist ein Poofi?«, flüsterte das Kind, und der Vater antwortete: »Es bedeutet, dass sie so gut in ihrem Job sind, dass sie nicht fallen werden.«

Nachdem mir bewusst war, dass alles ohne Netz passierte, war es plötzlich sehr nervenaufreibend, den Akrobaten zuzusehen. Während der folgenden zehn Minuten hielt ich den Atem an, bis sie sich schließlich, einer nach dem anderen, zurück auf die Plattformen schwangen. Schwer atmend machten sie eine Pause, während das Publikum ihnen mit Standing Ovations Beifall zollte.

Als Finn und ich aufstanden und klatschten, schaute ich nach links. Lisey war fort. Ich blickte suchend durch das Zelt und sah an einem der Seiteneingänge etwas Rotes aufblitzen. »Komm«, sagte ich und griff nach Finn.

»Wolltest du nicht noch einmal mit Tessa reden?«, fragte er, während er mir durch die Reihen folgte. Die anderen Zuschauer mussten zurückweichen oder sich seitwärts drehen, um uns vorbeizulassen.

»Ja, aber sie kann warten«, sagte ich. »Ich will zuerst mit Lisey sprechen.«

Ich fragte mich, ob Lisey am Vorabend die weitere Person in Tessas Wagen gewesen war. Wenn ja, vielleicht war sie dann später allein zu meinem Haus zurückgekehrt und hatte die Botschaft hinterlassen. Aber ernsthaft, welchen Sinn sollte das gehabt haben? Es fiel mir immer schwerer, mir vorzustellen, dass irgendjemand in Reeds Leben in seinen Mord verwickelt sein sollte, gerade wenn man an die Formulierung dachte, dass ich die Vergangenheit ruhen lassen solle.

Überall wo ich mich hinwendete, deutete alles in die Vergangenheit ... zu den McKenzie-Jungs und den Woodsman-Morden.

Zu dieser Stadt.

Als wir nach draußen kamen, schirmte ich meine Augen gegen das grelle Licht der Sonne ab. Ich hatte meine Sonnenbrille im Auto liegen gelassen, und während ich blinzelte und darauf wartete, dass sich meine Augen an die Helligkeit gewöhnten, nahm das Pulsieren in meinem Kopf zu. Ich drehte mich langsam um, und mein Blick überflog die Menge, die sich durch die Schneise zwischen den verschiedenen Buden, Zelten, Essensständen, Toilettenwagen und Fahrgeschäften hindurchwalzte.

Alles, was ich sehen konnte, waren massenhaft Kinder und Clowns.

»Wo ist sie hingegangen? Siehst du sie?«

»Ich weiß nicht, ich ... warte, dort? Ist sie das?«, fragte Finn. Er zeigte auf eine kleine offene Fläche ungefähr fünfzig Meter entfernt von uns.

Lisey stand dort, eine Hand in den Haaren, die andere in die Hüfte gestemmt. Sie trug ein enges gelbes T-Shirt, zu klein für ihre üppige Figur, und eine Herrenjeans im Carpenter Stil, die ihr locker um die Hüften saß und am Hinterteil durchhing.

Wir schoben uns durch die Menge. Als wir gut einen Meter von ihr entfernt waren, griff ich nach Finns Arm und hielt ihn zurück.

Lisey sprach mit jemandem, doch es war niemand zu sehen, bis ich begriff, dass sie telefonierte.

»Ich habe dir doch schon gesagt, ich bin mit dir fertig«, sagte sie. In ihrer Stimme lagen Tränen und Wut. »Nein, nicht mehr. Du hast es versprochen. Ist mir egal, wie viel, es lohnt nicht.«

Finn sah mich mit hochgezogenen Augenbrauen an, als Lisey schrie: »Nein, leck mich! Ich bin mit dir fertig. Ruf mich nie wieder an!«

Dann warf sie das Handy in den Wald, der die Festwiese umgab. Nach einem Moment seufzte sie und stampfte dann hinüber, um den Boden abzusuchen.

Finn und ich gingen zu ihr.

»Lisey?«, sagte ich leise.

Sie schreckte zusammen, drehte sich um und schaute mich verständnislos an. In ihrem Gesicht konnte ich Tränenspuren erkennen, und wenn sie nicht gerade total zugekifft war oder finster dreinblickte, sah sie ausgesprochen hübsch aus. Ihre Haut hatte die Farbe frischer Sahne, und ihre Augen waren bernsteinbraun. Sie hatte hohe Wangenknochen, und mit ihrem üppigen Körper hätte sie ein Model von Tizian oder Rembrandt sein können.

»Ja?«

»Erinnern Sie sich an mich? Ich bin Detective Gemma Monroe, ich habe Ihnen und Tessa vor ein paar Tagen in Ihrer Hütte einen Besuch abgestattet«, sagte ich.

Lisey schüttelte den Kopf. »Das ist nicht mehr meine Hütte. Ich bin gestern ausgezogen.«

Sie wollte sich gerade abwenden, hielt dann inne, und eine feine Röte legte sich über ihr Gesicht. »Oh, ich erinnere mich. Ich war … arbeitsunfähig, als Sie vorbeigekommen sind.«

Ich nickte. »Das kann man sagen. Fühlen Sie sich jetzt besser? Wenn ich richtig verstehe, waren Sie wegen Reeds Tod sehr durcheinander.«

Finn bückte sich und hob ein pinkfarbenes, glitzerndes Ding auf. »Ist das Ihr Handy?«

»Danke«, sagte Lisey. »Ich ... es ist mir vor ein paar Minuten hinuntergefallen.«

Einen Augenblick standen wir betreten herum. Dann holte ich tief Luft und sagte: »Ich möchte ja nicht neugierig sein, aber warum sind Sie aus der Hütte ausgezogen? Ich dachte, Sie und Tessa wären Freunde.«

»Tessa hat keine Freunde. Sie benutzt andere wie Toilettenpapier und spült sie dann aus ihrem Leben«, entgegnete Lisey und ließ sich auf den Boden sinken. Sie saß im Schneidersitz und tippte auf dem Display ihres Handys herum. »Scheiße, ich glaube, es ist kaputt.«

»Lassen Sie mich mal sehen«, sagte Finn. Er bückte sich und nahm ihr das Telefon aus den Händen.

Lisey setzte an zu protestieren, doch er sagte: »Pssscht.« Ich beobachtete sie, wie sie Finn von oben bis unten musterte und dann einen hübschen Schmollmund zog. Finns blaues Polohemd passte zu seinen Augen, seine Hose war sauber und frisch gebügelt, und ich versuchte, ihn mit ihren Augen zu sehen, doch es hatte keinen Zweck. Ich kannte ihn zu gut.

Ich hockte mich neben Lisey, und innerhalb von Sekunden kreischten meine Knie und Oberschenkelmuskeln, also setzte ich mich direkt auf den Hintern. Das Gras war weich, und ich seufzte, als ich die Last von meinen Beinen nahm. Es würde eine ziemliche Herausforderung sein, wieder aufzustehen, doch für den Moment war ich zufrieden.

»Lisey, ich kann Ihnen nicht folgen«, begann ich. »Ich hatte den Eindruck, Sie und Tessa stünden sich ... nahe.«

Sie grinste höhnisch. »Hat sie das gesagt? Das Erste, was Sie über Tessa wissen sollten, ist, dass sie überaus talentiert ist. Zweitens ist sie eine pathologische Lügnerin. Und nun zählen Sie eins und eins zusammen.«

»Wenn Tessa mir also erzählt hat, Sie seien in sie verliebt«, fragte ich, »ist das dann eine Lüge?«

Lisey fiel mit einem hysterischen Lachen rücklings ins Gras. Sie lag da, gluckste, und als sie sich wieder aufsetzte, waren ihre Augen erneut mit Tränen gefüllt. Eine Locke rostrotes Haar fiel ihr ins Gesicht, und sie schob sie zur Seite.

»Das ist absurd. Ich hatte meinen ersten Freund, da war ich elf. Ich bin davon so weit entfernt wie … wie …« Sie verstummte, während sie nach einem passenden Vergleich suchte. »Wie Jennifer Lopez!«

Finn gab ihr das pinkfarbene Telefon zurück. »Ich denke, jetzt sollte es wieder in Ordnung sein.«

»Ja?«, sagte sie und drückte einige Tasten. »Hey, danke! Es geht wieder.«

Finn zwinkerte ihr zu und setzte sich neben uns. »Also, Lisey, keine Nummern mit Frauen? Warum sollte Tessa uns dann erzählen, dass Sie etwas für sie übrighaben?«

»Wie ich schon gesagt habe, sie ist eine Lügnerin. Und sie ist wirklich gut darin; es liegt ihr im Blut. Manchmal lügt sie sogar, wenn es gar nichts zu lügen gibt. Wie damals, als ich sie fragte, ob wir noch Milch brauchen, und sie sagt ja, und ich schaue nach, und da ist noch ein voller Karton. Solch blöder Scheiß eben.«

»Hat Reed von der Lügerei gewusst?«, fragte ich.

Lisey schnaubte. »Natürlich hat er das, der Idiot. Aber er war so ein netter Kerl, und er war in sie verliebt, wie eine Liebe direkt aus Romeo und Julia. Er hat sie verehrt. Er dachte, sie würde sich ändern.«

»Tessa hat uns erzählt, sie habe ein zerrissenes Foto von sich und Reed unter Ihrem Bett gefunden. Waren Sie das?«

Lisey guckte verblüfft. »Was? Warum sollte ich das tun? Ich mochte Reed, er war ein feiner Kerl. Es war ein bisschen durchgeknallt mit seinen Piercings und den Tattoos, aber hey, er war ein Gentleman. Eins ist klar, Tessa hatte ihn nicht verdient. Und wenn ich irgendein Foto zerreißen sollte, warum sollte ich es dann unter meinem Bett aufbewahren, wo die Durchgeknallte es findet?«

Da war etwas dran. Wenn Lisey die Wahrheit erzählte, dann konnte ich kein Wort von dem glauben, was Tessa gesagt hatte. Wenn aber Tessa die Wahrheit sagte, dann war Lisey eine eifersüchtige Frau mit einem guten Grund, Reed etwas anzutun. Vielleicht sogar, ihn zu töten.

Auf jeden Fall wusste ich aber, dass sie nicht beide die Wahrheit sagen konnten.

Was aber nicht hieß, dass nicht auch beide lügen könnten.

Finn lehnte sich auf seine Unterarme zurück und streckte seine langen Beine, so dass sein linker Schuh Liseys rechten Fuß berührte. Er gab ihr einen kleinen Kick, und sie sah ihn an.

»Was machen Sie überhaupt, Lisey? Hier, meine ich«, sagte er, »im Zirkus.«

Sie lächelte und entblößte eine Reihe schiefer Zähne, die sie irgendwie noch hübscher machten. »Ich bin Kostümdesignerin. Ich entwerfe und nähe alle Kostüme für die Darsteller, die Clowns, sogar für die Tiere, wie zum Beispiel den Kopfschmuck der Elefanten und die Westen der Affen.«

»Alle?«

Sie nickte. »Ich habe eine Reihe von Assistenten, Aushilfen, die wir in den Städten anheuern, aber ich entwerfe die Kostüme und erledige den größten Teil der Näharbeiten und der Perlenstickerei. Die Bezahlung ist mies, aber ich liebe den Job. Und es macht irgendwie Spaß, wissen Sie? In der Welt herumzukommen, eine blöde Stadt nach der anderen zu sehen.«

»Woher kommen Sie ursprünglich?«, fragte Finn. Er hatte

seinen Fuß zurückgezogen und die Beine übereinandergelegt, doch seine Augen hatten Liseys Gesicht nicht verlassen.

»Salem, Massachusetts. Da habe ich auch meinen Abschluss gemacht, in Modedesign, und dann habe ich mich, wie man so schön sagt, mit meinem Dad überworfen. Ich habe Salem verlassen und bin für ein paar Monate bei Freunden in Chikago untergekommen. Ich hab dort für einen Laden gearbeitet. Die Besitzer kannten Papa Joe – Mr. Fatone – und, na ja, so kam eins zum anderen«, sagte sie. Sie pflückte einige Grashalme ab und begann sie zu flechten. »Tessa war die Erste hier, mit der ich mich angefreundet habe.«

»Also sind Sie wie alt, dreiundzwanzig? Und Sie wollen das hier für den Rest Ihres Lebens machen?«, fragte Finn. »Was ist mit einer Familie? Karriere?«

»Ich bin fünfundzwanzig. Und, ja, das ist es, was ich will. Diese Typen, die Darsteller, die Arbeiter, die sind meine Familie. Mein Dad will, dass ich nach Hause komme und für ihn in seiner Baufirma arbeite, aber ich hasse dieses Zeug«, sagte Lisey. »Buchhaltung, Steuern. Tod durch Büroarbeit.«

Sie schaute hinab auf ihr Handy, das auf ihrem Schoß lag, und dann hoch zu mir.

»Ich habe gerade mit ihm telefoniert. Er sagte, er würde mir fünfzigtausend pro Jahr zahlen, wenn ich bei ihm als Empfangssekretärin arbeite, plus Krankenkasse. Aber ein Schreibtischjob würde mich umbringen. Ich habe es letzten Sommer probiert, als der Zirkus finanzielle Probleme hatte und viel von Entlassungen die Rede war. Ich habe jede Nacht geheult. So viel zu seelischer Betäubung.«

Hoch über uns röhrte ein Düsentriebwerk. Wir sahen zu, wie das Flugzeug über uns hinwegflog, Richtung Südosten, zweifellos zum großen Luftwaffenstützpunkt in Colorado Springs. Das Düsenflugzeug hinterließ einen Kondensstreifen, als hätte jemand einen weißen Pinselstrich über eine kornblumenblaue Leinwand gezogen.

Ich machte noch einen Vorstoß. »Wir konnten gar nicht anders als mitzuhören, Lisey. Das war also dein Dad? Du hast ziemlich verärgert geklungen.«

»Oh, so reden wir eben miteinander. Ich meine, ich liebe ihn, und ich weiß, dass er mich auch liebt.«

Ich dachte daran, nach dem Ramones-T-Shirt zu fragen, aber entschied mich dagegen, mein Glück herauszufordern. Ich hielt es außerdem für unwahrscheinlich, dass Lisey am Vorabend die andere Person in Tessas Auto gewesen war.

Wir hatten eine Menge aus ihr herausgelockt. Ich war nur noch nicht sicher, was das alles zu bedeuten hatte.

Sie stand auf und klopfte sich ihr Hinterteil ab. »Ich muss jetzt zurück und schauen, ob es vor der Show heute Abend etwas zu reparieren gibt.«

Ich rollte mich unbeholfen zur Seite, drückte mich ab und stand mit einem Ausfallschritt mühsam auf. In einigen Wochen würde ich beim Aufstehen Hilfe brauchen. Der Gedanke, Finn zu bitten, mich hochzuziehen, war grässlich, und ich betete zu Gott, dass wir den Fall bis dahin gelöst hatten.

»Wir melden uns, Lisey«, sagte ich.

Finn zog so schnell eine Visitenkarte heraus, dass mir beim Zuschauen fast schwindelig wurde, und er übergab sie Lisey, als wäre es eine Blume.

»Zögern Sie nicht anzurufen. Wenn irgendetwas ist, das da unten ist meine Handynummer.«

Er schüttelte ihr die Hand, und ich bemerkte, wie er sie erneut von oben bis unten musterte. Sie ging weg, und er schaute ihr noch einen Moment hinterher.

»Erde an Finn. Ich habe zwei Worte für dich: fünfundzwanzig, tatverdächtig.«

Er lachte. »Ach komm. Du glaubst doch nicht wirklich, dass sie Reed umgebracht hat, oder? Dann hättest du sie zum Verhör mitgenommen. Genau genommen glaube ich, dass du sie magst.«

Er hatte recht. Irgendwie mochte ich sie. Sie war furchtlos und unabhängig.

Wir gingen zurück zu meinem Wagen. Auf der Festwiese war es ruhiger. Die späte Nachmittagssonne schien jedem Lebewesen die Energie geraubt zu haben. Selbst die Kiefern, die die Festwiese säumten, sahen müde aus und ließen ihre Äste tief herunterhängen. Ein paar Jugendliche schlenderten zwischen den Buden durch und spielten halbherzig irgendetwas, doch die meisten Familien mit Kindern waren bereits gegangen.

Ich dachte über Finns Worte nach, schüttelte den Kopf, hob drohend den Zeigefinger und fühlte mich dabei viel zu sehr wie Chief Chavez. Und meine nächsten Worte klangen viel zu sehr wie Chief Chavez.

»Das erste Gebot, wenn man ein Cop ist: Sei ein Cop. Es spielt keine Rolle, wen wir mögen oder nicht. Instinkt ist alles, aber die Fakten sind König.«

»Was hast du getan, Chavez' kleines schwarzes Buch auswendig gelernt? Meine Güte, Gemma. Wenn du dem Chief noch weiter in den Arsch kriechst, könntest du eine Rechnung als Proktologe stellen«, sagte Finn. »Sei ein Cop … die Fakten sind König … Himmel.«

Ich hielt an. »Ist es das, was du denkst? Ich würde ihm in den Arsch kriechen?«

Finn ging weiter, und einen Moment später musste ich mich beeilen, um ihn wieder einzuholen. »Also? Ist es das?«

»Sagen wir mal so, der Chief scheint dich ein bisschen zu bevorzugen, Gemma. Als würde er dich als Nachfolgerin heranziehen«, sagte er achselzuckend. »Sei einfach vorsichtig.

Du kannst dir auf dem Weg nach oben eine Menge Feinde machen. Einige der anderen sind nicht sonderlich begeistert, dass sie in großen Fällen wie diesem übergangen werden.«

Ich schnappte mir Finns Schulter und riss ihn herum. »Machst du Witze? Chavez hat mir diesen Fall nicht gegeben. Ich war in dem Scheißraum, als der Notruf einging. So einfach ist das. So war das schon immer. Bei dir geht der Notruf ein, du kriegst den Fall. Wer hat ein Problem mit mir? Moriarty? Armstrong?«

Er seufzte und dachte einen Moment nach. »Hör zu, ich erzähle dir das nur, weil wir jetzt Partner sind, okay? Einer für alle, alle für einen, richtig? Ich weiß, dass du mir diese Sache mit dem Hausfriedensbruch vorhältst, aber in Wahrheit habe ich gar nichts gegen dich, außer wenn du nicht die Klappe hältst und wenn du nicht zuhörst, wenn du solltest. Niemand hätte für das kleine Mädchen gesessen, das getötet wurde, und der District Attorney und ich haben getan, was nötig war, um sicherzustellen, dass diese Arschlöcher keinem weiteren Kind Unheil zufügen. Bin ich stolz auf das, was ich getan habe? Nein. Würde ich es wieder tun. Worauf du dich verlassen kannst! Du kannst Chavez' kleines schwarzes Buch so oft herunterbeten, wie du willst, Gemma, aber wenn die Sache ernst wird, dann ist es unser Job, die Täter hinter Gitter zu bringen, egal, was es kostet.«

»Selbst, wenn das bedeutet, dass du selbst eine Grenze überschreiten musst?«

Finn nickte. »Es ist schon immer das geringere von beiden Übeln gewesen, Gemma. Schon immer.«

Ich verstand seinen Grundgedanken. Ich war nur nicht sicher, ob ich je damit leben konnte.

»Und wer ist auf mich sauer?«

»Gestern hörte ich Moriarty am Telefon darüber lästern,

dass Chavez dir möglicherweise den Bellington-Fall gegeben hat, um ein Bauernopfer zu haben«, sagte Finn. Er runzelte die Stirn. »Das ist alles, was ich gehört habe.«

Ich war sprachlos. Zunächst, dass Moriarty so etwas überhaupt sagte. Ich hatte noch nie ein Problem mit Moriarty gehabt. Und zweitens, dass auch nur die geringste Chance bestand, dass der Chief mir das antun würde ... mir einen Fall zu geben, in der Annahme, ich würde versagen.

Das Bauernopfer der Abteilung. Der Sündenbock sein – für die Familie, die Presse und die ganze Stadt. Derjenige, auf den die Scheiße regnet, wenn ein Fall ungelöst zu den Akten gelegt werden musste.

»Wer zum Teufel war am anderen Ende der Leitung?«

»Das spielt keine Rolle. Als Moriarty mich sah, hat er ziemlich schnell aufgelegt.«

Als hätte ich nicht schon genug um die Ohren. Nun, Moriarty sollte mal schön abwarten und zusehen, wie ich diesen Fall löste. Und mit ein bisschen Hilfe von Nicky Bellington die Woodsman-Morde vielleicht gleich mit dazu.

Wir stiegen ins Auto, und ich versuchte, Finns Worte abzuschütteln. Ich ging unsere Unterhaltung mit Lisey noch einmal durch.

»Glaubst du, Lisey hat die Wahrheit gesagt? Darüber, dass ihr Vater am Telefon gewesen sei?«, fragte ich.

Finn antwortete nicht, und ich schaute ihn an, als ich den Motor anließ. Er hob den rechten Zeigefinger zu den Lippen und wählte mit seiner linken Hand eine Nummer auf seinem Handy.

»Ah ja, Sir, hier ist Mr. Smith vom U. S. Census Department. Wir haben eine etwas verzwickte Situation in unseren Akten, und ich rufe gerade einige Leute in Ihrer Stadt an, um mir die aktuellen Bewohner bestätigen zu lassen«, sagte Finn mit einem perfekten Bostoner Akzent. Er hörte einen Augenblick zu und hielt dann das Telefon von seinem Ohr weg.

»Dann ist ja alles klar, entschuldigen Sie die Störung, Sir. Einen schönen Tag noch.«

Finn legte auf und grinste mich an. »Also, sie ist eine gute kleine Lügnerin, das muss ich ihr lassen.«

»Wie um alles in der Welt –«, setzte ich an, und das Bild von Finn mit Liseys Telefon in der Hand kam mir in den Sinn. »Du hinterlistiger Dreckskerl.«

»Der hinterlistigste«, sagte er, lehnte seinen Kopf zurück und schloss die Augen. »Der Typ war angepisst. Sagte, er brauche nicht mit einem verfickten Census Department zu telefonieren, weil er verfickt noch mal nicht dort wohne, und er sei nur ein verfickter Mieter, weil die verfickte Regierung ihm keinen verfickten Job beschaffen könne, und fick dich dafür, du Arschgesicht, dass du mir meinen verfickt wunderbaren Tag ruinierst.«

»Wow, das ist ja mal eine gewählte Ausdrucksweise. Hast du einen Namen?«

Finn schüttelte den Kopf, die Augen immer noch geschlossen. »Nee. Aber wir können die Nummer zurückverfolgen, wenn wir wieder auf dem Revier sind. Ich glaube kaum, dass der Kerl heute noch irgendwohin geht.«

28. KAPITEL

Finns Charme mochte ja bei Lisey funktioniert haben, aber bei Tilly Jane Krinkel hatte er keine Wirkung. Ich stellte die beiden einander vor, und sie schenkte ihm ungefähr so viel

Beachtung wie eine Katze einer Schale saurer Milch. Die Bibliothekarin führte uns hinunter in das Kellerarchiv, und als sie ihren ausgestopften Papagei streichelte und ihm zärtlich zuredete, sah ich, wie Finns Mund sich öffnete.

Ich gab ihm schnell einen Rippenstoß und schüttelte den Kopf. Das Letzte, was wir gebrauchen konnten, war eine angepisste Tilly.

»In Ordnung, Leutchen«, sagte sie, »der ganze Raum gehört jetzt euch. Aber, es gibt noch ein paar Regeln, und ja, ich weiß, ihr seid Polizisten, aber das interessiert mich nicht die verdammte Bohne, ihr haltet euch an die Regeln wie alle anderen auch. Und ich bitte nicht darum. Ich befehle es.«

Tilly wartete, bis wir mit dem Kopf nickten, und fuhr dann fort.

»In diesen Materialien wird absolut und unter keinen Umständen weder etwas markiert, hineingezeichnet noch hineingeschrieben. Um die Ecke steht ein Kopierer. Wenn ihr etwas aus der Kiste nehmt, legt es an den verdammten Platz zurück. Bringt rein gar nichts zurück in die Regale; wenn ihr etwas falsch wegsortiert, finden wir es nie mehr wieder.«

Tilly legte ihren Kopf schief, schloss die Augen und zuckte dann in einem heftigen Krampfanfall zur Seite. Finn und ich fuhren bei dieser plötzlichen Bewegung zusammen.

»Petey sagt, seid mit vollem Herzen dabei oder gar nicht«, erklärte sie. »Er sagt, ihr wisst, was das zu bedeuten hat.«

Mit diesen Worten ließ sie uns im Keller zurück.

Wie zuvor war der gesamte Raum dunkel, mit Ausnahme unserer kleinen Ecke. In der Stille nahm ich den Duft von Finns Eau de Cologne und altem Papier wahr, und einen muffigen Geruch, wie er in einem Sommerhaus in der Luft hing, das den Winter über verschlossen gewesen war.

Finn zog sich einen zweiten Stuhl von einer anderen Lesekabine herüber. Er holte sein Portemonnaie, das Handy und die Schlüssel heraus und legte sie zur Seite. Dann setzte er sich und nahm einen Stapel Zeitungsausschnitte von dem unordentlichen Haufen.

»Was hat sie damit gemeint? Wer ist Petey?«

»Petey ist der Papagei«, sagte ich. »Und ich habe nicht den geringsten Schimmer.«

Ich schloss mich Finn an und nahm mir einen schweren grauen Ringordner vom Tisch. Als ich ihn öffnete, fiel mir eine tote schwarze Spinne auf den Schoß, ihr ausgetrockneter Körper so leicht wie eine Feder. Ich wischte die Spinne fort, und es kam mir in den Sinn, dass der Letzte, der diese Sachen berührt hatte, Nicky gewesen war.

Hatte er hier wirklich etwas gefunden, zwischen diesen alten Artikeln, Fotos und Spuren vergangener Zeiten? War er auf etwas gestoßen, das der Rest von uns bis jetzt übersehen hatte?

Der Ordner war vollgestopft mit Zeitungsartikeln von Frühjahr bis Sommer 1985. Einige wenige beschäftigten sich mit der traurigen Geschichte von Rose Noonan, der jungen Frau, deren strangulierte Leiche im August am Ufer gefunden wurde, wo sie zwischen Ästen hängengeblieb war. Ihr Mord, wie auch die Woodsman-Morde, blieb ungelöst. Die Polizei hatte immer angenommen, ihr Mörder sei ein Landstreicher gewesen, ein Straßenräuber. Rose war erst wenige Monate zuvor in die Stadt gezogen, und wenn man nach den Zeitungsausschnitten ging, war ihr Tod für Cedar Valley zwar schockierend gewesen, hatte aber kein neues Licht auf das Verschwinden der beiden Jungs Anfang Juli geworfen.

Ich hielt eine Schwarz-Weiß-Kopie von Rose Noonans Führerschein hoch. Sie war hübsch, mit dunklem, lockigem Haar und lachenden Augen. Sie trug eine Kette mit einem Anhänger und große Ohrringe, die ihren Unterkiefer berührten. »Erinnerst du dich an sie?«

Finn nickte. »Die Vergessene.«

Ich sah ihn an. Er fuhr fort. »Du weißt, was ich meine. Sie ist die, die vergessen wurde. Wenn du an 1985 und Cedar Valley denkst, dann denkst du an die McKenzie-Jungs. Aber in diesem Sommer gab es drei Opfer. Vier, wenn man den Tod des Bürgermeisters mitzählt. Ich habe immer angenommen, dass es der ganze Stress war, der zu seinem Herzinfarkt geführt hat.«

»Du glaubst, es war derselbe Kerl?«

Finn lachte über meine Worte. »Jetzt warte mal, das meinte ich nicht. Anderer Modus Operandi. Sie wurde angegriffen, erwürgt und wie ein Stück Müll in den Fluss geworfen, einen Monat nachdem die Jungs verschwunden waren. So wurde mit den Jungs nicht umgegangen. Die wurden irgendwo festgehalten, umgebracht und dann ordentlich im Wald begraben. Ich meinte nur, dass niemand je über sie redet. Wusstest du, dass man sich bei ihr noch nicht einmal auf einen Todeszeitpunkt festlegen konnte? Ihre Leiche hatte zu lange im Wasser gelegen.«

Er hatte recht, niemand sprach über diese Frau.

»Glaubst du, es hätte vor drei Jahren einen Unterschied gemacht, wenn Moriarty und du all das hier durchgegangen wärt?«

Finn zuckte die Achseln. »Ich weiß nicht. Unter dem Strich stand, dass Nicky fort war. Ich nehme an, es wäre interessant gewesen, von den Sachen hier zu wissen. Aber ehrlich, wir sind doch nur deswegen hier unten, weil wir nun wissen, dass Nicky ermordet wurde. Damals wäre ›all das‹ nur eine schrullige Fußnote von Nickys Leben und seinem tragischen Unfalltod gewesen.«

Ich nickte und dachte wieder, dass er vermutlich recht

hatte. Finn stand auf, beugte sich über den Tisch und nahm sich einige weitere Akten.

»Warum, glaubst du, ist er zurückgekommen?«, fragte ich.

»Wer, Nicky?«

»Nein, Frank Sinatra. Natürlich Nicky. Es wirkt so, als ob sich ständig Leute diesem Zirkus anschließen oder wieder aussteigen. Nicky musste gewusst haben, was der nächste Halt war – Cedar Valley. Warum sollte er hierher zurückkehren? Er hätte sich für ein, zwei Wochen verabschieden und sich dem Zirkus in Idaho dann wieder anschließen können«, sagte ich. »Was war jetzt anders?«

Finn setzte sich wieder hin, einen Stapel Akten an sich gepresst. Er nahm meinen Faden auf: »Du verlässt deine Familie – deine Eltern, eine Schwester, deinen Großvater, deine Freunde – und läufst weg, drei Jahre lang. Du veränderst dein Aussehen. Du bist auf der Flucht oder versteckst dich vor etwas. Was ist das eine, was dich zurückbringt?«

Ich ging die letzten Jahre durch, suchte nach Veränderungen, nach etwas Neuem, was anders war. Mir kam ein Artikel im *People Magazine* in den Sinn. Es war ein zweiseitiger Artikel über die Bellingtons, in dem es flüchtig auch um den tragischen Verlust ihres einzigen Sohnes ging, um Ellens damalige Karriere als Schauspielerin und Terrys Kampf gegen seine Krebserkrankung. »Sein Dad. Nicky ist wegen seines Vaters zurückgekommen.«

»Weil er Krebs hat?«, fragte Finn. Er sann darüber nach. »Ich vermute, da könntest du recht haben. Wenn ich darüber nachdenke, dass mein Dad sterben würde, würde das ausreichen, um mich zurückzuholen.«

Ich nickte. »Etwas, das wir im Auge behalten sollten. Es war überall in der Presse, vielleicht hat Nicky den Artikel irgendwo gesehen.«

Finn hatte sich in die Akten und Ordner vertieft. »Wir scheinen hier eine gute Mischung aus Berichten von 1985 und 2011 zu haben.«

Er reichte mir eine Fotokopie, die Titelseite von *Valley Voice*, zwei Tage nachdem ich den Schädel gefunden hatte, mit einem Foto von Angel Chavez und mir. Unter dem Foto stand die Schlagzeile *Nicht mehr vermisst – McKenzie-Jungs wurden im Wald gefunden.*

Ich überflog den ersten Abschnitt.

Anfang dieser Woche machten die beiden Skiwanderer Gemma Monroe und Brody Sutherland in unseren Wäldern eine atemberaubende Entdeckung: Sie fanden die Überreste von Tommy und Andrew McKenzie, die einige Meilen abseits des Highway 50 in flachen Gräbern lagen. Monroe, Officer beim Cedar Valley Police Department, lehnte es ab, diesen Artikel zu kommentieren, aber Chief Chavez gab eine Stellungnahme heraus, in der er die Entdeckung als »eine Chance« bezeichnete, »dass die Familien und die Stadt die Sache hinter sich lassen könnten«. Das Verschwinden der beiden Kinder wird nun als Mordfallermittlung wieder aufgenommen. In der Stadt hat man dem Fall bereits einen Namen gegeben: die Woodsman-Morde.

Ich hörte auf zu lesen. Die Verfasserin war Missy Matheson; sie hatte damals gelegentlich Reportagen für die *Voice* geschrieben und war noch nicht bis in die Ränge einer Fernsehsprecherin geklettert. Selbst damals hatte sie mich schon kolossal gereizt, was der Hauptgrund gewesen war, weswegen ich keinen Kommentar abgeben wollte.

Und was hätte ich schon sagen sollen?

Dass ich bereits merkte, wie das Auffinden der Leichen den Kurs meines Lebens verändert hatte?

Dass ich Andrews Schädel sah, wenn ich meine Augen schloss, der mich angrinste, mit leeren Augenhöhlen und seinen gleichmäßigen weißen Zähnen?

Die Träume hatten noch nicht eingesetzt, aber sie steckten in den Startlöchern, so viel war klar.

»Scheiße, die sollten gar nicht hier sein«, brummelte Finn.

Er hielt einen Stapel Aktenmappen hoch, in der jeweils eine Sammlung loser Blätter steckte. Er stellte den Deckel der obersten Aktenmappe schräg, und ich sah den unverkennbaren blauen und grünen Prägestempel mit dem Emblem des Police Departement.

»Du machst Witze«, sagte ich. »Ist das von uns?«

Er nickte. Es waren vertrauliche Dokumente. Wie lange sie schon hier unten zwischen den öffentlichen Unterlagen steckten, konnte man nur ahnen.

»Von wann sind die?«

Finn blätterte die erste Aktenmappe durch und überflog die Inhalte. »Von 1985. Es sind die Ermittlungen zur ursprünglichen Vermisstensuche.«

»Na ja, zumindest müssten wir dafür nicht geradestehen«, sagte ich.

Wenn Fallakten von 2011 hier unten zu finden wären, frei für jeden zugänglich, dann wäre jetzt die Hölle los. Aber die meisten Cops von 1985 waren bereits im Ruhestand, tot oder waren weggezogen.

»Oh oh«, sagte Finn leise.

Er las nicht mehr weiter und legte die Aktenmappe zurück auf den Stapel.

»Was ist?«

Er schüttelte den Kopf. »Nichts. Mir ist nur gerade eingefallen, dass ich heute Nachmittag eine Verabredung hatte.«

»Du bist ja vieles, Finn, aber ein guter Lügner bist du nicht«, sagte ich. »Gib mir das verdammte Ding.«

»Das möchte ich wirklich nicht«, sagte er, aber gab es mir dennoch.

Auf einem Aufkleber auf der Innenseite stand: *18. September 1985. Vernehmung 245-A. Officer Dannon und Cleegmont. Befragte Person: Daniel David Moriarty. 16:45 Uhr. Haus der Moriartys, 1763 Lantern Lane, Cedar Valley.*

»Unser Moriarty?«

Finn nickte zögerlich. »Danny war sein Sohn. Er starb vor einigen Jahren bei einer Kneipenschlägerei, wurde erstochen. Nach dem, was ich gehört habe, hatte der Junge schon immer Probleme. 1985 war Danny wie alt? Sechzehn? Ach komm, Gemma, die Cops haben damals jeden Mann zwischen dreizehn und fünfundsechzig befragt. Das hat gar nichts zu bedeuten.«

»Das ist Quatsch, Finn, und das weißt du. Moriarty ist ein Cop, der zufällig eine Leitungsfunktion bei den Ermittlungen nach Nickys Unfall innehatte. Und jetzt kommt heraus, dass sein Sohn ein Verdächtiger in genau jenen Mordfällen war, auf die Nicky sich fixiert hatte? Ich glaube nicht an Zufälle.«

»Ein Befragter, Gemma. Kein Verdächtiger«, sagte er und lehnte sich mit einem Seufzer zurück. »Also dann mach, lies es. Schauen wir, was drinsteht. Ich weiß, dass du eh keine Ruhe gibst, bevor du es gelesen hast.«

In der Aktenmappe lagen nur wenige Blätter. Auf der ersten Seite befand sich ein winziger Hinweis auf eine Aufzeichnung, und ich nahm an, man hätte es eins zu eins aufgeschrieben. Ich holte tief Luft und begann zu lesen.

Moriarty, Daniel: Brauche ich einen Anwalt?

Dannon, Officer: Du hast das Recht auf einen Anwalt, wenn

wir dich mit in die Stadt nehmen. Im Augenblick ist es nur eine freundliche Unterhaltung, mein Junge. Dein Dad macht solche Sachen jeden Tag.

Moriarty, Luis: Er hat recht, Danny. Beantworte einfach die Fragen des Officer.

Cleegmont, Officer: Bitte, mein Junge, setz dich. Wie Officer Dannon schon sagte, ist das hier nur eine nette, freundliche Unterhaltung. Wir statten jedem in der Stadt einen Besuch ab. Hey, wir haben erst vor ein paar Minuten mit euren Nachbarn gesprochen.

Moriarty, L: Das stimmt. Und wir haben letzte Woche mit einer ganzen Reihe deiner Freunde und ihrer Eltern geredet.

Moriarty, D: Okay, Dad, verstehe. Was wollt ihr denn wissen?

Dannon: Hier steht, du bist auf der Highschool in der elften Klasse, ist das richtig? Im Football-Team?

Moriarty, D: Ja, Sir, in der Elf. Nein, Sir, ich spiele lieber Baseball.

Dannon: Baseball? Also, das ist mal ein echter amerikanischer Sport, stimmt's? Als Pitcher?

Moriarty, D: Ja, Sir.

Cleegmont: Weißt du, ich habe selbst früher ein bisschen Baseball gespielt. Ich sehe schon an deinen Armen, dass du wahrscheinlich verdammt gut werfen kannst, mein Junge.

Moriarty, D: Ich komm klar.

Dannon: Trainierst du an Gewichten?

Moriarty, D: Der Coach lässt uns nachmittags in der Sporthalle Gewichte heben, Sir.

Cleegmont: Würdest du dich also als einen kräftigen jungen Mann bezeichnen?

Moriarty, D: Ich nehme schon an. Stark genug.

Dannon: Also, ich habe von einer der Familien die Straße

runter gehört, dass du mit Tommy vor einer Weile eine Auseinandersetzung hattest. Kannst du uns sagen, worum es dabei ging?

Moriarty, Elsa: Oh, dieser alte Unsinn? Dieser Junge ist Danny auf die Nerven gegangen, ist ihm überallhin nachgelaufen. Ständig war er im Weg. Er wollte genauso sein wie Danny.

Dannon: Also, was meinen Sie damit, er war im Weg?

Moriarty, Elsa: Also, er –

Moriarty, D: Ma, lass mich mal machen. Es war gar nichts. Wir hatten letztes Frühjahr eine kleine Rauferei. Keine große Sache.

Cleegmont: War das bevor oder nachdem du Andrew McKenzie im Bus sein Geld fürs Mittagessen abgenommen hast?

Moriarty, D: Irgendwer hat euch Typen angelogen. Die Andrews sind bettelarm. Ich habe diesem Jungen nie irgendwas gestohlen.

Dannon: Findest du das jetzt witzig? Er ist elf. Er hatte zwei Tage vor seinem Verschwinden Geburtstag. Und ich kenne mehr als eine Person, die bezeugen kann, dass du ihm vor einigen Monaten das Leben schwergemacht hast.

Moriarty, L: Okay, Leute. Ich denke, ihr habt euch klar genug ausgedrückt. Danny ist ein guter Junge, und er hat mit Sicherheit nichts mit den verschwundenen Kindern zu tun. Ich denke, wir sind mit der Vernehmung durch.

Dannon: Lou, du weißt besser als jeder andere, dass wir mit allen reden müssen. Es werden zwei Kinder vermisst, und unseren Unterlagen zufolge hatte dein Sohn zu unterschiedlichen Zeiten im vergangenen Jahr »Auseinandersetzungen« mit ihnen. Wir wissen außerdem, dass die Schulakte deines Jungen mehrere Zentimeter dick ist. Also, wir können auf die weiche Tour an die Sache herangehen oder auf die harte Tour. Wie hättest du es lieber?

»War's das?«, fragte Finn.

Ich nickte. »Die Seite endet hier. Scheint so, als sollte der Bericht eigentlich noch länger sein, aber ...«

»Wow. Ich meine, wow. Moriarty. Was willst du jetzt tun?«

Ich wollte meine Zähne in ein dickes, dampfendes Stück Käsepizza sinken lassen, mit Champignons und Oliven, und vergessen, dass ich die Aktenmappe je geöffnet hatte.

Ich tat die Frage achselzuckend ab. »Wir behalten es vorerst für uns. Wie du schon gesagt hast, haben sie wahrscheinlich jeden vernommen. Es gab damals noch nicht so viele Jugendliche in der Stadt, sie mussten sich kennen, zumindest flüchtig. Aber es macht mich doch nachdenklich. Die Loyalität eines Vaters zu seinem Sohn ist etwas, das wir in Betracht ziehen müssen, vor allem, wenn der Sohn einen gewissen Ruf hat. Das hätten die Cops doch genau unter die Lupe genommen.«

»Was willst du damit sagen, Gemma?«, fragte Finn. »Dass Danny Moriarty der Woodsman war? Und sein Vater das Verbrechen vertuscht hat? Niemals. Nein, ich kenne den Typ zu gut. Lou Moriarty hat nicht die Morde an zwei Jungs vertuscht und dann die nächsten dreißig Jahre in derselben verdammten Stadt verbracht, während die Leichen einige Meilen entfernt verrotteten.«

Er stand auf und raufte sich die Haare, etwas, das ich noch nie bei ihm gesehen hatte. Er ging durch den Gang zu unserer Rechten, hielt am Rand der dunklen Leere an und kam wieder zurück. »Und dann was? Der sechzehnjährige Nicky entdeckt das, und Moriarty bringt auch ihn um? Das ist kompletter und absoluter Blödsinn!«

Ich dachte einen Moment nach und erinnerte mich an

Finns Worte. »Du hast es doch selbst gesagt. Moriarty hat darauf bestanden, Nickys Zimmer zu durchsuchen. Was, wenn Nicky ihn tatsächlich darauf angesprochen und gedroht hat, ihn oder seinen Sohn zu entlarven? Vielleicht hat Moriarty etwas gesucht, ein Beweismittel oder Indiz?«

»Wie was?«

»Ich weiß nicht. Irgendetwas. Als ihr das Zimmer durchsucht habt, hattet ihr da einen Beutel dabei, um Beweise zu sichern?«

Finn nickte. »Ja, aber den habe ich getragen. Moriarty kann nichts genommen haben, ohne dass ich es gesehen hätte. Ich erinnere mich an den Tag: Wir haben uns bei den Bellingtons getroffen – in ihrem alten Haus –, und wir sahen aus wie die verdammten Bobbsey-Zwillinge, beide in Khakihosen und einem rotbraunen Polohemd. Moriarty hatte nichts weiter dabei, keine Aktentasche, keinen Beutel, gar nichts.«

»Aber wenn es etwas Kleines gewesen ist ... etwas, das er in seine Tasche gesteckt haben könnte?«

Finn blieb stehen, starrte mich an und ging dann wieder auf und ab. »Was soll's. Ja, sicher, könnte sein.«

Ich dachte über Louis Moriarty nach. 1985 war er Anfang vierzig gewesen, genau in der Mitte einer vielversprechenden Karriere beim Cedar Valley Police Department. Der Gesprächsmitschrift zufolge war er immer noch verheiratet und lebte mit einem Sohn im Teenageralter zusammen, der in der Vergangenheit schon häufiger Auseinandersetzungen mit anderen Jugendlichen gehabt hatte.

Lou war groß und kräftig; man musste annehmen, dass sein Sohn Danny ähnlich gebaut war. Musste es nicht viel einfacher für einen Jugendlichen aus der Nachbarschaft gewesen sein, an die beiden Jungen heranzukommen, als für einen Fremden? Vielleicht waren wir da auf etwas gestoßen.

Ich dachte noch über etwas anderes nach. Lou war einer der Männer gewesen, die mit meinem Stiefgroßvater, Bull Weston und Frank Bellington und noch einigen anderen Kerlen aus der Stadt regelmäßig Poker gespielt hatten. Vor dreißig Jahren waren sie alle versierte Männer mittleren Alters gewesen, die die Stadt auf verschiedene Weise lenkten: Rechtsanwälte, Polizisten, Geschäftsleute und Politiker.

Und dann, ungefähr vor zwanzig Jahren, gab es ein Zerwürfnis. Die Gruppe löste sich auf, und die Männer gingen getrennte Wege. Was könnte die Ursache gewesen sein?

Die Lichter über uns erloschen für eine Sekunde, gingen wieder an, flackerten und waren dann vollständig aus. Ich stand auf und bewegte meine Arme, in der Hoffnung, irgendeinen Sensor auszulösen, doch nichts passierte. Die Umgebung war so dunkel, dass ich wortwörtlich meine Hand nicht vor Augen sah, als ich es versuchte. Ich konnte noch nicht einmal das grüne Schimmern des Notausgangschildes erkennen. Vielleicht war im ganzen Gebäude der Strom ausgefallen.

»Gemma?«

»Ich bin hier, am Schreibtisch. Bleib einfach, wo du bist, ich werde sehen, ob ich einen Schalter finde«, sagte ich. Ich tastete mich mit ausgestreckten Armen vorwärts, nach unten gerichtet, um meinen Bauch zu schützen. Ich ertastete die Ecke des Tisches und fuhr mit der Hand am Rand der Lesekabine entlang und dann weiter bis zur Wand.

Links oder rechts?

Tilly hatte einen Kopierer um die Ecke erwähnt, und ich ging in diese Richtung, mit einer Hand an der Wand wie an einem Geländer.

»Gemma? Ich komme jetzt zum Schreibtisch zurück«, rief Finn. Er klang weiter entfernt, als wenn er tatsächlich an seinem Platz geblieben wäre, als das Licht ausging.

Vielleicht war es ein Trick der Dunkelheit, die unsere Stimmen von den Wänden abprallen und im Raum herumhüpfen ließ. Meine Hand fuhr an der glatten Oberfläche der Wand entlang, bis sie auf eine Kante traf. Ich griff herum, schlussfolgerte, dass eine Ecke war, und bog ab, immer darauf bedacht, mögliche Tische oder Stühle abzuwehren.

Ich prallte mit dem Fuß gegen den Kopierer, hielt an und tastete die Wand ab, fand aber nirgendwo einen Schalter … nur weiter glatte Wand, die sich in die Unendlichkeit zu erstrecken schien. Weil ich keine Ahnung hatte, was vor mir lag, und ich mich immer mehr von meinem Partner entfernte, zögerte ich weiterzugehen.

»Finn?«

Ich lauschte, hörte aber nichts weiter als das Ticken meiner Uhr und ein tiefes, scharrendes Geräusch, als würde das Gebäude selbst sich für heute zur Ruhe setzen.

»Finn? Bist du da?«

Die Dunkelheit hatte ihr eigenes Gewicht, und die Stille um mich wurde größer. Sie schien mich zu erdrücken, und ich holte tief Luft, atmete langsam aus und zwang meine Nerven, sich zu beruhigen.

Ein paar Meter entfernt hörte ich ein leises schlurfendes Geräusch wie von einem Turnschuh, der an einem Teppich hängenbleibt, und mein Herz bekam Schluckauf.

»Hallo?«, rief ich leise. »Tilly? Finn?«

Ein weiteres Schlurfen, und ich wich an die Wand neben dem Kopierer zurück. Zum zweiten Mal in einer Woche überkam mich das Gefühl, von jemandem beobachtet zu werden, den ich nicht sehen konnte, und mein Magen krampfte sich zusammen.

Ich hielt die Luft an, lauschte und schrie fast auf, als ich das tiefe Ein- und Ausatmen eines anderen Menschen hörte. Mein

Herz fühlte sich an, als würde es aus meinem Hals kriechen, und meine Hand glitt automatisch zu meinem Gürtel, wo ich … nichts ertastete.

Ich hatte das Sommerkleid an, das ich schon im Zirkus getragen hatte. Meine Glock lag im Waffensafe im Kofferraum meines Wagens.

»Wer ist da?«, rief ich. »Ich kann Sie atmen hören, verdammt noch mal.«

Es folgte ein tiefes Lachen, gefolgt von: »Ja, ich bin hier.«

Die Stimme war zu tief, um das Alter oder Geschlecht des Sprechers bestimmen zu können, doch sie hatte einen vertrauten Klang an sich, den ich nicht genau zuordnen konnte. Die Worte reichten aus, dass ich mich an der Wand herunterrutschen ließ und auf den Hintern plumpste. Ich wickelte meine Arme um die Knie und machte mich ganz klein, schloss die Augen und versuchte, nicht zu atmen.

Ich hörte ein weiteres Schlurfen, diesmal näher.

Der Fremde kam auf mich zu, langsam, Schritt für Schritt. Er oder sie war jetzt direkt auf der anderen Seite des Kopierers.

»Gemma«, flüsterte die Stimme in einem Singsang. »Wo bist du?«

Ein tiefes elektrisches Summen setzte ein, der Kopierer ruckelte, und grüne und rote Lämpchen leuchteten auf. In der anderen Ecke des höhlenartigen Raumes gingen flackernd die Lichter an. Dann hörte ich rennende Schritte, und als das Licht in meiner Ecke anging, grell und blendend, hörte ich eine Tür zuschlagen. Ich stand auf und rannte in die Richtung des Geräusches.

»Gemma?«, rief Finn.

»Hier unten!«, brüllte ich. »Beeil dich!«

Ich erreichte das Ende des Korridors und sah rechts und links je eine Tür.

Verflucht.

Welche Tür, welche Tür ... ich rannte zu der Tür auf der rechten Seite und drückte dagegen, schaute nach unten und sah ein rostiges Vorhängeschloss mit einer ähnlich rostigen Kette daran.

Finn begegnete mir, als ich gerade zur linken Tür eilte. »Was ist los?«

»Hier unten ist noch jemand«, keuchte ich. So viel war ich schon seit Monaten nicht mehr gerannt.

Finn neben mir beugte sich hinunter und zog einen kleinen, stupsnasigen Revolver aus einem Knöchel-Holster.

»Nett«, sagte ich, als ich die Tür aufdrückte.

»Ich verlasse mein Haus nie ohne, und auch nicht ohne American-Express-Karte und Kondome«, erwiderte er.

Über uns ragte drohend eine dunkle Treppe auf, und ich eilte, so schnell ich konnte, nach oben, Finn hinter mir. Oben angekommen schob ich eine weitere Tür auf, und wir standen auf einem alten Parkplatz hinter der Bibliothek in der strahlenden Nachmittagssonne.

Abgesehen von Unkraut und Müll, die verwickelt in den Rissen und Löchern des Zements lagen, war der Parkplatz leer. Ein hoher Maschendrahtzaun umgab ihn, und ich seufzte, als ich ein Dutzend verschiedene Löcher sah, die in den Zaun geschnitten worden waren.

Wir drehten uns einmal um uns selbst, doch es war niemand zu sehen. Wie es aussah, war seit Monaten niemand mehr hier gewesen.

29. KAPITEL

»Also warst du es nicht?«, fragte ich Finn. Wir waren wieder unten im Keller, gingen die Unterlagen durch und entschieden, was wir nach Hause mitnehmen und was wir für den nächsten Tag dalassen wollten.

»Wie sollte ich? Ich war doch eindeutig auf der anderen Seite und habe versucht, einen Schalter zu finden.«

»Aber du hast nicht geantwortet, als ich gerufen habe.«

Er seufzte und schaute mich an. Dann rieb er seinen nachmittäglichen Bartschatten und entgegnete langsam: »Weil ich, wie ich gerade gesagt habe, auf der gegenüberliegenden Seite des Raumes war. Ich habe dich nicht gehört.«

Ich steckte einige Aktenmappen in meine Schultertasche und schaute mich um.

»Wie auch immer, bist du sicher, dass jemand anderes hier unten war? Es war stockdunkel, weißt du. Unser Verstand spielt uns dann manchmal ... ähm, einen Streich«, sagte Finn. Er hatte die Mappe mit der Danny-Moriarty-Mitschrift in der Hand, und als ich ihn beobachtete, wie er sie durchblätterte, gingen in meinen Kopf die Alarmglocken los.

Ich schaute zurück auf den Schreibtisch. Ein Berg an Zeug lag dort, haufenweise Unterlagen, und in den ersten paar Minuten unserer Suche finden wir einen jahrzehntealten, vertraulichen Polizeibericht, der mit einem dicken, fetten Finger auf einen unserer Kollegen zeigt.

Falsch. *Wir* hatten gar nichts gefunden.

Finn hatte die Mappe gefunden.

Finn.

Wie viele Male hatte ich schon gesehen, wie die beiden, Finn und Lou, gemeinsam Feierabend gemacht hatten, hinterher noch in eine Kneipe im Südteil der Stadt gingen, die Köpfe zusammensteckten, ihr Lachen vertraut und ungezwungen? Zu oft, um mitzuzählen.

Ich versuchte, meine Stimme zwanglos klingen zu lassen. »Finn, wie gut kennst du Moriarty?«

Er zuckte die Achseln und steckte die Mappe in seine Aktentasche. »Gut genug, denke ich. Wir haben uns ab und an auf ein Bier getroffen, du weißt schon, das Übliche. Ich meine, mal ehrlich, Gemma … wie gut kennen wir alle uns überhaupt?«

Die Rückfahrt zum Revier verlief schweigend, jeder in seine eigenen Gedanken verloren. Ich setzte Finn ab und fragte mich ein weiteres Mal, wie es kam, dass ich so häufig andere durch die Gegend kutschierte. Man möchte doch meinen, dass jemand einer schwangeren Lady mal eine Pause gönnt.

Mir knurrte der Magen, und ehe ich mich versah, parkte ich vor Chevy's Pizzeria and Arcade. Ich quetschte mich durch eine Gruppe Jugendlicher und betrat eine Welt von Flipper- und Spielautomaten, angenehmer Beleuchtung, Geräuschen und Gelächter. Der Duft von Mozzarella, Knoblauch und gegrillten Tomaten schlug mir entgegen, und ich ging in den hinteren Teil des Restaurants, wo ich eine Sitzecke in der Nähe der Toiletten fand.

Ich sank auf die Lederbank. Und dann schaute ich hoch und sah Darren Chase aus der Herrentoilette kommen, die Baseballkappe tief im Gesicht, aber nicht tief genug, um mich zu übersehen.

»Hi«, sagte er.

»Hi.«

Er glitt in meine Sitzecke, noch bevor ich ihn aufhalten konnte. »Sind Sie allein hier?«

Ich nickte. Aus Gewohnheit nahm ich mein Handy aus der

Tasche und legte es auf den Tisch. Ich begann daran herumzufummeln und drehte es in meinen Händen. »Und Sie?«

Er lehnte sich zurück, nahm die Baseballkappe ab und fuhr sich mit der Hand durch sein dunkles Haar. »Ebenso.«

Ein Kellner kam vorbei, legte uns zwei Speisekarten hin und keuchte affektiert, als er Darren sah. Der Name auf dem laminierten Namensschild lautete »Fitch«, und diese Menge an Glitzer und Glitter, mit der es verziert war, hatte ich das letzte Mal bei meinem Highschool-Abschlussball gesehen.

Fitch beäugte Darren genauso wie ich den Pepperoni-Pie, den der Kellner auf seine Hüfte gestützt trug.

»Sie können doch nicht immer noch hungrig sein, Sir. Sie hatten den Double Triple Threat«, sagte Fitch.

Darren lachte. »Nein, ich bin satt. Ich leiste der Dame nur Gesellschaft.«

Fitch zog seinen Handrücken über die Stirn. »Puh. Ich hätte beinahe unsere Freunde und Helfer angerufen und ihnen gesagt, wir hätten einen entlaufenen Tiger im Chevy's.«

Der Kellner gab ein winziges Löwengebrüll von sich, zwinkerte Darren zu und wandte sich dann mir zu. »Oh oh, was haben wir denn da? Wir essen wohl für zwei, nicht wahr? Was darf ich dir bringen, Süße?«

»Oh, ich wollte nicht bleiben. Ich hätte gern eine große Käsepizza mit Champignons und Oliven zum Mitnehmen? Ich … ich musste mich nur mal hinsetzen«, sagte ich. Fitch schaute auf meinen Bauch, nickte und musterte dann wieder Darren von oben bis unten. Danach wirbelte er herum und ging.

Wann hatte ich beschlossen, das Essen mitzunehmen?

Als Darren Chase sich zu mir gesetzt hatte. Mit seinen ganzen ein Meter neunzig und durchtrainierten hundert Kilo.

»Ich warte, bis Ihre Bestellung da ist«, sagte er und lächelte, und ich konnte nicht anders, als sein Lächeln zu erwidern.

»Also ...«

Warum konnte ich nicht aufhören, mit meinem Handy herumzuspielen? Meine Hände drehten es auf dem Tisch, als wäre es ein Roulettekessel. Und schwitzte ich etwa? Heiliger Himmel. Das war ja schlimmer als der Schulball.

»Also ... hey, danke für den Tipp mit der Bibliothek. Tilly ist, öhm, großartig. Sie ist sehr hilfsbereit«, sagte ich. Ich schaute mich in der Spielhalle um, in der Hoffnung, jemanden zu sehen, den ich kannte, doch ich sah nur ein Meer von Abercrombie-Hoodies, Hüftjeans und Trucker-Kappen, unerklärlicherweise auf den Köpfen der Mädchen.

Ich war noch keine dreißig, und die Trends zogen bereits rasend schnell an mir vorbei.

»Gemma«, sagte Darren.

Ich schaute ihn an, und er beugte sich vor, legte eine Hand auf meine und hielt das wirbelnde Handy an. »Ich beiße nicht. Ich kann auch gehen, wenn Sie möchten.«

Ich riss die Hand weg und legte sie auf meinen Schoß.

Und fühlte mich dann wie eine Idiotin.

»Nein, das ist schon okay«, sagte ich. »Ich bin ... es war ... gestern Abend war jemand in meinem Haus.«

Tränen rollten mir die Wangen hinunter, und ich biss mir auf die Lippe. »Verdammt. Mir geht's gut. Es hat mich nur ein wenig aufgewühlt.«

Darren nahm eine Handvoll Servietten aus einem silbernen Spender am Ende des Tisches und reichte sie mir. Ich tupfte mein Gesicht ab. Fitch brachte eine Karaffe Wasser und zwei Gläser, und ich wartete, bis er fort war, bevor ich weitersprach.

Es war mir extrem unangenehm, und ich war komplett überrascht, so die Fassung verloren zu haben.

»Tut mir leid. Normalerweise habe ich mich besser im Griff. Es war eine heftige Woche.«

Darren nickte. »Sie brauchen sich nicht zu entschuldigen. Gibt es irgendetwas, das ich tun kann?«

»Nicht wirklich«, sagte ich. »Außer Sie fangen Nicky Bellingtons Mörder, lösen einen mysteriösen, dreißig Jahre alten Mordfall und bringen in ungefähr drei Monaten ein Baby zur Welt. Möglichst vaginal, damit sie die ganze Geburtskanalerfahrung mitmacht. Offensichtlich ist das sehr wichtig, denn wenn ich einen Kaiserschnitt bekäme, könnte sie später an einer öffentlichen Schule landen, nach der Hälfte abbrechen und dann im Nagelstudio bei Nail Express am Highway Nine landen.«

»Meine Mum arbeitete in einem Nagelstudio, draußen an der South Street. Sie haben vielleicht schon mal ihren Laden gesehen – Speedy Salon?«

Oh, Scheiße. Ich spürte, wie meine Wangen heiß wurden.

Er grinste. »Sie sollten Ihr Gesicht sehen. Kleiner Scherz. Obwohl ich auch auf eine öffentliche Schule gegangen bin – und aus mir ist trotzdem etwas geworden.«

Ich atmete hörbar aus. »Witze gehen zurzeit über meinen Verstand, Darren. Bis vor kurzem waren mir solche Sachen total egal, aber nun habe ich verrückte Erwartungen an die Erdnuss, dass sie zum Beispiel nach Harvard geht und dann Medizin studiert und dann die erste weibliche Astronautin auf dem Mars sein wird. Es stimmt schon, Kinder brechen dir das Herz, noch bevor sie überhaupt geboren wurden.«

»Die Erdnuss?«

Ich nickte. »So haben wir, Brody und ich, sie genannt.«

»Und Brody ist?«

Babys Daddy hörte sich merkwürdig an. »Er ist mein Lebensgefährte … mein Freund?«

Darren wollte etwas sagen, doch Fitch erschien mit einer Pappschachtel, aus der an den Kanten Dampf entwich, und der Rechnung. Ich schaute auf die Schachtel und wusste, dass ich es niemals bis nach Hause schaffen würde, ohne hineinzubeißen.

»Wäre es eventuell in Ordnung, wenn ich einen Teil schon hier esse?«

Ich unterschrieb die Rechnung, gab ein extragroßes Trinkgeld, und als Fitch es sah, stöhnte er übertrieben und sagte: »Na ja, ich denke, das ist schon in Ordnung. Danke, Süße!«

Ich öffnete die Schachtel und sog den duftenden Dampf ein. Darren sah amüsiert zu, wie ich schweigend und langsam zwei Stücke Pizza aß.

»Sie und Brody sind also nicht verheiratet?«, fragte er. Er streckte den Arm aus und nahm sich ein Stück meiner Pizza, faltete es zusammen und biss ab, und mit dem dritten Happs war das Pizzastück verschwunden.

»Nein, wir haben es noch nicht notariell besiegelt. Wir ... also, um ehrlich zu sein, müssen wir da noch ein paar Punkte klären. Und wenn Ihnen Ihr Leben lieb ist, dann tasten Sie niemals die Pizza einer Schwangeren an.«

Er ignorierte mich und nahm sich ein weiteres Stück. »Ich dachte, das Einzige, wovon ihr schicken Mädels träumt, sei eine noble Liebschaft und die Hochzeit ganz in Weiß?«

»Das ist eine ziemlich stereotype Ansicht, oder?«

Er nahm es gleichgültig hin. »Also, was hält Sie auf? Hat er kalte Füße gekriegt? Denkt er, er findet noch etwas Besseres?«

»Sie wissen doch gar nichts über mich und unsere Beziehung. Brody will unbedingt heiraten. Ich bin diejenige mit den kalten Füßen. Haben Sie noch nie vor irgendetwas Angst bekommen? Himmel, wohin verschwindet denn das alles bei Ihnen?«

Ich wusste zufällig, dass Chevy's Double Triple Threat eine gefüllte zweilagige Pizza von der Größe eines Traktorreifens war. Ich konnte kaum glauben, dass er eine komplette Pizza allein gegessen hatte und jetzt das zweite Stück von meiner aß.

Er schaute mich an und blinzelte. »Wohin verschwindet was?«

»Ihr Essen.«

»Hohe Stoffwechselrate, schätze ich«, sagte er achselzuckend und aß das Stück auf. Ein Tropfen Tomatensauce blieb in seinem Mundwinkel hängen, und ohne nachzudenken, beugte ich mich vor und wischte es ab.

Ohne den Augenkontakt abzubrechen, nahm er meine Hand, und einen kurzen Augenblick dachte ich, er würde mir jetzt die Tomatensauce vom Finger lecken.

Stattdessen wischte er ihn mit einer Serviette ab und ließ meine Hand dann wieder los. Ich zog sie zurück.

Was zur Hölle war los? Ich war fast fünf Jahre mit Brody zusammen. Wir erwarteten ein gemeinsames Kind. Ich war keine Frau, der überhaupt erst solche Gedanken wie ein donnerndes Gewitter durch den Kopf schossen.

Ich gab Celeste Takashima die Schuld an allem. Ich hatte nicht vor, Brody zu betrügen, doch wenn ich es tat, dann konnte er schwerlich mit dem Finger auf mich zeigen. Er war es, der den Standard festgelegt hatte, noch lange bevor ich Darren Chase überhaupt begegnet war.

»Ich sollte mich auf den Weg machen«, sagte ich. »Ich muss mich ausruhen, vor … morgen.«

»Nickys Beerdigung? Ich hatte auch vor hinzugehen«, sagte Darren. Er stand auf und sah zu, wie ich meine Handtasche und die Pizzaschachtel nahm und mich aus der Sitzecke schob. »Dann sehen wir uns wohl dort, denke ich.«

»Mhm«, sagte ich. »Sicher.«

In einem farbenprächtigen Meer aus Hoodies und Hüftjeans standen wir dort und starrten uns an, bis ich schließlich den Augenkontakt abbrach, mich umdrehte und Chevy's Pizzeria and Arcade verließ.

Und feststellte, dass alle vier Reifen meines Wagens zerstochen worden waren.

30. KAPITEL

Schweigend fuhren wir den Canyon hinauf. Es war zu spät gewesen, um einen Abschleppwagen zu rufen, also ließ ich meinen Wagen vor dem Chevy's stehen und nahm zögerlich, aber ohne bessere Alternative Darrens Angebot an, mich nach Hause zu fahren. Das Innere des Subaru war genauso ramponiert wie sein Äußeres – ein Teil der Armaturenbrettverkleidung fehlte, der Becherhalter war kaputt, und die Sitzbezüge bestanden zu einem Großteil aus abgescheuerten Fransen.

Ich glitt mit der Hand unter meinen Oberschenkel, über einen schmalen Riss im Stoff, und steckte meinen Finger in die schwammige Schaumstofffüllung.

»Haben Sie je darüber nachgedacht, es zu reparieren?«

Ich hatte schlechte Laune. Die Stiche in den Reifen waren tief, und ich wusste, dass ich alle vier austauschen musste. Es war nicht nur jemand in meinem Haus gewesen und hatte mir im Dunkeln der Bibliothek Angst gemacht, jetzt machten sie sich schon an meinem Wagen zu schaffen. Ich wusste, dass es eine teure Reparatur werden würde.

Darren warf mir einen Seitenblick zu. »Er fährt gut, Gemma. Ich weiß, dass er nicht nach viel aussieht, aber er hat einen kräftigen Motor. Ich kann mir gerade kein neues Auto leisten. Und manchmal sind die inneren Werte wichtiger als die äußeren.«

Ich wusste nicht, wie dieser Kerl es schaffte, dass ich mich ständig wie eine Idiotin fühlte.

»Tut mir leid. Danke fürs Fahren, das weiß ich wirklich zu schätzen.«

Er stellte das Radio an und fand einen Oldies-Sender. Die beschwingte Musik der Temptations erfüllte den Wagen, und ich merkte, wie ich mitsummte.

»Soll ich Sie morgen zur Beerdigung mitnehmen?«

Ich schüttelte den Kopf. »Nein, danke. Ich rufe McNeal an – kennen Sie ihn? Er hat eine Werkstatt auf der Fifth.«

Darren nickte langsam. »Ich glaube schon. Ist es das kleine graue Gebäude, etwas zurückgesetzt von der Straße?«

»Genau der. Er ist klasse«, sagte ich. »Oh, hier oben, auf der rechten Seite.«

Darren bog in die Einfahrt ein. Vor uns lag das Haus, dunkel und still. Er stellte die Schaltung in Parkposition, ließ aber den Motor laufen.

»Ich denke, ich sollte mit Ihnen hineingehen.«

Er musste meinen Blick gesehen haben, denn er rollte mit den Augen und sagte: »Gemma, Ihre Reifen wurden zerstochen. Jemand war auf Ihrem Grundstück, in Ihrem Haus. Ihr Freund ist in Alaska. Ich finde nicht, dass Sie allein hineingehen sollten. Das hat nichts damit zu tun, dass ich Sie ins Bett bekommen möchte.«

Ich errötete. Er wollte mich ins Bett bekommen?

»Ich habe das hier«, sagte ich, öffnete meine Handtasche und zeigte ihm die Waffe. Bevor wir den Parkplatz des Chevy's verließen, hatte ich sie mir aus dem Kofferraum meines Wagens geholt.

Darren schaute zweifelnd. »Ich weiß nicht. Ich würde mich entsetzlich fühlen, wenn Ihnen etwas zustieße, während ich hier draußen herumsitze wie ein Idiot.«

»Wie wäre es, wenn ich hineingehe, mich kurz umsehe und Ihnen dann zuwinke, wenn alles in Ordnung ist?«

Ich raffte meine Sachen zusammen und stieg aus dem Auto, noch bevor er protestieren konnte. Der Gedanke, Darren so spätabends bei mir zu Hause zu haben, war irgendwie noch beängstigender, als dass ein Mörder im Haus auf mich wartete. Davon abgesehen war ich Polizistin. Ich war besser darauf vorbereitet, es mit einem Eindringling aufzunehmen, als ein Highschool-Basketball-Coach es je sein würde.

Ich ging mit großen Schritten durch die Eingangspforte, sah bewusst nicht hinter mich zum Subaru und fischte die Schlüssel aus meiner Handtasche. Ihr kühles, schweres Gewicht in meiner Hand gab der Situation eine gewisse Normalität zurück, und ich steckte den silbernen Haustürschlüssel mit seinem grünen Anhänger ins Schloss und drückte die Tür auf.

Wie erwartet war es still im Haus.

Ich spürte eindeutig, dass außer Seamus niemand im Haus war. Er schaute mich von seinem Platz an der Küchentür mit schwermütigem Blick an. Dann stand er auf, ließ einen ziehen, watschelte hinüber zur Hintertür, setzte sich und wartete. Ich ging von Raum zu Raum, schaltete einige Lampen an, aber ließ die meisten aus; mir gefiel das Gefühl nicht, dass Darren mir von draußen zusah, wie ich durch das Haus ging.

Schließlich kehrte ich zur Haustür zurück und winkte. Er hupte zweimal und fuhr rückwärts aus der Einfahrt. Ich schloss die Tür, schob einen Holzstuhl über die Fliesen und stellte die Rückenlehne schräg unter den Türknauf. Es war nicht viel, aber es würde Lärm machen, wenn jemand versuchte einzudringen.

Ich ließ Seamus hinaus, sah zu, wie er sein Geschäft erledigte und rief ihn wieder herein. Dann wendete ich denselben Stuhltrick auch bei der Hintertür an und bei der Tür zur Garage. Die Schiebetüren aus Glas an der Seite des Hauses hatten Stangenschlösser, die wir selten benutzten, aber ich schloss auch sie ab.

Dann ging ich nach oben, zog mein Kleid aus und fiel ins Bett, ohne mir noch die Mühe zu machen, meine Zähne zu putzen. Ich wachte erst wieder auf, als mir die Morgensonne die Wange wärmte. Ich linste durch ein Auge und stöhnte, als ich den Wecker sah.

Es war zehn Uhr morgens.

Samstag. Nickys Beerdigung, seine zweite Beerdigung in drei Jahren.

Ich hatte einen trockenen Mund und den Geschmack von Knoblauch und Tomate auf der Zunge. Nachdem ich mich aufgerappelt hatte und in die Dusche gewankt war, spülte ich mit heißem Wasser die Erschöpfung fort, die mein Gehirn zu durchdringen schien.

Nach der Dusche stand ich nackt vor dem Wandschrank und fluchte. Es würde ein heißer Tag werden, doch in der Kirche war es kühl. Wolle kam nicht in Frage, genauso wenig wie meine bedruckten Sommerkleider, die dunklen Hosen und meine Uniform. Jeans waren unangebracht, genau wie mein schwarzes Cocktailkleid, mein dunkelblauer Overall und jedes andere verdammte Kleidungsstück.

Schließlich wählte ich einen knielangen schwarzen Rock, eine cremefarbene Seidenbluse und einen bedruckten gelben Schal. Ich sah aus wie eine Bankerin, aber die Klamotten passten um Bauch und Busen und wären weder zu leicht noch zu warm.

MacNeal holte mich in seinem Goblin ab. Der Goblin war ein Ford F-150 mit einer kirschroten Lackierung, so seidig glänzend wie frisch lackierte Fingernägel, mit einem Longhorngeweih auf der Kühlerhaube und einem Right-to-Life-Aufkleber auf dem Heck. Er half mir hoch auf den Beifahrersitz des Pickups, und während wir zu Garth Brooks und Kenny Chesney summten, fuhren wir zur Wellshire Presbyterian.

Mac setzte mich vor der Kirche ab, wo Sam Birdshead, Finn Nowlin und Chief Chavez zusammenstanden, alle sehr feierlich in dunklen Anzügen und Sonnenbrillen.

»Danke, Mac, du hast was bei mir gut«, sagte ich und gab ihm meine Schlüssel.

Er nickte, sein langer schwarz-grauer Bart wackelte mit jeder Bewegung, und der Schnurrbart verbarg den Mund. »Ich stelle den Wagen vor das Polizeirevier, in Ordnung, Kleine? Die Schlüssel unter dem Hinterreifen, okay?«

»Großartig. Lass mir die Rechnung da – wie ich schon sagte, du hast etwas bei mir gut.«

»Schicker Schlitten, Gemma. Weiß Brody, dass du es mit dem alten Sack treibst?«, fragte Finn.

Ich ignorierte ihn und begrüßte stattdessen Sam und den Chief. Einer nach dem anderen gingen wir in eine bereits volle Kirche. Die meisten Besucher schienen zu Cedar Valleys Elite zu gehören, darunter die Familien, die die Skigebiete besaßen, und die Ratsmitglieder. Ich erkannte einige Politiker, wie Senator Morrow und die Kongressabgeordnete Peters.

Ein paar Kinder spielten im Gang, wichen den Händen ihrer Mütter aus und überhörten die Drohungen, sofort zurückzukommen.

»Findest du es nicht merkwürdig, Kinder mit zu einer Beerdigung zu nehmen?«, sagte Finn mir ins Ohr.

Ich zuckte die Achseln. Wie zum Teufel sollte ich wissen, was heutzutage noch seltsam war? Ich hatte die letzten paar Stunden damit zugebracht, von einem Basketball-Coach mit einem Louisiana-Akzent zu phantasieren, der mich ins Bett bekommen wollte, trotz meines Bauches und obwohl ich nicht single war.

»Ich denke, es ist klug. Sie gewöhnen sich direkt an alle Höhen und Tiefen des Lebens«, sagte Sam Birdshead. Er rutschte in eine der Bankreihen, und Finn und ich setzten uns neben ihn.

»Im Reservat wird der Tod genauso gefeiert wie Hochzeiten und Geburten«, fuhr Sam fort. »Ich habe mit vier Jahren den ersten Toten gesehen. Es gibt nichts, wovor man Angst haben muss. Es ist klug von der Mutter, sie mitzubringen.«

Mir wurde klar, wie wenig ich über Sams Elternhaus wusste. »Bist du im Reservat aufgewachsen?«

»Nee«, sagte Sam. »Nach der Scheidung meiner Eltern nicht mehr. Meine Mom hat mich mit zurück nach Denver genommen, wo wir bei ihren Eltern gelebt haben. Aber jeden Sommer durfte ich einige Monate bei meinem Dad in Wyoming verbringen. Diese Sommer, das war die beste Zeit meines Lebens. Aber dann kam mein Großvater aus dem Gefängnis. Er ist ganz anders als das, was ihr von ihm gehört habt.«

Er wollte noch weitererzählen, doch die große Orgel in einer Nische hoch über uns setzte ein, und die Eingangsmelodie von *Amazing Grace* umhüllte uns.

Ein Mann in Schwarz stand in der Kanzel und schaute auf das Meer an Gesichtern, dunkler Kleidung und auffallenden Hüten herab. Vor dem Mann lag der Sarg auf einem niedrigen Bock. Sein tiefdunkles, poliertes Mahagoni glänzte im weißen Licht, das durch die hohen Fenster der Kirche schien. Ein einzelner Kübel weißer Rosen mit Schleierkraut schmückte den Boden vor dem Sarg, eine Opfergabe, die von Unschuld, Reinheit und Süße erzählte.

Die Bellingtons hatte ich nicht gesehen; vermutlich saßen sie vorn in der ersten Reihe. Auf der anderen Seite des Ganges erblickte ich Joe Fatone und hinter ihm Tessa O'Leary. Sie winkte mir kurz zu, und ich winkte zurück. Einige Reihen hinter ihr sah ich Lisey. Sie saß neben demselben Mädchen, das ich bei der Trapezshow gesehen hatte, und sie schienen wieder Freundinnen zu sein.

Genau genommen wirkte es aus meinem Blickwinkel so, als hielten sie Händchen.

Der Mann am Altar räusperte sich und begann zu sprechen. Es war ein Schwarzer, und ich vermutete, dass es Reverend Wyland sein musste, von dem Ellen gesprochen hatte. Er hatte eine tiefe Stimme, die die Kirche füllte wie heißes Karamell, das über Eiscreme gegossen wird und mit jedem Winkel und jeder Ritze des Ortes verschmolz. Er eröffnete den Gottesdienst mit Psalm 23, und ich dachte einmal mehr, dass ich keine acht Sätze kannte, die tröstender und ermutigender wären.

Er sprach nur wenige Minuten. Was gab es schon wirklich über jemanden zu sagen, den man vor drei Jahren beerdigt hatte? Nickys geheimes Leben als Reed Tolliver oder der Zirkus wurden nicht erwähnt. Es war, als hätten die letzten drei Jahre nicht existiert, und ich fragte mich, ob es eine bewusste Entscheidung der Bellingtons gewesen war oder ein Vorschlag von Reverend Wyland.

Fünfzehn Minuten nachdem wir uns hingesetzt hatten, erklang John Lennons *Imagine*, und wir standen alle auf und folgten dem Sarg, der von sechs Männern auf den Schultern hinausgetragen wurde. In einer Reihe verließen wir die Kirche und machten uns auf den Weg zur Grabstelle.

Der Friedhof bestand aus einem ausgedehnten Gelände mit sanften Hügeln und überhängenden Kiefern, die reichlich schattige Plätze boten, an denen man sich niederlassen und im Land der Toten über das Leben nachsinnen konnte. Ich fand eine leere Bank, setzte mich und betrachtete die Trauernden auf ihrem Weg zum Grab. Die Bellingtons hatten letztendlich keine weitere Grabstelle erworben, sie hatten ganz einfach das alte Grab ausgehoben, den leeren Sarg entfernt und Platz für den neuen gemacht.

Ich atmete tief ein. Der Duft von frisch gemähtem Gras hing in der Luft, schwer wie eine Decke, und in einiger Entfernung, an einer nicht einsehbaren Stelle, erwachte röhrend ein Rasenmäher zum Leben. Der Himmel über mir war blau, abgesehen von einer Wolke, langgestreckt wie eine ausgedehnte Sportsocke, unten grau und oben weiß. Neben meinem Fuß kroch eine kleine Schnecke über den Boden und hinterließ eine Schleimspur. Das Gehäuse war so groß wie ein Vierteldollar, und ich schaute zu, wie ihre winzigen Antennen in der Luft zitterten. Schnecken gab es schon seit Millionen von Jahren, und doch war ihr Gehäuse nicht dicker als mein Fingernagel.

Sie war per se ein Wunder, und ich sah ihr zu, wie sie sich langsam zum Schatten der Bank bewegte, jeder Millimeter ein Triumph der Beharrlichkeit.

»Gesellschaft gefällig?«, zwitscherte eine Stimme hinter mir. Ich drehte mich um und nickte der jungen Frau zu.

»Klar.«

Tessa setzte sich neben mich, strich ihren langen purpurroten Rock glatt, so dass er gerade saß. Sie trug eine offene kurzärmelige Cardigan-Jacke über einem schwarzen Top, dazu eine dicke Goldkette, die herunterhing und bis kurz unter die Brust reichte.

Ich musterte sie aus dem Augenwinkel. Ich erkannte in ihr weder die wütende Frau aus dem Polizeirevier noch die überfreundliche Frau, die mich zu Hause besucht hatte, und noch nicht einmal die dynamische Akrobatin, die ich gestern gesehen hatte.

Stattdessen wirkte sie klein, traurig und einsam. Sie spielte mit dem Anhänger der Kette, einer Goldmünze, die in der Sonne blitzte, als sie sie mit der rechten Hand drehte.

Mich beschlich der Gedanke, sie könnte unter einer multiplen Persönlichkeitsstörung leiden, doch dann erinnerte ich mich daran, wie ich mit Anfang zwanzig war, an die Angst und das furchtbare Gefühl, nicht zu wissen, wo der eigene Platz in der Welt war, und ich entschied, dass sie wahrscheinlich einfach normal war.

Außerdem hatte sie gerade der Beerdigung ihres Freundes beigewohnt. Tessa war weder vom Reverend noch den Bellingtons mit irgendeiner Silbe erwähnt worden, und ich fragte mich, ob sie überhaupt wussten, dass Nicky die letzten Monate seines Lebens mit einer hübschen und talentierten jungen Frau verbracht hatte, die ihn liebte.

»Das ist eine wirklich schöne Kette«, sagte ich.

Sie nahm sie in die Hand, schaute sie an und ließ sie dann wieder zurück auf die Brust fallen.

»Schätze schon. Meine Eltern haben sie mir zum sechzehnten Geburtstag geschenkt. Sie gaben mir das, und ich gab ihnen ein Dokument, das sie unterschreiben sollten, um mich vorzeitig als volljährig zu erklären.«

»War es wirklich so schlimm?«

Sie zuckte die Achseln. »Was heißt schon schlimm? Wir hatten zu essen, Kleidung, und niemand hat mich geschlagen. Sie steckten jeden Cent, den sie entbehren konnten, in mein Gymnastiktraining und dann in meine Ausbildung am Reck. Ich war ihre Prinzessin. Aber ich wusste, dass ich mit ihrem Geld nicht über das kleine, alte Keylock, Idaho, hinauskommen würde.

Als die Dokumente unterzeichnet waren, konnte ich unseren Trailer gar nicht schnell genug hinter mir lassen. Ohne ihre finanzielle Unterstützung wurden mir all die Trainingsgebühren erlassen, und ich war frei, Stipendien anzunehmen. Und dann kam Papa Joe vorbei, na ja, und den Rest kennen Sie«, fuhr sie fort. »Jetzt tue ich alles, was ich kann, um sicherzustellen, dass ich nie wieder in Armut leben muss. Daher all die Kurse, die ich belege, Finanzwesen, Buchhaltung und so weiter. Ich glaube, wenn ich weiß, wie Geld funktioniert, wie es in der echten Welt richtig läuft, dann habe ich im Leben einen deutlichen Vorsprung.«

Ich nickte und schaute zurück auf das Grab.

Ich sah, wie Terence und Ellen Bellington neben dem aufgebauten Sarg ihre Plätze einnahmen. Sie standen rechts und links von Annika; alle drei in Schwarz gekleidet. Vor ihnen saß Frank Bellington in seinem Rollstuhl. Den Bellingtons gegenüber stellte sich Darren Chase neben Paul Winters, den Gründer der Forward Foundation Group, der Gruppe, die zusammen zelten war, als Nicky am Bride's Veil abstürzte.

Die Männer umarmten sich, und dann klopfte Darren Paul auf den Rücken.

Mit war nicht klargewesen, dass die beiden Freunde waren.

Wann immer ich Paul Winters sah, musste ich an diesen Schauspieler denken, der in *Seinfeld* den George Costanza spielt und dessen Namen ich mir nie merken konnte. Paul war klein, rundlich und trug eine Nickelbrille. Auf dem Kopf hatte er eine Glatze – rund wie eine Billardkugel und stark sonnenbrandgefährdet –, doch den Rest der Haare trug er zu einem Zopf gebunden, der ihm bis zum Kragen reichte.

Ich sah, wie Paul sich vorbeugte und Darren etwas ins Ohr flüsterte. Darren murmelte eine Antwort und klopfte Paul dann wieder auf den Rücken. Der ältere Mann trug keinen Anzug, sondern dunkle Hosen und ein graues, kurzärmeliges Hemd mit einer roten Cowboykrawatte. Als er seine Hand hob, um die heruntergerutschte Brille wieder auf seinen Nasenrücken zu schieben, spiegelten sich die Sonnenstrahlen in seiner dicken Armbanduhr wie in einem Solarkollektor. Das Teil hatte die Größe eines Mobiltelefons, und ich hätte mein letztes Hemd darauf verwettet, dass es mit so ziemlich allem ausgestattet war, was man in eine Uhr hineinquetschen konnte.

Ich wusste nicht viel über Paul.

Er hatte während des Dotcom-Booms eine Menge Geld gemacht und sich rechtzeitig abgesetzt, bevor die Silicon-Valley-Blase platzte. Er tourte einige Jahre durch Südamerika, startete Schulprojekte für Waisenkinder, die er nie zu Ende brachte, und landete dann irgendwie in Cedar Valley. Er war noch kein Jahr da, als er die Forward Foundation gründete.

Tessa unterbrach meine Gedanken. »Gemma, auf was hoffen Sie am meisten in der ganzen Welt?«

Sie spielte wieder mit ihrem Anhänger. Ihre Finger ließen die Goldmünze an der Kette hoch- und runtergleiten, hin und her. Ich wollte schon antworten, hielt jedoch inne und dachte noch einmal ernsthaft über ihre Frage nach.

Auf was hoffte ich am meisten in der ganzen Welt?

»Hoffnung ist eine seltsame Sache. Es ist kein richtiges Wollen, nicht wahr? Und es ist auch kein Verlangen. Ich denke, was ich mir wirklich wünsche, ist wahrscheinlich dasselbe, was die meisten Menschen sich wünschen. Ich möchte, dass mein Leben für etwas gut war.«

Tessa betrachtete die Leute am Grab. »Manchmal leide ich schrecklich unter Schlaflosigkeit. Ich liege im Bett, und all diese Gedanken drehen sich so schnell in meinem Kopf, dass ich nicht schlafen kann. Ich liege da und denke und denke und denke. Ich möchte einfach nur irgendwo sein, wo ich aufhören kann zu denken. Aufhören, mir wegen meiner Auftritte Sorgen zu machen und wegen meiner Zukunft, darüber, zu scheitern und wieder zurück nach Keylock gehen zu müssen, und mit meinen Eltern in ihrem 3-Zimmer-Trailer zu leben.«

Wie sagt man einer Zweiundzwanzigjährigen, dass die Sorgen immer nur noch größer werden?

Man tut es nicht – außer man ist ein äußerst grausamer Mensch.

»Tessa, du bist doch ein kluger Kopf. Du wirst das schon schaffen«, sagte ich. »Es gibt da übrigens noch etwas, das ich dich gern fragen möchte, aber ich habe das Gefühl, es könnte dir nicht gefallen. Aber ich würde gern die Wahrheit wissen, hier und jetzt, nur zwischen uns beiden, okay?«

Sie sah zu mir hoch.

»Ich habe gehört, dass Lisey aus der Hütte ausgezogen ist. Was ist da zwischen euch los? Von dir höre ich das eine, von Lisey etwas anderes«, sagte ich.

Ich machte eine Pause und fuhr dann fort: »Um ehrlich zu sein, bin ich nicht sicher, wem ich glauben soll.«

Tessa stieg die Röte ins Gesicht, und sie stand auf. »Was hat sie über mich gesagt? Hat sie Ihnen gesagt, ich sei eine Lügnerin? Dass ich ein Psycho sei? Sie ist so eine hinterlistige Zicke.«

Ich stand auch auf, seufzte und dehnte meine Seiten. Ich konnte inzwischen keine bequeme Position mehr finden. Sitzen, stehen, gehen, liegen, alles tat inzwischen weh.

»Ich möchte nur wissen, was vorgefallen ist. Hattet ihr beide einen Streit? Wenn Mädchen, die sich so nahestehen wie ihr, sich streiten, fallen manchmal ziemlich hässliche Worte.«

Am Grab setzte sich eine Kurbel in Bewegung, und ich warf einen Blick hinüber, als der Sarg langsam in die Erde gelassen wurde. Die Menge begann sich zu zerstreuen, doch die Bellingtons, Darren, Paul und ein paar andere blieben noch stehen.

»Wir hatten einen Streit, einen richtig heftigen. Da ist dieses Mädchen, Stacey, die Lisey … mag. Nicht so, wie sie mich geliebt hat, aber sie mag sie einfach, und ich weiß nicht wieso. Diese Stacey ist verkorkst und scheinheilig und ekelhaft. Und das habe ich Lisey gesagt, und Lisey hat angefangen mich anzuschreien, dass ich psychotisch sei und man mir nicht trauen könne, und –« Sie verlor sich in ihren Worten, und ihr Gesicht wurde wieder rot.

»Das ist sie, da drüben. Schauen Sie, sehen Sie die blonde Nutte? Das ist Stacey.«

Ich schaute in die Richtung, in die Tessa zeigte, und sah Lisey mit der Blondine. Sie hatten uns den Rücken zugewandt, und wir sahen schweigend zu, wie jede von ihnen eine Rose auf Nickys Sarg warf. Als sie dem Rest der Leute wieder zurück zur Kirche folgten, hielten sie sich an der Hand, und dann warf Lisey ihre freie Hand, die linke, hoch über den Kopf und streckte ihren Mittelfinger vage in unsere Richtung.

»Nutte«, flüsterte Tessa. »Ich bin jetzt weg.«

Sie machte einen großen Schritt, und ich schloss meine Augen, als ich das kleine Knirschen hörte, das folgte. Sie stampfte von dannen, und ich sann darüber nach, wie leicht der Tod jene unter uns traf, die zu klein waren, was die Größe oder den Charakter betraf, um sich zur Wehr zu setzen.

Ich bin kein übermäßig sentimentaler Mensch, doch ich kniete mich hin und bedeckte das zerquetschte Haus und die klebrigen Reste der winzigen Schnecke mit einem einzelnen, perfekten Blatt, bevor ich mich auf den Weg zur Grabstelle machte.

Der Bereich um den Mahagonisarg war mit Rosen ausgefüllt, mit weißen, pinkfarbenen und gelben sowie mit einigen Lilien. Frühlingsfarben mitten im Sommer. Sie hatten den Grabstein ändern lassen, damit er das Datum des vergangenen Montags, Nickys tatsächlichen Todestags, trug. Wie die anderen Grabsteine auf dem Familiengrab war er aus cremefarbenem Marmor, durch den sich schwarze und graue Rinnsale zogen. Das Grab neben ihm war das seiner Großmutter, Terence' Mutter. *Rachel Louisa Wozniak Bellington, geliebte Frau und Mutter* stand darauf, gefolgt von Geburts- und Todesdaten und einer einzelnen Blume. Ich rechnete nach; sie war fünfundsechzig, als sie starb.

Ich berührte Nickys Grabstein und flüsterte einen Schwur. Bis auf das Gras, den Wind und die Sonne war niemand da, der meine Worte hören konnte, und das war irgendwie passend. Bull hatte immer gesagt, dass die Moral davon bestimmt wird, was du tust, wenn niemand zuschaut, und da war etwas Wahres dran.

Ich wiederholte meinen Schwur, verließ dann den Friedhof und war dabei all den Tod, der mich umgab, wirklich leid.

31. KAPITEL

Wir hatten uns darauf geeinigt, uns bei O'Tooles zu treffen, einem Pub in der Fifth Street, ein paar Häuser von MacNeals' Autowerkstatt entfernt. Sam Birdshead nahm uns in seinem rauchgrauen Audi mit.

Ich saß auf dem Beifahrersitz und streichelte das weiche Leder unter mir. »Das ist eine schicke Karre, Sam.«

Er grinste. »Ein Geschenk meines Großvaters, zu meinem Schulabschluss. Meine Schwestern nennen mich den kleinen Prinzen. Ich scheine den Hauptstrom seiner Großzügigkeit abzubekommen. Jüngstes Kind, einziger Sohn, du weißt ja, wie das läuft.«

Wusste ich nicht, aber ich nickte trotzdem.

Auf dem Rücksitz zerrte der Chief an seiner Krawatte. »Himmel, bin ich froh, dass das vorbei ist. Es war nicht so schlimm wie beim ersten Mal, aber auf seine eigene Weise grauenvoll. Hören Sie mal, Gemma, wie läuft es mit Finn? Läuft die Zusammenarbeit zwischen Ihnen?«

»Klar. Wenn er keine kleinen Mädchen anbaggert oder sich über die Bird Lady lustig macht. Oder mich fett nennt.«

»Bird Lady?«, fragte Sam. »Wer ist die Bird Lady?«

Er nahm die nächste Kurve mit etwas zu viel Elan, und ich hielt mich am Griff in der Tür fest, doch die Reifen des Audis glitten um die Kurve wie auf Schienen. Chavez im Fond fluchte und schnallte sich an.

»Du kennst doch die Bird Lady«, sagte ich, »die Frau mit den orangefarbenen Haaren, die in der Stadt mit einem toten Papagei auf der Schulter herumläuft. Das ist Tilly, die Bibliothekarin.«

»Matilda Jane Krinkle«, sagte Chavez.

»Sie kennen sie?«

»Natürlich kenne ich sie. Ich bin der verdammte Polizeichef dieser Stadt. Sam, fahren Sie bitte ein bisschen langsamer.«

»Ja, Sir«, sagte Sam, schaltete einen Gang herunter, und der Audi antwortete schnurrend. Vor uns stand Finns Porsche auf einem Parkplatz neben der Eingangstür. Hinter uns hielt Ravi Hussens Honda einen konservativen Abstand. Wir waren ihr auf der Trauerfeier in die Arme gelaufen und hatten sie eingeladen, mit uns in die Kneipe zu kommen. Genau genommen hatte ich sie eingeladen, während Finn und Sam sie sabbernd angestarrt hatten. Nur Ravi kam auf einer Beerdigung mit einem kurzen, saphirblauen Kleid davon.

Das O'Tooles war größtenteils leer. Die Bar war kühl und dunkel und fühlte sich nach Nickys feierlichem Gottesdienst angemessen an. Ein paar alte Männer saßen an der Bar. Der kühle Tau an ihren Biergläsern war längst von ihren warmen Händen weggewischt worden. Sie musterten Ravi einmal von oben bis unten, ignorierten mich völlig und konzentrierten sich dann wieder aufeinander und auf die Schale mit Erdnüssen, die zwischen ihnen stand.

Ihr Gespräch, wie auch ihr Haar, war spärlich und dünn; sie schienen mehr zu grummeln, als sich in ganzen Sätzen zu unterhalten.

Wir setzten uns an einen Tisch im hinteren Teil der Kneipe in der Nähe der Dartscheibe. Sam sammelte unsere Bestellungen und ging zur Bar. Ich setzte mich neben Ravi, Chavez und Finn gegenüber, dessen Mobiltelefon auf dem Tisch vibrierte. Er warf einen Blick darauf.

»Moriarty ist auf dem Weg.«

Ich nahm meinen Schal ab und legte ihn über den Stuhl, knöpfte dann den obersten Knopf meiner Bluse auf und fächelte mir mit einer Zeitung, die ich mir auf dem Weg herein gegriffen hatte, Luft zu. Mir war immer noch warm von der Fahrt.

»Warum kommt Moriarty?«

Finn sah mich scharf an. »Weil er einer von uns ist und weil wir uns hier häufiger treffen. Keiner möchte heute allein sein.«

Ich schoss zurück. »War er bei der Beerdigung? Ich habe ihn gar nicht gesehen.«

»Gemma, nur, weil du etwas nicht siehst, heißt das nicht, dass es nicht geschehen ist. Er war da, hat sich später hereingeschlichen und ist früh gegangen«, sagte Finn. »Du bist kein Übermensch, der alles sieht und weiß.«

»Das weiß ich. Habe ich aber auch nie behauptet«, entgegnete ich.

Ich wandte mich an Ravi. »Verhalte ich mich so? Als würde ich alles wissen?«

Sie schaute von Finn zu mir, dann wieder zu Finn und atmete laut aus. »Liebes, das ist ein Zickenkrieg, aus dem ich mich heraushalte. Ganz ehrlich, ihr beide solltet vögeln oder für heute Feierabend machen.«

Bei diesen Worten wurden wir vermutlich beide bleich. Finn hat, glaube ich, sogar kurz gewürgt.

Sam kehrte mit einer Kellnerin, Drinks und dem Versprechen auf gefüllte Kartoffeln, Nachos und scharfe Chickenwings zurück. Die Kellnerin stellte Bierflaschen vor Finn und Chavez, vor Ravi einen Martini und vor mich eine Cranberry-Schorle.

Vor Sam Birdshead stellte sie ein Glas Merlot. Er schaute es an, nahm es mit einem tiefen Atemzug und trank einen Schluck. Er zuckte zusammen und stellte das Glas vorsichtig wieder ab.

»Hatte dich gar nicht für einen Weintrinker gehalten«, kicherte Finn.

Der arme Sam, er konnte einem fast leidtun. Es war total offensichtlich, dass er versucht hatte, eine ältere Frau mit der Bestellung eines Getränkes zu beeindrucken, von dem er annahm, es würde erwachsener wirken.

Er wurde rot und versuchte, Ravi nicht anzusehen. »Ich … ich mag Wein.«

Ravi und ich schauten uns an, und ich nickte mit dem Kopf kurz Richtung Sam. Sie lächelte sanft.

»Ich trinke auch gerne Wein, Sam. Wusstet ihr, dass man mit Biertrinkern angeblich länger Spaß hat, aber Weintrinker länger durchhalten?«

Das Grinsen auf Finns und Chavez' Gesicht verblasste.

»Davon habe ich nie gehört«, sagte Chavez finster.

»Oh ja. Und es stimmt sogar. Weintrinker haben eine höhere Lebenserwartung als Biertrinker. All diese Antioxidantien, wisst ihr?«, sagte Ravi und nippte an ihrem Martini. »Was dachtet ihr denn, wovon ich spreche?«

Die Tür der Kneipe ging auf, und Moriarty kam herein. Er sah mich, und ich hatte den Eindruck, er verzöge das Gesicht, doch im Raum war es recht dunkel. Als er an unserem Tisch ankam, hatte er gute Laune, lachte und schüttelte Hände.

Die Kellnerin brachte unser Essen und für Moriarty ein Bier.

»Gibt es etwas Neues bei den Ermittlungen, Ravi?«, fragte Chavez zwischen einer gefüllten Kartoffel und einem Schluck Bier.

»Leider nein. Alle Testergebnisse waren negativ. Wir haben keine Fasern, Haare, Fingerabdrücke, nichts.«

Moriarty gab der Kellnerin ein Signal und bestellte für alle noch eine Runde. »Also haben wir überhaupt nichts.«

Es würde also einer von diesen Abenden werden. Mein Mund war offen, und die Worte sprudelten heraus, bevor ich an mich halten konnte. »Ich würde nicht behaupten, dass wir gar nichts haben. Genau genommen habe ich den Eindruck, dass jemand Sorge hat, wir würden ihm zu dicht auf die Pelle rücken.«

»Wovon reden Sie?«, fragte Chavez.

Er dippte eine Selleriestange zweimal in den kleinen Topf mit Ranch-Dressing, und Finn murmelte leise etwas.

»Also«, begann ich, »meine Reifen sind gestern aufgeschlitzt worden. Vor dem Chevy's.«

»Und?«, sagte Moriarty.

»Und ich denke nicht, dass es der Fußballstar war, der im Auto daneben seine Freundin befummelt hat.«

Chavez hob eine Hand. »Moment, Moment. Warten Sie

kurz. Ihre Reifen sind aufgeschlitzt worden – und das erzählen Sie mir erst jetzt?«

»Hätte ich es Ihnen vorhin erzählen sollen? Auf der Beerdigung? Ich erzähle es Ihnen doch jetzt, oder?«

»Gibt es noch etwas, das ich wissen sollte?«, fragte Chavez.

Wenn ich ihm jetzt nicht von der Botschaft auf meinem Spiegel erzählte, fände er es sowieso irgendwann heraus, und dann wäre er so richtig angepisst. Ich lieferte ihm eine Kurzfassung der Ereignisse am Donnerstagabend und schloss mit den Worten: »Also, ich leite Ihnen die Bilder weiter, und wir können eine Akte dazu anlegen, aber ganz im Ernst, ich glaube kaum, dass wir noch viel mehr tun können. Vielleicht ist das alles ein übler Scherz von jemandem, der sich einen kranken Witz auf Kosten eines Mordfalles erlaubt.«

Chavez knallte seine Hand auf den Tisch, und alle fuhren zusammen. Sam hatte gerade einen Schluck Wein getrunken und sich so sehr erschreckt, dass er den Rest über seinem Hemd verschüttete.

»Verdammt noch mal, Gemma«, sagte Chavez. »Warum bin ich immer der Letzte, der solche Sachen erfährt? Wir hätten Ihr Haus gestern von einem Einsatzwagen bewachen lassen können. Wir hätten nach Fingerabdrücken suchen können.«

Ich fand einen einsamen Chip mit Käse und Bohnen, schaufelte ihn von der Platte und aß, während ich darauf wartete, dass Chief Chavez sich beruhigte.

»Chief, das Letzte, was wir momentan gebrauchen können, ist ein Cop, der in meiner Einfahrt sitzt und Däumchen dreht. Die Arbeitskraft können wir besser einsetzen«, sagte ich. »Davon abgesehen, glaube ich kaum, dass der Woodsman herumgeht, Reifen aufschlitzt und durch Häuser schleicht. Wie ich schon sagte, es ist sicher nur einer der Jungs aus der Gegend, der Blödsinn treibt. Die Reifen und die Botschaft an meinem

Spiegel haben möglicherweise überhaupt nichts miteinander zu tun.«

Die Bierflasche halb im Mund, erstarrte Louis Moriarty. »Was zum Teufel hat der Woodsman mit dem Mord an Nicky Bellington zu tun?«

Scheiße. Ich hatte den Woodsman noch gar nicht ins Spiel bringen wollen. Der Rest der Truppe wusste ja noch nichts über diese Fährte. Ich schaute Finn an, doch er wich meinem Blick aus. Toller Partner.

»Na ja, ihr könnt es ebenso gut auch jetzt erfahren. Zu dem Zeitpunkt, an dem Nicky am Bride's Veil abgestürzt ist, war er bereits drei oder vier Monate mit der intensiven Recherche – und damit meine ich wirklich intensiv – zu den Woodsman-Morden beschäftigt. Er hat umfassend recherchiert.«

Schweigen.

Moriarty, Chavez und Ravi starrten mich an.

Sam schüttelte langsam seinen Kopf und rieb weiter an seinem Hemd.

Finn starrte auf die Platte mit den langsam erstarrenden Nachos.

Schließlich murmelte Moriarty: »Ist das wieder so eine … ähm … Besessenheit, was diesen Fall angeht, Gemma? Denn das ist langsam ein alter Hut.«

»Es hat überhaupt nichts mit mir zu tun. Nicky war fast jeden Tag da unten im Archiv der Bibliothek und hat sich durch Stapel alter Zeitungsartikel und Berichte gewühlt. Er hat fast drei Monate dort unten verbracht. Und dann auf einmal verkündet er der Bibliothekarin, er sei fertig. Und wenige Tage später denkt die Welt, er sei tot.« Ich starrte Moriarty an. »Du warst dort. Finn hat mir erzählt, du hättest deine Bedenken gehabt. Du dachtest an Selbstmord, oder? Warum? Bei einem absolut normalen Jugendlichen ohne eine Vorgeschichte, ohne Depressionen, warum hast du da an Suizid gedacht?«

Chavez, Ravi und Sam blickten von mir zu Moriarty und dann wieder zurück zu mir, als schauten sie ein Pingpongspiel. Finn stand auf, murmelte etwas von »Klo« und ging durch einen schräggeschnittenen dunklen Vorhang im hinteren Teil der Kneipe.

Moriarty spitzte die Lippen und nickte langsam. »Jepp. Er war absolut normal. Normale Jugendliche machen ständig irgendwelchen Scheiß, gammeln an Orten herum, an denen sie nichts zu suchen haben, fordern einander heraus und machen vor den Mädels einen auf dicke Hose. Ein falscher Schritt, ein loser Stein, und zack, das Spiel ist aus. Nur, Nicky *war* nicht so ein Jugendlicher. Niemand konnte sich daran erinnern, dass er je Blödsinn gemacht hätte. Er war niemand, der Risiken einging. In der einen Minute essen sie Cheetos, in der nächsten verschwindet er im Wasserfall. *Nichts* daran war normal.«

Finn kam von der Toilette zurück und setzte sich wieder auf seinen Platz. Ein einzelner Hühnerflügel war auf der Platte zurückgeblieben, die mitten auf dem Tisch stand, und er nahm ihn sich und lutschte schmatzend das Fleisch vom Knochen.

Ich dachte zurück an die Berichte, die ich vor drei Jahren gelesen hatte, die Mitschriften von den Kindern, die mit auf der Zeltwanderung gewesen waren, und die Aussagen, die sie gemacht hatten. Doch meine Erinnerung war verschwommen. Sam hatte diese Berichte in seinem Besitz, doch ich wollte Moriarty nicht darauf aufmerksam machen.

»Hat eigentlich irgendwer gesehen, wie er abgestürzt ist?«

Moriarty warf Finn einen Blick zu und schüttelte dann den Kopf. »Nein, absolut niemand.«

»Und alle haben direkt gedacht, er sei von der Klippe gefallen?«, fragte ich. »Hat irgendwer den Wald durchsucht? Was, wenn er auf den richtigen Moment gewartet und sich dann einfach weggeschlichen hat?«

Der Chief unterbrach mich. »Gemma, Sie vergessen zwei Dinge. Wir haben am nächsten Tag fünf Meilen flussabwärts seine Windjacke gefunden. Er hatte sie das ganze Wochenende um seinen Bauch gebunden getragen. Jemand von den Suchtrupps hat sie gefunden, sie lag verknäult am Flussufer. Und wir haben Fußabdrücke in der Erde gefunden, direkt am Rande der Klippe. Adidas, Größe acht. Nickys Schuhe.«

Jeder konnte eine Windjacke ins Wasser schmeißen.

Und jeder konnte Fußabdrücke hinterlassen.

Vielleicht hatte Nicky seinen Fall am Bride's Veil überlebt, weil er überhaupt nicht gefallen war.

»Hast du je darüber nachgedacht, dass das alles auch nur ein fetter Zufall sein könnte, Gemma?«, sagte Moriarty. »Du bist so sehr damit beschäftigt, deinen alten Dämonen nachzujagen, dass du dir schon eine Meinung gebildet hast. Lass die Vergangenheit ruhen, Gemma. Da gibt es nichts, was sich lohnt auszubuddeln.«

Er zeigte mit der Spitze der Bierflasche in meine Richtung und sagte weiter: »Hat dir Finn erzählt, wie viele Stephen-King-Bücher wir in Nickys Zimmer gefunden haben? Und die Poster, Himmel, der Typ mit diesem Gesicht, der Manson-Rocker. Ich denke, die Woodsman-Morde waren nur eine weitere düstere und gruselige Sache, mit der der Junge sich beschäftigt hat. Ich wette hundert Dollar, dass nichts von diesem alten Scheiß irgendetwas damit zu tun hat, dass ihm vor einer Woche die Kehle aufgerissen wurde.«

Moriarty trank seine Flasche leer und stellte sie mit einem derartigen Knall auf den Tisch, dass die leeren Platten klapperten. Er stand auf, klopfte Sam auf den Nacken und drückte ihn. »Wie wäre es mit einer Runde Dart, mein Junge? Ich setze zehn Dollar, dass ich dich in ›Best of Three‹ schlage.«

Ich lehnte mich zurück und kaute an meiner Lippe, während ich versuchte, in den Verstrickungen, die dieser Fall ans Tageslicht brachte, einen Zusammenhang zu erkennen. Die anderen tranken und unterhielten sich und ließen mich in Ruhe nachdenken.

Louis Moriarty hatte mir gerade gesagt, ich solle die Vergangenheit ruhen lassen.

Dieselben Worte hatte mein Besucher mit einem roten Lippenstift an meinem Badezimmerspiegel hinterlassen, für dessen Reinigung ich mehr als zehn Minuten schrubben musste.

Louis Moriartys Sohn Danny galt bei den McKenzie-Morden zwischendurch als Verdächtiger.

Louis Moriarty war eng mit Frank Bellington und Bull Weston befreundet.

Ich war mir nicht sicher, was das alles zu bedeuten hatte.

Frank Bellington war ein Mann, dem langsam, aber sicher das Leben entwich. Ich war mir sicher, dass Bull Weston mich letztens angelogen hatte, als er sagte, er würde sich nicht erinnern, warum sie ihre Freundschaft vor all den Jahren beendet hatten. Louis Moriarty war ein befreundeter Cop – ein Bruder meiner Polizei-Familie.

In diesem Augenblick vertraute ich keinem einzigen von ihnen.

Moriarty schlug Sam in drei Runden und ging dann, ohne sich zu verabschieden. Finn verkündete, er werde Ravi zu ihrem Wagen bringen, und sie gab mir einen Kuss auf die Wange und folgte ihm mit rollenden Augen. Sam wirkte etwas verloren, wurde jedoch wieder munter, als drei hübsche Studentinnen sich an den Tisch neben uns setzten. Eine Brünette mit türkisfarbenen Augen erweckte sein Interesse, und innerhalb von fünf Minuten war er in eine Partie Billard mit ihr und ihren Freundinnen vertieft.

Chavez murmelte etwas. Er war bei seinem vierten Bier, und ich hoffte, dass Sam immer noch vorhatte, uns beide nach Hause zu fahren. Oder zumindest zurück zum Revier, wo mein Wagen stand.

»Wie bitte?«

Er stöhnte. »Ich hätte das nicht sagen sollen, was ich da letztens gesagt habe.«

»Was genau?«

»Sie wissen schon. Über Ellen«, sagte der Chief.

Er rollte die halbvolle Flasche in seinen Händen hin und her. Es waren große Hände mit Schwielen von den vielen Jahren, in denen er früher auf der Farm seiner Eltern im Osten Colorados gearbeitet hatte.

»Ich liebe sie nicht wirklich. Es ist alles schon sehr lang her.«

»Was ist damals passiert?« Ich war nicht sicher, ob ich es überhaupt wissen wollte, aber wenn dir das Leben Antworten reicht, nimmst du sie an, egal wie unbequem es ist.

»Terry ist passiert.«

Chavez nahm einen tiefen Schluck und rülpste dann in seine Faust. »Wir waren in Harvard beste Freunde, wissen Sie. Zimmergenossen im ersten Jahr, Co-Captains des Tennisteams, Studienkollegen. Und dann, eines Tages, ging diese umwerfend schöne Gestalt durch die Cafeteria, und das war's dann. Die unglaubliche Ellen Nystrom.«

»Und?«

»Was meinen Sie mit ›und‹? Nichts und. Sie hat Terry genommen. Natürlich erst, nachdem sie mit mir eine Nacht verbracht hatte, die mich an sie erinnern sollte. Wussten Sie, dass ich damals noch Jungfrau war? Zwanzig Jahre und immer noch Jungfrau. Himmel«, sagte er. Der Chief hob sein Bier und stellte es dann wieder hin. »Himmel.«

»Chief –«, begann ich. Ich brauchte nicht noch mehr zu hören.

Er winkte mit der Hand in meine Richtung. »Was soll's, vorbei ist vorbei, stimmt's? Wir haben es überlebt. Im darauffolgenden Jahr habe ich Lydia kennengelernt. Und als ich für diesen Job angeworben wurde, habe ich – das schwöre ich bei Gott – nie die Verbindung zwischen dem kleinen, staubigen Loch gezogen, von dem Terry gesprochen hatte, und dem boomenden Skiort, zu dem er in den späten Neunzigern wurde.«

»Weiß Lydia das? Die Sache mit Ellen?«

Chavez gab ein tiefes Lachen von sich, das im Bauch begann und dann irgendwo oben aus der Schädeldecke wieder herauskam. »Gemma, man ist keine zwanzig Jahre verheiratet, ohne nicht absolut alles über seinen Ehepartner zu wissen. Natürlich weiß sie es. Sie weiß außerdem, dass ich das, was wir haben, niemals auch nur für eine Minute mit diesem nordischen Teufel eintauschen würde. Diese Frau hat mehr Ecken als ein Geometriebuch. Natürlich nicht alle schlecht, aber Ecken und Kanten, die man niemals sehen möchte.«

»Was meinen Sie damit?«, fragte ich, doch Chavez war mit dem Thema durch. Er schüttelte den Kopf und beobachtete, wie sich Sam ein paar Zentimeter dichter an die Studentin mit den türkisfarbenen Augen heranschob.

»Dieser Junge hat noch sein ganzes Leben vor sich, nicht wahr? Erinnern Sie sich noch an die Zeit, als Sie so jung waren? Natürlich tun Sie das, was rede ich denn da?«, sagte er. »Himmel. Was für eine Woche.«

Ich unterdrückte ein Gähnen und gab der Kellnerin ein Zeichen, die Rechnung zu bringen.

»Aber es war surreal, als ich dort war. Ich habe so viele Geschichten von Terry gehört, wie verkorkst seine Familie sei, besonders sein Dad Frank«, erzählte Chavez. »Seine Mutter war auch ein bisschen irre. Sie war in Polen geboren, kurz nachdem es dort richtig zur Sache ging. Ihre Eltern waren reiche Juden, und sie schafften es, mit der Familie in die Schweiz zu fliehen. Zwei Jahre später kamen sie nach New York.«

Das erklärte den polnischen Nachnamen, den ich auf ihrem Grabstein gesehen hatte – Wozniak.

»Wie auch immer«, fuhr Chavez fort. »Terrys Mutter war eine sehr stille Person, schlich wie eine Maus durch das Haus und tauchte immer dann hinter einem auf, wenn man es am wenigsten erwartete. Genau wie Terrys Schwester Hannah, die alte Schachtel von Haushälterin. Aber halleluja, sie war eine wunderschöne Frau, sah aus wie Elizabeth Taylor. Terrys Worten zufolge war Frank Bellington allerdings ein echtes Arschloch. Ein ziemlicher Rassist, das N-Wort hier, das N-Wort da. Aber ich habe es nie selbst mitbekommen. Ich weiß nicht. Vielleicht verblassen solche Sachen mit dem Alter.«

Da war ich anderer Meinung. Die schlimmsten Rassisten, die ich je getroffen hatte, waren ältere Leute, deren Hass auf Juden, Schwarze, Asiaten und Homosexuelle sich über die Jahre nur noch tiefer gegraben hatte. Die Bigotterie verblasste nie; die Bigotten wurden nur besser darin, es zu verstecken, während der Rest der Gesellschaft um sie herum sich weiterentwickelte.

Ich versuchte, Chavez' Worte über den Witzbold, der mich immer an den Zöpfen gezogen und mir heimlich Karamellbonbons zugesteckt hatte, in Verbindung zu bringen mit dem alten Mann, der Pudding von einem Löffel schlürfte, sein Blick auf einen weit entfernten Horizont gerichtet.

Wir eisten Sam von der Studentin los, als sie gerade digitale Visitenkarten tauschten. Früher hat man einander gedruckte

Visitenkarten in die Hand gedrückt, vielleicht auch eine Telefonnummer. Heute brauchte man Mobilfunknummern, E-Mail-Adressen, Facebook- und Twitter-Namen, Blog-Adressen und unzählige weitere Netzwerk-Foren. Wie man da noch die Energie hatte, mit jemandem auszugehen, war mir ein Rätsel.

Bei Sams Wagen kam es zu einer unbeholfenen Diskussion über Höflichkeit, die damit endete, dass Chavez vorne saß, Sam am Steuer und ich im Fond. Unser Weg führte uns am Waldrand vorbei, und ich schaute aus dem Fenster auf die Bäume, die wie Geister vorbeistrichen, ihre ausgestreckten Äste miteinander verwoben, als hielten sie sich für immer fest an der Hand.

Sam setzte mich am Revier bei meinem Wagen ab, dessen Reifen neu glänzten. Als der Audi sich entfernte, wurde das Beifahrerfenster abgesenkt, und der Chief steckte seinen Kopf heraus.

»In einer Sache haben Sie sich heute Abend geirrt, Kleine«, sagte Chavez. Er hob die Hand und rieb sich die Haut zwischen den Augen. Ich entdeckte dort Furchen, die mir vor einer Woche noch nicht aufgefallen waren.

»Ja, was denn?«

»Als Sie sagten, Sie dächten nicht, der Woodsman würde herumlaufen, Autoreifen aufschlitzen und in Ihr Haus einbrechen. Sie glauben bereits, es gibt eine Verbindung zwischen Nickys Tod und dem Woodsman. Verwechseln Sie nicht das eine mit dem anderen. Es gibt absolut nichts, das die beiden verbindet. Alles, was Sie haben, ist ein junger Mann, der fasziniert war von der lokalen Geschichte.«

Mit einem Kreischen fuhr der Audi davon.

Ich stand auf dem dunklen Parkplatz; der Mond verbarg sich schüchtern hinter einer Wolkendecke im schwarzen Himmel. Man sah nur vereinzelte Sterne, als wären sie wie Garnierung über die Dunkelheit verstreut worden. Irgendwo in der Ferne heulte ein Kojote; sein Schrei so wehleidig wie der eines Neugeborenen, und ich stand still und dachte über Chavez' Worte nach.

32. KAPITEL

Am Sonntag wachte ich so energiegeladen auf wie seit Wochen nicht mehr. Ich hatte tief und fest geschlafen. In der Vorratskammer entdeckte ich eine alte Packung Bisquick, und im Kühlschrank fand ich genug Eier, Butter und Öl für einen Stapel Pfannkuchen.

Ich brachte sie mit einer Kanne Tee und einer angewärmten Untertasse mit Sirup zum Esszimmertisch und inhalierte die ersten paar Pfannkuchen innerhalb weniger Minuten. Die Erdnuss verpasste mir einen kleinen Fußtritt; sie mochte Süßes. Zwischen zwei Happen zog ich meinen Laptop heran, warf ihn an und wartete, dass sich ein Browser-Fenster öffnete, aber als ich in mein E-Mail-Postfach schaute, waren da keine neuen Nachrichten.

Um ehrlich zu sein, war das nicht wirklich ungewöhnlich – wenn Brody beruflich unterwegs war, vergingen manchmal mehrere Wochen, ohne dass wir miteinander sprachen. Aber ich wollte ihn auf dem Laufenden halten, was den Fall betraf, und ihn vorwarnen, dass unser gemeinsames Girokonto dank meiner neuen Reifen um ein paar Hundert Dollar leichter war.

Außerdem wollte ich ihn geradeheraus fragen, ohne Vorwarnung, ob Pink Parka womöglich Celeste Takashima hieß. Falls das so war … tja, wie man im Weltall so schön sagt: Houston, wir haben ein Problem.

Seamus stupste meinen Fuß an, und ich sah in seine dunkelbraunen Augen hinab. Er hechelte, und aus seinem Maul löste sich ein dünner Sabberfaden und landete auf meinem Zeh.

»Das ist eklig, Kumpel«, nuschelte ich. Ich wusste, was er wollte, und es war abstoßend, aber ich hatte es schon so oft gemacht, dass er es inzwischen erwartete. Also stellte ich meinen Teller auf den Boden und sah zu, wie seine lange Zunge darüberglitschte und Sirupreste und Krümel wegschlabberte. Zufrieden ließ er den Teller stehen, watschelte durchs Zimmer, kratzte am Boden, drehte sich dann zweimal im Kreis und ließ sich mit einem leisen Rülpser auf seinem Platz nieder.

Ich schob den Computer beiseite, zog den Stapel Akten heran, die ich mit nach Hause genommen hatte, und öffnete den obersten Ordner, auf dessen schmalem Etikett 1985 stand. Während ich die Seiten las, dünn und vergilbt vom Alter, fragte ich mich wieder nach dem Warum.

Warum *diese* beiden Jungs?

Sie waren völlig durchschnittliche Schüler, beliebt bei ihren Lehrern und Mitschülern. Tommys Vater John war Inhaber einer Kette von Discount-Matratzenläden, und seine Frau Karen war nicht berufstätig. Andrews Vater Mark war Koch bei einer Fast-Food-Kette, und seine Frau Sarah nutzte das Untergeschoss für ihre Arbeit als Tagesmutter. Ihr Geschäft lief nicht besonders, und in den meisten Jahren verdiente sie kaum genug, um ihre Lizenzgebühren zu bezahlen.

Alle vier Eltern waren gründlich durchleuchtet worden. In neun von zehn Fällen werden Straftaten gegen Kinder von nahen Verwandten wie Eltern, Geschwistern oder von Tante oder Onkel begangen. Obwohl man das den Medienberichten nie entnehmen würde, sind Entführungen, sexuelle Belästigungen und Mord durch die Hand von Fremden die seltene Ausnahme.

Die McKenzie-Familien verkörperten das typische durchschnittliche Leben in einer amerikanischen Kleinstadt Mitte der 1980er Jahre. John und Karen McKenzie gehörten zur oberen Mittelschicht, waren nicht übertrieben wohlhabend, sondern lebten komfortabel, besonders für Cedar Valley. Mark und Sarah befangen sich erheblich näher an der Armutsgrenze, aber sie kamen über die Runden.

Mark und John rauchten beide. Karen trank meistens heimlich, gelegentlich aber auch bei einem Ladies' Lunch in der Stadt, sichtbar für jeden, den es interessierte. Mark war bereits dreimal von der Polizei festgenommen worden. Sarah, die Tagesmutter, war einmal der Star in einem Amateurporno gewesen. Alle bezahlten ihre Steuern, besaßen Häuser und hatten jeweils zwei Autos pro Haushalt zugelassen. Die Oster- und Weihnachtsfeiertage verbrachten sie zusammen, die übrige Zeit hatten sie praktisch nichts miteinander zu tun. Die Jungs jedoch, Tommy und Andrew, hatten zusammen die Grundschule besucht und anschließend dieselbe Mittelschule. Sie waren gute Freunde, genau wie John und Mark es einmal gewesen waren.

Alle Eltern waren nach dem Verschwinden ihrer Kinder sorgfältig und gründlich entlastet worden. Den Herbst und Winter 1985 verbrachten sie die meiste Zeit in verschiedenen Tagungsräumen, Orten, die nach Verzweiflung und Neugier stanken, häufig aufgesucht von Psychologen, Detectives und Reportern.

Ich schob die Unterlagen beiseite, stand auf und streckte mich. Hier gab es nichts, was nicht bereits Hunderte von Malen durchgesehen worden war, von den besten Augen, die der Bundesstaat engagieren konnte. Ich wusste nicht, was ich zu finden hoffte. Aber ich dachte, wenn ein sechzehnjähriger Junge in diesen alten Unterlagen eine Antwort finden konnte, dann könnte ich das auch.

In der Küche kochte ich eine frische Kanne Tee und goss die winzigen Töpfe mit Kräutern, die auf der schmalen Fensterbank über der Spüle standen. Aus dem Augenwinkel registrierte ich eine Bewegung im Garten, und als ich den Kopf hob, sah ich ein dickes Kaninchen auf dem Gras herumhoppeln. Es musste wohl unter dem Zaun hereingekrochen sein; es gab mehrere Stellen, an denen die Holzpfähle nicht ganz bis zum Boden reichten. Es schnupperte, der Rücken bebte, seine Knopfnase zuckte.

Über ihm saß auf dem tiefhängenden Ast eines Baumes eine Krähe und beobachtete ebenfalls alles, den Kopf schief gelegt, das Auge leuchtend. Ich schaute einige Minuten zu, wie sie das Kaninchen anstarrte, dann kehrte ich zu den Akten zurück.

Ich dachte wieder über die Eltern nach.

Ich lehnte mich zurück und starrte die vor mir liegenden Akten an. Etwas reizte mein Auge, und einen Moment lang verschob sich meine Kontaktlinse, wodurch die Welt vor mir verschwamm. Dann blinzelte ich, bis Tisch und Akten wieder klar wurden, und ich dachte beiläufig, wie anders Dinge auf einmal erscheinen, wenn sich die Bildschärfe ändert, und sei es nur für den Bruchteil einer Sekunde.

Die Eltern. Was, wenn *sie* die Verbindung waren?

Was, wenn die Kinder wegen ihrer Eltern ausgewählt worden waren?

Irgendwo im Nachbarzimmer summte mein Handy auf einer harten Oberfläche. Ich ignorierte es und kritzelte auf der Rückseite einer Aktenmappe herum, malte immer wieder den gleichen Kreis, ließ meinen Gedanken freien Lauf. Das Telefon verstummte, summte dann ein letztes Mal und war still. Jemand hatte eine Nachricht auf meiner Mailbox hinterlassen, die ich gleich abhören konnte. Irgendetwas, irgendein Gedanke tanzte wie eine winzige Mücke am Rand meines Hirns herum, groß genug, meine Aufmerksamkeit zu erregen, aber zu klein, dass ich sie deutlich sehen konnte.

Es hätte so viel Sinn ergeben … wenn nicht.

Wenn nicht sowohl 1985 und dann wieder 2011 jeder von ihnen als Tatverdächtiger hätte ausgeschlossen werden können. Und wenn sie nicht tatverdächtig waren, was in aller Welt hatten sie dann gemeinsam, was jemanden dazu veranlasst haben könnte, ihre Kinder zu töten? Tommy hatte zwei kleinere Schwestern, Anna und Jennifer. Wenn die Eltern etwas getan hätten, was den Zorn des Woodsman auf sich zog, dann hätten sie doch sicherlich dazu gestanden und für ihre anderen beiden Kinder Schutz gesucht.

Doch die Eltern hatten wie die Polizei vor genau diesem Rätsel gestanden.

Ich überflog den ersten Schwung Vernehmungsprotokolle. Die Eltern waren im Verlauf eines Jahres mehrere Male vernommen worden, bis die Polizei schließlich im Spätsommer 1986 die Akte der vier Vermissten schloss. Ich stockte bei der Niederschrift zu Sarah McKenzie, Andrews Mutter.

Ich erinnerte mich, diese Protokolle 2011 gelesen zu haben, als wir die Ermittlungen in den Vermisstenfällen als Untersuchung von Mordfällen wiederaufgenommen hatten.

Ich glaubte nicht, den Teil der Niederschrift noch einmal ertragen zu können, der beschreibt, wie Sarah Gott anbrüllt, weil er ihr den Sohn weggenommen habe. Sie hatte auf dem Boden des Vernehmungszimmers gelegen und auf den Beton eingeschlagen, bis ihre Knöchel blutige Pinselstriche auf dem grauen Zement hinterließen. Es waren drei Beamte nötig gewesen, um sie aus dem Raum zu schaffen und der Obhut eines Arztes anzuvertrauen, der ihr unverzüglich ein Beruhigungsmittel verabreichte.

Die Vernehmung hatte auf den folgenden Tag verschoben werden müssen.

Ich lese immer nur, nichts könne einen wirklich auf die Elternschaft vorbereiten, aber nichts, was ich gelesen habe, bereitet einen auf das ganze Ausmaß an Sorgen vor, die in dem Augenblick beginnen, in dem man erfährt, dass ein Leben in einem wächst. In dem Moment spürte ich, wie sich Panik breitmachte, Atem- und Pulsfrequenz sich beschleunigten, das Kribbeln von Schweiß auf meiner Haut. Ich zwang mich, ganz still zu sitzen, tief einzuatmen und rational zu denken.

Was diesen Kindern widerfahren war, würde der Erdnuss nicht passieren.

Brody und ich redeten miteinander, zuerst nicht ernst, dann sehr ernsthaft, als ich die Zweimonatsmarke der Schwangerschaft erreichte. Die Erdnuss war ein Unfall gewesen; ich war zwischen zwei Antibabypillen schwanger geworden. Kinder – gemeinsame Kinder – waren immer etwas am Horizont gewesen: wenn wir mehr Geld, mehr Zeit, mehr Vertrauen, mehr Stabilität hätten.

Ich hatte sehr lange gebraucht, mich nach seiner Affäre mit Celeste Takashima wieder mit ihm auszusöhnen. Aber schließlich fanden wir zur Normalität zurück.

Das Schlafzimmer war in dieser Nacht warm gewesen.

Schweißgebadet und schluchzend war ich aus einem fürchterlichen Alptraum aufgewacht, in dem die Erde nur noch aus einer Reihe verbrannter Städte bestand, ausgebrannte Überreste dessen, was einmal große Gesellschaften gewesen waren. Menschen streiften verzweifelt über das Land: nackt, hungrig, weinend, hasserfüllt.

Ich hatte Brody wachgerüttelt und ihm gesagt, ich wollte eine Abtreibung, ich komme nicht damit klar, ein Kind in einer Welt großzuziehen, die sich in ihrer Grausamkeit genauso launig zeigte wie in ihrer Schönheit. Er bat mich, eine Woche zu warten, und wenn ich die Schwangerschaft nach dieser einen Woche immer noch beenden wollte, dann würde er mich unterstützen.

Natürlich hatte ich am Ende der Woche meinen Frieden damit gefunden, das Baby zu behalten. Ein Kind bedeutete Hoffnung. Hoffnung auf die Zukunft und auf die eigene Erlösung.

Hoffnung kann etwas sehr Seltenes und Kostbares sein. Ich denke, wenn man sie findet, muss man sie mit offenen Armen begrüßen. Man muss sie festhalten und darf sie niemals aufgeben.

Aber ich bin nicht naiv, und besonders in meinem Beruf habe ich gesehen, wie leicht Hoffnung gestohlen werden kann. Sie kann so schnell und so lautlos verschwinden, wie sie erschienen ist.

Im anderen Zimmer summte mein Handy wieder und zog mich aus der melancholischen Stimmung, die sich wie ein Nebel über mich gelegt hatte. Ich ging hinüber, warf einen Blick auf die Nummer des Anrufers und nahm das Gespräch an.

Finn war völlig aus dem Häuschen. »Mein Gott, Gemma, warst du auf dem Pott, oder was?«

»Ja, möchtest du Details? Was ist los?«

Seine Stimme klang schrill, nervös. »Ich glaube, du hattest recht.«

»Aus deinem Mund ist das was ganz Neues. Recht in Bezug worauf?«

»Jemand hat eine tote Krähe an meine Haustür genagelt, Gemma, mit einem Nummernzettel im Schnabel«, sagte Finn. Er hustete ins Telefon. »Ein verfickter Nummernzettel!

So einer, wie man ihn an der Fleischtheke im Supermarkt von einem Abroller zieht. Du kennst die Dinger? So ein Zettel, der bedeutet, dass man dran ist, Baby … Hast du auch irgendwas Besonderes bekommen?«

Ich dachte an den Vogel, der das Kaninchen in meinem Garten beäugt hatte.

»Ich glaube nicht, aber lass mich kurz nachsehen.«

Ich drückte das Telefon an meine Brust und dämpfte Finns Redefluss, was auch immer er gerade nuschelte. Vom Flur aus, der durch die Mitte des Hauses verläuft, kann man Vorder- und Hintereingang gleichzeitig einsehen. Ich schaute zu beiden Türen, sah aber nichts außer dem weißen Licht der Sonne, das durch die Scheiben hereinfiel.

»Finn? Bleib dran, ich mache jetzt die Haustür auf«, flüsterte ich.

»Warum flüsterst du?«, fragte er mit einem weiteren Hustenanfall.

»Keine Ahnung«, sagte ich und hielt das Telefon wieder an meine Brust. Ich schnappte mir einen Spazierstock aus dem Schirmständer in der Ecke und öffnete dann die Haustür.

Ich linste hinaus. »Nein, hier ist nichts.«

»Schön … das ist gut. Vielleicht fühlt sich das Arschloch von mir mehr eingeschüchtert«, sagte Finn.

Ich verkniff es mir, ihn daran zu erinnern, dass ich meine Botschaft ja bereits erhalten hatte, und zwar *in* meinem Haus, und dass auch meine Reifen aufgeschlitzt worden waren.

»Wie auch immer«, fuhr er fort, »jedenfalls ist es ekelhaft. Das Ding sieht aus, als wär's schon mehrere Tage tot. Die Augäpfel, mein Gott … total matschig.«

»Du hast gesagt, er sei an deine Tür genagelt worden? Wann? Hast du irgendwas gehört?«

Finn hustete. »Gestern Abend war es noch nicht da, das ist

mal sicher. Ich bin von O'Tooles nach Hause gekommen, hab noch ein bisschen trainiert und bin dann ins Bett. Ich hab nichts gehört.«

Finn wohnte mitten in der Stadt, an einer belebten Hauptstraße in einem alten viktorianischen Haus, das in zwei Wohneinheiten aufgeteilt worden war. Die übrigen viktorianischen Häuser des Blocks waren voller junger Pärchen und Familien, und schräg gegenüber gab es einen Tante-Emma-Laden mit langen Öffnungszeiten.

»Hör dich um, vielleicht hat jemand etwas gesehen«, sagte ich und schwieg dann. Eine tote Krähe mit einer Wartenummer an die Haustür eines Cops klang wie etwas aus einem schlechten Mafia-Film. Eine mit Lippenstift auf den Spiegel geschriebene Botschaft ebenfalls, wenn man es sich recht überlegte.

»Finn, das Ganze kommt mir alles ein bisschen überdreht vor. Fast schon theatralisch. Und es ergibt überhaupt keinen Sinn. Wir sollen glauben, dass ein Hardcore-Killer – ein Typ, für den es völlig normal ist, Nicky den Hals aufzureißen – auf alberne Drohbotschaften verfällt?«

Er nieste ins Telefon. »Keine Ahnung, ich weiß nur, dass es total gruselig ist. Was soll ich denn jetzt mit dem Ding hier machen? Auf Fingerabdrücke untersuchen?«

Ich seufzte. »Behalt die Marke, steck den Vogel in einen Beutel. Und beides bringst du morgen aufs Revier.«

»Wohin zum Teufel soll ich denn einen toten Vogel packen?«

»Ich weiß es auch nicht, Finn. Steck ihn in eine Dose oder was weiß ich. Mein Gott. Du klingst wie ein zwölfjähriges Mädchen. Hast du keinen leeren Schuhkarton? Pack alles in zwei Beutel und leg sie auf deine Veranda. Vielleicht lassen die Waschbären sie links liegen.«

Er brummte noch ein paar Worte, die ich geflissentlich überhörte, dann klang er wieder deutlicher. »Was machst du überhaupt? Naschst Bonbons? Ziehst dir *Sex and the City* rein?«

Ich verdrehte die Augen. »Ich glaube, wir sollten noch mal die Eltern unter die Lupe nehmen.«

»Die Bellingtons? Der Bürgermeister ist derzeit mit seiner Chemo und Stimmenfang beschäftigt. Der rennt kaum auf der Straße rum und nagelt tote Vögel an die Türen von Polizeibeamten.«

»Nein, die Eltern der McKenzie-Jungs. Finn, was wenn … was wenn die Kids wegen ihrer Eltern umgebracht wurden?«

Es klang sehr verrückt, als ich es laut aussprach. Das war echt kalter Kaffee.

Finn schwieg.

»Hallo?«

»Ja, ich denke nach. Die sind doch alle entlastet worden, oder nicht?«

Ich wanderte durchs Haus, machte einen Schritt über Seamus, der mich beobachtete, als hätte ich sie nicht mehr alle. Für ihn war jedes Herumgerenne, das nicht draußen stattfand, offenbar völlig sinnlos.

»Ja, die wurden alle entlastet. Und oberflächlich betrachtet gibt es keinerlei Gemeinsamkeiten zwischen ihnen, zumindest nicht zwischen allen. Aber was ist, wenn da noch etwas anderes ist? Wenn, ich weiß nicht, es irgendein Ereignis gibt, etwas in ihrer Vergangenheit, das sie und den Woodsman verbindet?«

Wieder erklang Husten. »Zum Beispiel?«

»Keine Ahnung. Was soll übrigens diese Husterei? Sag mir jetzt nicht, dass du krank wirst.«

»Nee, das ist wegen der verfluchten Katze. Scheißallergie«, sagte Finn.

Ich blieb stehen. »Ich dachte, es wäre ein Vogel?«

Nach einer winzigen Pause erwiderte er: »Es ist ein Vogel. Die Katze gehört Kelly.«

Und dann hörte ich im Hintergrund eine weitere Stimme, kreischend und piepsig wie ein Reifen, der in eine üble Kurve gezwungen wird, und ich lachte.

»Erzähl mir jetzt nicht, Kelly Clameater ist jetzt wieder Kelly *Man*eater?«, fragte ich. Ich konnte nicht anders.

»Sei nicht so doof«, sagte Finn. »Du weiß genau, dass sie Clambaker heißt.«

Finn musste wohl in einen anderen Raum gegangen sein, denn ich hörte kein Gekrächze mehr. Kelly besaß Großalarm-Stimmbänder, die bewirken konnten, dass Menschen wie angewurzelt stehen blieben und zum Herrgott beteten, es möge endlich aufhören.

»Ich dachte, nachdem sie gegangen ist, ähm, als sie beschlossen hat, dass sie doch mehr auf Mädels steht, dass ihr zwei Schluss gemacht hättet.«

»Sie hat es sich anders überlegt«, erwiderte Finn, und ich hörte in seiner Stimme deutlich das Grienen.

»Mhm. Bringt sie ihre Katze mit?«

»Manchmal.«

»Mhm.«

Ein doppelter Piepton bewahrte mich vor weiteren Details. Ich sah auf die Nummer des Anrufers.

»Finn, Sam ruft gerade an. Ich melde mich nachher wieder bei dir, okay?«, sagte ich und wechselte die Leitung. »Was gibt's, Sam?«

»Ich rufe nicht zu früh an, oder?«

Seine Stimme wurde von einem tiefen, schwirrenden Geräusch übertönt, das plötzlich immer lauter wurde.

»Nein, überhaupt nicht – aber, Sam, was ist das? Ein Mixer? Kannst du den vielleicht ausschalten? Ich kann dich kaum verstehen.«

Der Lärm hörte auf. »Sorry, ja klar. Ist ein Entsafter, hab ich gerade erst gekauft. Ich hatte einen dieser Coupons für *Bed Bath and Beyond*. Also, hör zu, ich bin noch mal die Inventarliste von Nickys Zimmer durchgegangen, weißt du, die Moriarty und Finn damals zusammengestellt haben. Vor drei Jahren.«

»Mhm«, sagte ich wieder am Esszimmertisch. Ich warf einen Blick auf den dicken Aktenstapel, den ich noch durcharbeiten musste.

»Alles sieht ziemlich normal aus für einen Jungen«, sagte er. »Aber unter seinem Bett haben sie einen Zettel und eine goldene Kette gefunden, beides in die Matratze gestopft, also irgendwie versteckt. Die Kette hat einen Anhänger, vielleicht ein Gänseblümchen. Ich lese dir vor, was auf dem Zettel steht. Hast du was zum Schreiben?«

Ich schnappte mein Notizbuch und riss ein leeres Blatt aus der Spiralbindung. »Schieß los.«

Sam räusperte sich. »Ich sehe nichts als Tod und noch mehr Tod, bis wir schwarz sind und aufgeschwemmt von Tod.«

»Ist das Nickys Handschrift?«

»Nein, ich glaube nicht«, sagte Sam. Er trank irgendwas und schluckte schwer. »Ziemlich gruselig, stimmt's?«

Ich nickte. »Dann haben sie also eine Kette und einen Zettel unter dem Bett gefunden. Sonst noch was?«

»Ich bin noch nicht fertig. Ach und Gemma, ich hab eine Nachricht im Revier bekommen. Eine Dame ist wohl vorbeigekommen und wollte den Chief sprechen, und diese neue Aushilfe – wie heißt sie noch schnell? –, Angie, hat die Nachricht an mich weitergeleitet. Der Name der Frau ist Kirshbaum, mit einem K. Sie sagte, sie besitze wichtige Informationen, die sie ausschließlich dem Chief persönlich geben könne. Klingelt da irgendwas?«

Ich ging einen geistigen Rolodex durch und verharrte bei K, dann suchte ich weiter. »Nein, ich glaube nicht …«

»Du klingst nicht ganz sicher«, sagte Sam.

Ich schnipste mit den Fingern. »Du kennst doch diese Werbespots für Anwälte, die spätabends laufen, wo sie dich in einem Mordfall für zweihundert Mäuse raushauen? Ich schwöre, so heißt der Typ. Kirshbaum. Carson oder Kyle. So was in der Richtung.«

»Bleib dran«, sagte Sam. »Ich werd's kurz googeln.«

Ich wartete und kaute an einem trockenen Stück Nagelhaut.

»Canyon Kirshbaum?«

»Genau. Canyon Kirshbaum. Gibt's auch ein Foto? Er ist ein eher großer kräftiger Kerl.«

Sam knurrte. »Kein Foto, nur eine miese Website. Was für ein Name ist das überhaupt – Canyon? Was soll's. Vielleicht ist es seine Frau, die angerufen hat?«

Ich zuckte die Achseln. »Ich weiß nicht. Ist ja vielleicht nicht mal derselbe Kirshbaum. Ich werde sie morgen anrufen. Ich bin sicher, das hat auch noch einen Tag Zeit. Wahrscheinlich ist sie nur eine ortsansässige Wichtigtuerin, die Agatha Christie spielt.«

»Du meinst, Miss Marple. Agatha Christie war die Autorin«, sagte Sam.

Er grunzte wieder, und dann hörte ich, wie es im Hintergrund bei ihm klingelte. »Sekündchen, Gemma.«

Dann hörte ich Stimmen, und schließlich war Sam wieder am Telefon. »Hey, können wir später weiterreden? Ein paar der Jungs sind hier, wir wollen angeln gehen.«

»Klar. Viel Spaß. Ach, und Sam?«

»Ja?«

Ich dachte an Finns toten Vogel und wollte schon sagen, er solle vorsichtig sein.

»Nichts. Zieh einen dicken Fisch an Land.«

»Ja, Ma'am«, sagte er und legte mit einem Klicken auf.

* * *

Stunden später würde ich mich an diesen Moment erinnern, in dem das Klicken sich anhörte wie ein Punkt am Ende eines Satzes.

Ich würde mich daran erinnern, dass ich ihn fast noch mal angerufen und ihm gesagt hätte, das Angeln könne warten, wir müssten Kirshbaum sofort anrufen und etwas aus unserem Sonntag machen.

So was machen Cops schließlich. Sie gehen den Spuren nach, solange die Spuren noch heiß sind.

Aber ich tat es nicht. Nicht an diesem Tag.

Stattdessen arbeitete ich mich durch die Wochenendausgabe der Tageszeitung und las über Krieg und Hungersnot in Afrika, einen Superstamm von Malariaerregern, der gegen sämtliche Medikamente resistent war, sowie George Clooneys aktuellen Blockbuster.

Später – viel später – fragte ich mich, ob Sam geblieben und mit mir zu Kirshbaums Haus gefahren wäre, wenn ich ihn angerufen hätte.

Ich glaube, er hätte es getan.

33. KAPITEL

Ich traf Chief Chavez im Wartezimmer des Krankenhauses. Er kam direkt vom Fußballturnier seiner Tochter und sah blass aus im Licht der Neonröhren, seine Beine überraschend dürr in der schwarzweißen Turnhose. Unter den Achseln seines grauen T-Shirts sah man dunkle, halbmondförmige Flecken, und als er sein Nike-Sonnenvisier absetzte, standen Haarbüschel in Wirbeln ab.

»Seine Eltern sind unterwegs«, sagte Chavez. »Der Vater war in Cheyenne, die Mutter in Denver. Die ältere Schwester habe ich auch erreicht, sie fährt runter nach Springs, um die Jüngere abzuholen.«

»Wo ist er?«

Chavez lehnte sich gegen die Wand und schloss die Augen. »Er wird gerade operiert. Sieht gar nicht gut aus, Gemma. Er hat viel Blut verloren, und ...«

Er rutschte die Wand hinunter, saß auf seinen Fersen und legte den Kopf in seine Hände.

»Und was?«

Chavez schüttelte den Kopf und biss sich auf die Lippe. »Gut möglich, dass sie sein Bein nicht retten können. Wenn er die Operation überlebt, werden sie es wahrscheinlich amputieren, sobald er stabil ist.«

Scheiße.

»Ich glaube es einfach nicht, dass keiner irgendwas gesehen hat. Verflucht noch mal, Lou Moriarty und drei andere Cops waren keine hundert Meter weit weg«, sagte ich. »Wir müssen uns da reinhängen, Chief. Zeugen, Reifenspuren; der Supermarkt an der Ecke hat eine Überwachungskamera – vielleicht hat sie ein Auto aufgenommen, das die Straße heraufkam?«

Chavez nickte langsam. »Ich habe einen Gefallen eingefordert. Avondale schickt ein Team rüber zum Tatort. Die werden sich um den Fall kümmern, Gemma. Wir sollten hier sein, für Sam, für den Falls, dass …«

Für den Fall.

Für den Fall, dass er überlebt.

Für den Fall, dass er stirbt.

Ich ließ mich ebenfalls die Wand hinuntergleiten und saß neben Chavez, während er mir die Geschichte erzählte. Die Jungs waren rauf zu Wally's Pond gefahren, einem ruhigen Fischteich zwanzig Minuten außerhalb der Stadt, bis zum Schilf voller Forellen. Es waren zwei Pick-ups mit Kühlboxen auf den Ladeflächen, gefüllt mit Sandwiches, Bier und Ködern. Sam folgte ihnen auf seinem Rennrad und fuhr am Fischteich vorbei ein paar weitere Meilen die Straße hinauf. Er wollte dann von oben zu ihnen stoßen, ein wenig trainieren und am Fluss entspannen.

Es war ein guter Tag zum Angeln.

Ein paar Stunden später lagen sieben Forellen auf Eis, ausgenommen und filetiert. Die Vögel durften sich über die Innereien freuen, nachdem sie gewartet und die Angler beobachtet hatten, die ihre Fliegen anknüpften und anschließend auswarfen.

Und irgendwo hatte noch jemand gewartet und beobachtet.

Als sie mit dem Angeln fertig waren, packten die Jungs ihren Kram zusammen und machten sich auf den Rückweg in die Stadt, Sam auf dem Rad hinter dem zweiten Pick-up. Irgendwann bemerkte der Fahrer, dass er Sam nicht mehr in seinem Rückspiegel sehen konnte. Er wendete, fuhr den gleichen Weg zurück und traf auf einen roten Ferrari, der am Straßenrand angehalten hatte und dessen Fahrer wie wahnsinnig in sein Handy brüllte.

Es war Fahrerflucht.

Der Aufprall schleuderte Sam von der Straße und die Schlucht hinunter. Einer der Beamten kletterte nach unten und legte einen Druckverband an Sams blutendem Bein an. Was ihm wahrscheinlich das Leben gerettet hatte. Sein Fahrrad war Schrott. Sam war bewusstlos, übel zerschunden und zerkratzt.

Der Ferrarifahrer war keine große Hilfe; er hatte eine weiße Limousine mit verschmutzten Nummernschildern gesehen, möglicherweise ein Insasse auf dem Rücksitz. Vielleicht waren es aber auch nur Schatten. Er meinte, es könnte ein Honda oder ein Toyota gewesen sein.

Das alles ergab überhaupt keinen Sinn. Sam war ein zweiundzwanzigjähriger Junge, gerade mal ein paar Wochen im Job, und ein Mädchen mit türkisfarbenen Augen wartete auf ihn. Er sollte ein guter Cop werden, kein Schreibtischhengst mit nur einem gesunden Bein und einer riesengroßen psychischen Narbe.

Vielleicht würde er wieder vollkommen gesund werden, sagten wir uns, Chavez und Moriarty und ich und ein halbes Dutzend weiterer Cops. Wir saßen in dem tristen, kalten Wartezimmer des Krankenhauses. Wir warteten auf das Eintreffen von Sams Familie, wir warteten auf Neuigkeiten des Chirurgen, wir warteten darauf, ob einer von uns durchkommen würde.

34. KAPITEL

Sam Birdshead verlor sein Bein um Mitternacht, etwa zur gleichen Zeit, als Frank Bellington im Schlaf starb. Beide Ereignisse erfuhr ich am frühen Morgen über Textnachrichten.

Chavez informierte mich über Sam, Bull benachrichtigte mich über Frank.
Ich rief Bull sofort an, noch bevor ich aus dem Bett stieg.

»Es tut mir leid. Ich weiß, dass Frank dir nahegestanden hat.«

Bull seufzte am anderen Ende der Leitung. Ich hörte eine Kuckucksuhr im Hintergrund die Stunde schlagen und wusste, dass er sich in seinem Arbeitszimmer befand. »Ja, wir haben uns früher sicher mal sehr nahegestanden. Es ist schwer, zu trauern, wenn ich weiß, dass er jetzt bei unserem Herrgott ist, aber ich hätte gerne noch ein letztes Mal mit ihm gesprochen.«

»Was hättest du denn gesagt?«

Bull schwieg.

Ich verfolgte durch das offene Schlafzimmerfenster, wie die aufgehende Sonne das graue Morgenlicht mit leuchtenden Nuancen von Rosa und Orange verwandelte. Es würde ein wunderschöner Tag werden. Seamus sprang aufs Bett und schob seine Schnauze an meine Hüfte. Er rollte sich zu einer Kugel zusammen, und ich kraulte ihn hinter den Ohren und freute mich über die Gesellschaft.

»Bull?«

»Ich hätte ihn gefragt, ob er seinen Frieden mit unserem Heiland geschlossen hat. Frank war ein komplizierter Mann, Gemma. Er hatte seine Dämonen, mehr geheime Dämonen, als andere wirklich wussten.«

Ich setzte mich im Bett auf, das Laken glitt von meinen Schultern. »Bull, was ist vor all den Jahren passiert? Warum hat eure Freundschaft aufgehört? Warum hat Julia mir gesagt, ich solle mich von ihm fernhalten?«

Bull atmete scharf ein. »Wann hat sie das gesagt?«

»Sie hat mich vor ein paar Tagen angerufen, nach der Pressekonferenz, die der Bürgermeister und seine Frau wegen des Mordes an Nicky gegeben haben. Julia hat mir gesagt, ich solle mich von diesem Mann fernhalten, und ich muss annehmen, dass sie entweder den Bürgermeister oder seinen Vater meinte. Warum sollte sie so etwas sagen?«

Bull hustete, und ich hörte ein anderes Geräusch im Hintergrund, die vertraute Abfolge von Pieptönen und Befehlen eines hochfahrenden Computers. Er war ganz eindeutig in seinem Arbeitszimmer, das er immer ein paar Grad kühler hielt als das übrige Haus. Es war sein privater Raum, sein Refugium, ein Zimmer gefüllt mit seinen Gesetzestexten des Bundesstaates und anderen juristischen Werken.

»Warum kommst du nicht vorbei? Es gibt ein paar Dinge, über die wir reden sollten«, sagte Bull. »Ach übrigens, Brody hat mir eine Mail geschickt. Gemma, mir gefällt die Vorstellung nicht, dass du ganz allein in diesem abgelegenen Haus bist. Willst du nicht ein paar Tage bei uns wohnen? Ich kann dein altes Zimmer herrichten.«

»Brody hat dir eine Mail geschickt, ja? Aber sich mit mir in Verbindung zu setzen, dafür findet er offenbar keine Zeit«, erwiderte ich. »Hat er dir erzählt, dass Celeste Takashima bei ihnen in Denali ist?«

»Nein! Was? Brody würde nie …«

»Komm mir nicht mit ›Brody würde nie‹, Bull. Du weißt verdammt gut, dass er würde. Ihr Männer denkt doch alle nur mit euren kleinen Hirnen. Ich komme hier draußen schon bestens klar, aber ich werde in die Stadt fahren und euch besuchen. Ich bin in einer Stunde da.«

Ich duschte und zog mich schnell an. Bevor ich das Haus verließ, rief ich Chief Chavez an. Er war nach Hause gefahren, um ein paar Stunden zu schlafen und sich umzuziehen, dann war er ins Krankenhaus zurückgekehrt. Chavez sagte, Sam würde sich nach der Operation gut ausruhen. Die Diagnose war gut, Sam hatte ein paar Monate Krankengymnastik vor sich, aber er lebte und würde wieder gesund.

Ich fuhr zum Haus von Bull und Julia. Die Straßen waren ruhig, als ich die Stadt durchquerte. Ich sah leere Parkplätze und Läden, die gerade öffneten. Ein Bus überholte mich auf seinem Weg in südlicher Richtung, ein einzelner Fahrgast war als Silhouette in der Innenbeleuchtung zu erkennen. Es war eine junge Frau mit langen hellen Haaren und einem dunklen Schal um ihren Hals. Sie sah kalt und einsam aus, und ich hoffte, sie war unterwegs zu einem warmen, freundlichen Ort.

Ich fragte mich, und das nicht zum ersten Mal, ob ich selbst das auch tun sollte. In den Süden fahren, in eine warme Gegend, vielleicht in eine kleine Grenzstadt am Strand. Meine Tochter an einem Ort großziehen, den ich nicht mit so viel Tod assoziierte. Es würde ein Ort sein, wo es nie Winter wurde, wo die Sonne schien und das Bier kalt war und das Meer sich bis an unsere Zehen vorwagte und sich zurückzog, was es in einem nie endenden Muster wiederholte. Wir könnten surfen lernen, und sie würde den Sommer bei ihrem Vater verbringen, an exotischen Orten rund um den Globus.

Als ich dann aber in die Einfahrt des Hauses meiner Kindheit einbog, verpuffte der Traum des Weggehens so schnell, wie er gekommen war. Es heißt, man könne nie mehr nach Hause zurückkehren, und ich habe viel zu viel Angst davor, dass es wahr sein könnte, um jemals wirklich zu gehen.

Das hier ist mein Zuhause, in guten wie in schlechten Tagen, bis dass der Tod uns scheidet.

Bull begrüßte mich an der Haustür mit einem Teller Quiche und einer Tasse heißem Kakao. Er trug einen Bademantel, einen dunkelblau und schwarz karierten Überwurf, der sich mit der grünen Schlafanzughose biss. Den Mantel hatte er letzte Weihnachten von Brody bekommen. Ich erinnere mich, wie Bull ihn uns vorführte, direkt nachdem er das Geschenk ausgepackt hatte, und dann zogen wir alle nacheinander das Ding an und funktionierten den Flur zu einem Laufsteg um.

»Ich habe seit Jahren keine heiße Schokolade mehr getrunken.«

»Als kleines Mädchen hast du immer Kakao getrunken, Gem. Als ich dich das erste Mal sah, warst du sechs Jahre alt und wahnsinnig niedlich – bis du das Wort nein hörtest. Und dann hieß es: Der Herr stehe uns bei, denn du hast Angst und Schrecken verbreitet. Ich habe ziemlich schnell gelernt, niemals nein zu sagen, wenn es um Kakao ging«, sagte Bull. Seine Miene wurde traurig. »Ich vermute, du könntest nicht für immer mein kleines Mädchen bleiben, oder?«

Ich schüttelte den Kopf. »Cedar Valley ist nicht Nimmerland. Wo ist Julia?«

»Mrs. Delmonico ist mit ihr ins Einkaufszentrum gefahren. Julia wurde langsam unruhig wegen ihrer Gesichtscreme. Ich hätte sie ja auch gefahren, aber ich glaube, deine Großmutter ist dieses alten Kerls ein bisschen überdrüssig.«

Ich hatte mein Versprechen vergessen, mit Julia shoppen zu gehen. »Dann ist sie jetzt ein paar Stunden weg?«

Bull nickte. Er beobachtete mich durch seine Brille mit dem dunklen Gestell. Sein Blick war schwer zu lesen. Die Falten und Schatten auf seinem Gesicht jedoch waren eindeutig. Er wirkte müde.

Wir zeigen der Welt, was wir sie sehen lassen wollen, stimmt's? Ich sah einen Mann vor mir, der langsam älter wurde, einen Mann, der den größten Teil seines Lebens als Erwachsener darauf verwendet hatte, die Gesetze des Landes zu verteidigen, zu schützen und zu achten. Einen Mann, der lernte, dass sich Recht und Ordnung nicht besonders gut auf Chaos in den Gedanken übertragen lässt. Julias Erinnerungen und Gefühle würden kommen und gehen, bis sie wie eine Fremde wäre.

Bull würde sie auf ihrer Reise begleiten, aber ich konnte an seiner Ermüdung erkennen, dass es ihm einen schrecklichen Tribut abverlangte.

»Ich werde sie an einem anderen Tag abholen. Ich nehme an, wir sollten uns in deine Kammer zurückziehen?«

Seine »Kammer« war der Spitzname, den er dem kleinen Arbeitszimmer direkt neben dem Wohnzimmer gegeben hatte. Ich war immer wahnsinnig gern in seiner echten Kammer im Gerichtsgebäude gewesen, und nach seiner Pensionierung erschien es nur angemessen, das Arbeitszimmer entsprechend umzubenennen.

Immerhin hatten wir dort immer unsere wirklich ernsten Gespräche geführt. In diesem Arbeitszimmer war ich über die Blümchen und die Bienchen aufgeklärt worden. Dort hatte ich eine ellenlange Standpauke über die Gefahren von Trunkenheit am Steuer über mich ergehen lassen müssen, nachdem ich einmal sehr spätabends von einer Highschool-Party nach Hause gekommen war, total zugedröhnt von billigem Wein und Marihuana. Genau dort hatten wir uns auch nach Julias Diagnose über die nächsten Schritte und Zukunftspläne unterhalten.

Wir nahmen unsere gewohnten Plätze im Arbeitszimmer ein; Bull hinter dem Schreibtisch, ich auf der Ledercouch. Ich stellte meine heiße Schokolade auf den Beistelltisch. Bei dem Gedanken, das dickflüssige, heiße Getränk zu trinken, drehte sich mir der Magen um.

Ich nahm einen Happen von der Quiche. »Hey, die ist ziemlich gut.«

»Deine Großmutter war schon immer eine gute Köchin. War schon irgendwie komisch, vom Junggesellentum in den Ehestand zu wechseln. Es war nicht immer einfach, Gemma, aber ich würde meine Familie gegen nichts tauschen wollen. Das ist das Allerwichtigste auf der Welt, abgesehen von Freunden und Glaube«, sagte Bull.

Er löste den Gürtel seines Bademantels. »Geh niemals in den Ruhestand, Liebes. Ich habe fünfzehn Pfund zugenommen, und seit ich nicht mehr auf der Richterbank sitze, tut mir der Hintern weh.«

Ich stellte die Quiche ab und faltete die Hände auf dem Schoß. »Familie, Freunde und Glaube, hm? Klingt gut in der Theorie. Was passiert, wenn im wirklichen Leben alles in die Grütze geht?«

Bull seufzte. »Woran erinnerst du dich, Gemma?«

»Woran erinnere ich mich wann?«

»Komm schon, wir reden doch beide von ein und derselben Sache. Woran erinnerst du dich bei Frank Bellington, bei Louis Moriarty, Jazzy Douglas … den anderen Jungs?«

Ich schloss die Augen und dachte nach. »Ich erinnere mich, dass Frank ein kluger Bursche mit einer Schwäche für Bonbons war. Louis war herausragend, ich erinnere mich, dass er seine Kanone immer in einem Schulterhalfter bei sich trug. Julia konnte es nicht ausstehen, dass er damit ins Haus kam. Jazzy war der erste Schwarze überhaupt, den ich in meinem Leben sah. Die anderen sind irgendwie verschwommen.«

Ich öffnete die Augen. Bull nickte.

»Frank«, sagte er, »mochte schon immer die süßeren Dinge des Lebens. Bonbons, Geld. Frauen. Louis versuchte einfach nur, als alleinstehender Vater klarzukommen, nachdem seine Frau gegangen war, als der Junge seinen Highschool-Abschluss machte.«

»Danny Moriarty.«

Bull war überrascht. »Woher wusstest du das?«

Ich schüttelte den Kopf. »Du zuerst, Bull. Die Wahrheit.«

»Ich habe dich nie angelogen, Gemma.«

»Doch, das hast du. Aber das macht nichts. Ich möchte wissen, weswegen eure kleine Gruppe auseinandergebrochen ist. Hatte es etwas mit dem Woodsman zu tun? Hat einer von euch die McKenzie-Jungs umgebracht, und die anderen wussten das oder vermuteten es?«

Bull erblasste. Er beugte sich vor und umklammerte die Kanten des Schreibtischs. Ich sah, wie die Farbe aus seinen Fingern wich. Ich spannte mich an, machte mich auf alles gefasst, doch dann lehnte Bull sich zurück und vergrub das Gesicht in Händen. Zu meiner Überraschung fing er an zu weinen.

»Es war schrecklich. Es war vielleicht zehn Jahre nach dem Verschwinden der McKenzie-Jungs. Du warst damals wahrscheinlich acht oder neun Jahre alt. Ich weiß nicht. Wir waren unten im Keller, vertieft in eine Partie Poker, betrunkener als ein Haufen Matrosen auf Landurlaub. Deine Großmutter schaute immer wieder kurz zu uns rein und sagte, wir sollten leiser sein. Irgendwann stand Frank auf, weil er auf die Toilette musste. Nach zehn oder fünfzehn Minuten wurde einer von uns nüchtern genug, um zu erkennen, dass er schon ziemlich lange weg war. Ich kam hoch, Frank war fort. Deine Großmutter saß schluchzend in der Küche.«

Bull unterbrach sich, um ein Papiertaschentuch aus einer Schachtel auf seinem Schreibtisch zu ziehen und sich die Nase zu schnäuzen.

»Was war passiert?« Ich konnte mich an nichts davon erinnern.

Bull knüllte das Taschentuch zusammen und warf es in den

kleinen metallenen Papierkorb neben seinem Schreibtisch. »Genau das habe ich auch Julia gefragt. Sie weigerte sich, mir zu antworten, weinte einfach nur weiter. Dann fragte ich, wo Frank sei. Ich war begriffsstutzig, betrunken und dumm. Ich zählte zwei und zwei nicht zusammen.«

»Hatte er sie angegriffen?«

Bull nickte. »Gott sei Dank war er zu betrunken, um viel mehr zu tun, als sie zu begrabschen. Sie hatte blaue Flecken am Kinn und auf den Armen. Sie konnte ihn mit einer Ohrfeige und ein paar scharfen Worten wegstoßen, und das ließ Frank nüchtern genug werden, um zu begreifen, was er da machte. Völlig aufgelöst und beschämt ist er geflüchtet.«

»Himmelherrgott.«

Bull richtete einen Finger auf mich. »Gemma, es ist mein Ernst. Missbrauche nicht seinen Namen in diesem Haus. Aber ja, deine Reaktion ist in Anbetracht der Umstände völlig angebracht. Natürlich war ich außer mir vor Wut. Ich wollte Frank aufspüren und ihm eine Abreibung verpassen, die er nicht mehr vergessen würde. Julia war völlig verstört, und dennoch schimmerten ihre Güte und Liebenswürdigkeit durch. Sie flehte mich an, es auf sich beruhen zu lassen, und sagte, Frank sei viel zu betrunken gewesen, um wirklich zu begreifen, was er da tat. Sie hat mich davon abgehalten, ihn zu verfolgen.«

»Und das war's dann? Hat Frank sich je entschuldigt?«

Bull schüttelte den Kopf und trank einen Schluck von seiner heißen Schokolade. »Ich musste Julia schwören zu vergessen, was passiert war. Natürlich konnte ich das nicht, also nahm alles seinen natürlichen Lauf. Das Verhältnis zwischen Frank und mir kühlte ziemlich ab, und in der Folge blieb unsere Pokerrunde auf der Strecke. Allerdings kann ich nicht sonderlich gut Geheimnisse für mich behalten, und schließlich habe ich es Lou erzählt. Er war fassungslos und betroffen, und alles war einfach nur ein einziger riesengroßer Schlamassel. Freundschaften gingen kaputt wegen eines einzigen Abends mit zu viel billigem Whiskey.«

»Glaubst du, Frank könnte auch noch anderen Frauen gegenüber tätlich geworden sein? Das war höchstwahrscheinlich nicht sein erstes Mal, Bull. Du hättest zur Polizei gehen müssen.«

»Und was hätte ich denen gesagt? Es stand Franks Wort gegen Julias Wort. Er hatte doch die meisten Leute der Stadt in der Tasche, von Projektentwicklern bis zur Mafia und die Hälfte aller braven Leute dazwischen. Er war der mächtigste Mann im Tal. Sie war nur eine Hausfrau. Und Julia schämte sich schon bei dem Gedanken an einen Skandal. Sie wollte die ganze Sache einfach nur vergessen. Frank hatte ja nicht wirklich etwas gemacht …«

»Blödsinn! Er hat versucht, sie zu vergewaltigen! Wenn du nicht im Keller gewesen wärst … Wenn sie ihn nicht hätte aufhalten können …«

Bull seufzte. »Ich bin nicht stolz, Gemma. Aber du musst verstehen, dass dieser Mann einer unserer engsten Freunde war. Es war Alkohol im Spiel. Es war ein Schock, und wir versuchten, das Beste aus dem zu machen, was wir hatten.«

»Du hast meine Frage nicht beantwortet. Glaubst du, es gab auch noch andere Frauen?«

Bull setzte sich zurück und legte die Fingerspitzen aneinander. »Ich weiß es nicht. Ich glaube …«

»Ja?«

»Ich glaube schon. Ich habe Frank über die Jahre im Auge behalten. Er verbarg es die meiste Zeit gut, aber ich glaube, dieser Mann hatte eine gefährliche gewalttätige Ader«, sagte Bull und nickte. »Ich bin nahezu sicher, dass es andere gab.«

»Rose Noonan?«

Bull richtete sich auf. »Rose? Nein, oh nein. Gemma, Frank mag ja gewalttätig gewesen sein, aber ein Mörder war er nicht.«

»Ich gehe jede Wette ein, dass du ihn vor jenem Abend auch nicht für einen Vergewaltiger gehalten hast«, sagte ich und biss mir auf die Lippe. »Bull, du hast eine Menge Fälle bearbeitet, zuerst als Anwalt, dann als Richter. Du und ich, wir haben beide schon gesehen, welche Schäden entstehen können, wenn die Bestie in der wahren Natur des Menschen zum Vorschein kommt. Mörder, Vergewaltiger: Sie haben Mütter, Partner, Brüder und Schwestern. Freunde. Und jeder einzelne von denen ist immer zutiefst erschüttert, wenn sie herausfinden, dass ihr Sohn oder ihr Ehemann nicht die Person ist, für die sie ihn gehalten haben.«

Bull schüttelte den Kopf, aber in seinen Augen war ein Leuchten, das vorher nicht dort gewesen war. Er beugte sich vor. »Etwas an dem Mord an dieser Frau hat mir all die Jahre keine Ruhe gelassen, Gemma. Ich habe den Obduktionsbericht zu Rose Noonan gelesen. Ihre Leiche war nicht ... frisch, als man sie aus dem Fluss gezogen hat.«

Ich selbst hatte ihren Obduktionsbericht nicht gelesen, aber ich erinnerte mich, dass Finn etwas in dieser Richtung erwähnt hatte, darüber, dass es Schwierigkeiten gab, den Zeitpunkt ihres Todes zu ermitteln. »Was willst du mir damit sagen?«

»Ich sage, vielleicht waren die Jungs in diesem Sommer nicht die ersten Opfer. Vielleicht ist Rose Noonan noch vor ihnen gestorben.«

Ich kaute nachdenklich auf der Innenseite meiner Lippe. »Also Rose zuerst, dann die Jungs. Ich sehe nicht, was das für einen Unterschied macht.«

Bull schüttelte frustriert den Kopf. »Natürlich macht das einen Unterschied, Gemma, falls es *derselbe Mörder* war. Er tötet zuerst sie, dann die Jungs. Aber er inszeniert es ganz bewusst so, dass ihre Leiche nach ihnen gefunden wird. Warum sollte er so etwas tun? Sie war neu in der Stadt, wohnte in einer Einzimmerwohnung im Armeleuteviertel. Sie hatte keine Freunde, kannte nur ein paar Leute. Niemand hat sie als vermisst gemeldet. Sie könnte schon einen oder zwei Monate tot gewesen sein, bevor ihre Leiche in den Fluss geworfen wurde. Vielleicht wurde ihre Leiche irgendwann nach dem Verschwinden der Jungs entsorgt, um uns auf eine falsche Fährte zu locken. Wenn man es aus dieser Perspektive betrachtet, ändert das doch manches, oder nicht? Du bist der Detective ... ändert das nicht manches?«

»Ich weiß nicht. Sie wurde vergewaltigt und erwürgt. Die Jungs wurden durch Schläge auf den Kopf getötet. Ihre Leiche wurde einfach weggeworfen. Die Jungs wurden vergraben. Entweder macht das einen Unterschied oder eben nicht. Falls der Woodsman sowohl Rose Noonan als auch die McKenzie-Jungs ermordet hat, worin besteht der Zusammenhang? Was ist das Motiv? Verbrechen aus Leidenschaft sind für gewöhnlich singuläre Ereignisse. Wir sehen nur äußerst selten, dass sich jemand ausgehend von einem im Affekt begangenen Mord zu einem Serienkiller entwickelt«, sprach ich meinen Gedanken laut aus. »Wusstest du, dass Louis Moriartys Sohn im Zusammenhang mit den McKenzie-Morden verhört wurde?«

Bull trank einen weiteren Schluck von seiner heißen Schokolade und nickte. »Jeder wurde verhört, Gemma. Ich eingeschlossen.«

»Louis hat mich ordentlich getriezt, weil ich in der Vergangenheit herumgewühlt habe«, sagte ich. »Himmel, das wäre ja mal was, wenn Louis' Sohn der Woodsman wäre und Frank

Rose Noonan umgebracht hätte. Und alle haben weiter so unschuldig hier in der Stadt gelebt, als könnten sie kein Wässerchen trüben.«

Bull stand auf. Er band den Gürtel seines Bademantels wieder zu und trat ans Fenster, die Hände tief in den Taschen des Mantels vergraben. Ein Ausdruck trat kurz auf sein Gesicht, den ich von ihm kannte, wenn ich ihn bei Gericht beobachtet hatte. Es war der Ausdruck eines Mannes, der in einem inneren Zwiespalt stand, der einerseits instinktiv seinem Nachbarn vertrauen wollte, während ihm andererseits seine Erfahrung sagte, dass niemand über Sünde erhaben war.

Ich wartete.

»Gemma, ich wünschte, ich hätte mehr Antworten für dich, aber ich habe sie nicht. Lou hat jahrelang mit Danny gekämpft. Er war ein eigenwilliger junger Mann, und er hat Lou und Ella das Leben wirklich schwergemacht. Ich glaube, Lou selbst hat sich immer gefragt, ob Danny diese Jungs ermordet haben könnte. Es war eine Erleichterung, als Danny endlich seinen Abschluss an der Highschool machte und Cedar Valley verließ. Er war so etwas wie der größte Tyrann der Stadt, aber wir sagten das damals nicht so offen. Er war einfach nur der harte Junge, vor dem jeder zurückschreckte«, sagte Bull. Er kratzte sich am Hinterkopf und betrachtete dann seine Fingernägel. »Was Frank betrifft, nun, da hast du natürlich recht. Ich habe ihn nie für einen Mörder gehalten. Ich hätte niemals denken dürfen, ihn gut genug zu kennen, um das eine oder andere auszuschließen.«

Bull unterbrach sich kurz, fuhr dann fort. »Aber nur, weil ein Mann im Schlafzimmer schwach ist, muss er noch lange kein Mörder sein, Gemma. Du weißt das besser als ich.«

Ich spürte, wie ich einen roten Kopf bekam, stand auf und schnappte mir meine Handtasche.

»Danke fürs Frühstück, Bull. Sag Julia Hallo von mir, wenn sie nach Hause kommt. Und danke, dass du am Ende doch noch mit der Polizei gesprochen hast. Ich hoffe, es nimmt dir eine Last von deinen selbstgerechten Schultern.«

Bull starrte mich traurig an. »Tut mir leid, Liebes, das ist völlig falsch rausgekommen. Brody ist auch nicht im Entferntesten wie Frank Bellington. Er betet dich an. Er bedauert zutiefst, was er getan hat.«

Ich nickte. »Klar. Ich finde selbst hinaus.«

35. KAPITEL

Frank Bellingtons Beerdigung fand einige Tage später statt. Wie bei den meisten Beerdigungen, brachten die Erzählungen über den Toten zu gleichen Teilen Lachen und Tränen hervor. Trauer über den Verlust, Freude über das Leben. Ich fand, ein gutgelebtes Leben zeichnete sich dadurch aus, wie nahe Lachen und Weinen beieinanderlagen. Wie die Süße einer einzelnen Erinnerung stark genug ist, um die Tragödie in den Hintergrund zu rücken, selbst wenn es nur für eine Sekunde ist. Terry Bellington und seine Schwester Hannah Watkins hielten Trauerreden, die sich oft auf Franks wachen Geist, seine Liebe zu seiner Frau – ihrer Mutter – und seiner Liebe zu unserer Stadt bezogen.

Ich verließ die Kirche nach der Hälfte der Trauerfeier und wartete auf meinen Partner. Er hatte einen Telefonanruf aus Avondale angenommen.

Es war Donnerstag.

Der Himmel war diesig, und es wehte eine leichte Brise.

Auf der gegenüberliegenden Seite jagte in einem angrenzenden Park ein Mann in einem orangeroten Basketball-Trikot ein kleines Mädchen mit winzigen Zöpfen. Sie quiekte, als er sie fing, und dann posierten die beiden für eine ältere Dame mit einer Kamera.

In der Nähe schlurfte ein Mann mit einem breitkrempigen Hut vorbei, im Gleichschritt mit seinem Schäferhund. Ihre Gesichter waren ergraut, und ihr Schritt wirkte müde. Es war schwer zu sagen, wer wen spazieren führte.

Finn wartete draußen auf mich. Im Spiegel seiner Sonnenbrille sah ich eine erschöpft wirkende Frau mit dickem Bauch, deren dunkles Haar locker ihr Gesicht umrahmte.

»Und?«

Er schüttelte den Kopf. »Avondale ist ein Witz. Sie haben fast nichts, gerade mal ein paar Bremsspuren auf der Straße. Die einzige gute Neuigkeit ist, dass sie einige Scherben des zerbrochenen Glases eines Scheinwerfers gefunden haben. Man kann nicht sagen, ob das unser Täter ist, aber die vorläufigen Untersuchungen sagen, dass es sich um einen Toyota handelt, ein älteres Modell. Wer immer Sam angefahren hat, war gründlich, langsam und erbarmungslos. Sie haben den Ferrarifahrer noch einmal befragt, er kann uns dazu nichts weiter sagen. Ich habe auch das Krankenhaus angerufen. Sam liegt immer noch im Koma.«

»Also suchen wir nach einem Toyota, älteres Modell. Super, davon gibt es höchstens eine Million in Colorado. Das ergibt alles keinen Sinn, Finn. Dieser Typ ist ein Schizo, ein echter Irrer. Er beginnt mit Mord, stuft dann auf blödsinnige Drohungen, Reifenschlitzerei und einen toten Vogel herunter und fährt dann wieder hoch zu versuchtem Mord? Ich begreife das nicht.«

Ich folgte ihm zum Parkplatz. Bei meinem Wagen hielten

wir an, und Finn räusperte sich. Ich schaute ihn über das Dach hinweg an.

»Was?«

»Sind wir überhaupt sicher, dass es derselbe Kerl ist?«, fragte er. »Ich meine, Sam hatte ja gerade mal einen kleinen Finger an dem Fall Nicky Bellington. Er war doch gar kein echter Spieler.«

Er zog einen Zahnstocher aus seine Brusttasche, steckte ihn sich in den Mundwinkel und zuckte die Achseln. »Was, wenn das eine gar nichts mit dem anderen zu tun hat?«

»Du machst Witze. Steig ein.«

Wir rutschten auf die Sitze, und ich fuhr fort. »Du willst mir ernsthaft erzählen, du glaubst, die beiden hätten nichts miteinander zu tun? Dass mitten in einer Mordermittlung einer unserer Partner zufällig das Opfer eines Unfalls mit Fahrerflucht wird?«

Ich startete den Wagen und schaute in den Rückspiegel. Der Parkplatz war leer; der Gottesdienst würde vermutlich noch zehn bis fünfzehn Minuten dauern. Anders als der Reverend bei Nickys Beerdigung war dieser Pfarrer ein echter Charakter. Er rockte den Altar, als wäre es eine Bühne.

Finn spielte mit seinem Zahnstocher im Mund, rollte ihn von Wange zu Wange und wieder zurück.

»Ich sage nur, dass wir nichts haben, was die beiden miteinander verbindet. Wir müssen vorsichtig sein.«

Ich fuhr vom Parkplatz, meine neuen Reifen nahmen die Kurve wie eine Eins. »Vorsichtig? Ich werde dir sagen, wer vorsichtig sein sollte. Unser Mörder. Meiner Meinung nach bekommt er langsam kalte Füße. Ich denke, wir können es noch nicht erkennen, aber irgendwie rücken wir ihm langsam auf die Pelle.«

Finn hörte zu, als ich ihm erzählte, dass Sam in Nickys

Schlafzimmer die Kette und das Gedicht entdeckt hatte, die in Nickys Schlafzimmer gefunden worden waren.

»Ja, stimmt, daran erinnere ich mich. Es war irgend so ein Blumenanhänger, meine ich. Aber das hat doch nichts zu bedeuten. Er hat die Kette wahrscheinlich in der Schule gefunden. Vielleicht war das Gedicht Teil eines Liebesbriefes. Du würdest entsetzt sein, Gemma, wenn du auch nur die Hälfte davon wüsstest, was Jugendliche heute so treiben.«

»Es war kein verdammter Liebesbrief, Finn. Sam findet ihn, und ein paar Stunden später ist er fast tot.«

Ich trat so heftig auf die Bremse, dass der Wagen hinten ausscherte. Finns Hand schlug mit einem dumpfen Knall auf das Armaturenbrett. Hinter mir hupte ein Volkswagen, lang und laut. Ich ging von der Bremse und glitt vorwärts, bis ich parallel zum Bürgersteig war. »Verfluchter Mistkerl. Wie konnte er das wissen?«

»Mach das nie wieder. Ich weiß, dass du nur selten eine Erleuchtung hast, aber verdammte Scheiße, mein Ellenbogen fühlt sich an, als stecke er in meiner Schulter.« Er massierte seinen Arm und fing an, seinen Hals mit kreisenden Bewegungen zu lockern. »Wie konnte wer was wissen?«

Ich starrte aus dem Fenster und redete mit mir selbst. »Drei Möglichkeiten. Sams Telefon wurde angezapft. Mein Telefon wurde angezapft. Sam hat es jemandem erzählt.«

»Es gibt eine vierte Möglichkeit: Sam wurde beobachtet«, sagte Finn und griff meinen gedanklichen Faden auf.

Ich schüttelte den Kopf und sagte: »Nein, das ergibt keinen Sinn. Du hast es selbst gesagt; Sam war kein Spieler in der Ermittlung. Warum ihn beobachten?«

Ich startete den Wagen wieder und fuhr langsam weiter. »Wenn du der Kerl wärst, dann würdest du mich beobachten. Oder dich – aber nicht Sam.«

Ich ließ die Ereignisse in Gedanken durchlaufen. Sam findet den Beweisbogen, in dem das Papier und die Kette beschrieben werden. Er ruft mich an. Unser Anruf wird unterbrochen – ›die Jungs sind hier, wir gehen angeln‹. Sam ist aufgekratzt. Vielleicht quatscht er, vielleicht mit Louis Moriarty. Sam fragt Moriarty, ob er sich daran erinnere, eine dünne goldene Kette gefunden zu haben, die unter Nickys Bett steckte. Vielleicht erinnert sich Moriarty tatsächlich.

»Louis Moriarty war in dem ersten Pick-up, das wissen wir ganz sicher.«

Finn hörte auf, seinen Kopf zu rollen, und stöhnte. »Lass endlich gut sein, ja? Moriarty hat nichts damit zu tun. Und das hier ist auch keine Verschwörung. Er hat keinen verdammten Partner, der Sam von der Straße gestoßen hat.«

Ich parkte vor einem schmalen viktorianischen Haus und überprüfte noch einmal die Adresse. Dann drehte ich mich zu Finn.

»Okay, also ist es möglicherweise nicht Moriarty. Aber du musst doch zugeben, dass jede verfluchte Fährte zu ihm zurückführt«, sagte ich.

Ich schaute zu, wie Finn an dem Zahnstocher kaute. »Ich glaube, du siehst es verkehrt herum. Es führt alles zurück zu Nicky. Er hat vor drei Jahren etwas gefunden, weswegen er weggelaufen ist. Dann kam er zurück. Und obwohl er sich größte Mühe gegeben hat, seine Identität zu verschleiern, hat ihn jemand wiedererkannt und umgebracht. Und nun befinden wir uns auf demselben Pfad wie Nicky damals, schauen uns die Berichte im Archiv an, öffnen alte Wunden. Nur jetzt sind wir es, die am Haken hängen und beseitigt werden sollen. Einer nach dem anderen.«

Etwas an den alten Wunden traf bei mir einen Nerv. »Es führt nicht alles zurück zu Nicky. Es führt alles zurück zu den

McKenzie-Jungs und dem Woodsman. Ohne ihn wäre Nicky jetzt gesund und am Leben, er wäre gerade aus Yale oder Harvard nach Hause gekommen und hätte ein paar Wochen lang Sommerferien.«

»Also, was jetzt?«

»Wir reden mit den Kirshbaums.«

36. KAPITEL

Canyon Kirshbaum war ein dicker Mann Ende dreißig. Wir saßen in seinem Garten, schlürften Eistee mit Zitronenschale und Honig, der aus einer Kristallkaraffe eingeschenkt worden war. Kirshbaum saß auf einer tiefen Bank, und seine dicken Oberschenkel hingen um ihn herum wie schmelzende Eiscreme an einem heißen Tag. Er trug einen dunkelgrauen Anzug und ein elfenbeinfarbenes Hemd, dessen oberste Knöpfe geöffnet waren. Dazu dunkle Schuhe, die so glänzten, als wären sie kürzlich gewienert worden.

Kirshbaum war ein liebenswürdiger Gastgeber. »Wie ist der Lipton? Noch etwas Honig? Wir kaufen ihn auf einem Bauernmarkt auf der Tenth, Ecke Spruce. Es gibt dort eine zauberhafte junge Dame, eine Haitianerin, die einen Wildblumentee anbietet, aufgegossen mit Pfirsichen aus Palisade. Er ist einfach göttlich.«

»Das hört sich großartig an, und dieser Tee ist genau richtig, so wie er ist«, sagte ich. »Sie haben einen wunderschönen Garten.«

Kirshbaum sah sich in dem weitläufigen Garten um, als sähe er ihn zum ersten Mal. Das Grundstück war lang und schmal, mit ausreichend schattigen Plätzen und genug Sonne, um eindrucksvolle Pflanzen zu ziehen.

»Meine Frau ist diejenige mit dem grünen Daumen. Ich bin nicht oft genug hier draußen, um ihn wirklich zu genießen«, sagte Kirshbaum. Er wischte sich die Stirn mit einem zartlilafarbenen Taschentuch. »Ich könnte ihnen noch nicht einmal die Namen der Hälfte dieser Dinger hier sagen. Ich habe mein Jurastudium in Chicago mit Auszeichnung abgeschlossen, aber ich kann keine Rose von einer Lilie unterscheiden.«

Ich zeigte auf eine besonders atemberaubende Blume mit dunkelroten samtigen Blütenblättern, die einen berauschenden süßen Duft verströmte. »Das ist eine Rose.«

Kirshbaum lächelte. Seine Lippen waren dünn und seine Zähne groß. »Ja, ich habe vermutlich übertrieben. Vielleicht hätte ich sagen sollen, dass ich den Unterschied einer Amaryllis und einer Orchidee nicht kenne.«

Ich zuckte die Achseln. »Eine Blume ist eine Blume ist eine Blume … egal, wir möchten ungern mehr Ihrer Zeit in Anspruch nehmen als nötig. Vielen Dank noch einmal, dass Sie uns überhaupt hier empfangen, wir hätten auch zu Ihnen ins Büro kommen können.«

Kirshbaum winkte ab. »In meinem Büro herrscht Chaos. Wir bauen um, und überall steht etwas herum. Meine Frau wird sich freuen, dass jemand den Garten nutzt. Sie ist gerade nicht in der Stadt, und meine Mutter lebt bei uns, also ist es gut so. Ich kann ein Auge auf sie haben und der Tagespflege einige Stunden freigeben.«

Finn trank den Rest seines Eistees aus, saugte einen Moment an der Zitronenschale und spuckte sie dann ins Glas. »Ich weiß nicht, wie viel meine Partnerin Ihnen erzählt hat, Sir, aber wie es aussieht, müssten wir uns eigentlich mit Ihrer Mutter unterhalten.«

Kirshbaum starrte Finn an. »Ich muss Sie warnen, meine Mutter hat so ihre lichten Momente, aber sie driftet seit einigen Monaten immer öfter ab. Ich bin erstaunt, dass sie überhaupt bei der Polizei anrufen konnte.«

Kirshbaum schenkte Finn ein weiteres Glas Eistee ein und füllte meines auf.

»Nun, Ihre Mutter hat beharrlich darauf bestanden, mit jemandem zu sprechen, und wir sind verpflichtet, jeder Spur nachzugehen. Wie Sie wahrscheinlich wissen, ermitteln wir in einem Mordfall ...«

»Ah, der Bellington-Junge, richtig?«

»Ja, Nicholas Bellington. Kannten Sie oder Ihre Mutter ihn? Oder die Familie Bellington?«

Kirshbaum lehnte sich zurück, legte die Fingerspitzen zusammen und dachte kurz nach. »Also, sein Vater Terry ist der Bürgermeister, und den kennen wir natürlich vom Namen her. Aber persönlich, nein, ich denke nicht.«

Er tupfte sich wieder die Stirn und steckte das lilafarbene Taschentuch danach in die Brusttasche. Dann lehnte er sich vor und brach die rote Rose mit seinen Fingernägeln vom Stamm ab. Das Chlorophyll der Pflanze hinterließ einen schmalen grünen Fleck unter seinem Daumennagel.

Kirshbaum schob mir die Rose über den Tisch hinweg zu. »Eine Rose für eine Rose. Lassen Sie mich nachsehen, ob meine Mutter wach ist. Ich bin gleich zurück.«

Er schob sich von der Bank hoch und zottelte durch die Verandatür ins Haus, außer Sichtweite. Ich stand auf, lehnte mich mit den Händen in den Hüften zurück und erblickte einen anderen Rosenbusch, der vor ungewöhnlich blassen violetten Blüten überquoll. Der Busch stand an der hinteren Mauer des Gartens, gute fünfzehn Meter entfernt.

»Hast du je Rosen in solcher Farbe gesehen, Finn?«, fragte

ich, und er schüttelte den Kopf, abgelenkt durch sein klingelndes Telefon. Ich ging über den Plattenweg nach hinten, bis ich vor dem Rosenbusch stand und die Blüten bewunderte.

Als ich mich wieder umdrehte, stieß ich mir den Zeh an einer Vogeltränke aus Alabaster, die von einer aggressiven Kletterpflanze fast verdeckt wurde, die sich wie ein Schraubstock um die Marmorsäule gewickelt hatte.

In der Schale standen einige Zentimeter olivgrünes Wasser, verschmutzt von schleimigen, verfaulten Blättern. Über der Oberfläche summten einige Mücken, deren winzige Körper wie Miniaturdrohnen vibrierten. Ich trat zurück und entdeckte eine Gedenktafel am Fuße der Säule. Als ich die Kletterpflanze beiseiteschob und näher hinsah, erkannte ich eine Inschrift und ein Relief von tanzenden Kindern, die einander an den Händen hielten.

Zwei Jungen.

Langsam ging ich wieder zu Finn und Canyon Kirshbaum, der inzwischen zurückgekehrt war. Sie waren in ein Gespräch vertieft, als ich sie unterbrach.

»Sir, sind Sie hier aufgewachsen?«, fragte ich. »In Cedar Valley?«

Er nickte. »Geboren und aufgewachsen. Abgesehen von der Uni in Chikago bin ich immer hier gewesen.«

»Und Ihre Mutter, war sie Künstlerin?«

Er nickte wieder. »In jüngeren Jahren war sie wirklich wunderbar. Sie hat gemalt, gezeichnet und sogar etwas Bildhauerei betrieben. Woher wissen Sie das?«

Ich zeigte mit dem Daumen auf die Vogeltränke. »Ihr Name steht auf dem Teil, direkt unter der Widmung an die McKenzie-Jungs.«

»Also, ja. Das stimmt«, sagte Kirshbaum, schnipste mit dem Finger, und sein Gesicht erhellte sich. »Die alte Vogeltränke hatte ich total vergessen. Sie stand jahrelang vor der City Hall, direkt vorne neben dem Springbrunnen, ehe sie unten am Fuß brach und meine Mutter sie hierher zurückgeholt hat.«

Finn stand auf und schaute hinüber zu der Vogeltränke. Er schaute mich mit weit aufgerissenen Augen an und fragte dann Kirshbaum: »Kannten Sie sie? Die Jungs?«

Der dicke Mann bewegte seinen Kopf, halb schüttelnd, halb nickend. »Sicher, ich war in der Schule einige Jahre unter ihnen. Ich war noch recht jung.«

»Aber Ihre Mutter kannte sie?«

»Ja, natürlich. Jeder kannte sie«, sagte er. »Cedar Valley ist eine kleine Stadt. Und vor dreißig Jahren war sie noch kleiner.«

Ich dachte daran, wie ich Moriarty in der Bar nach Nickys Beerdigung gesagt hatte, ich würde nicht an Zufälle glauben. Der Cop in mir hatte ein tiefsitzendes Vertrauen in Fakten, Zahlen und klare Beweise. Doch ich war schon immer der Ansicht gewesen, dass unser Leben und unsere Welt von Strömungen durchzogen wurden, von Fäden, die alle Dinge berühren und miteinander verbinden. Ereignisse, die noch Jahre, nachdem sie passiert sind, schwache Fingerabdrücke hinterlassen, die bleiben und die Oberfläche von Orten über die Zeit verändern.

Ich wusste, dass der Woodsman vor dreißig Jahren seine Spuren in Cedar Valley hinterlassen hatte. Ein kalter Schauer lief mir über den Rücken, als mir das erste Mal wirklich klarwurde, wie tief die Spuren gehen könnten.

»Meine Mutter wäre jetzt bereit«, sagte Kirshbaum, »wenn Sie immer noch mit ihr reden möchten.«

Oh, und ob ich das wollte!

Er bedeutete uns, ihm zu folgen. Im Haus war es schummrig, Fensterläden waren gegen die Hitze zugezogen, und die

Luft war kühl und duftete nach einer Blumenmischung und etwas anderem, wie Sägespäne oder einer Schreinerei.

Kirshbaum führte uns eine schmale Treppe hinauf. »Kommen Sie«, sagte er, »sie ist oben.«

Ich schob Finn mit dem Ellenbogen vor mich, und wir gingen hinter Kirshbaum die Treppe hinauf, dessen enormes Hinterteil vor uns hin und her schwankte. Oben angekommen, bog der Rechtsanwalt scharf rechts ab. Wir kamen an einem Zimmer mit einer halbgeöffneten Tür vorbei und hörten ein leises Gegacker.

Ich hielt an der Tür an, und obwohl ich nicht den Eindruck hatte, es könnte etwas nicht stimmen, befanden wir uns dennoch mit einem fremden Mann in einem fremden Haus. »Ist noch jemand anderes hier, Mr. Kirshbaum?«

Er hielt am Ende des Flurs an, kehrte zu uns zurück und schob die Tür ganz auf. Im Zimmer stand ein Gästebett mit einem hellblau-weißen Quilt darüber, einem Nähtisch und einem Holzkäfig so hoch wie ein Mensch. Im Käfig hockte auf einem dicken Ast ein schwarzer Vogel mit orangem Schnabel und Füßen und starrte uns an. Auf dem Käfigboden lagen Holzspäne und überreife Obststücke.

Der Vogel gackerte wieder und sagte dann: »Liebling, bin wieder zu Hause«, in einer Frauenstimme mit einem herben New Yorker Akzent.

»Himmel, ist das gruselig«, sagte Finn.

Kirshbaum lachte. »Das ist Margaret, der Beo meiner Frau. Diese Vögel sind unglaubliche Stimmenimitatoren. Margaret macht gern meine Frau nach.«

»Dieses Trimmrad fährt nicht von allein«, sagte Margaret und lachte. Kirshbaums Gesicht verdunkelte sich, er griff an mir vorbei und zog die Tür zu.

»Meine Mutter wartet«, sagte er und führte uns zur letzten

Tür am Ende des Flurs. Er rief in den dunklen Raum hinein, und eine ruhige, feste Stimme antwortete.

»Wir lassen das Licht abgedunkelt«, flüsterte uns Kirshbaum zu. »Meine Mutter hat empfindliche Augen. Das Halbdunkel scheint zu helfen.«

Wir folgten ihm in das kleine Schlafzimmer mit spitzenverzierten Tüchern an der Wand und verblichenen Orientteppichen auf dem Boden. Eine ältere Dame Anfang siebzig saß im Bett und lehnte an einen Haufen elfenbeinfarbener Seidenkissen. Ihr graues Haar lag in kleinen Locken eng am Kopf und umrahmte ein attraktives Gesicht. Sie war zierlich, und der handgearbeitete Quilt und die Häkeldecke, die sie bis zum Kinn hochgezogen hatte, verschluckten sie fast vollständig.

Ich stellte Finn und mich vor und setzte mich auf die Bettkante. Finn stand in einer Ecke, die Hände in den Hosentaschen und mit einem Gesichtsausdruck, der darauf schließen ließ, dass er überall lieber wäre als hier im Schlafzimmer einer Frau, in dem sie vermutlich bleiben würde, bis sie starb.

Ich berührte die Fäden der obersten Decke.

»Das ist ein Echo-Quilt, nicht wahr?«

Ihre Stimme war alt, aber ruhig. »Ja, ist es. Quilten Sie auch?«

Ich schüttelte den Kopf. »Meine Mutter hat Quilts geliebt. Sie konnte sich nicht leisten, viele zu kaufen, also hat sie sie fotografiert. Ich habe ein ganzes Notizbuch mit Fotos. Mir haben die Namen immer gut gefallen: Album, Clamshell, Crazy, Memory, In-the-ditch, Echo.«

»Es ist eine in Vergessenheit geratene Kunst. Ich musste Canyon bitten, meinen Fernseher wegzustellen; ich konnte all die schrecklichen Fernsehsendungen nicht mehr aushalten, in denen Frauen sich gegenseitig angreifen. Früher waren wir alle Schwestern. Frauen sind zusammengekommen und haben ihre Geschichten geteilt und ihre Sorgen, und gemeinsam haben sie aus nichts etwas Neues geschaffen – wie diesen Quilt«, sagte sie.

Ich dachte an Tessa und Lisey und die grausamen Dinge, die sie zu- und übereinander gesagt hatten. »Es haben sich viele Dinge verändert, nicht wahr?«

Mrs. Kirshbaum beäugte mich aus dem Augenwinkel und nickte langsam. »Canyon, mach dich nützlich, mein Lieber. Mach uns noch eine Karaffe von diesem Eistee, ja?«

Kirshbaum stand am Fuße des Bettes, entschuldigte sich und verschwand. Finns Mobiltelefon summte wieder, und nachdem er kontrolliert hatte, wer der Anrufer war, verließ auch er den Raum.

»Ma'am, Sie leben schon lange hier, nicht wahr?«, sagte ich.

Sie seufzte. »Ja. Aber es wird nicht mehr viel länger sein, denke ich. Meine Zeit ist gekommen, und es gibt nichts, was ich tun kann, um es aufzuhalten. Nicht, dass ich es aufhalten wollte, hören Sie. Ich bin bereit. Ich bin müde.«

Ihre Stimme und ihre Worte hatten einen beichtenden Klang, ich dachte an die Vogeltränke im Garten und an die Mühe, die es sie gekostet haben musste, bei der Polizei anzurufen. Irgendetwas lastete auf der Seele dieser Frau, etwas Dunkles und Schweres.

»In all den Jahren, die Sie schon hier leben«, fing ich an, »wie viel Böses haben Sie schon gesehen? Ich rede über das wirklich Böse. Wie die beiden Kinder, die vor dreißig Jahren verschwunden sind. Wie der junge Mann, der letzte Woche umgebracht worden ist. Wie der Polizist – einer meiner Freunde –, der von einem Wagen angefahren wurde und sein Bein verloren hat.«

Ihr Gesicht wurde bleich, aber ihre Stimme blieb fest. »Glauben Sie an Gott, Detective?«

Ich nickte. »Ja, ich glaube, dass es einen großen Sinn, eine höhere Macht gibt.«

»Das tue ich auch. Ich wusste, dass der Tag kommen wird, an dem ich für meine Sünden geradestehen muss«, sagte sie. Sie lehnte sich zurück und schloss die Augen. »Ich werde Ihnen eine Geschichte erzählen, Liebes. Ich bin nicht stolz darauf, doch ich denke, es ist langsam an der Zeit für diesen alten Vogel. Der Sonnenuntergang steht bevor, und die schmutzigen Geheimnisse werden besser gelüftet, bevor die Nacht kommt.«

Ihre Augen öffneten sich. »Das hat mein Großvater immer gesagt hat. Er war ein ängstlicher, abergläubischer alter Kauz.«

Sie griff mit ihren knotigen Fingern, die aussahen wie Klauen, nach dem Quilt. »Möchten Sie gern eine Geschichte hören, Detective? Es ist die Geschichte eines Geheimnisses, das dreißig Jahre lang bewahrt wurde.«

37. KAPITEL

Es dauerte eine Stunde, bis Mrs. Kirshbaum die ganze Geschichte erzählt hatte, und am Ende war ich ein emotionales Wrack. Gleich am Anfang hielt sie inne und lauschte auf Canyons schwere Schritte, als er die Treppe hochstieg, dann den Flur herunterkam und ihr Zimmer betrat. Er stellte das Tablett ab und gab jedem von uns ein Glas Eistee. Dann setzte er sich in eine Ecke, betrachtete seine Mutter und begann an irgendeinem Punkt, sich an der Geschichte zu beteiligen, Details hinzuzufügen, die nur er kennen konnte. Sie beide zu hören, wie sie ihre traurige Geschichte erzählten, war irgendwie noch schlimmer; eine nette Mutter und ihr erfolgreicher Sohn, die so eng mit Cedar Valleys größtem Mysterium verknüpft waren.

Die Geschichte selbst war klar und einfach.

Doch Sylvia Kirshbaum erzählte mir nicht nur eine Geschichte, sie erweckte die Vergangenheit zum Leben, eine qualvolle Erinnerung nach der anderen. Und im Geiste konnte ich sie sehen: sittsam und korrekt, mit hochgestecktem Haar und einem Kleid, dessen Rock genau bis zur Mitte der Knie reichte, und ihren Pumps, anständige drei Zentimeter hoch. Schließlich schrieben wir das Jahr 1985.

* * *

Canyon war an jenem Nachmittag untröstlich.

Es war Anfang Juli, einer dieser perfekten, warmen Tage, die nur wenige Male zwischen Frühlingsende und Herbstanfang vorkommen, wenn die Luft heiß ist und der Himmel blau und die Welt vor Leben und Farben fast zu platzen scheint.

Canyon war ein zierliches Kind, man konnte ihm die schmalen Schultern und den breiten Hintern, den er von seiner verstorbenen Großmutter geerbt hatte, noch nicht ansehen. Er war sieben Jahre alt, dürr wie eine Bohnenstange, mit einer Nase, die wegen seiner Allergien ständig triefte, und feuchten Augen, die rot unterlaufen waren und sensibel auf helles Licht reagierten.

»Aber warum?«, fragte er, und es klang wie »Aba wa'um?«

Sylvia Kirshbaum wischte wieder die Nase ihres Sohnes – Himmel, hatte dieses Kind einen Verbrauch von Taschentüchern! – und legte ihre Hände um seine, die eine Teetasse umschlossen. Er hatte bleiche, dünne Finger, die länger waren, als sie für sein Alter und seine Größe sein sollten, wie die Finger eines Klavierspielers oder Chirurgen.

»Weil, mein liebes Kind, du dir sonst den Tod holst. Jetzt musst du dich ein wenig ausruhen, während Mama zur Arbeit geht, und wenn ich wieder da bin, bereiten wir eine Überraschung für Daddy vor. Wie klingt das?«, fragte sie.

Wenn sie wieder zu spät kam, würde Mr. McGuckin sie in sein Büro rufen, wo sie auf dem schwarzen Ledersofa sitzen musste, und er würde sie über seine Hornbrille hinweg anstarren und sie beschimpfen. Sie, eine erwachsene Frau, dafür beschimpfen, dass sie ihre Lochkarte eine Minute nach ihrer erwarteten Rückkehr vom Mittagessen abgestempelt hatte.

Es gab keine Widerworte. Canyon heulte nur, als sie ihre Handtasche kontrollierte, ihren schweren Messingring mit den Schlüsseln und dem komischen Eulen-Schnickschnack daran herausholte und die Tür hinter sich zuzog.

Eine Stunde lang war er nun sicher und wohlbehalten zu Hause aufgehoben.

Jede Minute dieser Stunde hätte etwas passieren können, was ihn daran gehindert hätte, nach draußen zu gehen und die schrecklichen Ereignisse dieses Sommers in Gang zu setzen.

Doch die Uhr tickte, und Canyon hatte keine Ahnung, dass das Schicksal draußen auf ihn wartete.

Das vertraute Quietschen des Postboten lockte Canyon zur Tür und vorsichtig die Eingangsstufen hinunter. Er schnappte sich die neue Ausgabe von *Boy's Life* aus dem Blechkasten und ließ den Sears-Katalog und die Briefe darin liegen. Wieder im Haus, in der Küche, schenkte er sich ein großes Glas Milch aus der Flasche ein, die im Kühlschrank stand, und durchsuchte dann erneut die Speisekammer, falls seine Mutter es geschafft haben sollte, doch eine Schachtel Kekse vor ihm zu verstecken.

Aber das hatte sie nicht, also gab er sich mit dem Glas Milch und einem Stück Pie zufrieden. Allerdings war es Kirsch-Pie, schleimig wie Schnodder, und er schmiss ihn nach der Hälfte ins Klo.

Als er zusah, wie der Pie durch den Abfluss rutschte, flüsterte er *Scheißpie*, kicherte und sagte es noch einmal.

Scheißpie!

Im Wohnzimmer legte Canyon sich bäuchlings auf den Boden, so ausgerichtet, dass er jeden Sonnenstrahl erwischte. Er las die Zeitschrift und wischte sich alle paar Minuten mit dem Handrücken die Nase. Er nieste und tat so, als würde er die Spritzer auf der Zeitschrift vor sich nicht sehen. Stattdessen konzentrierte er sich auf die neueste Spur des »Mars Attacks!«-Rätsels. Mit der Zungenspitze in der Lücke seiner Frontzähne trug er den Code vorsichtig ein und fügte ihn zu seinem Notizbuch hinzu, das er immer in der Gesäßtasche trug.

Im Augenwinkel bemerkte er eine Bewegung vor dem Fenster. Er linste hinaus und sah etwas sehr Interessantes. Die Kirshbaums wohnten am Ende einer Sackgasse, hinter der direkt eine große Aue mit Kiefern und Espen begann, und mit einem Pfad, der am Bach entlang in den Wald hineinführte. Auf dem Pfad Richtung Wald gingen zwei blonde, ältere Jungen. Canyon kannte sie aus der Mittelschule, die an seine Grundschule grenzte.

Es war 14:15 Uhr.

So schnell er konnte, zog er seinen Pyjama aus, ließ ihn in einem Haufen auf dem Schlafzimmerboden liegen, schlüpfte in eine Baumwollshorts und ein dreckiges, altes Hemd, das seine Mutter immer wieder wegwerfen wollte. Bis er sie eingeholt hatte, war er außer Atem, und auf seiner Oberlippe stand der Schnodder.

»Hey, Jungs, was macht ihr?«, fragte Canyon.

Sie brauchten einen Moment, um ihn zu verstehen, und er wurde rot, als das schwere Atmen und sein Stottern seine Worte in ein unverständliches Kauderwelsch verwandelten.

»Er zeigt mir ein Geheimnis«, sagte der Jüngere, und deutete auf den älteren, größeren Jungen.

»Ein Geheimnis, mhm?«, sagte Canyon. »Kann ich mitkommen?«

Sie wirkten skeptisch. »Ich weiß nicht. Du bist doch noch ein Baby. Ein krankes Baby.«

»Bitte! Ich bin kein Baby mehr.«

Einer der beiden fragte: »Wie alt bist du denn?«

»Neun«, log er. Der ältere Junge lachte höhnisch. »Okay, acht, aber fast neun. Ich bin nur klein für mein Alter. Echt.«

Die beiden Jungs zogen sich ein Stück zurück und berieten sich flüsternd. Nach einer gefühlten Ewigkeit rief der Ältere Canyon mit seinem Finger zu sich.

»Du kannst mitkommen, aber du musst deinen Mund halten, okay? Das ist mein geheimes Lager, und ich will nicht, dass irgendwelche Babys es herausfinden.«

Sie verließen den Pfad und gingen eine Weile am Bach entlang, bis sie zu einem kleinen Hügel kamen. Direkt hinter der Hügelkuppe war ein dichtes Gestrüpp mit Beeren und Dornen. Canyon hatte sich noch nie so weit vorgewagt, und das Brombeergebüsch sah fies und gefährlich aus, wie etwas aus einem der Märchen, die seine Mutter ihm oft vorlas.

Der kleinere Junge bemerkte Canyons Zögern. »Nun komm schon, er wird nicht auf uns warten.«

Der ältere Junge vor ihnen war tatsächlich bereits verschwunden. Lachend beeilte sich der andere, zu ihm aufzuschließen. Canyon putzte sich seine Nase am Hemd ab. Der Busch schluckte die älteren Jungs, und ihr Gelächter hörte sich plötzlich so an, als wäre es weit fort.

Dann war es auf einmal still, und Canyon stand allein im Sonnenschein.

Er putzte sich wieder seine Nase, holte tief Luft und schob sich durch das Dickicht. Die Äste und Blätter waren weniger dornig als gedacht, und er erblickte die beiden Jungen, die auf einer kleinen Lichtung hockten und etwas zwischen sich hin und her reichten. Es war klein, ungefähr die Größe einer Zigarette, aber roch anders, süßlicher.

»Was ist das?«, fragte Canyon.

Die beiden Jungen schauten sich wissend an.

Der Jüngere sagte: »Gras. Willst du mal?«

Canyon schüttelte den Kopf.

»Na komm schon, Canyon. Hab doch mal Spaß«, sagte der ältere Junge. Er nahm die komisch aussehende Zigarette an den Mund, zog daran, inhalierte, hielt die Luft, solange es ging, an und pustete sie dann in einem langen Atemzug wieder aus. Er fing an, trocken zu husten, sein Gesicht wurde tiefrot. Der kleinere Junge lachte, doch Canyon traute sich nicht. Er hatte schon zu oft gesehen, wie der Ältere Jungs in der Schule verkloppte.

Über das Geräusch seines Hustens und das Gezwitscher der Vögel hinweg hörte Canyon das tiefe Brummen eines Diesel-Pick-ups.

»Jungs, pscht. Da kommt jemand.«

Der ältere Junge trat schnell die Zigarette mit dem Absatz seines Stiefels aus. »Oh, Scheiße. Wir sind wirklich am Arsch, wenn man uns damit erwischt. Ich habe es aus der Schmuckkassette meiner Mutter geklaut.«

»Was sollen wir jetzt machen?«, fragte der kleinere Junge. Er hatte Panik. Sein Vater war doppelt so gemein wie der Vater des Älteren.

»Schnell, hier hoch«, sagte der ältere Junge und zeigte auf einen kleinen Hügel. »Wir können uns verstecken.«

Die Jungs rannten los Richtung Hügel. Canyon fiel schnell zurück, sein Atem ging schwer, die Nase war stärker verstopft denn je. Er fühlte sich zu heiß und fragte sich, ob er wohl Fieber hätte. Blöde Idioten. Er hätte es besser wissen müssen, anstatt ein paar Versagern wie ihnen in den Wald zu folgen.

Schließlich erreichte er sie, wie sie auf der Rückseite eines kleinen Hügels flach auf dem Bauch lagen.

»Was –«, setzte er an, doch der Ältere griff ihn, zog ihn herunter und legte ihm seine Hand auf den Mund, die nach Thunfischsalat und Motoröl roch. Canyon wehrte sich gegen den älteren Jungen und hörte erst dann auf, als er sah, was die beiden unten am Bach beobachteten.

Canyons Augen wurden so groß wie Teller. Er schaute hin, voller Furcht davor, den Blick abzuwenden, denn falls er das täte, würde der Mann vielleicht über den Bach und den Hügel herauf zu ihnen kommen.

Der Mann trug ein dunkles Hemd und eine blaue Jeans und hatte eine Baseballkappe zum Schutz gegen die Sonne tief ins Gesicht gezogen. Die Frau trug ein rotes Kleid, das an der Taille und am Hals eng anlag, wie eines von denen, die Canyons Mutter manchmal trug, wenn sie mit seinem Vater zum Essen ausging. Im Schatten unter einem Baum parkte ein Pick-up. Jemand saß auf dem Beifahrersitz, verborgen durch die Schatten, einen Cowboyhut tief ins Gesicht gezogen.

Die Frau lag am sandigen Ufer des Baches, und der Mann zerrte an ihrem Arm, zog sie Richtung Wasser, doch sie hing fest, hatte sich in irgendetwas verfangen. Er fluchte laut und riss noch einmal mit einem Ruck an ihr. Der Kopf der Frau fiel nach hinten, und ihre Augen starrten die Kinder an.

Doch diese Augen sahen nichts mehr, und Canyon spürte, wie ein kleines Rinnsal durch seine Unterhose die Beine hinunterlief. Der ältere Junge spürte die Nässe, rückte von Canyon ab, stellte dabei fest, dass er ihm noch immer den Mund zuhielt und ließ ihn los.

Der Mann hatte die Frau bis ans Wasser geschleift. Er flüsterte etwas, hielt inne und wischte sich die Hände hinten an der Hose ab.

Und dann nieste Canyon, ein lautes Geräusch, das die Luft erfüllte wie eine Schar Gänse.

Der Kopf des Mannes fuhr hoch, so schnell, dass die Kinder nie eine Chance hatten. Der Mann schaute hoch, über den Bach den Hügel herauf und sah zwei Jungen, die ihn mit entsetztem Blick anstarrten. Der Kopf des dritten Jungen war durch das Niesen gebeugt, und als Canyon ihn wieder hob, war der Mann bereits knietief im Wasser und kam zu ihnen herüber.

»Lauft!«, rief der ältere Junge. Er und der kleinere Junge rannten los Richtung Pfad, während Canyon Panik bekam. Er rollte den Hügel hinunter, landete im Dickicht unter dornigen Brombeeren und einem Blätterhaufen. Er hörte, wie eine Autotür zuschlug, und erstarrte; der Beifahrer hatte sich der Verfolgung angeschlossen.

Der Jagd.

Canyon zog den Kopf ein, rollte sich zu einer Kugel zusammen und schloss die Augen. Er blieb dort mehrere Stunden, wie es sich anfühlte, bis er schließlich hörte, wie Türen geöffnet wurden und wieder zuschlugen, wie der röhrende Motor des Diesel-Pick-ups angelassen wurde und der Wagen sich über den alten Holzfällerweg entfernte, der in die Stadt führte.

* * *

Canyon Kirshbaum machte eine Pause, holte tief Luft und wischte sich die Tränen ab, die ihm über die Wangen liefen.

»Tss-tss«, machte die Mutter von ihrem Bett aus. »Als ich von der Arbeit nach Hause kam, fand ich ihn in seinem Zimmer, die Kleidung durchgeweicht, dreckig und voller Urin. Er stand unter Schock. Ich bekam genug aus ihm heraus, um mir zusammenzureimen, was passiert war, und dann habe ich ihn in die heiße Badewanne gesteckt, und wir haben nie wieder darüber geredet.«

Ich starrte sie ungläubig an. »Sie sind nie zur Polizei gegangen, selbst als am nächsten Tag in der Presse über das Verschwinden der Jungen berichtet wurde?«

Die alte Frau schüttelte den Kopf. »Canyon hat mir nie erzählt, mit wem er zusammen war. Er sagte einfach nur, es seien Kinder aus der Schule gewesen, ältere Kinder. Ich wusste nicht, dass es diese beiden Jungs waren. Davon abgesehen hätten die Cops nie ein Wort von dem geglaubt, was ich gesagt hätte. Und ich konnte es nicht riskieren, um Canyons willen nicht. Ich konnte es einfach nicht.«

Finn fluchte. Er stand im Türrahmen des Schlafzimmers, mit einem Ausdruck von Abscheu auf dem Gesicht. »Und Sie, Canyon, haben Sie den Mann nie wiedergesehen?«

Canyon schüttelte den Kopf und zuckte die Achseln. »Ich weiß nicht. Vielleicht. Vielleicht auch nicht.«

»Was zum Teufel soll das heißen?«

Elend trat in den Blick des Mannes, und seine Augen füllten sich wieder mit Tränen. »Das ist die verdammte Schande daran. Wir haben nie sein Gesicht gesehen, keiner von uns. Er hat die Cousins gesehen, doch wir konnten sein gottverdammtes Gesicht nie erkennen. Diese Kappe hat alles verborgen. Wenn er doch nur gewusst hätte, dass wir gar keine Bedrohung waren, weil wir ihn ja gar nicht erkannt hatten. Ich weiß noch nicht einmal, ob er überhaupt wusste, dass ich dort war. Ansonsten hätte er doch weiter Jagd auf mich gemacht.«

Ich konnte es nicht glauben. Die Frau in dem roten Kleid musste Rose Noonan gewesen sein, deren Leiche einen Monat nach dem Verschwinden der Jungen flussabwärts gefunden wurde. Der Woodsman hatte die McKenzie-Jungs umgebracht, weil er annahm, sie könnten ihn als ihren Mörder identifizieren. Und Canyon hatte einfach nur deshalb überlebt, weil dieser Mann sein Gesicht nicht gesehen hatte. Unfassbar. Das Universum hatte genug Rätsel zu bieten, dass man früher oder später aufhörte, alles in Frage zu stellen, und stattdessen begann, den perfekten Sinn in alldem zu sehen.

Neben mir ruckelten die Sprungfedern des Bettes und beruhigten sich dann wieder. Mrs. Kirshbaum war bleich, aber hatte trockene Augen. Sie starrte mich an. »Vermutlich verachten Sie mich jetzt, oder? Wenn Sie erst einmal das Baby haben, dann werden Sie schon sehen. Sie werden sehen.«

»Was sehen?«, sagte Canyon. »Alles, was ich weiß ist, dass du eine Möglichkeit hattest, diesen Kindern zu helfen, und du hast es nicht getan. Du hast mich vergessen lassen – nein, du hast mich dazu *gebracht* zu vergessen, was ich gesehen habe. Als wäre es nie passiert. All diese Jahre, all diese Alpträume, die ich in meiner Jugend hatte … du hast mir immer wieder eingeredet, dass nichts davon wahr sei, dass ich es mir alles nur eingebildet hätte. Mein Gott. Die Vorstellung, dass ein Teil von mir wusste, sich die ganze Zeit daran *erinnerte*, was diesen armen Jungs zugestoßen ist.«

Canyon zog ein Taschentuch aus einer Schachtel auf dem Fensterbrett und putzte sich die Nase. Dann fuhr er fort. »Als du angefangen hast, über diesen Nachmittag zu sprechen, habe ich mich gefühlt, als würde ich ertrinken und deine Worte wären ein Arm, der nach unten greift und mich aus einem dichten schwarzen Nebel zieht. Ich erinnere mich. Ich erinnere mich an alles. Und ich werde mich daran erinnern, wenn du schon lange fort bist, bis zu dem Tag, an dem ich sterbe. Es war falsch, nicht zur Polizei zu gehen, und es war falsch, mich die ganze Zeit glauben zu lassen, dass die jahrelangen Alpträume das Resultat einer unanständigen, übertriebenen Phantasie seien.«

»Sie werden sehen. Die Liebe einer Mutter kennt kein Richtig oder Falsch. Die Liebe einer Mutter ist … ist …«, flüsterte Mrs. Kirshbaum und schloss die Augen. »Was hätte ich denn tun sollen? Zur Polizei gehen und sagen, mein Sohn *denkt*, er hätte eine tote Frau gesehen, die entsorgt wurde? Dass er und einige Jungs im Wald Drogen – Drogen! – genommen hätten? Sie hätten mir niemals geglaubt. Und wenn es wahr gewesen wäre – *wenn* es die Wahrheit war –, nun, dann wäre Canyon in Gefahr gewesen.«

Ich begann zu verstehen. »Und Sie hatten bereits eine Akte, nicht wahr? Deswegen hatten Sie Angst, die Cops würden Ihnen nicht glauben.«

Mit nach wie vor geschlossenen Augen hob die alte Frau eine Hand an ihre zusammengefallene Brust und rieb darüber. Ihre Hand fuhr hoch zu ihrem Hals, und sie begann sich dort zu kratzen.

»Ich habe niemals einen Cent gestohlen. Ich habe über zehn Jahre das Haus dieser Frau geputzt, und sie beschuldigte mich, nachdem ihr Silber verschwunden war. Nicht den mexikanischen Gärtner oder den schwarzen Klempner. Mich, die jüdische Hure. Sie hat die gesamte Stadt gegen mich aufgebracht. Es war der Segen Gottes, dass Mr. McGuckin so dringend eine Hilfe brauchte, dass er mir einen Job gegeben hat. Aber er hat mich belauert wie ein Habicht, das können Sie mir glauben.«

Canyon seufzte. »Mutter –«

»Canyon, ich weiß, dass du immer das Gute in jedem Menschen sehen willst, doch so läuft das nicht in der Welt. Die Cops waren die schlimmsten. Vereidigte Polizisten, dass ich nicht lache. Sie haben Hand an mich angelegt. Ich bin spätabends von der Arbeit nach Hause gefahren, und sie haben mich angehalten, zwei Wagen mit Lichtern und Sirenen und Dienstmarken, die sie dazu berechtigten, sich wie Tiere aufzuführen. Es waren vier Männer. Ich musste mich gegen den Wagen stellen, und dann haben sie sich dabei abgewechselt, mich abzutasten, von oben nach unten, von unten nach oben, überall dort, wo sie wollten. Und einer von ihnen, ein großer Kerl, der mich am helllichten Tag im Lebensmittelladen begrüßte, mich Ma'am nannte und sich dabei an den Hut tippte, quetschte meine Brüste und sagte: ›Jüdische Huren fühlen sich gar nicht anders an als normale Huren, oder, Jungs?‹, und dann haben sie alle gelacht. Er hat gelacht, Canyon, und ich wusste, ich würde eher sterben, als mich einem derart kaputten System anzuvertrauen.«

Canyon stand auf, beugte sich vor, nahm die Hand seiner Mutter von ihrer Brust und legte sie wieder auf ihren Schoß. Er küsste ihre Stirn und sagte: »Und nun ruh dich aus, Mommy.«

Mrs. Kirshbaum starrte hoch zu ihrem Sohn, in den Augen Entsetzen, Schmerz und Trauer.

»Ich konnte nicht zu ihnen gehen, Canyon. Ich konnte nicht. Nicht nach diesem Abend.«

38. KAPITEL

Wir ließen Mrs. Kirshbaum und Canyon im Schlafzimmer zurück und zogen die Haustür hinter uns zu. Ich fühlte mich schmutzig. Als hätte ich etwas Obszönes gesehen. Und auf eine Art hatte ich das auch. Was für eine Frau – was für eine Mutter – konnte etwas Derartiges verbergen? Dreißig Jahre lang?

Finn nahm mir die Autoschlüssel aus der Hand. »Ich fahre.«

Wir stiegen in den Wagen und saßen dann da, zu betäubt, um loszufahren. Ich rieb meinen Bauch und lehnte meinen Kopf an die Kopfstütze.

»Es ist unmöglich, dass Nicky Bellington all das wissen konnte, oder?«, sagte Finn. »Ich meine, wie sollte er? Mrs. Kirshbaum hat uns doch gestern erst angerufen. Und Nicky ist schon fast zwei Wochen tot.«

Er lehnte auch seinen Kopf zurück und schaute mich an. »Stimmt's?«

»Ich weiß nicht. Ich weiß gar nichts mehr, Finn.«

Ich holte tief Luft und ließ sie wieder entweichen. Mein Herz klopfte. Ich öffnete das Handschuhfach, hoffte auf eine Nussmischung, einen Schokoriegel, irgendetwas. Ich fand eine verstaubte Tüte mit Erdnüssen und riss sie auf.

»Ich gebe auf, die ganze Sache; die Jungs, Nicky, den Zirkus, alles. Es ist mir egal. Ich will nur, dass Brody aus Alaska zurückkommt, ich will dieses Baby zur Welt bringen und vergessen, dass diese ganze, elendige Sache je passiert ist.«

Ich kaute noch ein paar Erdnüsse und lutschte das salzige Fett von meinen Fingerspitzen.

Finn schaute zu mir herüber. »Das meinst du nicht so. Du bist nur verärgert.«

Ich warf die leere Tüte auf den Boden und nickte. »Da hast du verdammt recht, ich bin verärgert. Ich bin fuchsteufelswütend. Wir sollten diese Frau wegen Verschwörung einsperren, wegen Beihilfe zum Mord. Wenn sie am selben Tag mit Canyons Geschichte zur Polizei gegangen wäre, dann hätte sie die Jungs möglicherweise retten können.«

»Du hast doch gehört, sie hatte Angst. Wärst du zu den Cops gegangen, wenn sie dir das angetan hätten?«

Ich schwieg. Finn startete den Wagen und fädelte sich in den Verkehr ein.

Dann fuhr er fort. »Gemma, ich brauche dich hier, okay? Wo immer du gerade bist, komm zurück. Wir müssen aufs Revier fahren und das alles aufschreiben. Wir müssen herausfinden, wie das mit Nickys Mord zusammenhängt. Wir haben ein Motiv für die McKenzie-Morde – der Woodsman dachte, sie könnten ihn identifizieren. Und wir wissen, dass der Woodsman einen Spießgesellen hatte. Meine Güte, das verändert alles. Wir müssen mit Chief Chavez sprechen.«

Mein Handy summte, und ich schaute, wer der Anrufer war. »Wenn man vom Teufel spricht.«

Ich ging ran und hörte dem Chief einige Minuten zu, ohne zu sprechen. Er beendete seinen Satz, und ich sagte: »Wir sind in zehn Minuten da«, und legte auf.

Ich lehnte mich zur Seite und schaute auf das Armaturenbrett. Finn fuhr sechzig in einer Fünfziger-Zone.

»Was ist?«

»Annika Bellington ist verschwunden.«

»Verdammt«, sagte er. Er schaltete das Blaulicht und die Sirenen ein und trat auf das Gas, bis wir wie in einem Nebel aus blau-roten Lichtern und schrillem, ohrenbetäubendem Geheul durch die Stadt schossen.

Ein toter Sohn. Eine vermisste Tochter. Ich kannte Ellen und Terrys Grenze der Belastbarkeit nicht, aber ich hatte den Eindruck, wir näherten uns ihr gewaltig.

39. KAPITEL

Angel Chavez kochte. »Was zum Teufel geht hier vor sich?«

Wir starrten ihn an. Der Anzug, den er zu Frank Bellingtons Beerdigung getragen hatte, war zerknittert. Ein Kaffeefleck, ungefähr in der Form Italiens, hatte sein weißes Oberhemd versaut. Seine Augen waren blutunterlaufen, die Wangen unrasiert.

»Was zum Teufel geht hier vor sich?«, wiederholte der Chief.

Im kleinen Konferenzzimmer war es heiß; wir waren zu viele. Finn, ich, Moriarty, Armstrong, Chief Chavez, zwei Sekretärinnen und Mayor Bellingtons Stabschefin, die ernste, alte Schachtel, deren Namen ich mir nie merken konnte. Ihr dunkelblaues Kostüm war makellos, ihre Perlen – *Pearl Gold*.

Das war es. Das war ihr Name. Kein Wunder, dass er nie hängenblieb.

Sie war die Erste, die dem Chief antwortete. »Angel, darf ich?«

Er nickte, setzte sich und rieb sich den Nasenrücken.

Pearl Gold nahm ihre Brille ab und klappte sie in der rechten Hand zusammen. Während sie sprach, tippte sie bei jedem Satz mit der Brille gegen ihre linke Hand. Ihre Haut war wie das Übungspapier eines Origamikünstlers, dünn, zart und voller Linien und Falten.

»Mayor und Mrs. Bellington glauben, dass ihrer Tochter Annika etwas Schreckliches zugestoßen ist. Sie sind in furchtbarer Sorge. Annika antwortet nicht auf die unzähligen Nachrichten, die sie auf ihrer Mobilbox hinterlassen haben.«

Ich stellte die naheliegende Frage: »Wann haben sie das letzte Mal mit ihr gesprochen?«

Pearl Gold zuckte mit den Schultern. »Das letzte Mal, dass sie jemand gesehen hat, war heute Morgen bei der Beerdigung. Ihr Wagen ist zu Hause, und ihre persönlichen Sachen sowie ihre Kleidung scheinen nicht angerührt worden zu sein. Sie ist einfach … verschwunden.«

»Ein paar Stunden? Und wir machen uns bereits Sorgen?«, fragte Louis Moriarty.

Pearl nickte. »Unglücklicherweise befinden wir uns mitten in diesem Fall. Und Annika wäre der Beerdigung ihres Großvaters heute Nachmittag mit Sicherheit nicht ferngeblieben.«

»Lasst uns mal darüber nachdenken«, sagte Louis Moriarty. »Dieses Mädchen ist wie alt? Achtzehn? Neunzehn? Sie ist jung, hübsch. Sie hat wahrscheinlich einen neuen Freund und sich mit ihm irgendwo verkrochen.«

»Das wäre untypisch für Annika. Außerdem hat sie einen Freund – in New Haven, er hat eine Band«, sagte ich, als ich mich an mein erstes Gespräch mit ihr erinnerte. »Paul oder Pete. Er geht auch auf die Yale.«

Pearl Gold räusperte sich und zwang sich zu lächeln. »Ähm, ja, es ist nicht *wirklich* typisch für Annika, wegzulaufen. Aber sie hat das schon einmal gemacht, zusammen mit Nicky. Sie waren beide noch klein, vielleicht zwölf oder dreizehn Jahre alt. Sie hinterließen einen Zettel, auf dem stand, sie würden von zu Hause weglaufen. Der Bürgermeister und seine Frau machten sich keine Sorgen, denn die beiden hatten Schlafsäcke, ein Zelt, einen Laib Brot und zwei Gläser Erdnussbutter mitgenommen, wissen Sie. Sie wussten, dass ihre Kinder zurückkommen würden, wenn sie Erdnussbuttersandwiches leid wären.«

Chavez stand auf und ging in dem kleinen Raum auf und ab. »Ich vermute, die Bellingtons haben es schon überprüft, und diesmal hat das Mädchen keine Erdnussbutter mitgenommen, richtig?«

Pearl Gold nickte. »Richtig. Das Einzige, was fehlt, ist Annika.«

»Ihr Bruder wurde vor weniger als einer Woche ermordet, ich denke, wir sollten die Sache ernst nehmen, Chief«, sagte Finn. Er sagte nichts über die Kirshbaums; wir hatten uns darauf geeinigt, den Mund zu halten, bis wir Näheres wussten. Es gab immer noch zu viele unbeantwortete Fragen. Wir wussten weder, wer der Woodsman war, noch, wer sein Partner war.

Partner. Dieses Wort ging mir viel im Kopf herum. Brody und ich waren Partner – aber vertrauten wir uns? Moriarty und Finn, Finn und ich. Partner konnten auch Freunde sein, wie Bull Weston, Frank Bellington und Louis Moriarty.

Hatte der Woodsman Freunde? War er ein ganz normaler alter Kerl, der einst ein Monster war und der einen Weg gefunden hatte, diese Dämonen zu bändigen?

Der Chief ging nicht mehr weiter und setzte sich. »Ich stimme zu; wir müssen die Sache ernst nehmen. Die Zeit läuft. Annika ist eine Erwachsene, also haben wir achtundvierzig Stunden, bevor es an die Öffentlichkeit geht. Pearl, richten Sie den Bellingtons aus, wir würden alles tun, was in unserer Macht steht. Finn, Gemma, arbeitet weiter an dem Fall Nicky. Lou, nimm Armstrong und geht Avondale zur Hand. Bis jetzt haben wir nur Müll, was Sams Fall von Fahrerflucht angeht, was bedeutet, dass da draußen immer noch ein möglicher Cop-Mörder herumläuft.«

40. KAPITEL

Wenn man über ein Äon spricht, zum Teufel, wenn man auch nur ein Jahrhundert nimmt, dann sind zwei Tage gar nichts, ein einzelnes Sandkorn in einem Krug voll Sand.

Wenn man über eine vermisste junge Frau redet, dann sind achtundvierzig Stunden eine Tortur. Eine Minute fühlt sich an wie eine Stunde, eine Stunde wie ein Tag. Die Zeit vergeht, man schaut auf die Uhr, und einem wird klar, dass es erst Mittag ist, und nicht, wie gehofft, früher Abend.

Ich machte mir Sorgen. Die Annika, die ich kennengelernt hatte, war vernünftig und sensibel. Ich konnte mir nicht vorstellen, dass sie ging, ohne ein Wort mit ihren Eltern zu reden; nicht nach dem, was die Familie gerade durchgemacht hatte. Es gab ein Puzzleteil, das fehlte, etwas, das zusammen keinen Sinn ergab, und das machte mir Angst. Ich hatte das Gefühl, wir wären Marionetten, die von mächtigen Fäden geleitet wurden; Kräfte, die ich nicht identifizieren konnte und die uns erlaubten, nur einen Teil des endgültigen Bildes zu sehen, ehe sie uns wieder fortzogen.

Finn und ich warteten, bis wir nicht länger warten konnten, und dann versuchten wir, Annika gedanklich in den Hintergrund zu schieben, um uns wieder auf den Bruder zu konzentrieren, auf Nicky. Aber um das zu tun, brauchten wir die Original-Akten, die Sam sich auf meine Bitte hin hatte ansehen sollen.

Wir parkten auf der gegenüberliegenden Straße und starrten auf Sams Wohnhaus. Sam war aus dem Koma erwacht, konnte sich an den Unfall jedoch nicht erinnern. Er begann erst langsam zu verstehen, was er verloren hatte – sein Bein und möglicherweise seine Lebensgrundlage.

»Das ist merkwürdig«, sagte Finn.

Ich nickte. »Das kannst du wohl laut sagen. Bist du je mit Sam hergekommen?«

»Nein. Wir haben uns ein paarmal nach der Arbeit getroffen, aber immer in einer Bar. Glaubst du, der Kerl war hier?«

Ich zuckte die Achseln. »Vielleicht. Vielleicht auch nicht. Werden wir vermutlich gleich sehen.«

Wir schlossen den Wagen ab und betraten das Gebäude, ein dreistöckiges Haus aus dem Zweiten Weltkrieg. Im Eingangsbereich war es unangenehm warm, und es roch stark nach Desinfektionsmittel und abgebrannten Weihrauchstäbchen. An einer Wand hingen zwölf Blechbriefkästen, jeder mit einer Klappe und einem ordentlich gedruckten Schild. Auf der gegenüberliegenden Wand hing neben dem verblassten Aquarell einer Horde Wildpferde ein schiefes, pockennarbiges Anschlagbrett, an dem Visitenkarten steckten sowie einige knallbunte Flyer.

Der Hausverwalter, ein Vietnamese mit traurigen Augen und schlechtem Englisch, kam uns im Hausflur entgegen. Wir folgten ihm in den ersten Stock und einen schmalen Flur hinunter, bis er vor einer Tür hielt, die mit einem Kreuz aus gelbem Absperrband versehen war.

Der Verwalter griff unter dem Band durch, steckte einen Schlüssel ins Schloss und trat zurück. Die Tür öffnete sich mit einem Seufzer, und kühle Luft strömte auf den warmen Flur.

»Danke. Ab hier kommen wir allein zurecht, Kumpel«, sagte Finn. Er gab dem Mann einen herzhaften Klaps auf den Rücken. »Wir schließen dann nachher hinter uns ab.«

Der Verwalter nickte und ging. Seine Füße, die in Slippern steckten, glitten so leise über den Parkettboden wie Federn, die auf die Erde fallen. Finn zog ein Klappmesser aus seiner Gesäßtasche, schnitt das gelbe Band durch, hielt es zur Seite und bat mich hinein. Ich quetsche mich an ihm vorbei und fand den Lichtschalter.

Die Wohnung war nichts Besonderes. Sie war weder klein noch groß, mit einem Wohnzimmer, zwei Schlafzimmern, einem Badezimmer und einer Küche. Dort begann ich direkt, da sie am dichtesten an der Haustür lag, während Finn sich das eine Schlafzimmer vorknöpfte, das anscheinend auch als Büro diente.

Schränke in einer Farbe, die vor vierzig Jahren modern gewesen war, waren gefüllt mit Dosengerichten, Tellern und Schüsseln, einigen Packungen Reis und Frühstücksflocken. Die Haushaltsgeräte waren in den letzten Jahren ausgetauscht worden, und der Edelstahlkühlschrank summte leise vor sich hin und hielt Milch, Eier, Käse und Aufschnitt für jemanden frisch, der so schnell nicht nach Hause kommen würde. Auf dem Küchentresen stand ein Entsafter, in dessen Glaskrug sich das Kirschrot des Toasters und das Tiefschwarz einer Mr.-Coffee-Maschine spiegelten. Ich verließ die Küche und ging ins andere Schlafzimmer.

Dort warf ich einen kurzen Blick auf ein Doppelbett, eine Kommode und einen Nachttisch. Sams Einbauschrank war ordentlich und organisiert; die Bügelhaken zeigten alle in dieselbe Richtung, und seine Oberhemden und Uniformen waren gebügelt und gestärkt. Auf der Kommode stand eine flache Schale mit einer Uhr, einer halbleeren Streichholzschachtel, ein wenig Kleingeld und einem Paar Manschettenknöpfen. Ich fischte sie aus der Schale und spürte das solide Gewicht von Silber. Sie waren mit eingravierten chinesischen oder japanischen Zeichen verziert, und ich fragte mich, was sie wohl zu bedeuten hatten.

Auf dem Nachttisch lag ein Stapel Taschenbücher – ein alter Michael Crichton und ein neuerer Stephen King –, auf denen eine halbleere Wasserflasche stand. Der Nachttisch hatte eine Schublade, und ich zögerte einen Augenblick, denn ich wollte Sams Privatsphäre nicht verletzen, doch er hatte gerade andere Sorgen, und ich musste die Wohnung gründlich durchsuchen.

Die Schublade stand halb offen und steckte leicht fest. Ich zog kurz mit einem Ruck daran, und eine Flasche Gleitmittel stieß an eine Packung Kondome. Die Kondompackung war ungeöffnet; das Gleitmittel seit einigen Monaten abgelaufen. Ich dachte an die hübsche Studentin mit den türkisfarbenen Augen, die Sam in der Kneipe kennengelernt hatte, und ein Gewicht wie ein Stein legte sich in meine Brust. Ich saß auf dem Bettrand und versuchte, die Tränen zu unterdrücken. Trauer kommt häufig in merkwürdigen Paketen, heute war es in Form einer Schachtel Kondome. Es schmerzte mich, was Sam genommen worden war, und auch Nicky. Und dann dachte ich an Brody und fragte mich, ob es eine Sünde war, unserer Beziehung so sehr zu misstrauen.

Ich wischte über meine Augen, griff dann in die Schublade und tastete bis nach ganz hinten und bis ich sicher war, den gesamten Hohlraum überprüft zu haben.

»Hast du etwas Brauchbares gefunden?«

Finn stand im Türrahmen, mit einem amüsierten Ausdruck auf dem Gesicht. Er sah zu, wie ich mich von dem Nachttisch löste und mich abwandte, als ich antwortete, damit er meine Tränen nicht sah.

»Nein, du?«

Finn schüttelte den Kopf. »Noch nichts. Die Unterlagen im Büro bestehen größtenteils aus Rechnungen und Korrespondenz mit seinem Vater und seinem Großvater. Es gibt viele Briefe in und aus dem Reservat. Glücklicherweise scheinen alle Originalakten des Falls Nicky da zu sein. Wenn unser

Kerl vorbeigekommen ist, dann ist er entweder nicht hineingekommen, oder er hat nicht nach den Akten gesucht.«

Ich nickte. Die Wohnung hatte sich unangetastet angefühlt.

»Das Avondale Police Department hat hier nichts untersucht, oder?«

»Nein. Der Chief hat sie gebeten, die Wohnung zu verriegeln und abzusperren, bis wir uns einmal umgesehen haben.«

Ich verließ das Schlafzimmer und ging ins Wohnzimmer. Dort blieb ich einen Moment stehen und drehte mich einmal um die eigene Achse.

Sam war überall.

Man sagt, man könne an dem, womit sich ein Mensch in den geheiligten Hallen seines Zuhauses umgibt, Rückschlüsse auf sein Wesen ziehen. Wenn das stimmt – und ich denke, das tut es –, waren Sams Herkunft und Kultur für ihn von äußerster Wichtigkeit. Der Raum war angefüllt mit Stammestextilien und Kunstobjekten.

Schwarz-Weiß-Fotos, in erster Linie Porträts, bedeckten die Wand über einem kastanienbraunen Ledersofa, gerahmt in unterschiedliche Sorten Metall und Holz. Alle schienen in einem Reservat aufgenommen worden zu sein; in den meisten von ihnen waren im Hintergrund die gleichen heruntergekommenen öffentlichen Gebäude zu sehen sowie staubige, unbefestigte Straßen.

Ich schob mich vom Sofa ab und stieß gegen den Couchtisch. Darauf stand ein Tablett mit einem halben Dutzend Kerzen, von denen einige nur noch Wachspfützen waren; eine Handvoll Weihrauchstäbchen und ein Bündel von etwas, das aussah wie lose Pferdehaare, die in einen kurzen, falschen Zopf geflochten waren. In der Mitte von allem stand ein angeschlagener Keramikaschenbecher, der mit verbrannten Papierstückchen gefüllt war, so dünn wie Seidenpapier.

Eine leichte Brise trieb herein, hob die zarten schwarzen Papierstückchen einige Zentimeter an und ließ sie dann sanft wieder in den Aschenbecher gleiten. Als die Luft meine nackten Schultern berührte, bekam ich Gänsehaut. Die Brise legte sich wieder, und ich hörte ein Flüstern an meinem Ohr, ein Wort so schwach und leise, dass ich es mir eingebildet haben könnte.

Geh.

Finn kam aus dem Schlafzimmer, das als Büro diente, den Arm voller Akten. »Das ist alles, jede verdammte Notiz und jeder Bericht, den Moriarty und ich vor drei Jahren geschrieben haben.«

»Sam war gründlich. Er wäre ein guter Cop geworden.«

»Hey«, sagte Finn. »Er *ist* ein guter Cop.«

»Stimmt. Komm, lass uns gehen, wir verschwenden hier nur unsere Zeit.«

»Willst du dieses ganze Zeug durchsehen, um dich zu vergewissern, dass wir nichts übersehen haben?«

Ich schüttelte den Kopf. Mir wurde mit jeder Minute kälter. »Es fühlt sich nicht richtig an, hier zu sein. Schließ das Fenster, ja, und dann lass uns gehen.«

Finn drehte den Kopf zur Seite und schaute um mich herum. »Das Fenster ist geschlossen.«

Ich drehte mich um. Er hatte recht. Ich ging zum Glas und sah mir den Verschluss an. Ein Schloss war nicht nötig; dicke, kittartige Farbe verklebte die Verriegelung.

Der Blick aus Sams Wohnzimmerfenster war wenig erhebend: ein Parkplatz mit einem armeegrünen VW-Bus. Einige Buchten weiter stand eine grellpinke Vespa im Schatten einer Harley. Müllcontainer, einer für Abfall, einer für Wertstoffe, vervollständigten das Bild.

Ich joggte durch die Zimmer und kontrollierte in jedem die

Glas-Schiebetüren, die auf einen schmalen Balkon führten. Auch sie waren verschlossen.

»Gemma?«

Ich fuhr herum. »Hast du die hier geöffnet?«

Finn verneinte und schaute mir zu. Ich ging zurück ins Wohnzimmer, hielt meine Hand nach oben und wedelte damit unter der Deckenbelüftung. Nichts. »Gemma?«

Ich war müde und kopfscheu. Mein Magen knurrte. »Vergiss es, ich lade dich ins Frisco's zum Mittagessen ein.«

Im Restaurant verzehrten wir schweigend unsere Mahlzeit, die Hände mit den Tellern voll dampfender Enchiladas und Fajitas beschäftigt, bis wir schließlich satt waren. Finn wartete, bis der Kellner unsere Teller abgeräumt und den Eistee nachgefüllt hatte, bevor er eine interne Mappe aus seiner Aktentasche holte.

Er öffnete die Lasche und zog ein Schwarz-Weiß-Foto im DIN-A4-Format heraus. Er schaute kurz darauf und schob es mir dann über die Resopalplatte zu.

Es war ein Foto von zwei Objekten: einer Halskette und einem Stück Papier von der Größe einer Karteikarte, auf dem eine einzelne Zeile in Großbuchstaben stand.

»Ich sehe nichts als Tod und noch mehr Tod, bis wir schwarz sind und aufgeschwemmt von Tod.«

Finn nahm einen großen Schluck Eistee. »Jepp. Die echte Kette und der Zettel sind in der Asservatenkammer, in unserem ausgelagerten Archiv. Wir können uns die echten Sachen ansehen, wenn du willst, ansonsten weißt du jetzt wenigstens, wie die Kette und der Zettel aussehen. Ich habe keine Ahnung, ob sie relevant sind, doch sie waren auf alle Fälle weit hinten unter Nickys Bett versteckt.«

Ich starrte das Foto an und fluchte. »Finn, ich habe diese Halskette schon mal irgendwo gesehen.«

Finn riss ein rosafarbenes Päckchen Zuckerersatz auf und schüttete es in seinen Tee. Er rührte ihn mit dem Strohhalm um. Dann schaute er mich an und sagte: »Jepp.«

»Sag's mir.«

Er seufzte. »Letztens in der Bibliothek? Du hast mir ihren Führerschein gezeigt. Die Vergessene.«

»Rose Noonan. Natürlich! Der Anhänger ist eine Rose, oder?«

Das Foto der Halskette war verschwommen, doch wenn man erst einmal wusste, was der Anhänger darstellen sollte, erkannte man die Blütenblätter am Stängel der Blume, die an der Goldkette emporwuchsen, als wäre es eine Kletterpflanze.

»Die Frage ist«, sagte Finn, »wieso Nicky die Kette einer toten Frau und ein Zitat von D. H. Lawrence über verrottende Leichen hatte?«

Er sah meinen Blick und fuhr fort. »Ich bin neugierig geworden, nachdem wir es gefunden hatten, und habe im Internet nachgesehen.«

»Du überraschst mich immer wieder, Finn. Das tust du wirklich.«

Er tat es mit einem Achselzucken ab und trank seinen Tee. Ich lehnte mich in der Bank zurück; das ausgeblichene blaugrüne Leder knarzte, als ich mich bewegte.

Ich schloss die Augen und ließ die Szene sich entfalten, wie einen Stummfilm für einen einzelnen Zuschauer.

Es ist spätnachmittags, doch in dem kühlen, dunklen Keller könnte es ebenso gut Mitternacht auf dem Mond sein. Die Zeit vergeht hier langsam, und Nicky hatte festgestellt, dass ein ganzer Nachmittag mit einem Wimpernschlag vorbei sein konnte. Seit die Lady diese Jungen gefunden hatte – die Leichen –, ist er die meisten Tage hier gewesen und hat diese alten, staubigen Fallakten aus den 1980ern gelesen.

Wenn er gefragt würde, wäre er nicht in der Lage, seine Faszination zu erklären.

Er betet zu Gott, dass er nie gefragt wird.

Er denkt, es hätte mit der Tatsache zu tun, dass das Leben für ihn immer so glatt gelaufen ist. Gutaussehend, genug Talent und Intelligenz, um klarzukommen, Geld in Hülle und Fülle; ihm war als Kind nicht nur der silberne Löffel gereicht worden, sondern eine goldene Schöpfkelle. Er hatte nie Kälte kennengelernt, keine Tragödien, nie einen Verlust, abgesehen natürlich vom Tod seiner Großmutter.

Doch diese Kinder, die McKenzie-Jungs ... Der Woodsman. Sie repräsentierten eine andere Seite des Lebens, das Nicky nicht kannte, doch verzweifelt zu verstehen versuchte. Die dunkle, grimmige, *wahre* Seite, die der Rest der Welt täglich zu spüren bekam.

Also verliert er sich da unten, fragt sich dieselben Fragen wie die Polizisten 1985 und dann wieder 2011: Warum diese beiden? Was machte sie so besonders für den Woodsman?

Denn sie *waren* etwas Besonderes für ihn, das mussten sie sein. Denn wenn es nur zufällig wäre, was hätte es dann zu bedeuten? Welches Universum – welche Art von Gott – ließe das zu?

Eines Tages stolpert er in einem Zeitungsartikel über eine andere besondere Person, eine Frau, Rose Noonan. Er sieht sich das Foto an, das den Artikel ergänzt, ein altes Schwarz-Weiß-Foto, offensichtlich eine Kopie ihres Führerscheins.

Er starrt das Foto an, und dann sieht er es.

Nickys Herz setzt für eine Sekunde, zwei Sekunden, drei Sekunden aus, und dann mit einem heftigen Schlag wieder ein, und das Blut und die Hitze und der Sauerstoff rasen durch seinen Körper, und er keucht.

Er muss diesen Artikel verstecken, aber wo? Die alte Bibliothekarin kontrolliert jeden Abend, nachdem er gegangen ist den Arbeitsplatz, das weiß er genau. Sie wird merken, wenn etwas fehlt. Er denkt und denkt, und dann wird ihm klar, dass es nie jemand mitbekommen würde, wenn er es genau an denselben Platz zurücklegt.

Und genau so ist es.

Ich öffnete die Augen und hieb mit der flachen Hand auf den Tisch. »Er hat die Halskette erkannt, Finn. Er hat die Kette erkannt. Genau so muss es gewesen sein.«

Finn nickte und trank seinen Tee aus. »Fühlt sich richtig an. Er erkennt die Halskette, zählt zwei und zwei zusammen, und statt vier ergibt die Rechnung Rose Noonans Mörder. Aber woher weiß er, dass es derselbe Scheißkerl ist, der auch die Jungen getötet hat?«

Daran hatte ich auch gedacht. »Vielleicht ist er sich nicht sicher. Möglicherweise denkt er, dass es schon ein riesiger Zufall sein müsste, wenn es nicht derselbe Kerl ist. Überleg mal, Finn. Wie viele ungelöste Mordfälle haben wir in Cedar Valley? Drei. Jeden anderen Tod in dieser Stadt können wir nachweisen.«

Unser Kellner, ein fröhlicher Mann mit einem Sombrero, kam mit der Rechnung, und ich legte einen Zwanziger auf das schwarze Tablett. Finn legte noch einen Fünfer als Trinkgeld drauf, und wir gingen.

An der Eingangstür jedoch blieb ich stehen und ging dann ein Stück zurück zu einer Wand, die mir schon beim Hineinkommen aufgefallen war.

Porträts, Dutzende von ihnen, säumten die Wand. Sie waren über Jahrzehnte hinweg aufgenommen worden und beschrieben verschiedene Zweige einer Familie. Dieselben dunklen Augen und dichten Augenbrauen zierten viele der Gesichter, und ich dachte darüber nach, was von den Eltern an die Kinder weitergegeben wurde, Jahr für Jahr, Generation für Generation, die sichtbaren Linien von Vaterschaft und die unsichtbaren Linien der Vermächtnisse.

Ich hatte eine Hand auf den Bauch gelegt, kaute auf einem Stück Nagelhaut der anderen Hand und kehrte zu Finn zurück. Er war weiter nach draußen gegangen und wartete mit einem Zahnstocher im Mund bei einer Bank, die Hände in den Hosentaschen und die Aktentasche zu seinen Füßen.

Ich zog ihn am Ellenbogen zum Wagen. »Wir müssen herausfinden, wie Nicky an die Halskette gekommen ist. Sie ist der Schlüssel zu allem.«

41. KAPITEL

Auf dem Revier war es still, und trotz allem, was passiert war, ging das Leben in Cedar Valley seinen gewohnten Gang, zuckelte dahin, so zuverlässig wie eine Lokomotive nach dem Fahrplan eines Ingenieurs. Ich hatte einen zentimeterdicken Stapel Unterlagen, um den ich mich kümmern musste, ein paar Vorladungen, zu denen ich gebeten worden war, um für den Staatsanwalt als Zeuge auszusagen, sowie ein Dutzend anderer Dinge, die während des Nicky-Bellington-Falles aufgelaufen waren. Zwischendurch wanderten meine Gedanken immer wieder zurück zu Annika, und die Sorge um sie lenkte mich von der Arbeit ab.

Ich verbrachte einige Stunden über dem Berg an Arbeit und machte um neunzehn Uhr Feierabend.

Zu Hause hatte sich die Post inzwischen zu einem Turm gestapelt, der so hoch war, dass er umzukippen drohte, wenn ich ihn auch nur anhauchte. Ich verbrachte eine Stunde damit,

Rechnungen zu begleichen, Papierkram zu erledigen und eine Menge Kataloge und Werbezeitungen in der blauen Papiertonne zu entsorgen, die wir hinter dem Haus stehen hatten. Seamus fraß, und dann aß ich auch etwas, eine Schale Müsli mit Blaubeeren und einer Handvoll Walnüssen.

Ich hoffte auf eine Nachricht von Brody, doch mein E-Mail-Postfach war leer. Bei dem Gedanken an ihn dachte ich auch direkt wieder an Celeste Takashima. Ich hasste jemanden, den ich noch nicht einmal getroffen hatte. Ich hasste es, dass sie mich kannte – sie kannte den Mann, den ich liebte und mit dem ich Liebe gemacht hatte, die Augen und den Mund, zu denen ich morgens aufwachte, die Gene, die ich in meinem Leib trug.

Hör auf damit, sagte ich mir.

Ich kletterte ins Bett, und statt vom Woodsman träumte ich von einem Schneefeld in Alaska, weiß, rein und leer, soweit das Auge reichte. Es hätte beruhigend wirken sollen, doch stattdessen erfüllte es mich mit Panik – all diese freie Fläche und nichts, um den Horizont zu füllen. Eine gefrorene Einöde, ein unfruchtbares Land bar jeglichen Lebens.

Um sechs Uhr früh klingelte mein Handy. Der schrille Ton schlug meinen Wecker um fünfzehn Minuten.

Es war der Chief. »Wie schnell können Sie bei den Bellingtons sein?«

Ich zog bereits meinen Pyjama aus. »In einer halben Stunde. Annika?«

»Terry hat eine Lösegeldforderung in seiner Morgenausgabe der *Denver Post* gefunden«, erklärte Chavez. »Eine halbe Million.«

Ich pfiff. »In bar?«

»Was sonst? Ich sehe Sie in fünfundzwanzig Minuten«, sagte er und legte auf.

Ich ließ die Dusche ausfallen, warf mich in ein paar Klamotten, putzte die Zähne, bürstete mein Haar und band es zu einem Pferdeschwanz. Die Straßen waren frei, und ich schaffte es in weniger als einer halben Stunde zu den Bellingtons.

Die Einfahrt war voll. Ich erkannte den Wagen des Chiefs und Finns Porsche. Die anderen, einen schwarzer Range Rover mit Regierungsaufklebern, einen schlammfarbenen Jeep und einen roten Ford Focus, hatte ich noch nie gesehen.

Diesmal trafen wir uns in der Bibliothek, ein dunkel getäfelter Raum mit vielen Menschen darin. Zusätzlich zu dem Chief, Finn und mir waren Pearl Gold, Terry und Ellen Bellington da sowie ein Rechtsanwalt, der sich als Dick Tremble vorstellte. Außerdem war ein Mann in einem schwarzen Anzug anwesend, dessen Namen ich nicht mitbekommen hatte. Er stand mit halbgeschlossenen Augen an der Wand, die Hände in den Taschen.

Ein FBI-Agent.

Wir waren mitten in zehn verschiedenen Unterhaltungen, als der Rechtsanwalt Dick Tremble begann, mit seinen Armen zu winken und sich zu räuspern. Als das nicht half, sagte er »Entschuldigen Sie bitte«, und dann ein weiteres Mal, etwas lauter.

»Entschuldigen Sie bitte, könnten wir hier mal etwas Ordnung in die Sache bringen?«, bat er.

Wir sahen zu ihm hinüber, ein hochgewachsener, dürrer Mann mit einem Büschel Haar oberhalb der Ohren und unter der Nase. Sein Schnurrbart bedeckte seine Oberlippe und hing an den Seiten herunter, wie Yosemite Sam in diesen alten Zeichentrickfilmen. Doch er hatte einen breiten Bostoner Akzent und trug einen maßgeschneiderten Anzug.

Als er unsere Aufmerksamkeit gewonnen hatte, schien er allerdings seinen Fokus zu verlieren. Er starrte zuerst den Bürgermeister an, dann den Chief und schließlich den FBI-Agenten, der den Blick mit einem höhnischen Grinsen erwiderte, die Hände immer noch in den Hosentaschen, die Augen gleichzeitig überall.

Chief Chavez übernahm das Ruder. »Zeig uns bitte den Erpresserbrief, Terry.«

Mayor Bellington hielt eine durchsichtige Tüte hoch, in dem sich ein getipptes Schreiben befand. Er las vor. »›Wir haben Ihre Tochter. Wenn Sie sie in einem Stück wiederhaben wollen, tun Sie, was wir sagen. Wir erwarten fünfhunderttausend Dollar, die auf das angegebene Konto eingezahlt werden sollen. Sie haben achtundvierzig Stunden.‹«

Die zehnstellige Bankleitzahl eines Kontos in Europa war mit der Hand unter die getippte Nachricht geschmiert worden.

Pearl Gold gab einen Pfiff von sich, die geschminkten Lippen immer noch zu einem Schmollmund verzogen, nach dem der Ton schon längst nicht mehr zu hören war. »Eine halbe Million Dollar. Sir, wenn das herauskommt, könnte das ein schlechtes Beispiel –«

Der Bürgermeister unterbrach sie mit einer akustischen Ohrfeige. »Meine Tochter, Pearl. Ich würde alles für sie geben.«

Er ging durch das Zimmer zum Sideboard und schenkte sich aus einer Karaffe einen Brandy in einen bauchigen Tumbler. Er hielt das Glas ans Licht, ließ die Flüssigkeit kreisen und bewunderte ihren dunklen, bernsteinfarbenen Schimmer. Dann kippte er sie in einem langen Zug hinunter.

Ellen Bellington seufzte und rieb sich ihren Nasenrücken. Sie hatte sich gegen den langen, leeren Schreibtisch mit seinen eleganten Linien gelehnt, der den Mittelpunkt der Bibliothek bildete. »Liebling, es ist noch nicht einmal acht Uhr morgens. Ich kann mir nicht vorstellen, wie Trinken –«

Das Geräusch von zerschmettertem Glas schnitt Ellen das Wort ab, und sie seufzte wieder. Pearl Gold klopfte ihr auf die Schulter, ging dann zur gegenüberliegenden Wand, kniete sich hin und las die großen Scherben des Tumblers auf.

Der Bürgermeister nahm sich lässig einen neuen und schenkte sich einen weiteren Fingerbreit Brandy ein. »Lass es, Pearl. Meine liebe Frau, ich wünschte, du würdest aufhören, mich wie ein verdammtes Kind zu behandeln. Und ich wünsche mir, dass deine eisige Seele zumindest einmal in deinem verdammten Leben ein wenig Wärme zeigen würde. Unsere Tochter ist in den Händen eines bösen Mannes.«

Ellen zischte zurück. »Scher dich zum Teufel, du schleimiger Wurm. Nur weil ich nicht am Boden zerstört bin wie ein Weichei, heißt das noch lange nicht, dass ich nicht todunglücklich bin. Dieses Mädchen ist mein Ein und Alles. Nur ihretwegen war ich überhaupt in der Lage, Nickys Tod ansatzweise zu akzeptieren, von verstehen ganz zu schweigen. Und nun ist sie auch fort. Und du, du grässlicher Mensch, bist alles, was mir noch bleibt.«

Chief Chavez hob die Hände. »Ellen, bitte –«

Doch sie machte sich auch über ihn her und hob die Hand in seine Richtung, als wolle sie einen Fluch über ihn aussprechen. »Und du, du bist nutzlos. Warum machst du nicht wieder das, was Leute von deinem Schlag normalerweise machen, nämlich meinen Wagen waschen und auf den Feldern Gemüse ernten?«

Der Chief erbleichte, und er ließ die Hände sinken.

Der Rechtsanwalt räusperte sich und trat vor. Sein Schnurrbart bewegte sich mit jedem Wort. »In Ordnung, wir stehen hier alle unter enormem Stress. Nichts davon ist sonderlich hilfreich, Annika wieder zurückzubringen. Und das ist doch unser aller Ziel, nicht wahr?«

Er wartete, bis wir alle nickten. »Terence, Ellen, was schlagt ihr vor?«

Mayor Bellington stellte den Tumbler ab, fällte eine Entscheidung und nickte. »Dick, ich möchte, dass du das Geld vorbereitest. Angel, du und dein Team, ihr habt phantastische Arbeit geleistet, aber das hier ist nicht eure Liga. Auf Anraten meines Anwalts habe ich Annikas Entführung dem FBI gemeldet.«

Bei diesen Worten nahm der namenlose Agent seine Hände aus den Hosentaschen und trat vor. Er starrte Chief Chavez an. Als er sprach, war es, als würde Eis krachen, dünn, kalt und unerbittlich.

»In einer Stunde will ich alle Akten haben.«

Angel Chavez schüttelte langsam den Kopf. »Das geht nicht, Partner. Wir sind so dicht davor«, er hielt zwei Finger hoch und presste sie zusammen, »den Mord an Annikas Bruder zu lösen. Diese Entführung hängt damit zusammen, da bin ich mir sicher.«

Der Mann mit der Stimme wie Eis bürstete ein unsichtbares Staubkorn von seinem Arm und zog dann seine Hemdmanschetten gerade – erst den einen, dann den anderen.

»Sie können Ihren Toten behalten, mein Freund. Wir wollen nur die Lebende. Lösegeldforderung, mögliche Überschreitung der Bundesgrenze, das ist was für große Jungs.«

Hatte ich irgendetwas verpasst?

»Was meinen Sie mit Bundesgrenzen?«

Der FBI-Agent drehte nur seinen Kopf in meine Richtung, Schultern, Oberkörper und Beine bewegten sich nicht. Sein Blick wanderte meinen Körper hinab, blieb einen Augenblick an meinem dicken Bauch hängen und glitt dann wieder nach oben, wo er irgendwo zwischen meinem Hals und den Augen verharrte. Dann grinste er, und ich dachte, er könne sich sein Lächeln sonst wohin stecken.

»Wir haben Grund zur Annahme, dass der oder die Entführer Miss Bellington aus Colorado hinausgebracht haben. Mehr kann ich dazu nicht sagen, ohne die laufenden Ermittlungen zu beeinträchtigen.«

»Sie haben die Lösegeldforderung gesehen. Gibt es da noch etwas anderes?«

Der FBI-Agent schwieg, und Finn neben mir gab mir einen Rippenstoß.

Es wurde noch weiter über das europäische Bankkonto geredet – wahrscheinlich in der Schweiz – und die nächstfolgenden Schritte, doch ich hörte nur mit halbem Ohr zu. Meiner Meinung nach hatte der Chief recht, zwischen der Entführung und Nickys Mord gab es eine Verbindung. Unklar war jedoch, welche. Ein sehr naheliegender Grund könnte ein Rachefeldzug gegen die Familie Bellington sein, doch das passte nicht zusammen, wenn man den Woodsman und die McKenzie-Jungs mit in Betracht zog. Möglicherweise hatte Annikas Entführung aber überhaupt keinen Bezug zu irgendetwas, sondern war einfach nur die Handlung eines Täters, der sich Terry Bellingtons angeschlagenen Zustand zunutze machte.

Der FBI-Agent, Dick Tremble und Pearl Gold steckten am Schreibtisch ihre Köpfe zusammen und schmiedeten Strategien. Chief Chavez und Finn saßen auf einem der Sofas und unterhielten sich leise. Ich ignorierte Ellen und den Bürgermeister, die seit dem hässlichen Wortwechsel nicht mehr miteinander geredet hatten, und machte mich auf die Suche nach Mrs. Watkins, dem Kindermädchen und Terrys Schwester.

Ich fand sie in der Küche, wo sie auf einem Tablett ein Frühstück zusammenstellte, das aller Wahrscheinlichkeit nach niemand essen würde. Ihre Augen waren geschwollen und die Nase hellrot. Nicht zum ersten Mal fragte ich mich, was sie wohl im Haus der Bellingtons zu sehen und zu hören bekam.

Nicht um alles Gold der Welt hätte ich mit ihr tauschen wollen.

Sie hantierte gerade mit einer dünnen Messerklinge und einem Zedernholzbrett, auf dem ein großes Stück geräucherter Lachs lag.

»Die meisten von Ihnen haben sicherlich schon gegessen, aber ich weiß wirklich nicht, wie ich sonst helfen könnte«, sagte sie, ohne aufzusehen.

»Ich bin sicher, dass der Chief und mein Partner ein kleines Frühstück sehr zu schätzen wissen, Mrs. Watkins.«

Sie ließ ihr Messer sinken. »Bitte nennen Sie mich Hannah. Wenn Annika hier wäre, würde ich ihr jetzt Pfannkuchen machen, ihr Lieblingsessen. Der Himmel weiß, wo sie die hinsteckt; sie ist so dürr wie eine Bohnenstange. Sie kann ein Dutzend davon hintereinander wegputzen, mit Sirup und Butter und dazu knusprigen Speck. Die Kombination von Süß und Salzig mochte sie schon als kleines Mädchen gern.«

Ihr Lächeln verschwand, und sie schniefte. »Ich sollte Ihnen das gar nicht sagen, Detective.«

»Was denn?«

»Annika hat mir gesagt, ich sei mehr eine Mutter für sie, als Ellen es je gewesen ist«, sagte Mrs. Watkins leise und stolz. Sie war groß, und das erste Mal sah ich die Ähnlichkeit zwischen ihr, Terry und Frank. Sie war nicht auffällig, aber dennoch erkennbar.

»Nicky und Annika waren der schönste Teil meines Lebens. Das Wichtigste für mich war immer, gut auf diese beiden Kinder aufzupassen und sie vor all dem Dreck zu bewahren, mit dem das Leben einen bewerfen kann. Na ja, da habe ich wohl ziemlich miese Arbeit geleistet, nicht wahr? Ein Kind tot, das andere entführt«, sagte Mrs. Watkins. »Und nun ist mein Vater auch noch fort.«

»Es tut mir so leid, Hannah. Wie ich es sehe, haben Sie sich um die gesamte Familie gekümmert.«

Sie dankte mir mit einem Nicken und begann, Frischkäse auf die getoasteten Bagels zu streichen. »Das habe ich schon immer. Mein Vater hatte mir das klargemacht: Die Familie ist das Einzige, was einem am Ende des Tages bleibt. Freunde kommen und gehen; Liebschaften verlassen einen am frühen Morgen. Aber Familie? Familie hält zusammen.«

Ihre Augen füllten sich mit Tränen, und sie machte eine Pause, um sie mit einem Papiertaschentuch wegzuwischen. »Manchmal habe ich das Gefühl, als sei diese Familie verflucht. So viel Tod ...«

Noch nie hatte ich diese Frau so lange sprechen gehört. Es war, als hätten der Tod ihres Vaters und Annikas Verschwinden einen Damm in ihr gebrochen. Ich ließ es auf einen Versuch ankommen.

»Mrs. Bellington, wissen Sie vielleicht, wo Annika ein Adressbuch aufbewahrt? Ich würde ungern ihr ganzes Zimmer durchsuchen, da ich weiß, dass das FBI es nachher sowieso tun wird.«

Ellen Bellington hatte nichts dergleichen gesagt, doch ich dachte, es sei einen Versuch wert.

Hannah Watkins schüttelte den Kopf. »Nein, Sie kennen doch die Kinder von heute. Alles ist in ihren Handys.«

Sie schaute mich mit verschlagenem Blick an und holte etwas aus der Tasche ihrer weißen Schürze. Es war ein kleines schwarzes Objekt, doch ich konnte es nicht genau erkennen.

»Ich hätte das vermutlich dem FBI-Agenten geben sollen«, sagte die Haushälterin, »doch er ist kein besonders netter Mensch.«

Sie ließ das glänzende schwarze Objekt zu mir herübergleiten und bereitete dann weiter das Tablett mit den Bagels vor.

»Ich werde ihm wohl einfach sagen, ich könne mich nicht erinnern, wann ich es das letzte Mal gesehen habe«, sagte sie. »Um ehrlich zu sein, weiß ich nicht genau, ob Sie etwas damit anfangen können. Sie benutzt inzwischen ein anderes Handy, ein neueres Modell. Auf diesem sind möglicherweise nicht mehr viele Informationen.«

Es war besser als nichts.

Ich flüsterte ein Dankeschön, verließ die Küche und steckte das Handy beim Hinausgehen in meine Tasche. In der Bibliothek fand ich Finn immer noch auf dem Sofa vor, wo er betreten neben Terry Bellington saß und ein Fotoalbum ansah, das der Bürgermeister auf den Knien liegen hatte. Chief Chavez und der Agent schauten sich am Schreibtisch irgendetwas an. Dick Tremble und Ellen Bellington waren nirgendwo zu sehen.

Ich gab Finn mit einem Ruck meines Kopfes zu verstehen, dass wir gehen sollten, und er deutete mit einer Schulterbewegung an, dass er hier festhing.

Ich wollte mir unbedingt Annikas Telefon näher ansehen und ihre Freunde durchtelefonieren, doch ich brauchte Finns technisches Können, um das Passwort zu überwinden. Also seufzte ich, setzte mich in einen der Ohrensessel und schlug die Beine übereinander, damit ich damit nicht wippte.

Nun mach schon. Nun mach schon.

Die Erdnuss schlug ein paar Purzelbäume in meinem Bauch, und meine Gedanken schweiften ab zu Brody, Alaska und einem Parka so pink wie Pepto-Bismol.

Mit halbem Ohr lauschte ich, wie Terry langsam die Seiten umblätterte, pausierte, um auf etwas zu zeigen und einen Namen und ein Datum zu murmeln. Ich hörte, wie er Nickys Namen erwähnte und Annikas. An dem großen Schreibtisch in der Mitte des Raumes begutachteten der Agent und Pearl Gold weiter diverse Unterlagen. Dick Tremble gesellte sich kurz darauf zu ihnen. Dann nahm der Rechtsanwalt sein Handy und telefonierte mit gedämpfter Stimme mit dem Chef von irgendeiner Bank.

Jemand entfachte ein Feuer im Kamin, im Zimmer wurde es warm, und zweimal merkte ich, wie ich fast einnickte und dachte, ein Schläfchen wäre jetzt wundervoll. An irgendeinem Punkt schaute ich hoch zu den beiden auf der Couch, als Terry gerade eine Seite umblätterte.

Ich sah, wie Finn kreidebleich wurde.

Zuerst verengten sich seine Augen, dann wurden sie groß. Langsam hob er sie von dem Album, bis er mich direkt ansah, und sein Mund klappte leicht auf.

Terry blätterte zur nächsten Seite um, stieß Finn dabei mit dem Ellenbogen an, und die Farbe kehrte in sein Gesicht zurück, bis seine Wangen gerötet waren.

42. KAPITEL

Draußen war Finn kurz angebunden. »Wir treffen uns in der Stadt.«

»Was ist dort drinnen passiert? Was hast du gesehen?«

Wir standen zwischen unseren Wagen, und die Vormittagssonne lag wie eine wärmende Decke über uns.

Finn schüttelte entschieden den Kopf. »Nicht hier. Der Buchladen an der Twelfth Ave? Es gibt da einen Coffee Shop.«

»Nicht zum Revier?«

»Nein, irgendwo, wo wir mehr für uns sind. Der Buchladen«, sagte er wieder. Er stieg in den Porsche, ließ den Motor an und fuhr ohne ein weiteres Wort aus der Einfahrt.

Der Chief und Pearl Gold kamen aus der Haustür, der FBI-Agent hinter ihnen. Er blieb stehen und schaute in meine Richtung, die Augen von der verspiegelten Sonnenbrille verborgen. Dann tippte er sich an seinen nicht vorhandenen Hut und zeigte auf den Range Rover. Dessen Türen öffneten sich mit einem scharfen Klick, und der Motor lief bereits, als er erst halb im Wagen war.

Nett, was Bundesgeld so alles möglich machte.

Ich fuhr zurück in die Stadt und fand einige Blocks vom Buchladen entfernt einen Parkplatz. Drinnen schlenderten nur wenige Kunden durch die Gänge. Der Coffee Shop am hinteren Ende des Buchladens war fast leer. Finn saß an einem kleinen Tisch unter einem gefärbten Fenster, den Kopf in den Händen. Vor ihm stand ein Latte macchiato, der Schaum noch unberührt.

Als ich mich näherte, schreckte er auf. Ich setzte mich und sagte: »Spuck's aus.«

Er sah aus, als sei er den Tränen nahe. »Diese verfickte Familie, Gemma. Ich meine, wie verkorkst kann eine Familie denn sein? Ist es etwas in ihrer DNA? Oder machen sie sich alle gegenseitig verrückt?«

Ich hätte ihm am liebsten eine Ohrfeige gegeben, doch setzte mich stattdessen auf meine Hände. Wenn er so weit war, würde er reden. Finn zog den Kaffee zu sich heran und verschüttete einige Tropfen auf dem Tisch. Seine Hände zitterten.

»Hey«, sagte ich, griff über den Tisch und nahm ihm die Tasse aus der Hand. »Hey, atme tief durch, Kumpel. So ist's richtig, ein und wieder aus.«

Ich atmete mit ihm und hielt dabei seinen Blick, bis er wegschaute. Er wurde rot, und der alte Finn kehrte zurück, und zum ersten Mal im Leben war ich froh, ihn zu sehen. »Himmel, Gemma, mir geht's gut. Das ist nicht mein erstes Rodeo. Es ist diese *verdammte* Großmutter, verstehst du?«

Nein, ich verstand nicht.

Er fuhr fort. »In diesem Fotoalbum, das du gesehen hast? Es war, so offensichtlich wie meine Nase im Gesicht. Franks Frau, Terrys Mutter. Nickys Großmutter. Sie hat die gottverdammte Halskette getragen.«

»Du hast ein Foto gesehen, auf dem Rachel Bellington die Halskette von Rose Noonan trägt?«

Finn antwortete nicht, sondern starrte nur bedrückt auf den Tisch. Ich gab ihm mit meinem Handrücken einen sanften Klaps gegen die Wange. »Erde an Finn, bitte kommen.«

»Ja, ja, ich habe die Frau gesehen, die die Halskette trug. Dieselbe alte Frau, von der mir Terry Bellington kurz zuvor erklärt hatte, es sei seine liebe, alte, verstorbene Großmutter.«

Ich lehnte mich zurück. Es ergab alles Sinn. Franks versuchte Vergewaltigung von Julia; sein gemeiner, rassistischer Zug, den er so gut verborgen hatte.

»Frank Bellington war der Woodsman«, sagte Finn. »Er hat Rose Noonan umgebracht und dann die McKenzie-Jungs ermordet, damit sie ihn nicht identifizierten. Und dann – ich kann gar nicht glauben, wie clever er gewesen ist – hält er die Leiche von Rose einen Monat zurück und entsorgt sie erst später. Und niemand bringt das Verschwinden von zwei kleinen Jungen mit dem Mord an einer jungen Frau in Verbindung.«

Ich konnte noch nicht einmal zustimmend nicken. Wir hätten es wissen müssen, sobald uns klarwurde, dass Nicky die Halskette erkannt hatte.

Finn sagte gerade etwas, das mir entgangen war. Das Dröhnen in meinen Ohren war laut, wie ein Zug, der durch meinen Kopf raste. Verwicklungen und Konsequenzen prallten gegen einander.

»Was?«

»Glaubst du, es gibt noch weitere? Er ist nie gefasst worden, also gab es möglicherweise keine Motivation, mit dem Morden aufzuhören. Gott, ich hoffe, es gibt nicht noch weitere.«

Das hatte ich noch nicht einmal in Betracht gezogen. »Wenn es sie gibt, dann waren sie nicht aus Cedar Valley. Wir könnten nach Mustern suchen, die nationalen Datenbanken durchsuchen …«

Ich verstummte. Hier saßen wir und redeten über mögliche weitere Opfer und hatten noch nicht einmal erste rechtliche Schritte unternommen. Wir konnten Frank natürlich nicht mehr anklagen, aber so sicher wie das Amen in der Kirche konnten wir diese Stadt darüber in Kenntnis setzen, wer uns in unseren Träumen all die Jahre in Angst und Schrecken versetzt hatte. Wir müssten Beweise sammeln und alles genau durchgehen. Der Rest der Familie würde therapeutisch betreut werden müssen … Der Rest der Familie.

»Finn, warte mal eine Sekunde. Okay, wir haben Frank als den Woodsman. Aber er war ans Haus gefesselt, also kann er unmöglich Nicky umgebracht haben. Und er hat auch mit Sicherheit nicht Annika entführt und hält sie gegen eine halbe Million in bar irgendwo fest. Denk an all die anderen Vorfälle – Sams Unfall, die gruseligen Botschaften, die er für dich und mich hinterlassen hat.«

Als Finn diesmal seinen Latte macchiato anhob, waren seine Hände ruhig. Er nahm einen Schluck.

»Du hast recht. Das ist unmöglich.«

Er setzte die Tasse ab und griff sich mit der Hand ins Haar. »Genau dann, wenn wir etwas Konkretes haben, fällt alles andere auseinander. Ein Schritt vor und zehn Schritte zurück.«

Ich dachte an unseren Besuch bei den Kirshbaums. »Vergiss nicht, wenn Canyons Geschichte stimmt, dann war der Woodsman nicht allein. Vielleicht ist der andere derjenige, der all das getan hat.«

»Aber wer war sein Partner? Und sag jetzt nicht Louis Moriarty, Gemma.«

»Warum nicht? Finn, es ergibt den meisten Sinn, wenn Franks Partner einer seiner engen Freunde war. Himmel, es könnte auch mein Stiefgroßvater Bull Weston sein. Oder Jazzy Douglas … oder all die anderen Typen, mit denen er abgehangen hat.«

»Du glaubst doch nicht im Ernst, dass Bull etwas mit all diesen Dingen zu tun hat, oder?«

Ich zuckte die Achseln. »Na ja, nein, ich sage einfach nur, dass wir niemanden ausschließen dürfen.«

Ich erzählte ihm Bulls Geschichte von Franks Angriff auf Julia. Er war überrascht und sagte dann, der Mord an Rose würde in das Muster von Franks Leben passen.

Finn trank seinen Kaffee aus und begann, die Papierserviette in schmale Streifen zu reißen, erst einen weißen Streifen, dann noch einen. »Was ich nicht verstehe, ist, wie dieses alte Arschloch hier dreißig Jahre leben konnte, so ganz normal, mit drei Morden auf dem Gewissen. Er hat Kinder großgezogen, sein Sohn wurde Bürgermeister, alles kein Thema, er war der typische alte Kerl, der mit seinen Enkelkindern spielte.«

»Ist das nicht häufig so? Ich meine, der BTK-Killer … vermutlich der Zodiac-Killer … zum Teufel, selbst Ted Bundys Nachbarn dachten, er wäre nur der ganz normale Typ von nebenan«, sagte ich. »Aber früher oder später werden sie alle gefasst. Ein Gefühl hier, eine Ahnung da … früher oder später verbindet jemand die Punkte.«

Finn nickte. »Nicky hat das gemacht. Er hat die Verbindung hergestellt. Aber warum hat er es niemandem erzählt? Er hatte den Beweis. Die Halskette verband Frank mit dem Tod von Rose Noonan. Und die Geschichte der Kirshbaums verbindet den Tod von Rose Noonan mit den McKenzie-Jungs.«

Ich schüttelte langsam den Kopf. »Aber Nicky wusste nichts von Canyon Kirshbaum, nicht wahr? Nicky verdächtigte lediglich seinen Großvater, Rose Noonan getötet zu haben.«

»Vielleicht hat er es jemandem erzählt? Nur eben dem Falschen.«

Es war zum Haareraufen. Alles passte, und nichts passte.

Finn atmete tief aus. »Hab etwas Geduld mit mir. 1985 vergewaltigt Frank Bellington Rose Noonan und bringt sie um; vielleicht, weil sie sich gewehrt hat; vielleicht geschieht es aus Leidenschaft, wie auch immer. Er und ein Partner bringen ihre Leiche an den Fluss, um sie loszuwerden. Möglicherweise hofft er, dass sie den ganzen Weg bis hinunter nach Mexiko treibt. Dummerweise läuft es für den alten Frank etwas anders, denn gerade als er Rose entsorgen will, bemerkt er einige Kinder, die ihn beobachten. Scheiße auch. Sein Plan ist im Eimer. Er und sein unbekannter Komplize jagen stattdessen den beiden hinterher. Und er hat immer noch die tote Frau an den Hacken. Also bewahrt er ihre Leiche eine Weile auf. Er ist clever; er will nicht, dass die beiden Morde miteinander in Verbindung gebracht werden. Dann lebt er dreißig Jahre in derselben Stadt, unter den Augen aller. Er wird zugesehen haben, wie die Stadt vor Trauer fast durchdrehte und die Kinder suchte. All die Zeit geht ins Land, und dann findest du – rein zufällig – die Leichen. Es ist in allen Nachrichten, so groß, dass Franks Enkel anfängt, sich dafür zu interessieren. Nicky fängt an zu graben und findet ein Foto. Er erkennt die Halskette, die seine Großmutter getragen hat, und zählt eins und eins zusammen. Und dann stirbt *er* bei dem Unfall. Nur dass er nicht wirklich stirbt, sondern für drei Jahre von der Bildfläche verschwindet. Dann kehrt er nach Cedar Valley zurück, und innerhalb von ein oder zwei Tagen wird er umgebracht, diesmal richtig. Und nun wird seine Schwester entführt.«

Ich nickte. »Ja, ich denke, das fasst es gut zusammen. Aber wir wissen immer noch nicht, was zwischen Nickys Entdeckung und Nickys Verschwinden passiert ist. Wem hat er es erzählt?«

»Und was zum Teufel hat derjenige gesagt, was Nicky so in Angst versetzt hat, dass er weggelaufen ist?«, fragte Finn. Er trank seinen Latte macchiato aus und wischte sich den Mund mit seinem Handrücken ab. Dann sagte er: »Himmel, Gemma, ich dachte, ich würde da drinnen gleich durchdrehen. Als ich dieses Foto gesehen habe … Ich habe direkt neben Terry gesessen, verstehst du? Sein Vater ist der verdammte Woodsman, und ich sitze direkt neben ihm.«

Doch ich hörte Finn kaum.

Etwas, das Annika gesagt hatte, ging mir im Kopf herum und löste einige sehr unangenehme Gedanken aus.

»Finn«, sagte ich langsam. »Finn, ich weiß, mit wem Nicky geredet hat. Ich weiß, wem er es erzählt hat.«

Er starrte mich an, dieser Mann, den ich die meiste Zeit hasste, dem ich aber inzwischen immer mehr Achtung entgegenbrachte. Jemand, den ich nicht besonders gut kannte, aber dem ich mein Leben anvertrauen würde.

Partner sind wie Familie. Sie können dich herausfordern, dich bis zum Anschlag reizen, aber letztendlich, wenn man Glück hat, nehmen sie dich immer wieder zurück.

Wenn du Pech hast …

Ich schob meinen Stuhl vom Tisch zurück und fischte das Handy, das Mrs. Watkins mir gegeben hatte, aus meiner Handtasche.

»Wir müssen Annika finden. Sie ist der Schlüssel zu allem.«

43. KAPITEL

Vier Stunden später hatte ich die meisten Kontakte in Annikas Handy angerufen. Vor meinem geistigen Auge entstand ein anderes Bild als das, das ich die letzten Wochen mit mir herumgetragen hatte. Die meisten Leute, die ans Telefon gingen, redeten nur zögerlich mit mir, nachdem ich ihnen gesagt hatte, warum ich anrief.

Das Bild, das ich bekam, war das einer jungen Frau: intelligent, hübsch, begabt, seit Geburt in jeglicher Hinsicht privilegiert, doch eiskalt und hinterlistig wie eine Schlange.

Grausam, aber kontrolliert.

Eines der Mädchen, mit denen ich sprach, war im vorangegangenen Frühjahr eine Kommilitonin in Englischer Literatur gewesen. Sie benutzte Worte wie *meisterhaft im Manipulieren* und *Soziopathin*, und ich spürte, wie die Knoten in meinem Magen sich immer stärker zusammenzogen.

»Sie hatte sogar unseren Professor unter der Fuchtel. Ich weiß nicht, was sie zu ihm gesagt hat, doch er war von ihr so eingeschüchtert, dass sie ein A bekommen hat, obwohl sie das halbe Semester gefehlt hat. An den Tagen, an denen sie da war, kam sie hereingeschlendert und hat Leute gemobbt«, erzählte die junge Frau mir. »Ich habe immer gedacht, eines Tage kommt sie mit einer Waffe hier rein und fängt an, um sich zu schießen.«

Ich machte mir Notizen. »Warum, glaubst du, war sie so? Warum hat sie sich so benommen?«

Schweigen am anderen Ende der Leitung, dann seufzte die junge Frau. »Ganz ehrlich? Ich glaube, sie hat sich gelangweilt.«

* * *

Chavez kam kurz herein, bevor er Feierabend machte. Die Entführer hatten sich nicht gemeldet. Ich brachte ihn und Finn in Sachen Annika auf den neuesten Stand.

»Wissen Sie, was Sie da sagen? Das ist absoluter Irrsinn«, sagte der Chief.

Ich wusste, dass es irrsinnig war. Alles an dem Fall war ein einziger Irrsinn.

»Ich habe mit Dutzenden von Leuten gesprochen«, sagte ich. »Sie alle sagen dasselbe – und diese Leute hatte sie als Kontakte in ihrem Handy! Niemand hat sich mit Annika Bellington angelegt, mit Sicherheit nicht an der Ostküste. Möglicherweise ist sie zu Hause anders, aber dort? Die Hälfte der Leute hatte riesige Angst vor ihr.«

»Sie manipuliert sie«, fügte Finn hinzu, »um das zu kriegen, was sie will, und nutzt dann ihre Schwäche gegen sie aus. Klassisches Mobbingverhalten, Chief. Narzissmus in Reinform.«

Chavez seufzte, lockerte seine Krawatte und nahm sie dann gänzlich ab. Er setzte sich auf eine Ecke meines Schreibtisches. Unter seinen hochgerutschten Hosen sah man zwei Socken, die nicht zusammenpassten. Er hielt die Krawatte in seinen Händen und ließ die Finger immer wieder über den Rand der Seide gleiten.

Finn und ich hatten ihm von unserem Verdacht, dass Frank Bellington der Woodsman war, immer noch nichts erzählt. Wenn wir ihn mit den Neuigkeiten konfrontierten, wollten wir die *ganze* Geschichte erzählen können.

Und ohne zu wissen, wer Annika entführt hatte oder warum, war die Geschichte nicht vollständig.

»Okay, okay, ich verstehe, Annika ist nicht die netteste Person. Aber wenn man sich die Mutter ansieht, hatte das Mädchen wahrscheinlich nie eine Chance«, sagte der Chief. »Wie lautet euer Plan?«

Finn und ich sahen uns an und antworteten dann unisono: »An dem Fall weiterarbeiten, Chief.«

Aufgrund des Zeitunterschieds war es zu spät, um weitere von Annikas Kontakten an der Ostküste anzurufen. Ich wollte noch einen letzten Anruf tätigen, einen Peter Dillen, dessen Telefonnummer in Annikas Kontakten unter dem Spitznamen ›Liebchen‹ gespeichert war.

Ich nahm an, dass es der berüchtigte Sänger-Freund Pete sein musste, also hinterließ ich ihm eine Nachricht und bat ihn, mich so schnell wie möglich zurückzurufen.

Am nächsten Morgen um neun Uhr setzten wir unsere Arbeit fort. Als ich auf dem Revier eintraf, kam mir Finn mit einer Tasse Tee und einem Blatt Papier entgegen.

»Für mich?«

Finn gab mir den Tee und das Blatt Papier. Ich nahm ein paar Schlucke und las die gekritzelte Nachricht: *Joe Fatone vom Zirkus bittet dringend um Rückruf.*

»Wir ziehen weiter, Deputy«, sagte Fatone, als ich ihn zehn Minuten später an der Strippe hatte.

Ich lehnte mich gegen den Tresen, hatte mir den Hörer unters Ohr geklemmt und schälte eine Orange. Ich hatte sie im Personalraum neben einer kleinen Packung Cracker gefunden, die ich im Anschluss essen wollte.

»Wer hat das genehmigt?«

»Chief Chavez«, antwortete Fatone. »Er hat uns heute Morgen die Freigabe erteilt. Er sagte, Sie hätten alles, was Sie vom Tatort bräuchten, und dass Sie sich melden würden, wenn noch etwas wäre.«

Ich stöhnte. Ja, was das Beweismaterial anging, so hatten wir alles, doch der Gedanke, dass der Zirkus die Zelte abbrechen und weiterziehen würde, bedrückte mich. Es gab noch eine Reihe unbeantworteter Fragen. Ich hatte nie die Wahrheit über Lisey und Tessa erfahren, ob es bei ihrem Drama um eine komplizierte Dreiecksbeziehung ging.

»Also, kommen Sie doch vorbei, wenn Sie Zeit haben«, sagte Fatone. Als er einen Schluck seines Getränks nahm, hörte man klar und deutlich das Eis im Glas klimpern. »Ich habe etwas für Sie.«

44. KAPITEL

Wenn ein Zirkus in die Stadt kommt, ist das großartig, doch ein Zirkus, der weiterzieht, gehört mit Sicherheit zu den traurigsten Dingen. Die Arbeiter und Darsteller wirkten glücklich, zu ihrer nächsten Etappe weiterreisen zu können, doch die Szene hatte etwas Endgültiges an sich, ein Gefühl von Abschied, das mich melancholisch stimmte.

»Wohin fahren Sie als Nächstes?«

Faton und ich machten einen Rundgang. Hin und wieder blieb er stehen, um den Abbau zu überprüfen oder einen Arbeiter anzuweisen, etwas anders zu machen. Gammelnde Speise- und Müllreste waren in den Boden unter unseren Füßen eingetreten worden, die Überreste einer großen, tollen Party.

»Wir haben einen Vertrag in Santa Fé, also machen wir uns auf den Weg dorthin, bleiben ein paar Wochen und ziehen dann weiter Richtung Westen, nach Arizona«, sagte Fatone. »Wir sind ohnehin schon viel zu lange hiergeblieben.«

»Tut mir leid, das ließ sich nicht ändern«, sagte ich. »Was ist mit Tessa? Und Lisey?«

Er zuckte die Achseln. »Was soll mit ihnen sein? Sie sind wie Schwestern, zanken sich in einem Moment wie Hund und Katz und liegen sich im nächsten heulend in den Armen. Eine große Familie, genau das sind wir. Sie werden sich zusammenraufen. Das war schon immer so.«

Ich war nicht sicher, ob er nur die Mädchen meinte oder die ganze Mannschaft.

»Ich habe große Pläne für Tessa«, sagte Fatone. Er beugte sich vor, um etwas Scharfes, Rostiges aufzuheben und warf es in die Büsche, über Kopf wie ein Baseball-Pitcher.

»Ich möchte sie mit einer One-Woman-Show auftreten lassen und sie zu einem Star machen. Sie ist so weit.«

»Kann man eine Trapeznummer mit nur einer Person aufführen?«

Fatone kniff die Augen zusammen und schaute nach Osten, Richtung Kansas. »Denken Sie, diese Pioniere hätten all die Tausende von Meilen hinter sich gebracht, wenn sie gewusst hätten, was für riesige Berge vor ihnen liegen?«

Ich antwortete mit einem Schulterzucken. Über uns stieg die Sonne immer noch höher auf, erhob sich auf der Hitze, die sie pulsierend zu uns herunterschickte.

»Zum Teufel, wer weiß, aber wir werden es versuchen«, sagte er.

»Sie sagten, Sie hätten etwas für mich?«

Faton nickte, nahm mich am Ellenbogen und zog mich zu seinem Wohnwagen. »Eine Schachtel mit Reeds – Nickys – Sachen. Ich habe sie gerade erst gefunden, also müssen ihre Cop-Freunde sie übersehen haben. Sie lag unter dem Bett seiner Hütte.«

Nicky hatte eine Menge Dinge unter seinem Bett versteckt, dachte ich.

Im Wohnwagen war es so heiß und stickig, wie ich es in Erinnerung hatte. Am Fenster summte eine Fliege gegen die geschlossene Scheibe, und ein paar weitere lagen wie vertrocknete Rosinen auf der Fensterbank darunter.

Hinter mir schloss Fatone sanft die Tür. »Es ist die Schachtel auf dem Tisch.«

Ich setzte mich, beugte mich vor und schob das Fenster auf. Die Fliege segelte auf der ersten Brise davon. Ich hob den Deckel von der Schachtel und starrte auf die darin befindlichen Dinge.

»Haben Sie schon hineingesehen?«, fragte ich Fatone.

Ich war mir sicher, dass er das gemacht hatte, doch er schüttelte den Kopf.

»Es hat sich nicht richtig angefühlt. Ich wusste, dass es seine war, weil sie ja unter dem Bett lag, und ich wollte sie nicht mehr berühren, als ich musste«, sagte er und setzte sich mir gegenüber. »Die ganze Angelegenheit ist schon schmutzig genug.«

Das war eine interessante Wortwahl angesichts dessen, was die Schachtel enthielt.

Darin lagen ein halbes Dutzend Polaroidfotos von Nicky und Tessa in verschiedenen Stadien des Entkleidens, Körperteile und Extremitäten strategisch über ihren Körpern drapiert. Die Bilder zeigten nichts, was man nicht auch in einem Badeanzug sehen würde, doch sie hatten eine Intimität an sich, die mir das Gefühl gab, in etwas Heiliges einzudringen.

Unter den Fotos lag ein Stapel Vintage-Postkarten, die aussahen, als wären sie aus den 1950er und 1960er Jahren, jede mit einem süßlichen Spruch oder einer kitschigen Zeile versehen. Sie waren alle an Reed – Nicky – adressiert und von Tessa unterzeichnet. Keine war jedoch mit der Post verschickt worden, und ich nahm an, dass sie sie gesammelt und dann gelegentlich für ihn irgendwo hingelegt hatte, vielleicht auf sein Kissen oder in ein Buch.

Eine Überraschung von einem Mädchen an ihren Freund, und ich fragte mich, wer die Fotos gemacht hatte. Dem Winkel zufolge konnte es kein Stativ gewesen sein.

»Meinen Sie, ich hätte Tessa die Schachtel geben sollen?«, fragte Fatone. Er zog eine Zigarre aus der Tasche, benetzte die Spitze mit der Zunge, aber zündete sie nicht an.

Ich wusste nicht, was ich mit der Schachtel machen sollte. Ich spürte, wie mich eine große Müdigkeit überkam, und ich wollte meinen Kopf irgendwo ablegen, die Augen schließen und hundert Jahre schlafen.

»Warum behalte ich sie nicht eine Weile?«, schlug ich vor. »Wenn sich herausstellt, dass wir sie nicht benötigen, werde ich sie Tessa per Post zuschicken.«

Fatone nickte. Er schaute aus dem Fenster, bemerkte die toten Fliegen auf der Fensterbank und bürstete sie mit der Ecke einer Zeitschrift nach draußen. An meiner Hüfte vibrierte mein Handy. Ich erkannte die Nummer nicht, sie hatte jedoch eine Vorwahl von Connecticut, also ging ich ran. Als ich hörte, wer es war, entschuldigte ich mich, verließ Fatones Wohnwagen und stellte mich dahinter in den Schatten einer großen Kiefer.

»Pete? Danke, dass Sie drangeblieben sind. Mein Name ich Gemma Monroe. Ich bin Detective in Cedar Valley, Colorado.«

45. KAPITEL

Annikas Freund war krank, und so wurde unser Gespräch ständig von Husten, Niesen und Naseputzen unterbrochen.

»Wie ich schon sagte, ich habe seit Wochen nicht mehr mit ihr gesprochen. Sie ist total durchgeknallt, Mann. Ich konnte das nicht mehr ertragen«, sagte Pete. Er nieste und fluchte. »Ich bete zu Gott, dass sie im Herbst nicht wiederkommt.«

»Könnten Sie mir noch mehr erzählen? Wenn ich es richtig

verstehe, haben Sie sich nicht im Guten getrennt, aber einige Details wären hilfreich.«

Pete verbrachte die nächsten zehn Minuten damit, zu beschreiben, welche Hölle der Großteil ihrer Beziehung gewesen war. Ich stellte ihm dieselbe Frage, die ich auch den anderen gestellt hatte – warum?

Über die Leitung hörte ich einen Seufzer, und dann sprach er weiter. »Mann, ich weiß nicht. Sie ist reich, privilegiert. Gelangweilt, verstehen Sie?«

Petes Stimme war nur noch ein Krächzen, und ich dachte, ich sollte es dabei belassen, doch er hatte noch eine Sache zu sagen.

»Hey, fragen Sie diese Hexe, ob sie meine Klaue hat«, sagte er. Er hustete, ein feuchter, stark verschleimter Husten.

Ich war nicht sicher, ob ich ihn richtig verstanden hatte. »Ihre Klaue?«

»Ja, meine Klaue. Ich habe sie nicht mehr gesehen seit dem Abend, an dem wir Schluss gemacht haben. Das Teil ist maßangefertigt, hat mich achthundert Dollar gekostet.«

Ich war verwirrt. »Wie sieht diese Klaue aus, Pete?«

»Sehen Sie sich den Clip von unserer Show im Oriental an, im Juli in Concord. Das war das letzte Mal, dass ich sie auf der Bühne dabeihatte. Ohne sie ist Hellkat nicht mehr dieselbe Band.«

»Haben Sie ein Video, das Sie mir schicken können?«

Pete stöhnte und hustete dann wieder. »Schauen Sie bei YouTube nach, Lady.«

Er legte auf, und ich stand eine Minute unter dem Baum und suchte im Netz nach dem Video, doch mein Browser lud nur im Schneckentempo. Ich ging zurück zu Fatones Wohnwagen. Er öffnete beim zweiten Klopfen, und ich sah, dass ich ihn aus einem Nickerchen aufgeweckt hatte.

»Habe mich nur eine Minute hingelegt. Diese Hitze –«, begann er.

Ich unterbrach ihn. »Haben Sie Internet?«

Er schüttelte den Kopf. »Nein, tut mir leid.«

»Ist schon in Ordnung, ich muss jetzt gehen, Mr. Fatone. Sie hören von mir«, sagte ich, nahm die Schachtel mit den Fotos und Postkarten mit und machte mich auf den Weg in die Stadt. An einem Starbucks hielt ich an und ließ den Motor laufen. Der kühle Lufthauch der Klimaanlage auf meinem Körper war wie eine Salbung. Ich fischte mein Laptop aus dem Kofferraum des Wagens und überprüfte das WLAN – das Signal des Coffee Shops war stark genug.

Auf YouTube tippte ich die Worte *Hellkat*, *Juli* und *Concorde* ein, und zehn Links poppten auf.

Ich klickte auf das erste Video.

Es war eine körnige Aufnahme, wie mit einem Mobiltelefon aufgenommen, doch dann zoomte das Bild heran, und man erkannte die Band. Pete stand in der Mitte der Bühne und kreischte etwas ins Mikrofon. Der Schlagzeuger hinter ihm drehte total durch und wurde von zwei Bassisten flankiert, deren lange Haare im Wind zweier großer Ventilatoren wehten, die zu beiden Seiten der Bühne standen.

Und dann hob Pete seine Hand hoch in die Luft und winkte.

Ich sah die Klaue, und mein Herz machte einen Sprung, als ein weiteres, großes Teil des Puzzles an seinen Platz fiel. Ich schaute noch eine Minute zu, warf dann das Laptop auf den Beifahrersitz und raste vom Parkplatz.

Ich musste zu Ravi Hussen.

Die Gerichtsmedizinerin war im Leichenschauhaus und beendete gerade ihre Arbeit an einem älteren Mann. »Herzinfarkt«, flüsterte mir der Wärter zu, als ich im Flur auf und ab ging und darauf wartete, dass Ravi endlich ihre Hände gewaschen und ihren sterilen Overall ausgezogen hatte. Die Minuten zogen sich wie Stunden.

»Gemma, was ist? Die siehst aus, als würdest du gleich platzen«, sagte sie.

Ich zog sie in einen leeren Nebenraum und öffnete mein Laptop. Ich hatte ein Lesezeichen an die Seite gesetzt, und in weniger als einer Minute lief das Video.

Sie schaute sich den Clip an, spulte dann zurück und schaute ihn sich erneut an, die Stirn in Falten gelegt.

»Hm«, sagte sie.

»Also? Was denkst du?«

Ich spielte das Video erneut ab und drückte in dem Moment auf Pause, in dem Pete seinen Arm das erste Mal hob. Die Klaue glitzerte im Bühnenlicht, jeder vier Zentimeter lange Nagel reflektierte die Blitzlichter der Kameras und des Stroboskoplichtes. Sie sah boshaft aus, eine grausame Parodie auf eine Katzenpfote. Es war ein Folterinstrument.

Es war ein Tötungsinstrument.

Ravi atmete aus, lehnte sich zurück und starrte mich an. »Ja. Das könnte es sein. Ohne es in natura zu sehen und die Klaue mit den Wunden an Nickys Hals abzugleichen, möchte ich mich allerdings nicht offiziell darauf festlegen, dass sie zusammenpassen.«

»Und wie ist es mit inoffiziell?«

Sie nickte. »Inoffiziell … ja. Die Länge der Nägel, die Ecken, das könnte definitiv unsere Mordwaffe sein. Und nun sag mir, wer zum Teufel das ist und wo dieses Teil stecken könnte.«

»Das kann ich nicht. Noch nicht. Ich muss erst ein paar Dinge überprüfen«, sagte ich und griff mir mein Laptop und meine Handtasche.

»Gemma –«, setzte Ravi an, doch ich hatte den Raum bereits verlassen, bevor sie den Satz beenden konnte.

Ich musste Chief Chavez finden, und zwar schnell. Die Deadline der Entführer für den Geldtransfer rückte näher, und wenn die halbe Million Dollar das Konto der Bellingtons erst einmal verlassen hatte, war es zu spät.

46. KAPITEL

Fünf Uhr nachmittags, und das Revier war leer. Die einsame Empfangsdame – eine Aushilfe – saß an der ruhigen Zentrale, während ihre neongrünen Fingernägel die Seiten einer Zeitung mit zackiger Effektivität umblätterten.

Draußen hatte ein abendlicher Regen eingesetzt, und es nieselte sanft gegen die Fensterscheiben.

Total außer Atem und mit rasendem Puls, den ich kaum bändigen konnte, fragte ich: »Wo sind denn alle?«

Die Aushilfe schaute auf und lächelte. »Ich bin nicht sicher, Süße. Chief Chavez hat eine Nachricht hinterlassen, dass er für den Rest des Tages außer Haus ist. Ich meine, er ist heute Abend auf irgendeinem politischen Dinner. Ein paar von den Jungs kümmern sich um einen Unfall im Osten der Stadt. Alle anderen sind auf Streife. Weißt du doch.«

Ja, klar, wusste ich.

Ich war schon halb den Flur hinunter, als die Aushilfe mich zurückrief. »Oh, ich habe noch eine Nachricht für dich von Finn. Er sagt, er habe einen Tipp bekommen, dem er nachgehe, aber er sei sehr bald zurück und du sollst nicht auf ihn warten. Er hat es mit ›Liebe Grüße‹ unterzeichnet, also ist das nicht süß?«

Sie drehte die Nachricht um, so dass ich die gekritzelten

Worte am unteren Rand sehen konnte, doch ich nahm sie kaum wahr.

»Hat er gesagt, was für ein Tipp das war? Oder wohin er gegangen ist?«

Die Aushilfe schüttelte den Kopf und setzte die Durchsicht ihrer Zeitung fort, jedes Umblättern ein scharfes Knistern in der Stille des Reviers.

Scheiße.

Ich ging eine halbe Stunde neben meinem Schreibtisch auf und ab, telefonierte und hinterließ dann Nachrichten für Chief Chavez und Finn. Ich versuchte es bei den Bellingtons, doch niemand ging ans Telefon. Es ging noch nicht einmal ein Anrufbeantworter an, und ich fluchte erneut. Dann rief ich im Büro des Bürgermeisters an, und jemand mit einer hochnäsigen Stimme erklärte mir, dass Mr. und Mrs. Bellington eine Wohltätigkeitsveranstaltung besuchten und den Rest des Abends nicht verfügbar seien.

Nichts schien diese Familie von den Wählern fernzuhalten.

Ich hinterließ eine weitere Runde an Nachrichten. »Ruf mich an, es ist dringend und extrem wichtig. Ruf an.«

Wo zum Teufel waren alle? Um halb sieben konnte ich nicht länger warten. Auf meinem Weg hinaus machte ich am Empfang halt.

»Du sagst dem nächsten verdammten Cop, der durch diese Tür kommt – egal, wer es ist –, dass er mich anrufen soll, ja? Egal wie spät es ist. Unbedingt anrufen.«

Die Aushilfe nickte mit feierlichem Blick angesichts der Dringlichkeit in meinem Gesicht. Ich zeigte mit einem Finger auf sie, vermutlich dichter an ihrem Gesicht, als ihr lieb war.

»Sag ihnen, sie sollen mich anrufen«, betonte ich noch einmal und war aus der Tür.

47. KAPITEL

Das Haus der Bellingtons lag dunkel und still da, ein gigantisches Raumschiff, das sich zur Nachtruhe gelegt hatte. Ich stand davor und schaute zu, wie der Regen gegen die schwarzen Fenster und den grauen Beton klatschte, und dachte über die Schandflecken des Lebens nach, die sich nicht fortwaschen ließen.

Für jeden, der mich vom Haus aus beobachtete, musste ich bedrohlich wirken – eine Gestalt mit einer Kapuze und einem schwarzen Regenmantel, die am Rande des Waldes lungerte wie ein maskierter Mörder.

Ich hatte an einer Abzweigung dreihundert Meter die Straße hinunter geparkt und war den Rest des Weges gelaufen. Es bestand die Chance, dass Mrs. Watkins – Tante Hannah – vielleicht zu Hause war. Ich hatte das Element der Überraschung auf meiner Seite und wollte das auch beibehalten.

Über der Haustür brannte ein einzelnes Licht. Ich klopfte dreimal fest an die Tür und wartete.

Nichts. Vielleicht hatte ich Glück, und Mrs. Watkins war an diesem Abend auch unterwegs.

Zweifel beschlichen mich, und ich zitterte in der kühlen, nassen Luft.

Ich musste wahnsinnig sein, hierherzukommen.

Ich ging auf einem schmalen Pfad um das Haus herum und löste einen Bewegungsmelder aus. Bei der plötzlichen Helligkeit zuckte ich zusammen. Der Regen fiel in einem leichten Nebel, der einem eher in die Glieder zog, als dass man klatschnass wurde. Ich rückte die Kapuze meines Regenmantels zurecht und passierte einen kleinen eingezäunten Garten, der von einer knallblauen Schubkarre, einem Sack Erde und einem aufgerollten orangefarbenen Gartenschlauch bewacht wurde. Auf der Erde lagen ein Paar Gartenhandschuhe.

Der starke Geruch nach Minze zog mir in die Nase, und ich hatte ein unerklärliches Verlangen nach gesüßtem Tee. Die Erdnuss verpasste mir einen einzelnen Tritt und war dann wieder ruhig, und ich spürte, wie mir ein Schauer über den Rücken lief.

Was tat ich hier?

Du weißt, was du hier machst, flüsterte ich mir in Gedanken selbst zu. Du suchst nach verdammten Beweisen. Wenn meine Theorie stimmte, dann würde Annika Reißaus nehmen, sobald ihre Eltern den Transfer des Geldes nach den Anweisungen des Entführers ausgeführt hatten. Sie würde Cedar Valley verlassen, um eine halbe Million Dollar reicher. Ich hoffte, dass ich falschlag, dass Annika nicht ihren eigenen Bruder umgebracht hatte und nun ihre Entführung vortäuschte.

Dass sie nicht versucht hatte, Sam Birdshead zu töten.

Dass der gewalttätige, mörderische Charakter ihres Großvaters keine Generation ausgelassen hatte und in einer charmanten jungen Frau erblüht war, deren Verstrickung in den Fall ich blind ausgeschlossen hatte, seit ich sie in ihrem Zimmer befragt hatte.

Ich trat gegen einen Stein, der mitten auf dem Pfad lag, und kickte ihn in einem hohen Bogen in die Dunkelheit. Er landete irgendwo mit einem dumpfen Plumps, und ich wünschte, ich könnte auf etwas Bedeutenderes eintreten. Ich war von den Woodsman-Morden abgelenkt gewesen, und von dem Gedanken an Brody, der mit Celeste Takashima in der arktischen Tundra herumknutschte.

Annika war die ganze Zeit da gewesen direkt vor unseren Augen.

Ich hatte versäumt, Nickys Familie schonungslos unter die

Lupe zu nehmen; seine Zwillingsschwester, die ihm von allen Menschen auf der Welt am nächsten stand. Annika war eine Narzisstin, schikanierte andere und war eine Mörderin.

Und irgendwo in diesem Haus war der Beweis.

Ich erreichte das Ende des Pfades und sah eine große Garage mit genug Raum für vier Wagen, die durch einen überdachten Gang mit dem Haus verbunden war. Einbruch und unbefugtes Betreten eines Hauses, ein Anwesen zu durchsuchen ohne einen Durchsuchungsbefehl oder einen belastbaren Beweis … Finns Worte kamen mir wieder in den Sinn wie ein Erlaubnisschein von Gott persönlich: Das Ergebnis rechtfertigt die Mittel.

Ich ermahnte mich, an den Felsvorsprung zu denken, an den Überhang direkt unterhalb des Hauses. Ich könnte in der Dunkelheit leicht und fatal daneben treten. An der Garage blieb ich beim ersten Tor stehen und tastete die Vorderseite ab, unten in der Nähe des Bodens. Dort – ein Griff.

Ich drehte ihn zur Seite, hievte das Tor hoch und wurde mit einem Kreischen belohnt, das wie ein Gewehrschuss klang. Ich erstarrte und schaute zurück zum Haus. Das große gläserne Raumschiff lag nach wie vor dunkel da.

Es regnete jetzt stärker.

Ich wünschte, Finn wäre an meiner Seite, doch das war er nicht, also versuchte ich, seiner arroganten Scheiß-doch-drauf-Einstellung nachzueifern, und hob die Tür hoch genug, um mich darunter durchzuducken, und gelangte in eine Dunkelheit, die noch tiefer war als die der Nacht.

An der Wand fand ich einen Schalter. Ich bediente ihn, doch es gab keinen Strom. Die Garage schien immer dunkler zu werden, als wäre es ein schwarzes Loch, das absolut jede Lichtquelle schluckte. Mein Atem beschleunigte sich. Ich zwang mich, die Augen zu schließen, um mich auf die Ruhe zu konzentrieren anstatt auf die Angst im Dunkeln und um nachzudenken.

Was hatte ich aus dem Auto mitgenommen? Mein Handy, meine Waffe … und eine winzige Taschenlampe, nicht größer als eine kleine Stablampe. Ich zog sie aus der Tasche und knipste sie an.

Der Lichtkegel hüpfte mit einem schmalen Strahl umher, der den Rest der Dunkelheit unendlich groß erscheinen ließ.

Wenn Terry und Ellen zu der Wohltätigkeitsveranstaltung gefahren waren, bedeutete das, dass einer der Wagen Annika gehörte, einer vermutlich Mrs. Watkins und der dritte entweder dem Bürgermeister oder Ellen.

Der Regen drang durch das halbgeöffnete Garagentor, spritzte gegen meine Unterschenkel und durchweichte meine Tennisschuhe. Ich ging näher an die Wagen heran. Zwischen den Autos und der Rückwand der Garage war nur wenig Platz. An der Rückwand hingen Fahrräder und Sportausrüstung, Hockeyschläger, Skier und ein Fußballnetz, zusammengefaltet und aufgehängt wie ein riesiges, in Vergessenheit geratenes Spinnennetz.

Langsam schritt ich die Reihe der Wagen ab.

Der erste war ein schwarzer Lexus SUV mit einem personalisierten, pinkfarbenen Brustkrebsaufklärungs-Nummernschild, auf dem stand: »Elle-1«. Ellens Wagen. Er war makellos, und ich richtete den Lichtstrahl auf das Fahrerfenster. Saubere braune Ledersitze. Ein Kaffeebecher aus Edelstahl stand in einem Becherhalter. Ich untersuchte die Tür. Verschlossen.

Der zweite Wagen war ein dunkelblauer Honda Accord, vielleicht zwei oder drei Jahre alt, mit einem Schaffellbezug auf dem Lenkrad und einem Yale-Nummernschild. Ich nahm an, dass es sich um Annikas Wagen handelte. Er war kürzlich gewaschen und gewachst worden und glänzte im Strahl der Taschenlampe. Ich warf einen Blick hinein, und zwei Dinge gaben mir zu denken.

Das erste war ein Wochenplaner von der Größe eines gebundenen Romans, mit dem Aufdruck verschiedener Katzenmotive. Das zweite war ein Abholzettel einer 24-h-Reinigung. Der Name auf dem Abholschein lautete Hannah Watkins und war am gestrigen Tag abgestempelt worden.

Die Annika, die ich kannte, würde vor Scham im Boden versinken, wenn sie mit einem solchen Wochenplaner gesehen würde. Hatte Mrs. Watkins sich Annikas Wagen geliehen? Warum?

Vielleicht war ihr eigener Wagen in der Werkstatt. Ich zuckte die Achseln, als ich an dem freien Parkplatz vorbeikam. Ein alter Ölfleck verschmutzte den Betonboden, und ich ging weiter zum dritten und letzten Wagen in der Garage.

Er hatte ungefähr die Größe von Annikas Honda Akkord und war eine Art viertürige Limousine. Ich konnte weder die Marke noch das Modell erkennen, da der Wagen vollständig von einer hellgrauen Schutzhaube bedeckt war.

Ich zog eine der Ecken langsam hoch und zerrte an der Schutzhaube, bis sie als großer Haufen zu meinen Füßen lag.

Ich starrte auf den Wagen, und mein Herz machte einen Satz.

Ein alter weißer Toyota mit einem kaputten Scheinwerferlicht.

Tief durchatmen, Gemma, tief durchatmen.

Ich zog mein Handy heraus, machte ein Foto davon und benutzte dabei das Blitzlicht. Ich starrte das Foto auf dem Bildschirm an und sah etwas in dem zerbrochenen Scheinwerfer glitzern.

Ich schaute wieder auf den Wagen, sah aber nichts. Ein weiterer Blick auf das Foto sagte mir jedoch, dass da definitiv irgendetwas in dem Scheinwerfer war.

Ich hockte mich hin und leuchtete mit der Taschenlampe direkt hinein.

»Was zum Teufel ist das?«

Ich steckte meine Hand in die Öffnung, gab acht, mich nicht an dem zerbrochenen Glas zu schneiden, und zog ein Stück silbrig glänzendes, gummiartiges Material heraus. Ich hielt es hoch und beleuchtete es mit der Taschenlampe.

Und dann wurde mir klar, was es war, und ich hätte am liebsten geschrien.

Es war ein Stück Lycra von einer Radsporthose.

Himmel.

Dies war der Wagen, der Sam angefahren hatte.

Ich hörte hinter mir an der halboffenen Garagentür ein Geräusch, und dann traf mich das kräftige weiße Licht einer großen Taschenlampe. Ich hielt einen Arm hoch, um mich vor dem blendenden Licht zu schützen.

»Gemma? Was machen Sie denn hier?«

»Mrs. Watkins? Sind Sie das? Drehen Sie bitte das Licht weg«, sagte ich.

Der Strahl bewegte sich von meinem Gesicht fort auf den Boden hinunter. In seinem Schein sah ich die große ältere Dame, die neben der Kühlerhaube von Ellens schwarzem SUV stand.

»Ähm, hallo. Ich weiß, dass das jetzt merkwürdig aussieht, aber es gibt eine Erklärung dafür. Ich habe vor ein paar Minuten an Ihre Tür geklopft, und es hat niemand geöffnet, also bin ich hinten herumgegangen, weil ich dachte, dass vielleicht doch jemand zu Hause sein könnte. Dann meinte ich, in der Garage das Jammern eine Katze zu hören«, stammelte ich.

Ich merkte, wie lächerlich sich diese Ausrede in der Stille zwischen uns anhörte.

Ich spürte, wie Mrs. Watkins' Augen auf mir lagen, konnte aber ihre Gesichtszüge nicht erkennen.

Sie schwieg einen Moment und sagte dann: »Na ja, dann kommen Sie mit hinein. Sie holen sich hier draußen ja den Tod.«

»Oh, nein, nicht nötig. Ich sollte jetzt nach Hause fahren.«

»Warum haben Sie denn dann an der Tür geklopft?«, entgegnete Mrs. Watkins. Sie drehte sich um und duckte sich unter der Garagentür durch. Ich seufzte und folgte ihr, gefangen in meinem eigenen Netz an Lügen.

Schweigend gingen wir durch den überdachten Gang von der Garage ins Haus. Ich setzte meine Kapuze ab, zog den Regenmantel aus und packte alles sorgfältig zu einem Bündel zusammen, damit es nicht auf die polierten Marmorböden tropfte.

In der Dunkelheit führte mich Mrs. Watkins in die Küche.

Dort hatte sie ein drei dicke weiße Stumpenkerzen aufgestellt und setzte in ihrem flackernden Licht einen Wasserkessel auf den Gasherd. Sie bat mich, auf einem der beiden Hocker Platz zu nehmen, die vor der Kücheninsel in der Mitte der Küche standen.

»Wir haben seit einer Stunde Stromausfall. Wenn Sie nach Terry oder Ellen suchen, haben Sie leider kein Glück. Sie sind in der Stadt bei einer Wohltätigkeitsveranstaltung. Die Show muss weitergehen, vermute ich. Dad ist kaum unter der Erde, Annika wird vermisst, und sie haben gerade ihren einzigen Sohn ein zweites Mal beerdigt«, sagte Mrs. Watkins. »Ich werde es wohl nie verstehen.«

Sie ging zu einem Schrank, öffnete ihn und schaute auf dessen Inhalt, den ich nicht sehen konnte. »Kräutertee? Ich habe Kamille, Zitrone oder Minze. Oder Sie können einen schwarzen Kaffee haben, einen entkoffeinierten oder einen normalen.«

Die Kerzen warfen seltsame Schatten in die große Küche, und nach dem kalten Regen überfiel mich in dem dämmrigen, warmen Raum eine gewisse Müdigkeit. Ich hatte Mühe, mich auf Mrs. Watkins' Worte zu konzentrieren.

»Ich weiß nicht, manche Leute bewältigen ihre Trauer, indem sie sich mit etwas beschäftigen, vermute ich. Wenn Sie Zucker oder Milch haben, nehme ich gern einen entkoffeinierten schwarzen Tee, danke.«

Mrs. Watkins schaute über die Schulter zu mir zurück. »Die Bellingtons sind keine ›Bewältiger‹, Gemma. Das würde bedeuten, sich mit etwas abzufinden. Wir gehen unsere Probleme direkt an.«

Sie zog zwei Becher aus einem anderen Schrank und begann die Teeschachteln zu öffnen. Sie pfiff leise, während sie arbeitete, ein komisches kleines Lächeln auf dem Gesicht.

»Wo wir gerade davon reden, etwas direkt anzugehen – ist das Ihr Toyota in der Garage? Sie haben einen kaputten Scheinwerfer.«

Mrs. Watkins schaute mich an. »Was glauben Sie, warum ich Annikas Wagen benutze? Sie hat irgendwann in der letzten Woche meinen genommen, Gott weiß warum, und ihn mir in einem schlechteren Zustand wiedergegeben, als sie ihn bekommen hat. Offensichtlich hat sie einen Parkpfosten mitgenommen. Bis es repariert ist, sagte sie, könne ich den Honda benutzen. Ich möchte ungern einen Strafzettel wegen des kaputten Lichts bekommen.«

»Ah, ich verstehe. Hannah, bitte verzeihen Sie mir meine Direktheit, aber Sie scheinen recht gute Laune zu haben. Gibt es Neuigkeiten von Annika? Haben ihre Entführer sich gemeldet?«, fragte ich.

Auf dem Herd begann der Kessel zu pfeifen. Mrs. Watkins wandte sich ab, ohne mir zu antworten, und nahm den Kessel von der Flamme. Als sie sich wieder umdrehte, war ihr Lächeln verschwunden.

»Nein, nichts Neues von den Entführern. Lassen Sie uns einfach sagen, dass ich so ein Gefühl habe, dass es Annika gutgeht. Sie und ich sind uns in vielerlei Hinsicht ähnlich. Wir sind Überlebenskünstler. Wir tun, was getan werden muss«, antwortete Mrs. Watkins.

Sie schenkte das kochende Wasser vorsichtig ein und versenkte dann in jedem Becher einen Teebeutel. Ihr Blick fiel auf etwas hinter meinem Rücken, aber hastig wandte sie die Augen wieder ab, bevor es zu spät war. Ich bemerkte ihre Bewegung, und noch bevor ich etwas hörte, spürte ich in der Dunkelheit hinter mir die Anwesenheit von jemandem.

»Gemma«, rief eine Stimme.

Langsam drehte ich mich um.

48. KAPITEL

Annika lachte mit dem für sie so typischen melodischen Klang, der sich anhörte wie ein Glockenspiel. »Sie sehen so aus, als sähen Sie einen Geist!«

Sie stand nur wenige Meter von mir entfernt, in Jeans und einem Kapuzensweatshirt. Sie war barfuß, und ihre Zehennägel waren blutrot lackiert.

Es ist merkwürdig, welche Details wir manchmal bemerken.

»Annika, geh wieder nach oben«, sagte Mrs. Watkins. »Pack deine Sachen fertig.«

Annika ging an der Seite des Raumes auf und ab. Sie bewegte sich aus dem Kerzenlicht hinaus und wieder herein, in einer Minute war sie da, dann war sie wieder fort. Vielleicht war sie letztendlich doch ein Geist. Vielleicht lebte ich all diese langen Tage und Nächte in einer Horrorgeschichte.

»Gemma ist hier. Ich muss wissen, warum.«

Ich sagte das Erste, was mir in den Sinn kam. »Ich habe heute Morgen mit Pete geredet. Er will seine Klaue zurück.«

Annika blieb auf der gegenüberliegenden Seite der Kücheninsel stehen und lachte kurz auf. »Er ist so kindisch. Sie glauben gar nicht, was ich ihn alles habe machen lassen, und nun will er seine kleine Requisite zurück?«

»Er hörte sich an wie ein netter Kerl, du solltest ihm noch eine Chance geben. Obwohl ich nicht glaube, dass er dich zurücknimmt.«

»*Ich* habe mit ihm Schluss gemacht«, rief sie und ging wieder weiter.

Mrs. Watkins betrachtete uns und nippte an ihrem Tee. »Was für eine Klaue, Annie? Wovon redet Gemma?«

Annika blieb wieder stehen und sah mich mit bittenden Augen an. Ich schaute verwirrt auf die ältere Dame.

»Warten Sie, was?«, fragte ich.

»Gemma, nicht ...«, sagte Annika. »Pete hat nichts damit zu tun. Ich will einfach nur mein Geld – Geld, das ich sowieso bekommen hätte –, damit ich verschwinden kann. Diese Familie, diese Stadt ... ich muss hier verschwinden!«

»Und das wirst du, mein Liebes, das wirst du«, sagte Mrs. Watkins.

Sie ging zu Annika hinüber, die Arme bittend ausgestreckt. »Aber du musst dich beeilen. Du musst gepackt haben und weg sein, bevor deine Eltern nach Hause kommen. Nur so funktioniert der Plan.«

Und dann begriff ich.

»Sie wissen es nicht, oder?«, fragte ich Mrs. Watkins.

Hinter ihr schüttelte Annika verzweifelt ihren Kopf und bat mich mit einer Bewegung, meinen Mund zu halten. Unfassbar.

Die ältere Dame starrte mich an. Sie schaute zurück zu Annika und dann wieder zu mir.

»Was weiß ich nicht?«

»Annika hat Nicky getötet. Sie hat versucht, meinen Partner mit Ihrem Wagen umzubringen, Sam Birdshead.«

Mrs. Watkins fiel der Becher aus der Hand und zerbarst mit einem lauten Knall wie ein Gewehrschuss auf den Küchenfliesen. Sie stolperte vorwärts, eine Hand auf dem Herzen.

»Sie lügen«, ächzte sie. Sie griff nach der Kante der Kücheninsel und krallte sich daran fest, als ginge es um ihr Leben. »Sag mir, dass sie lügt, Annika.«

Annika schwieg und kaute auf einem Fingernagel.

»Annika!«, rief Mrs. Watkins. »Antworte mir, aber sofort!«

Annika seufzte und sagte: »Du weißt, ich kann dich nicht anlügen, Tante Hannah. Das konnte ich noch nie.« Sie kniete sich nieder und begann, die Scherben des zerbrochenen Bechers aufzuheben. Sie arbeitete schnell und nachlässig, und als sie aufstand, hatte sie leuchtend rote Blutflecken an den Fingern.

Mrs. Watkins starrte sie schockiert an. »Ich ... ich verstehe nicht. Du hast deinen Bruder umgebracht? Und hast diesen Polizeibeamten auf der Straße angefahren? Warum?«

»Setz dich, Tante Hannah, bevor du einen Schlaganfall bekommst. Du glaubst zwar, wir wissen nichts von deinen Pillen, aber das tun wir doch. Du musst sie nicht verstecken, weißt du«, sagte Annika.

Sie stand blutend da, bis ihre Tante gehorchte und sich neben mich auf den Hocker setzte. Erst dann ging Annika hinüber zum Mülleimer, warf den zerbrochenen Becher fort und nahm sich ein paar Papierhandtücher von der Rolle. Sie hielt sie auf ihre blutende Hand.

»Ich verstehe das nicht«, sagte Mrs. Watkins. Sie zitterte, und ich schaute mir ihr Gesicht genau an. Sie hatte bleiche Haut, und Schweißperlen traten ihr auf die Stirn und die Schläfen. Ich erinnerte mich an meinen ersten Erste-Hilfe-Kurs und daran, dass plötzliche Neuigkeiten – gute oder schlechte – einen Schock hervorrufen können. Dieser Adrenalinstoß konnte für Menschen mit Herzproblemen fatale Folgen haben.

Annika schaute mich an.

Ich ging gleichgültig darüber hinweg und sagte: »Ich verstehe das auch nicht, Annika. Warum erklärst du uns die Sache nicht?«

Sie pustete sich eine verirrte Strähne aus der Stirn und kaute auf der Lippe. Sie war still, dachte nach und fällte dann eine Entscheidung.

»Nicky ist es schwergefallen, ein Geheimnis für sich zu behalten. Der Rest von uns ist darin ziemlich gut. Er hat es ein, zwei Tage ausgehalten, dann platzte er damit heraus, auf der Zeltwanderung, oben am Bride's Veil. An dem Abend hat er mir alles erzählt. Wie er ein paar alte Artikel in der Schulbibliothek durchgewühlt hätte und über die Geschichte mit der toten Frau gestolpert wäre, Rose Noonan. Er hatte ihr nicht viel Beachtung geschenkt, bis er das Foto gesehen hat. Sie trug die gleiche Halskette, die unsere Granny immer getragen hatte! Nicky konnte es nicht glauben. Granny hat sie immer ihren Glücksbringer genannt und gesagt, eine Blume am Hals zu tragen sei so, als trüge man den Frühling im Herzen. Also hat Nicky sich entschieden, den Detektiv zu spielen. Er ist in die öffentliche Bibliothek gegangen und hat in einem ungelösten Fall ermittelt. Er kam zu dem Schluss, dass Grandpa die

Frau getötet haben musste und die Kette dann Granny geschenkt hatte«, sagte Annika. »Während er das erzählte, ist ihm schlecht geworden. Er hat in unserem Zelt in eine leere Plastiktüte gekotzt.«

Wie standen die Chancen, dass eines Tages der Enkel eines Mörders ein altes Foto sieht und gleichzeitig einen Mordfall löst und eine schreckliche Kette von Ereignissen in Gang setzt?, dachte ich bei mir. Tausend zu eins? Eine Million zu eins?

Annika warf einen Blick unter die Papierhandtücher und nickte, zufrieden mit dem, was sie sah. »Es hat aufgehört zu bluten«, sagte sie. »War nur ein bisschen Druck nötig, so wie sie uns bei den Pfadfindern beigebracht haben. Ich war eine echt gute Pfadfinderin, Gemma. Ich fand nur irgendwann die Uniformen zu hässlich, um weiterzumachen.«

»Haben sie euch auch etwas über Schocks beigebracht? Ich mache mir Sorgen um deine Tante.«

Neben mir stöhnte Mrs. Watkins. Sie beugte sich vor und legte ihren Kopf in die Hände.

Annika ignorierte meine Frage und fuhr mit ihrer Geschichte fort. Einmal angefangen, konnte oder wollte sie nicht mehr aufhören. »Unser Vater hatte sich gerade um das Amt beworben. Unsere Familie ist eine der angesehensten Colorados. Mit einem Großvater als Mörder wäre ich niemals in Yale angenommen worden. Meine Güte, wir wären wie die Manson Family gewesen!«

»Aber Nicky machte sich um solche Sachen keine Gedanken, nicht wahr?«

Annika nickte. »Sie haben recht. Nicky wollte es Mom und Dad erzählen. Er wollte zur Polizei gehen. Er hat Sie namentlich erwähnt; er erinnerte sich an Sie von irgendeinem Berufsinformationstag. Nicky sagte, wir würden es der Frau, Rose Noonan, schulden.«

»Oh Gott, lieber Gott, was habe ich getan«, murmelte Mrs. Watkins. »Oh bitte, machen Sie, dass es aufhört.«

»Tante Hannah«, sagte Annika, »mach dir keine Sorgen. Alles wird gut werden, wenn ich erst einmal mein Geld habe. Du hattest so recht: Ich verdiene einen Neuanfang irgendwo, wo es wunderbar ist. Ich habe noch mein gesamtes Leben vor mir, ich sollte nicht unter der Knute von irgendwem leben. Ich bin eine verdammte Bellington, zum Teufel noch mal.«

Mrs. Watkins begann, in ihre Hände zu weinen, ihre Schultern erbebten mit jedem Schluchzen.

Die Zeit schien sich in der warmen, dämmrigen Küche zu verlangsamen. Ich musste wissen, was mit Nicky passiert war, ich brauchte die ganze Geschichte. Zur selben Zeit versuchte ich, Mrs. Watkins im Auge zu behalten. Ich machte mir Sorgen um sie; wenn sie in einen Schockzustand verfiel, müssten wir in den nächsten Minuten Hilfe holen. Ich rutschte auf meinem Sitz hin und her und spürte das beruhigende Gefühl meiner Waffe und meines Handys in der Regenjacke.

Annika erzählte weiter. »Ich habe Nicky gesagt, ich würde ihn umbringen, wenn er es irgendjemandem erzählte. Ich sagte, ich würde ihm sein Herz herausreißen, bevor er die Familie ruinierte. Er fragte mich, wie ich solche Sachen sagen könnte, und ich antwortete, es wäre leicht, dass er und ich identisch wären, und obwohl ich ihn vermissen würde, ich mit meinem Leben weitermachen würde, als wäre er überhaupt nie geboren worden.«

»Wie hat Nicky den Fall vom Bride's Veil überlebt?«

»Ich habe ihm dieselbe Frage gestellt, bevor ich ihm die Kehle aufgeschlitzt habe«, sagte Annika. »Er war einige Wochen vor unserer Zeltwanderung an der Stelle gewesen und hatte einen tiefen Pool entdeckt, ohne Felsen und Steine, gleich links vom Wasserfall. An dem Abend, an dem wir darüber ge sprochen hatten, entschied er sich, nichts mehr mit unserer Familie zu tun haben zu wollen. Er würde vergessen, was er wusste und was ich zu ihm gesagt hatte. Er könnte irgendwo neu anfangen, ganz von vorne. Der Vollidiot ist davongerannt, als wäre das alles nie passiert. Als er am nächsten Tag seine Chance erkannte, hat er keine Sekunde gezögert. Nicky wusste, dass er in dem Pool landen würde, wenn er richtig absprang. Und genau das hat er getan.«

Sie trat ein Stück vor in den Kerzenschein, und ich sah ein seltsames Glimmern in ihren Augen. Die kleine Narzisstin war stolz auf ihren Bruder.

Rede weiter, Annika, rede weiter.

»Und dann sind drei Jahre vergangen, und weiter? Du hast ihn im Zirkus wiedererkannt?«

Annika lachte. »Ja, drei Jahre waren vergangen. Ich hatte die Highschool abgeschlossen, bin aufs College gegangen und hatte mein eigenes Leben begonnen. Ich kam in den Sommerferien nach Hause und wollte möglichst schnell wieder zurück nach Yale. Und dann bekam ich eine E-Mail von meinem lieben, toten Bruder, der mich bat, sich mit mir hinter einem Zelt auf dem Gelände des Zirkus zu treffen, der in einer Woche eintreffen würde.«

Sie ging zum Mülleimer, warf die blutigen Papiertaschentücher hinein und schenkte sich dann am Spülbecken ein Glas Wasser ein. Sie trank einen großen Schluck und wischte sich danach den Mund mit dem Handrücken ab. »Gott, es fühlt sich gut an, es endlich jemandem zu erzählen, wissen Sie?«

Annika nahm einen weiteren Schluck Wasser und stellte das Glas dann in die Geschirrspülmaschine. Mrs. Watkins neben mir war still geworden, das Weinen hatte aufgehört. Sie beobachtete Annika. Ich beobachtete sie beide.

»Also habe ich mich mit ihm getroffen. Er erzählte mir, wie

er den Sturz überlebt hatte, und flehte mich an, mir noch einmal zu überlegen, unseren Großvater bei der Polizei anzuzeigen. Er hatte drei Jahre damit zugebracht, vor der Wahrheit wegzulaufen, und konnte nicht mehr. Nicky hatte irgendwo gelesen, dass unser Dad krank war, und er hatte es sich in den Kopf gesetzt, dass all diese Lügen und Verschleierungen die Wurzel von Dads Krebskrankheit wären. Er war davon überzeugt, dass Dad geheilt würde, wenn er den Mord an Rose Noonan irgendwie wiedergutmachen konnte. Nicky sagte, er würde zu Dad gehen, egal, ob ich dafür war oder dagegen. Es war eine leichte Entscheidung. Ich war dagegen, also habe ich ihn umgebracht.«

»Einfach so, deinen eigenen Bruder?«

Annika nickte. »Auf eine Weise habe ich ihn ja nicht umgebracht, sondern gerettet. Ich wusste, dass er es nie verkraften würde, wenn er seine eigene Familie ruiniert hätte. Die Familie ist das Wichtigste, nicht wahr, Tante Hannah? Das hast du mir immer gesagt. Es geht immer um das Gemeinwohl, nicht darum, was ich oder du oder selbst Mom oder Dad wollten. Wir müssten uns immer fragen ›Was ist das Beste für die Familie?‹.«

Mrs. Watkins starrte ihre Nichte entsetzt an. »Ja, ja, das habe ich dir gesagt. Aber damit habe ich nicht gemeint … du kannst doch nicht gedacht haben, dass ich einen Mord billige … Mein Gott, dein armer Bruder …«

»Wie bist du davongekommen, Annika? Bei dem vielen Blut«. fragte ich.

Annika lächelte und sagte: »In dieser E-Mail hatte Nicky erklärt, er arbeite dort als Clown. Also habe ich ein Clownskostüm mitgenommen. Es war eines dieser riesigen Overallkostüme. Ich habe das Ding über meine blutige Kleidung gezogen, und voilà! Es hat alles abgedeckt.«

Vor mir erlosch eine der Kerzen, und ich beugte mich vor

um sie mit dem Feuerzeug, das in der Mitte der Kücheninsel lag, wieder anzuzünden. Mrs. Watkins berührte meinen Oberschenkel. Ich sah sie an. Sie schaute Annika weiter an und schüttelte ganz leicht den Kopf.

Nicht die Kerze anzünden.

»Was war mit Sam? Warum hast du versucht, ihn umzubringen?«

»Sam war eine Ablenkung. Sie und Ihr Arschloch von Partner, Finn, Sie haben mir Angst gemacht, als Sie zu uns nach Hause gekommen sind. Wenn Sie wussten, dass Nicky sich mit den Woodsman-Morden befasst hatte, dann wäre es nur noch eine Frage der Zeit gewesen, bis Sie angefangen hätten, die Punkte zu verbinden.

»Du hast es nicht gewusst, oder?«, fragte ich.

Annika schaute verwirrt. »Was gewusst?«

»Sam war dichter dran, als du dachtest. Er hatte die Akte über die Beweismittel, die in Nickys Zimmer gesammelt worden waren, bei sich zu Hause. Darunter ein Foto von der Halskette und der Teil eines Gedichts. Finn sah das Foto eurer Großmutter mit der Halskette in eurem Haus, während wir uns den Kopf über deine Entführung zerbrochen haben.«

»Das nenne ich mal Ironie des Schicksals«, sagte Annika. »Ich hatte keine Ahnung. Ich dachte nur, Sam wäre leichte Beute, da er noch nicht einmal ein richtiger Polizist war. Aber Sie sind das doch eindeutig, nicht wahr, Gemma? Also, vielleicht können Sie mir jetzt eine Frage beantworten. Hat mein Grandpa diese Jungen getötet, die McKenzies?«

Ich nickte und schüttelte dann den Kopf.

»Also, heißt das ja oder nein?«

»Ich denke, dass er es war, aber ich bin mir nicht sicher. An dem Tag, an dem die McKenzie-Jungs verschwunden sind, war noch ein dritter Junge dabei. Er hat die ganze Sache beobachtet. Dein Großvater wollte die Leiche von Rose loswerden. Er hatte einen Komplizen, der im Wagen gewartet hat. Als Frank die Jungen sah, sind er und sein Partner hinter ihnen her. Sie hatten Angst vor Zeugen. Also ich weiß nicht, wer die Jungen ermordet hat – es war entweder dein Großvater, sein Partner oder beide«, erklärte ich.

Draußen erhellte ein Blitz den Himmel, gefolgt von einem Donnergrollen. Einen Augenblick lang wurde die gesamte Küche erhellt. Ich sah Annika, die wie ein Tiger im Käfig auf und ab trabte. Sie hielt etwas in der Hand, etwas Kleines, Silbernes, das ich nicht genau erkennen konnte.

»Meine Güte«, sagte Annika. »Wer war dieser Partner?«

49. KAPITEL

Neben mir gab Hannah Watkins ein dünnes, gequältes Jammern von sich. Sie hatte so viel durchgemacht. Ich holte langsam mein Handy aus der Regenjacke und hielt es dicht bei mir, unter der Kante der Kücheninsel, bereit für die nächste Gelegenheit. Irgendwie musste ich einen Krankenwagen anrufen und Verstärkung für Annikas Verhaftung anfordern, ohne dass sie es merkte. Ich hatte den Eindruck, dass sie sich nicht so leicht ergeben würde.

»Und? Wer war dieser Partner?«, fragte Annika wieder.

»Ich weiß es nicht«, sagte ich. »Jemand, der ihm unglaublich nahestand, der bereit war, in die dunkelsten Ecken vorzudringen, um Frank zu beschützen.«

Annika trat zurück, hinaus aus dem Kerzenschein, und verschmolz mit der Dunkelheit. Sie pfiff leise und sagte dann

»Es gibt nur eine Person, die meinem Großvater nahe genug stand, um so etwas zu tun, Gemma.«

»Wer?«

»Sie sitzen direkt neben ihr.«

Neben mir richtete sich die Haushälterin mit einem Ruck auf.

Eine Welle von Schwindel überkam mich, und ich krallte mich an die Kante der Kücheninsel.

Ich war so lange so dumm gewesen. Die Antworten hatten die ganze Zeit direkt vor uns gelegen.

Hannah Watkins hatte all die Jahre auf die Familie aufgepasst, wie Ellen Bellington uns schon zu Anfang gesagt hatte, als wir das erste Mal dort waren.

Ich hatte Hannah beobachtet, wie sie sich um die zerbrochene Kaffeetasse kümmerte, und bemerkt, dass sie sich mit kaputten Dingen auskannte.

Hannah selbst hatte gesagt, die Familie sei das Wichtigste.

»Tante Hannah?«, sagte Annika. »Du bist der Woodsman, oder?«

Ein weiterer Blitz und ein weiteres Donnergrollen erschütterten das Haus, und man sah, dass Mrs. Watkins heftig nickte, eine Marionette im Rampenlicht.

Tränen rannen ihr über die Wangen.

»Ich war dreiundzwanzig, nicht viel älter als du, Annika. Ich hatte das College beendet, lebte zu Hause, habe im Einkaufszentrum gearbeitet und versucht, herauszufinden, was ich mit meinem Leben anfangen sollte. In einer Mittagspause kam ich nach Hause, und mein Vater war in der Garage und hat geweint. Auf dem Rücksitz seines Pick-ups lag eine Frau, und ich dachte zuerst, sie schlafe. Dad sagte, es sei ein Unfall gewesen. Er sagte, er käme für den Rest des Lebens ins Gefängnis, wenn jemand es herausfände«, erzählte Mrs. Watkins.

Sie wischte sich über das Gesicht und legte dann eine Hand auf ihre Brust, als versuchte sie, eine lebenslange heimliche Trauer und verlorene Unschuld zurückzuhalten.

»Sie waren damals im Wald die Beifahrerin in seinem Wagen, nicht wahr?«, fragte ich. Eine tiefe Traurigkeit überkam mich; ich wusste, wie es sich anfühlte, diesen Schmerz zurückzuhalten, wie es an der eigenen Identität fraß, wie es die Unbeschwertheit aus dem Leben stahl.

Mrs. Watkins nickte. »Ich weiß nicht, warum ich mit ihm gefahren bin, er hat mich nicht darum gebeten. Er schien so gebrochen, und irgendwie dachte ich, wenn ich ihn begleitete und Zeuge dessen wurde, was er mit dieser Leiche machte, könnte ich ihm einen Teil der Last von den Schultern nehmen.«

»Und die McKenzie-Jungs?«

»Ich wollte diesen Kindern nie weh tun. Ich dachte, wenn wir ihnen genug Angst einjagten, würden sie den Mund halten. Wir haben sie auf dem Pfad eingekesselt. Ich hatte ein Jagdgewehr aus dem Truck bei mir. Es war ganz einfach. Dann hat Dad mich zu Hause abgesetzt und mir gesagt, ich solle die ganze Sache vergessen. Er sagte, ihm werde schon etwas einfallen, was er mit ihnen tun würde. Ich habe ihm vertraut, verstehen Sie? Er war mein Vater. Er war unantastbar«, sagte Mrs. Watkins. Dann versagte ihre Stimme, als Tränen ihre Worte schluckten.

»Aber er hat sie umgebracht, nicht wahr, Tante Hannah?«, fragte Annika. Sie kam wieder in den Kerzenschein gekrochen. »Und dann hat er gewartet, bis er die Frau entsorgt hat, oder?«

Bei ihrem Gesichtsausdruck lief es mir eiskalt den Rücken herunter. Sie war neugierig, hingerissen.

Hannah Watkins nickte. »Ich glaube, er hat sie noch am selben Tag umgebracht, obwohl wir nie wieder darüber geredet haben. Ich habe ihn ein einziges Mal gefragt, am nächsten Tag, als ich im Fernsehen die Berichte über die vermissten Jungen gesehen habe. Er hat mir eine Ohrfeige gegeben und mir gesagt, dass sie in Sicherheit seien und dass er ein paar Tage warten wolle, bevor er sie laufen ließ. Er sagte außerdem, dass dies unsere gesamte Zukunft ruinieren könnte, dass das Leben unserer Familie nie mehr dasselbe sein würde. Als die Tage vergingen, war ich mir immer sicherer, dass er ihnen etwas angetan hatte.«

»Mein Gott. Sie waren noch Kinder, Hannah. Warum haben Sie nichts gesagt?«

Sie schaute mich mit einem Gesicht an, das vor Schmerz und Tränen zu schmelzen schien.

»Verstehen Sie das nicht? Er hätte mir die ganze Schuld in die Schuhe geschoben. Er hat diese Stadt regiert, wie er zu Hause regiert hat. Ich war ein dummes Ding. Niemand hätte mir geglaubt. Und nachdem die Jungs schon gestorben waren, welchen Sinn hätte es dann gehabt? Sie kamen nicht mehr zurück. Ich konnte sie nicht mehr retten.«

»Aber was ist mit ihren Eltern? Können Sie sich für eine Sekunde vorstellen, es wären Ihre Kinder gewesen, und Sie wüssten nicht, wo sie sind, ob ihnen kalt ist? Ob sie hungrig sind? Verängstigt? Und dann multiplizieren Sie dieses Gefühl mit tausend und dann noch einmal mit tausend, für jeden Tag, seitdem diese armen Eltern mit dieser Qual leben. Oh Gott, ich glaube, mir wird übel.«

Hannah wischte sich die Tränen aus dem Gesicht und setzte sich aufrecht hin. Ihr Gesicht war weiß, und an ihrem Hals sah man den Puls rasen.

»Ich bin jeden Augenblick meines Lebens durch mich selbst, Gott und meine Familie dafür bestraft worden. Ich bin unfruchtbar. Mein Mann wollte lieber Kinder als mich. Ich habe die Kinder meines Bruders großgezogen. Ich habe die letzten paar Jahre mit einem Mörder unter demselben Dach gelebt. Meine gesamte Existenz ist ein einziges Irrenhaus, Gemma. Ich würde jedes Gramm Glück, das ich in diesem Leben vielleicht berührt habe, dafür geben, wieder rückgängig zu machen, was ich getan habe. Ich habe meine Seele für den Versuch hingegeben, meine Fehler wiedergutzumachen, dadurch, dass ich hier bin, für diese eine Familie, für die einzige Familie, der ich immer noch helfen kann.«

Auf dem Küchentresen erlosch eine weitere Kerze. Ich schob mich von der Kücheninsel ab und stand auf.

»Was glauben Sie, wohin Sie gehen, Gemma?«, fragte Annika.

Sie kam um die Kücheninsel herum und stand neben ihrer Tante.

Ich holte tief Luft. »Ich werde sehen, ob ich meinen Chief erreiche. Er wird mit einem Krankenwagen und einigen Polizisten herkommen. Hannah, wir müssen Sie in ein Krankenhaus bringen, ich mache mir Sorgen, dass Sie in einen Schockzustand fallen. Und wenn Sie sowieso schon Herzprobleme haben … Annika, du musst mit aufs Revier kommen, wo ich Anklage wegen Mordes erheben werde. Es ist vorbei.«

Annika schüttelte den Kopf. »Nein, da bin ich anderer Ansicht. Ich werde mein Geld nehmen und gehen. Tante Hannah hat gesagt, mein Plan würde funktionieren.«

Mrs. Watkins glitt vom Stuhl und stand auf. Sie legte ihren Arm um Annika.

»Liebling, Gemma hat recht. Es ist vorbei. Es tut mir leid, so sehr leid. Ich wollte ein besseres Leben für dich, weit fort von hier. Ich hätte mir nie vorstellen können, dass es zu spät ist. Wenn ich gewusst hätte, dass du genauso verdorben bist, genauso krank, wie dein Großvater es war …«

Annika wehrte sich gegen ihre Tante, und im Schein der Kerze sah ich das silberne Objekt in ihrer Hand genauer. Es war ein kleines Jagdmesser mit einem kurzen Schaft, das sich leicht aufklappen ließ.

»Tante Hannah, lass mich gehen«, sagte Annika. Ihre Stimme überschlug sich, sie weinte. Zur Sicherheit entfernte ich mich ein Stück vor den Frauen, dem Messer und den Emotionen.

Mrs. Watkins packte Annika am Arm und schüttelte sie heftig. Wut flammte in ihrem Gesicht auf, und ich sah zum ersten Mal, wie schnell die Wut in dieser Familie hochkochte. »Hör sofort damit auf, Annika. Du verzogenes kleines Gör! Du hättest alles haben können. Aber ich erkenne jetzt, dass du nichts davon verdienst.«

Annika versuchte, ihren Arm aus dem Griff von Mrs. Watkins zu befreien, doch die war stark und größer als Annika, und ihr Griff wurde von Zorn angetrieben. Ich nutzte den Moment und setzte einen Notruf von meinem Handy ab. Ich flüsterte die Adresse und die Situation ins Telefon, hätte mir aber gar keine Mühe geben müssen, leise zu sprechen. Die beiden Frauen waren komplett von ihrer eigenen Tragödie abgelenkt.

»Lass mich los!«, brüllte Annika. Sie versetzte Mrs. Watkins mit ihrer freien Hand, die das Messer hielt, einen Stoß. Ich hörte etwas zerreißen, und dann schrie Mrs. Watkins auf.

Die ältere Frau keuchte und wich vor Annika zurück. Sie sank zu Boden und hielt eine Hand hoch, dunkel, glitschig und nass. Ich ging neben ihr auf die Knie und tastete ihren Körper ab. Ihre Brust war warm und feucht, und ich drückte zu, um den Blutfluss zu stoppen. So viel Blut, es musste eine Arterie neben ihrem Herzen getroffen worden sein.

»Annika, hol mir das Handtuch, schnell.«

Über mir starrte Annika entsetzt zu Boden. »Tante Hannah? Ich wollte dir nicht weh tun. Ich wollte nur … du hast mich so stark festgehalten.«

Mrs. Watkins zitterte in meinem Arm und versuchte, etwas zu sagen, doch ihre Worte wurden von dem Blutstrom weggespült, der aus ihrem Mund rann. Sie würde sterben, noch bevor die Sanitäter überhaupt eingetroffen waren.

Annika spürte das auch. Sie fiel auf die Knie, nahm den Kopf ihrer Tante in die Hände und strich ihr sanft und zärtlich die Haare aus der Stirn. Mrs. Watkins schloss die Augen, und ihr Körper wurde ruhig. Als ihr Gesicht erschlaffte, legten sich Ruhe und Frieden über ihre Miene.

Annika bettete den Kopf ihrer Tante vorsichtig zu Boden und sah mich an. Jegliche Abwehr schien ihren Körper verlassen zu haben. Sie sah von außen plötzlich aus wie das verlorene kleine Mädchen, das sie im Inneren war. Es war unglaublich, doch sie tat mir leid, denn ich sah zum ersten Mal, wie einsam so ein bösartiges Leben sein musste.

»Was passiert jetzt?«, fragte sie.

Ich lehnte mich zurück und hielt die Hände hoch, unsicher, was ich mit dem Blut machen sollte, von denen sie wie mit Farbe überzogen waren. In der Ferne hörte ich Sirenen näherkommen, an den Schweizer Hüttlis und den gemäßigteren Blockhäusern vorbei, höher und höher die Straße herauf, zu einem kalten Haus mit dunklen Geheimnissen, das voller altem und neuem Blut war.

Auch Annika hörte die Sirenen. Das Messer glitt ihr aus der Hand. »Ich komme ins Gefängnis, oder? Alles, was ich je versucht habe, war, ein liebes Mädchen zu sein. Das beste Mädchen, für meine Familie.«

Ich erinnerte mich an Nickys Blut, an das Muster, das es auf dem Erdboden der Festwiese hinterlassen hatte.

Ich erinnerte mich an den Schädel, den ich in den Wäldern gefunden hatte, der wie ein kleiner Schatz schimmerte, der gefunden werden wollte.

Ich erinnerte mich an ein Mädchen mit türkisfarbenen Augen, die mit einem Jungen in der Bar flirtete, der sein Bein verloren hatte, und an eine alte Frau, die ein grässliches Geheimnis für sich behalten hatte, um ihren einzigen Sohn zu schützen.

»Ja, Annika. Du kommst ins Gefängnis, für sehr, sehr lange Zeit.«

50. KAPITEL

Das letzte Mal sah ich Annika Bellington auf den Stufen vor dem alten Gerichtsgebäude, gegenüber der City Hall. Ein früher Frost war über Nacht hereingebrochen, und ich ging die glatten Treppenstufen langsam hinunter, eine Hand am Geländer. Ich hatte meine letzten Akten im Fall Bellington abgegeben und stand kurz davor, einen verfrühten Mutterschaftsurlaub anzutreten.

Der Fall war im Großen und Ganzen unter Dach und Fach.

Chief Chavez hatte unsere Erkenntnisse am Tag nach den Ereignissen im Haus der Bellingtons bei einer Pressekonferenz bekanntgegeben. Auf den Stufen der City Hall, vor einer Meute hungriger Reporter und neugieriger Einwohner, hatte Chavez Annika Bellingtons Festnahme wegen der Morde an Nicky Bellington und Hannah Watkins sowie wegen des versuchten Mordes an Sam Birdshead verkündet. Chavez beantwortete keine Fragen. Er beendete seine Ansprache mit der Neuigkeit, dass der Woodsman gefunden sei und es bald weiterführende Informationen gebe.

Mayor Terry Bellington versuchte, die Abteilung wegen Verleumdung, übler Nachrede und einer Menge anderer Dinge zu verklagen, doch als er die Beweise sah, gab er ziemlich schnell klein bei. Ich habe das Gefühl, dass es seine letzte Amtszeit sein wird. Wenn er wieder kandidiert, steht er ganz alleine da: Ellen Bellington hat sich ein One-Way-Ticket nach Norwegen gekauft, und als Letztes habe ich von ihr gehört, dass sie wieder im Showgeschäft Fuß fassen wolle.

Als ich Annika sah, war sie umgeben von einer Gruppe älterer Männer in teuren Anzügen. Mayor Bellington hatte sie bereits eine Stunde nach ihrer Festnahme per Rechtsanwalt wieder herausgeholt, und heute wurde Annika dem Haftrichter vorgeführt und des mehrfachen Mordes angeklagt.

Das musste ich wohl irgendwie vergessen haben.

Oder vielleicht hatte ich das gar nicht.

Vielleicht musste ich sie sehen, ein letztes Mal.

»Annika. Du siehst gut aus.«

Ihr Haar war aus dem Gesicht gebürstet und zu einem Knoten frisiert. Sie trug einen dunkelblauen Hosenanzug und sah entspannt und komplett unschuldig aus.

»Danke. Und Sie sehen so aus, als würden Sie gleich platzen«, sagte Annika. Sie lächelte mich an.

Einer der Rechtsanwälte, ein kleiner, pingelig aussehender Mann, versuchte, sie die Treppe hochzuscheuchen. Doch sie flüsterte ihm etwas zu, woraufhin er erbleichte und die Hand von ihrem Ellenbogen fallenließ.

»Ich muss Ihnen danken, wissen Sie«, fuhr sie fort.

»Wofür?«

Ich hätte nicht fragen sollen.

Ich hätte meinen Kopf senken und diese glitschigen Stufen hinuntergehen sollen, direkt weiter in das nächste Kapitel meines Lebens, das hoffentlich frei von Tod war.

»Dafür, dass Sie mich nicht umgebracht haben, als Sie die Möglichkeit dazu hatten. Man wird mich niemals schuldig sprechen. Diese Typen verdienen an einem Tag mehr als Sie in einem ganzen Monat. Und eindeutig«, sagte sie, »ganz eindeutig bin ich psychisch krank. Wenn überhaupt, dann verbringe ich einige Monate in der Clear Water Lodge, habe Gruppentherapie und schnorre Zigaretten bei der Nachtschwester.«

Ich sah sie an und kam zu dem Schluss, dass sie wahrscheinlich recht hatte.

Annika wartete auf eine Antwort, die ich nicht hatte.

Stattdessen tat ich, was ich schon früher hätte tun sollen. Ich senkte den Kopf und ging langsam zur Straße hinunter.

Drei Tage später stand ich um Mitternacht am Schlafzimmerfenster und sah zu, wie der erste große Sturm der Saison aufzog. Hinter mir warf Brody Klamotten, Zahnbürsten und ein Taschenbuch in meine alte Sporttasche. Als eine neue Wehe einsetzte, beugte ich mich vor und lehnte meinen Kopf gegen das kühle Glas. Ich entdeckte eine einzelne Schneeflocke, größer als die anderen, und sah zu, wie sie langsam zu Boden schwebte. Die Flocke verlor ihre Besonderheit jedoch, sobald sie den Boden berührte und zu einem winzigen Fleck wurde, der sich zu den Milliarden anderen winzigen Flecken gesellte, die die Welt wie eine Decke in Schnee hüllten.

Am Ende ist das Leben nur eine Reihe von Schneeflocken, nicht wahr? Jeder Moment ist einzigartig und komplett losgelöst vom nächsten, mit der Möglichkeit, zur selben Zeit alles und nichts zu verändern. Wenn man Glück hatte, addierten sich all diese Milliarden von Momenten zu einem Leben.

Oder sie taten es nicht. Einige Menschen verbringen ihr ganzes Leben damit, den Schnee zu sehen, ohne je die Magie der Existenz einer einzelnen Schneeflocke zu erkennen.

»Woran denkst du?«, fragte Brody, als er den Reißverschluss der Sporttasche zuzog und mir bedeutete, ihm hinauszufolgen. Bei diesem Wetter würde es eine langsame Fahrt den Berg hinunter werden, doch ich stand noch eine Minute still.

»Liebste?«

Ich löste mich von der Fensterscheibe, drehte mich um und sah ihn an. »Ich habe über die Sterblichkeit einer bescheidenen Schneeflocke nachgedacht. Nur einen Moment in der Luft ...«

Brody rieb sich das Kinn. Ich sah den Geologen in seine Augen kriechen. »Nun, das stimmt nicht so ganz. Erinnerst du dich an den Wasserkreislauf? Du hast das wahrscheinlich in der Mittelschule gehabt. Alle Wassermoleküle ...«

Er hob ab in eine wissenschaftliche Erklärung, warum Schneeflocken de facto unsterblich waren, und mir tat die Erdnuss leid. Sie würde mit einem Vater aufwachsen, der Poesie gegen Logik austauschte, und mit einer Mutter, die ihre Zeit an sehr dunklen Orten verbrachte.

Die Straßen waren glatt und die Sicht schlecht. Brody fuhr vorsichtig, hatte das Radio aus- und die Fernlichter angeschaltet. Die Straße vor uns erschien stückchenweise mit jedem Schlag des Scheibenwischers, und ich wünschte, ich hätte Scheibenwischer für mich selbst, die ich einschalten konnte, wenn mein Weg mir nicht so deutlich erschien.

Ich musterte Brodys Profil. Er hatte leichte Bartstoppeln, verwuschelte Haare und einen Ausdruck absoluter Konzentration auf dem Gesicht. Ich betrachtete ihn und fragte mich, was dieses Kind in unser Leben bringen würde. Es gab nun uns drei, und ich hoffte, dass auch er das Gefühl hatte, dass unsere Entscheidungen uns nun nicht länger nur allein betrafen. Mit Brody hatte ich Glück und Leid kennengelernt, Fröhlichkeit und Trauer, Lachen und Liebe.

Ich hätte ihm mein Leben anvertraut.

Ich wusste allerdings immer noch nicht, ob ich ihm mein Herz anvertrauen konnte.

Es war fast noch schlimmer, dass die Frau in Alaska letztendlich nicht Celeste Takashima gewesen war. Celeste war eine alte Bekannte, jemand, auf den ich meinen Zorn und Hass richten konnte. Wenn ich eine Voodoo-Puppe basteln wollte, würde ich eine ziemliche Ähnlichkeit herstellen können. Aber jetzt war jemand Neues dort draußen, eine gesichtslose, namenlose Frau, die bereit war, ihren kaugummirosa Parka auszuziehen, um sein Zelt zu wärmen und ihn zu verführen. Brody sagte mir, sie sei Kanadierin, verheiratet und unattraktiv.

Er sagte mir, ich sei paranoid und verrückt. Ich erinnerte ihn daran, dass ich allen Grund dazu habe.

* * *

Grace Julia Sutherland wurde um 4:44 Uhr geboren, gesund, perfekt und einfach wunderschön. Zehn Finger, zehn Zehen und Augen in der Farbe von Blaubeeren.

Brody gab ihr den Namen Grace, denn er findet, dass dieser Name alles enthält, was wir uns für sie wünschen, und für uns.

Ich wählte Julia für sie, zu Ehren der Frau, die mich großgezogen hat.

51. KAPITEL

n meinen Träumen können die Toten reden. Ich begrüße sie nit Namen – Tommy, Andrew, Nicky – und sehe zu, wie sie iber eine Lichtung laufen, die von der Nachmittagssonne durchtränkt ist. Sie spielen ein Spiel, bei dem man ganz still liegen muss und dann juchzend und kreischend aufspringt. Noch bevor der Nachmittag zu Ende ist, ist die Kleidung der Kinder voller Gras- und Pollenflecken von den Hunderten von Wildblumen, die sie umgeben.

Kurz darauf gesellen sich ein kleines Mädchen und ein Mann zu mir. Das Mädchen nimmt meine rechte Hand, der Mann meine linke. Sie lassen mich ein »Auf Wiedersehen« flüstern, und dann geben sie mir einen kleinen Ruck und ziehen mich mit sich in den Wald.

Ich verlasse die Lichtung.

Irgendwie habe ich das Gefühl, ich werde nie mehr zurückkehren.

DANKSAGUNGEN

Ohne die Hilfe von vielen großartigen Menschen wäre dieses Buch nie geschrieben worden. David Neal und Ana Cabrales waren meine ersten Leser, und ihr Hunger nach weiteren Kapiteln hat mich in den Momenten angetrieben, in denen ich es am nötigsten brauchte. Patricia Hackett, William Lindenmuth, Kelda Neely und Kathy Littlejohn brachten Vorschläge ein, die die Geschichte entschieden verbesserten. Pam Ahearn und Elizabeth Lacks – ihr habt mein Leben wahrhaftig verändert. Don Sells, du hast mir einmal gesagt, dass du mich wirklich als Autorin sehen könntest. Ein Hoch auf die flapsigen Kommentare an kalten Oxford-Tagen. Mom, Carrie, Kathy, Matt, Jim und Jill, eure Unterstützung bedeutet mir die Welt. Und mein geliebter Ehemann Christopher, du bist einfach nur der Beste. Ich liebe dich mehr.